UN SAUVETEUR POUR CARYN

SAUVETAGE À EAGLE POINT,
TOME 4

SUSAN STOKER

DU MÊME AUTEUR

Delta Force Deux

Un refuge pour Gillian

Un refuge pour Kinley

Un refuge pour Aspen

Un refuge pour Jayme

Un refuge pour Riley

Un refuge pour Devyn

Un refuge pour Ember

Un refuge pour Sierra (1 Mai)

Hawaï : Soldats d'élite

Un paradis pour Élodie

Un paradis pour Lexie

Un paradis pour Kenna

Un paradis pour Monica

Un paradis pour Carly

Un paradis pour Ashlyn

Un paradis pour Jodelle (11 Juillet)

Mercenaires Rebelles

Un Défenseur pour Allye

Un Défenseur pour Chloé

Un Défenseur pour Morgan

Un Défenseur pour Harlow

Un Défenseur pour Everly

Un Défenseur pour Zara

Un Défenseur pour Raven

Ace Sécurité

Un Sanctuaire pour Jane

Delta Force Heroes Series

Un héros pour Rayne

Un héros pour Emily

Un héros pour Harley

Un mari pour Emily

Un héros pour Kassie

Un héros pour Bryn

Un héros pour Casey

Un héros pour Wendy

Un héros pour Mary

Un héros pour Macie

Un héros pour Sadie

Un héros pour Annie

Autre

Un moment suspendu : Recueil de nouvelles

AUDIO

Un paradis pour Élodie

CHAPITRE UN

Caryn Buckner ouvrit discrètement la porte de la chambre de son grand-père pour ce qui lui sembla être la sixième fois depuis qu'ils étaient rentrés à la maison hier. Elle n'arrêtait pas de le surveiller. Lorsqu'elle avait appris qu'il avait été agressé et *poignardé*, elle avait immédiatement posé ses congés et avait pris la voiture de New York jusqu'à Roanoke.

Son chef à la caserne lui avait dit que si elle partait, elle n'aurait peut-être plus de travail à son retour, mais Caryn s'en fichait. Le seul et dernier membre de sa famille était bien plus important que son travail.

Il fut un temps où elle avait espéré que ses collègues pompiers et leurs épouses puissent devenir sa nouvelle famille, mais ses espoirs s'étaient vite envolés peu de temps après qu'elle a commencé à travailler dans sa première caserne. Ce n'était pas que les hommes n'étaient pas gentils, ils l'étaient, mais il y avait trop de préjugés au sein du département incendie et trop de gens qui pensaient qu'elle ne pouvait pas faire correctement son travail, tout simplement parce qu'elle était une femme.

De nos jours, c'était des conneries, mais le réseau de

machos avec des visions à l'ancienne était toujours aussi solide à New York que partout ailleurs.

C'est pourquoi Caryn se fichait que le chef engage quelqu'un pour la remplacer. Elle en avait assez de la ville. Elle était fatiguée au plus profond de son âme. Au début, c'était nouveau et excitant. Elle avait adoré toute cette diversité et les restaurants exotiques, la façon dont la ville ne dormait jamais et toutes les cultures différentes qui coexistaient ensemble. C'était tellement différent de Fallport en Virginie où elle avait passé ses étés avec son grand-père.

Mais la routine avait fini par l'épuiser. Les commentaires dans son dos, les ricanements devant elle, cette façon que les gens avaient de ne pas la penser capable de porter un tuyau, poser des perfusions ou faire *quoi que ce soit* aussi bien que ses homologues masculins. Elle avait progressivement commencé à avoir envie de cette vie plus simple que l'on retrouve dans de petites villes.

La seule personne qui l'avait toujours soutenue à cent pour cent était son grand-père. Sa mère ne l'avait jamais comprise et n'avait jamais eu le temps de s'occuper de sa fille. Elle l'envoyait à Fallport tous les étés, chez son grand-père, et cela avait été les plus beaux moments de sa vie. Là où elle pouvait être elle-même : un garçon manqué qui aimait se salir et explorer les bois derrière la maison de son grand-père.

Là où elle pouvait être libre, trois mois dans l'année.

La plupart des gens penseraient probablement que Fallport était ennuyeux à mourir. Une ville de Virginie au pied des Appalaches que le temps semblait avoir oubliée. Et ils n'auraient pas tort. Mais à quarante et un ans, Caryn avait réalisé que c'était exactement le genre d'endroit où elle avait envie de vivre. Là où tout le monde connaissait tout le monde et où les voisins remarquaient et s'inquiétaient si vous rentriez cinq heures après que votre journée de travail est censée être terminée, trop épuisé pour cuisiner vous-même.

Secouant la tête, Caryn réalisa qu'elle se tenait sur le seuil de la porte de son grand-père depuis bien trop longtemps. Art dormait paisiblement.

Cette blessure par arme blanche aurait vraiment pu mal tourner. Il lui avait expliqué s'être détourné à la dernière seconde, ce qui lui avait probablement sauvé la vie. S'il ne l'avait pas fait, la lame lui aurait certainement transpercé le cœur. Ou au moins ses poumons. Finalement, elle avait raté les deux et lui avait déchiré les muscles et la chair à la place. Il avait beaucoup saigné, ce qui était tout aussi grave. À quatre-vingt-onze ans, il était plutôt fragile, même s'il refusait de l'admettre.

Une fois rassurée qu'Art aille bien pour le moment, elle ferma la porte de sa chambre et traversa la petite maison de son grand-père. Elle était une lève-tôt et l'avait toujours été. Et elle n'avait pas l'habitude de rester assise à ne rien faire. Alors elle prenait une ou deux heures pour elle le matin avant que son grand-père ne se réveille. Caryn en profitait pour apprendre à connaître Fallport à nouveau. Parfois, elle partait courir. Ou bien elle faisait des abdominaux, des pompes ou autres exercices cardiovasculaires dans le parc. Il n'y avait pas de vraie gym à Fallport. Ou de bâtiment assez haut pour qu'elle puisse en monter les escaliers. Garder la forme était obligatoire dans son travail mais il y avait encore des journées où elle sentait bien qu'elle avait quarante et un ans. Ces jours-là, elle allait simplement marcher dans les bois pour se vider l'esprit.

S'assurant que la porte était bien fermée, Caryn s'avança vers sa Hyundai Sonata. Ce n'était pas une voiture de luxe, car c'était un vieux modèle, mais elle l'emmenait là où elle avait besoin d'aller. À New York, elle prenait les transports en commun presque partout, mais désormais, elle était très contente de ne pas avoir vendu sa voiture puisqu'elle avait eu besoin d'un moyen de transport pour se rendre en Virginie pour veiller sur son grand-père.

Comme d'habitude, si tôt le matin, elle ne croisa personne sur le chemin de Rock Creek Trail. Ce n'était pas le sentier le plus difficile autour de Fallport, mais il comportait suffisamment de dénivelé pour lui faire faire de l'exercice.

Lorsqu'elle arriva au départ du sentier, Caryn fronça le nez. Il y avait un autre véhicule déjà garé sur place, une Jeep Wrangler noire.

Et la seule personne qu'elle connaissait qui avait une voiture identique était le seul homme qu'elle n'avait pas envie de croiser ce matin. Drew Koopman. Bizarrement, cet homme la mettait mal à l'aise. Peut-être parce qu'il ne semblait pas trop se soucier d'elle... ce qui la blessait plus qu'elle ne voulait l'admettre.

C'était fou, mais Caryn avait passé sa vie entière à essayer de s'intégrer. D'abord avec sa mère quasiment absente, ensuite en tant qu'étrangère à Fallport, puis à chaque poste de pompier qu'elle avait occupé. Toute sa vie, elle avait eu l'impression de devoir faire ses preuves. Elle n'était pas assez féminine, pas assez forte, ou n'était pas du bon sexe pour être pompier. Alors elle avait travaillé deux fois plus dur que ses collègues pour prouver qu'elle pouvait faire un travail aussi bien que les autres, voire mieux.

Mais au fond, elle avait l'impression qu'aux yeux des autres elle ne serait jamais à la hauteur. Qu'elle manquerait toujours de quelque chose. Et elle aurait voulu n'en avoir rien à faire de l'opinion des gens. Elle aurait aimé se satisfaire de qui elle était. Mais lorsqu'on avait passé sa vie à essayer de gagner l'approbation des autres, et à échouer, c'était difficile de tirer un trait dessus.

La dernière chose dont elle avait besoin, c'était de croiser la route d'un homme dont l'opinion n'aurait pas dû être importante... mais en vain.

Caryn envisagea de partir à la recherche d'un autre sentier pour ce matin. Mais elle pinça les lèvres et se redressa en secouant la tête. Non, elle était ici et elle avait autant le droit que Drew d'emprunter ce sentier. De plus, elle ne le croiserait peut-être même pas. Et si c'était le cas, il se contenterait probablement de lui faire un signe de tête, comme il le faisait la plupart du temps quand leurs chemins se croisaient, et continuerait son chemin. Ce qui lui allait très bien. Parfaitement, même.

Une fois qu'elle eut terminé de s'encourager, Caryn sortit de sa voiture et glissa ses clés dans la poche cachée de son short de cycliste. Elle mit son téléphone dans la poche latérale et fit quelques étirements avant de s'engager sur le sentier.

Elle savait aussi bien que quiconque que son téléphone portable ne fonctionnerait probablement pas sur la piste, mais elle préférait l'avoir avec elle quand même. Et si elle rencontrait quelque chose qu'elle voulait prendre en photo, elle le pourrait.

Caryn resta seule avec ses pensées et la nature sauvage autour d'elle pendant environ trois kilomètres. Ce ne fut que lorsqu'elle arriva en haut d'une pente raide et en tournant à l'angle qu'elle finit par croiser l'homme qu'elle redoutait de voir.

Drew était assis sur un rocher, regardant la forêt d'un air pensif.

Elle s'arrêta net et observa l'homme. Il ne l'avait pas vue approcher, ce qui était surprenant. En tant qu'ancien officier de police, elle avait constaté qu'il était particulièrement conscient de son environnement à tout moment. Il était vigilant, au point d'être presque paranoïaque... ce qui n'était pas si différent des nombreux officiers qu'elle connaissait. Son ex aussi était comme ça.

Caryn avait fait de son mieux pour garder ses distances avec Drew simplement parce qu'elle était déjà entourée d'hommes comme lui tous les jours. Très observateurs. Suspicieux. Alpha.

Elle supposait qu'il ne serait pas différent des connards machos et critiques qu'elle avait appris à connaître au fil des ans. Mais son grand-père n'avait pas cette opinion, tout comme les habitants de Fallport.

Et en le voyant actuellement, perdu dans ses pensées, fronçant les sourcils, comme s'il portait le poids du monde sur ses épaules, elle fut surprise d'éprouver une certaine... compassion.

Elle savait qu'il avait quarante-cinq ans, mais elle ne l'aurait jamais deviné en le regardant. Il n'avait pas un seul cheveu gris, peu de rides sur le visage et il paraissait autant en forme que n'importe lequel des jeunes de vingt ans avec qui elle travaillait à la caserne. Il avait une barbe et une moustache bien taillée et il faisait tourner un bâton entre ses mains en regardant la forêt.

Caryn réalisa soudain à quel point cet homme était attirant et cette révélation la frappa de plein fouet. Elle n'était pas le genre de femme qui se souciait de l'apparence des autres. Elle se focalisait plus sur le genre de personnes qu'ils étaient. Et d'après tout ce qu'elle avait appris sur Drew – du moins, selon le point de vue des habitants – il travaillait dur, était gentil, altruiste et était toujours le premier à se porter volontaire pour aider une personne dans le besoin.

Mais ils n'étaient pas partis du bon pied. Lorsqu'ils s'étaient rencontrés pour la première fois à l'hôpital de Roanoke, après qu'elle fut arrivée pour être auprès de son grand-père, ils s'étaient beaucoup pris la tête. Elle avait été stressée car Art souffrait beaucoup et elle s'était défoulée sur Drew lorsqu'il était innocemment venu rendre visite à son grand-père.

Et ça n'avait pas aidé lorsque Art lui avait expliqué que Drew était un ancien flic. C'était mal de sa part de supposer certaines choses sur lui en se basant sur son ancienne profession, mais vu son expérience... elle n'avait pas pu s'en empêcher.

Lorsqu'elle l'avait à nouveau croisé au Sunny Side Up, le

restaurant de Fallport, elle n'avait pas eu l'occasion de mettre les choses à plat puisqu'un client s'était soudain étouffé... et que Drew avait essayé de l'écarter du chemin quand elle avait tenté de l'aider. Une fois de plus, son passé lui avait dicté sa réaction, elle s'était comportée comme une connasse avec lui – après avoir aidé l'homme en détresse évidemment.

Caryn n'était pas fière de la façon dont elle s'était comportée. Pas du tout. Mais il y avait quelque chose chez Drew qui la poussait à être sur la défensive. Peut-être que cette histoire de flic lui rappelait trop son ex, mais ce n'était pas juste. D'après tout ce qu'elle avait entendu sur Drew, il n'avait rien à voir avec Jonah.

Refusant de repenser au désastre qu'avait été son mariage, Caryn reprit sa course et dut émettre une sorte de son, car Drew tourna la tête vers elle et leurs regards se croisèrent.

Pendant un moment, Caryn resta figée. Son regard alerte à travers ses yeux marron clair, presque ambrés et la façon dont il porta immédiatement la main vers sa hanche, comme pour attraper une arme de poings, la firent rester immobile pour ne pas être perçue comme une menace.

Mais Drew ne portait pas d'arme et l'intensité de son regard s'estompa lorsqu'il réalisa qui elle était.

— Bonjour, dit-il doucement.

Caryn répondit comme elle le faisait chaque fois qu'elle était mal à l'aise. Elle leva le menton et dit, un peu trop sur la défensive :

— Ce sentier ne t'appartient pas.

Drew haussa les sourcils et répondit :

— Je le sais, oui.

Caryn prit une grande inspiration. *Merde*, elle se comportait comme une garce – une fois de plus – et elle s'en voulut énormément.

— Pardon, dit-elle immédiatement. C'était impoli de ma part.

Drew accepta ses excuses avec un signe de tête.

— C'est une belle matinée pour une randonnée.

— C'est vrai, acquiesça-t-elle.

Elle resta là où elle était, mal à l'aise. Devait-elle passer devant lui ou renoncer à marcher plus loin et retourner à sa voiture ?

Drew prit la décision pour elle.

— Je ne mords pas, tu sais.

— Je sais, répondit-elle un peu trop vite.

Drew soupira et se détourna.

Lorsqu'il avait posé ses yeux inquisiteurs sur elle, Caryn avait eu l'impression de pouvoir à nouveau respirer. Cet homme lui faisait vraiment de l'effet et elle ne comprenait pas du tout pourquoi. Avec lui, elle était sur la défensive, comme si elle n'était pas assez bien pour partager le même espace que lui. Ce qui était idiot. Il n'avait rien fait ou dit qui put justifier ce genre de réaction. C'était seulement son manque de confiance en elle qui prenait le dessus. Et il fallait que Caryn travaille sur ça. Elle se força à faire quelques pas vers lui.

— Ça va ? lâcha-t-elle.

Il tourna à nouveau la tête vers elle et l'inclina d'un air interrogateur.

— C'est juste que... tu es assis là, comme ça. Tu t'es foulé la cheville ou autre ?

— Non, ça va. Je profite juste du silence matinal, dit-il.

Caryn culpabilisa immédiatement.

— Et je te dérange. Pardon. Je vais continuer mon chemin.

— Tu veux t'asseoir avec moi un moment ? demanda Drew.

Caryn fut choquée par sa proposition.

— Pourquoi ?

Il laissa échapper un petit rire.

— Je suis *si* horrible que ça ? Je veux dire, je sais que tu ne sembles pas trop m'apprécier, mais je te promets que je suis inoffensif. Je me suis juste dit que tu pourrais avoir besoin d'une pause pendant une seconde. Pour t'arrêter et profiter de ton environnement. C'est sûr que c'est très différent de New York ici.

La première réaction de Caryn fut d'être furieuse. *Elle* ne l'aimait *pas* ? C'était clairement l'inverse. Puis, elle prit une grande inspiration. Elle n'avait perçu aucune condescendance ou irritation dans sa voix. Il était juste poli. Il valait mieux qu'elle continue à marcher. Qu'elle le laisse avec ses pensées. Mais avant qu'elle ne comprenne ce qu'elle faisait, elle s'avança et s'assit sur un rocher à sa gauche.

Drew avait un petit sourire sur le visage et Caryn avait envie de lui demander à quoi il pensait, mais elle avait trop peur qu'il se moque d'elle. Secouant un peu la tête, elle fronça les sourcils, ne supportant pas de se soucier autant de ce que les autres pensaient d'elle. Elle avait essayé de rompre avec cette habitude toute sa vie... sans succès.

— Tu as l'air préoccupée par tes pensées, remarqua Drew. Ce n'est pas le genre d'endroit où il faut réfléchir. Ferme les yeux et existe simplement, Caryn.

Bizarrement, elle s'exécuta. Plus les jours passaient à Fallport, plus elle était détendue. Cela faisait des années qu'elle n'arrêtait pas, essayant de faire ses preuves, essayant d'être la meilleure version d'elle-même, mieux que ceux autour d'elle. C'était agréable de faire une pause et de ne plus penser à rien.

Drew ne dit pas un mot et ayant les yeux fermés, Caryn respira l'odeur de la terre sous ses pieds, entendit les oiseaux gazouiller, et discerna presque le goût de l'humidité dans l'air. Il avait plu la veille et elle pouvait sentir la moiteur dans les montagnes. Ses cheveux blonds et courts étaient probablement collés à ses tempes à cause de l'effort qu'elle avait fourni pour grimper la colline jusqu'ici, mais pour la première fois depuis des années, elle ne réfléchissait pas à son apparence ou à ce que Drew pouvait penser d'elle. Elle laissa la tranquillité de cet instant pénétrer son âme.

C'était *ce dont* elle avait besoin ce matin.

— Comment va Art ? demanda Drew après plusieurs minutes.

Au lieu d'être contrariée qu'il ait rompu ce silence paisible, Caryn fut heureuse qu'il s'en soucie assez pour poser la question.

— Il va bien, dit-elle en ouvrant les yeux et en se tournant vers Drew.

Il portait un pantacourt kaki et un T-shirt rouge. Ses cheveux étaient ébouriffés et hirsutes. Il était penché en avant, ses coudes sur les genoux, la tête tournée vers elle.

— Il se sent un peu à l'étroit. Je pense qu'il prend aussi conscience de sa mortalité plus que ce qu'il n'aurait voulu. Certes, il a quatre-vingt-onze ans, mais au fond, je pense qu'il avait l'impression d'avoir encore beaucoup de temps devant lui. Là, il a surtout besoin d'aide pour marcher... et il déteste ça.

Il n'avait jamais vraiment pris conscience de son âge jusqu'à cette attaque.

— C'est compréhensif, dit Drew en hochant la tête. Moi-même je n'ai jamais rencontré un nonagénaire aussi vif que lui. Il est fier de toi, tu sais.

Caryn cligna des yeux, surprise par ce changement de sujet. Mais elle n'eut pas l'occasion de répondre car Drew poursuivit.

— Il parle de toi à tout le monde. La semaine précédant son agression, il m'a coincé devant la poste et m'a parlé de cet incendie que tu as combattu au vingt-quatrième étage d'un immeuble. Il m'a expliqué en détail comment tu as porté une femme dans les escaliers jusqu'en bas avant d'aller chercher sa sœur. Impressionnant.

Caryn ne put s'empêcher d'éprouver une certaine fierté. Cette journée avait été un enfer. La fumée avait été tellement épaisse à leur étage, et les deux femmes étaient handicapées et ne pouvaient pas descendre toutes seules. Pendant que ses coéquipiers avaient lutté contre le feu à l'étage au-dessus des sœurs, on l'avait envoyée s'assurer que tout le monde avait bien été évacué. Personne d'autre n'était disponible pour aider les femmes alors elle avait simplement fait ce qui devait être fait. Elle l'avait mentionné à Art un soir alors qu'ils étaient au téléphone et il avait été très impressionné.

— Même si j'imagine que la partie où il expliquait que les flammes te léchaient les pieds tout le long et que tu as traversé un mur de feu était un peu exagérée.

Caryn éclata de rire.

— Tu as raison, dit-elle avec un sourire. Il y avait beaucoup de fumée dans les escaliers, mais une fois qu'on a dépassé le vingtième étage, ça s'est dissipé. Il n'y a jamais eu de mur de flammes.

— Il a de la chance de t'avoir, dit Drew d'un ton sérieux, quelques secondes plus tard.

— Faux. C'est moi qui ai de la chance de l'avoir, rétorqua immédiatement Caryn.

Ils restèrent silencieux quelques minutes de plus avant que Caryn ne trouve le courage de lui demander.

— J'ai entendu dire que tu étais un officier de police.

Drew acquiesça.

Elle attendit qu'il développe. Qu'il lui parle de toutes ses réussites et qu'il lui explique à quel point il avait adoré ce métier... Mais Drew n'ajouta pas un mot de plus.

Caryn fronça les sourcils en s'efforçant de trouver un autre sujet de conversation. Elle n'était pas très douée pour les rencontres et cette situation le prouvait. Elle était nulle pour faire la conversation. Elle avait honnêtement pensé que Drew sauterait sur l'occasion pour parler de son ancien métier, mais au lieu de ça, son ancienne carrière semblait le mettre mal à l'aise, ce qui n'était pas du tout l'intention de Caryn.

— Tu veux continuer ? demanda Drew en désignant le sentier.

Caryn cligna les yeux de surprise.

— Avec toi ?

Les lèvres de Drew tressautèrent.

— Oui, avec moi. Je ne laissais pas entendre que j'en avais assez de ta compagnie, si c'est ce que tu pensais.

Culpabilisant – car c'était *exactement* ce qu'elle avait cru qu'il voulait dire – Caryn fit de son mieux pour ne pas rougir.

— Eh bien... je... tu ne m'apprécies même pas.

— Si, je t'aime bien, dit Drew sans aucune hésitation, l'air sincère.

Caryn ne savait plus quoi dire. Elle n'avait littéralement rien fait pour que cet homme l'apprécie. Plutôt l'opposé, à vrai dire. Le peu de fois où ils s'étaient parlé, elle avait été carrément impolie.

— Si tu ne préfères pas, je comprends. Ce n'est pas parce que *je* t'apprécie que tu dois m'apprécier en retour.

Mal à l'aise et hors de sa zone confort, Caryn lâcha :

— Tu crois pouvoir tenir le rythme avec moi ?

Drew éclata de rire.

— Probablement pas, mais je peux au moins essayer.

Waouh. La plupart des hommes n'auraient jamais avoué qu'une femme puisse les surpasser. Pourtant, Drew ne semblait pas le moins du monde perturbé par le fait qu'elle puisse être en meilleure forme que lui.

Caryn hocha la tête de façon impulsive.

— OK.

Ce n'était pas vraiment un oui très enthousiaste, mais Drew ne sembla pas le remarquer.

— Super, dit-il en se levant. Tu veux ouvrir la voie ou me laisser faire ?

Caryn se leva à son tour, à nouveau surprise par sa question. D'après son expérience, les hommes ne lui demandaient jamais si elle voulait passer en premier. Ils prenaient les commandes sans hésitation. Elle désigna le sentier.

— Je t'en prie.

— Si je vais trop lentement pour toi, tu me le dis.

— Je ne vais pas te mentir, je suis sortie pour faire un peu d'exercice, mais je n'essaie pas de battre un record du monde ou quoi que ce soit, lui dit-elle avec un petit sourire.

Il le lui rendit.

— Tant mieux. Je ne suis pas trop en forme.

Caryn en doutait fortement.

— Bien sûr.

Il lui lança un dernier regard, puis se retourna et prit la direction du sentier.

Prenant une grande inspiration, et espérant qu'elle ne commettait pas une erreur, Caryn le suivit.

CHAPITRE DEUX

Drew se demanda ce qu'il fabriquait. Il avait demandé de façon très impulsive à Caryn si elle voulait marcher avec lui, mais il ne s'était pas attendu à ce qu'elle dise oui. Au début, il avait même été agacé lorsqu'elle était arrivée, *probablement* sur le point d'interrompre sa matinée calme avec sa brutalité prévisible. Et sa première phrase l'avait confirmé.

Mais... lorsqu'elle s'était assise à côté de lui les yeux fermés, s'imprégnant de la tranquillité du lieu, il avait remarqué plus de choses qu'auparavant.

Les rides autour de ses yeux. Les cernes, comme si elle n'avait pas bien dormi. La façon dont ses épaules étaient affaissées, comme si elle portait le poids du monde sur ses épaules.

Et rien de tout ça ne lui avait fait plaisir. Non, ils ne s'étaient pas vraiment bien entendus depuis qu'ils s'étaient rencontrés. Mais elle n'avait rien fait de grave pour qu'il la déteste. Et elle avait besoin que la forêt la guérisse, elle plus que n'importe quelle autre personne qu'il avait rencontrée depuis longtemps.

Quand il était arrivé à Fallport pour la première fois, il avait passé beaucoup de temps à marcher sur les sentiers. Essayant de trouver un certain équilibre. Essayant de se retrouver. Il y avait encore des jours où il avait besoin du calme de la forêt pour se ressourcer, comme ce matin.

Il avait fait un rêve la nuit dernière – plutôt un flashback – et ce dernier l'avait troublé.

Une grande manifestation... où il était de service. À vrai dire, il était d'accord avec le problème que les manifestants mettaient en lumière, mais cela n'avait pas d'importance pour les fauteurs de trouble du groupe. Ils percevaient toutes les forces de l'ordre comme l'ennemi.

Il avait vu tellement de laideur cette nuit-là que cela le hantait encore aujourd'hui.

Il avait fui vers la forêt dès que le soleil avait commencé à éclairer le ciel. Il était en train d'essayer de réfréner les images du passé lorsque Caryn avait émis un bruit, le faisant sursauter. Pendant une seconde, il s'était à nouveau retrouvé dans cette manifestation qui s'était transformée en émeute. Quelqu'un fonçait vers lui, lui voulant du mal. Il avait tendu la main pour attraper son arme avant de réaliser qu'il n'en avait pas.

Il avait immédiatement réalisé où il se trouvait et que Caryn n'était pas une menace. Pourtant... toutes ces années plus tard, Drew ne supportait pas que sa première réaction ait été de chercher son arme.

Il résista à l'envie de regarder la femme derrière lui. Il l'entendait, elle était sur ses talons. Elle était plus que capable de se débrouiller toute seule ici. Probablement plus que lui. Elle était également très en forme. Ses muscles le prouvaient. Et sa respiration calme aussi.

Le fait de la voir dans ce short moulant qui soulignait ses cuisses musclées n'était *clairement* pas déplaisant. Drew avait lutté pour ne pas la reluquer quand elle s'était assise à côté de lui. Elle portait un débardeur qui mettait aussi en valeur ses biceps toniques.

Oui, elle pouvait clairement se défendre toute seule, vu son physique. Mais bizarrement, il savait que mentalement, elle n'était pas aussi confiante.

Il jeta un coup d'œil rapide par-dessus son épaule. Ses cheveux blonds encadraient son visage, quelques mèches humides lui collaient aux joues, et même avec la sueur qui la faisait briller, Drew était attiré par elle. Il savait, après avoir échangé avec Art, que Caryn avait quarante et un ans, mais quand elle n'avait pas l'air aussi stressée, elle pouvait facilement passer pour quelqu'un qui avait la trentaine ou un peu moins de trente ans.

Ils faisaient la même taille, et c'était agréable de pouvoir la regarder dans les yeux quand ils étaient debout.

Il n'avait rien contre les femmes de plus petite taille... comme la copine de Rocky, Bristol, qui faisait à peine un mètre cinquante. Mais il avait toujours été attiré par les femmes plus grandes.

Alors qu'ils marchaient, le silence s'installa entre eux. Drew savait qu'il devait lui parler, mais il ne trouvait rien à dire et ne voulait pas risquer de l'énerver. Culpabilisant d'être un piètre causeur, il tourna la tête et dit :

— Désolé, je ne suis pas très doué pour faire la conversation.

À sa grande surprise, elle gloussa.

— C'est pas grave. Moi non plus.

Il sourit un peu face à sa réponse. Pendant une seconde, un flash lui traversa l'esprit et il les imagina l'un en face de l'autre en train de dîner, tous les deux concentrés sur leurs plats, sans se dire un mot. Étrangement, il eut le sentiment que ce ne serait pas bizarre. Seulement confortable.

Plusieurs minutes s'écoulèrent à nouveau avant que Drew ne dise :

— Au risque de t'énerver, ce qui n'est pas du tout mon but, je suis juste curieux... mais dans combien de temps dois-tu retourner à New York ?

Elle soupira et il fut soulagé qu'elle ne paraisse pas agacée par sa question.

— Je ne sais pas trop.

Drew tourna la tête vers elle.

— Tu as économisé autant de congés ?

Il grimaça dès que les mots franchirent ses lèvres.

— Pardon, tu n'es pas obligée de répondre, ajouta-t-il.

— À vrai dire, oui... mais plus je reste ici, moins j'ai envie de rentrer.

Drew s'arrêta au milieu du sentier et se tourna vers elle.

Caryn haussa les épaules d'un air gêné.

— C'est fou, hein ?

Il fut surpris qu'elle s'ouvre à lui comme ça, mais il ne put s'empêcher d'être content. Ce n'était probablement pas parce qu'elle voulait se confier à *lui*, mais plutôt à cause de l'instant et du lieu. D'après son expérience, la forêt avait le don de faire tomber les barrières. Il ne comptait même plus le nombre de fois où les gens qu'il avait retrouvés dans les bois lui avaient confié des informations très personnelles alors qu'on les ramenait à la civilisation.

— Pas vraiment, répondit-il enfin. Fallport a le don d'attirer les gens.

Elle sourit.

— Certains jours, je suis impatiente de partir d'ici et de retrouver ma vie en ville, et parfois... la plupart du temps même... je ne m'imagine pas repartir un jour.

— Qu'est-ce que tu feras si tu ne rentres pas ? demanda Drew.

Caryn pencha la tête en le regardant.

— Quoi ? Tu ne vas quand même pas me dire qu'il n'y a pas de travail ici ? Que travailler pour les pompiers de New York devrait être un rêve devenu réalité, si ?

— Pourquoi je te dirais ça ? C'est seulement un rêve devenu réalité si c'est ce que tu veux vraiment. Chaque métier a ses hauts et ses bas, ses avantages et ses inconvénients et je n'ai pas été à ta place, alors ce serait arrogant et idiot de ma part de supposer quoi que ce soit sur ce que tu aimes et ce que tu n'aimes pas.

— Je... merci. C'est juste que... j'adore être pompière. J'adore aider les gens. Mais je déteste les mentalités qui vont avec ce boulot. Je déteste devoir sans cesse faire mes preuves auprès de gens qui devraient tout simplement me faire confiance. Tu n'imagines pas ce que c'est que de devoir toujours être celle qui s'occupe des tuyaux. Ou de devoir s'assurer que le bâtiment a bien été évacué au lieu de pouvoir prendre la direction des opérations. Je suis aussi douée que les autres de ma caserne, mais à cause de mon genre, je suis perçue comme incapable.

— Tu as raison, je ne peux pas comprendre tout ça, mais je comprends très bien l'envie d'aider les gens tout en détestant la mentalité qui va avec un métier. Et même si je ne t'ai jamais vue en action, j'ai entendu assez d'histoires d'Art concernant tes capacités pour penser que les gens avec qui tu travailles sont des idiots.

Ils se tenaient au milieu du chemin et Drew étudiait la femme en face de lui.

— Si tu pouvais faire ce que tu voulais dans ta vie, *n'importe quoi,* ce serait quoi ? lui demanda-t-il.

— Rester ici à Fallport. Veiller sur mon grand-père. Je sais qu'il ne doit pas lui rester énormément de temps et il est la seule personne dans ma vie qui m'a toujours soutenue. Vraiment. Il a toujours été là pour moi. Alors *maintenant* j'aimerais que ce soit mon tour. Même si, évidemment, quand il sera de nouveau sur pied, on risque de se prendre la tête. Et je vais terriblement m'ennuyer. C'est une idée stupide et...

— Ne fais pas ça, l'interrompit Drew.

— Faire quoi ? demanda Caryn.

— Ne dénigre pas ce que tu veux. Je suis certain qu'avec Art vous vous prenez la tête même quand vous n'êtes *pas* ensemble. Et tout le monde s'ennuie, qu'on vive dans une petite ville ou la ville la plus excitante au monde.

— C'est vrai, dit-elle doucement.

— Tu veux continuer à être pompière ? demanda-t-il.

Drew savait qu'il allait un peu trop loin, mais il ne pouvait pas s'en empêcher.

— Je ne sais pas.

— Fallport a une caserne qui tourne non-stop, dit-il. Qu'est-ce qui t'empêche de voir si tu ne peux pas te faire embaucher là-bas ?

— Paul Downs.

— Ah oui, ce type. J'ai déjà eu affaire à lui quelquefois.

— Oui. C'est le capitaine et il me déteste. Il m'a toujours détestée. Chaque été, quel que soit mon âge, il faisait tout pour me pourrir la vie. Il me taquinait, me harcelait, et me faisait me sentir comme une étrangère.

— C'est tout ? C'est la seule chose qui t'empêche d'emménager définitivement à Fallport ?

Caryn pinça les lèvres et lui jeta un regard noir. Répondant un peu agressivement à cause de sa frustration.

— Pourquoi est-ce que je voudrais emménager dans une ville qui est probablement aussi discriminatoire que New York ? Ou même plus ? Et je suis une étrangère. C'est un gros problème dans les petites villes comme Fallport.

— Tu n'as pas tort, dit patiemment Drew.

Il n'arrivait pas à savoir si elle pensait vraiment ce qu'elle disait ou si elle était simplement sur la défensive.

— Mais ils ont aussi un grand cœur, ajouta Drew. Combien de personnes sont passées chez Art pour prendre de ses nouvelles ? Combien lui ont apporté à manger ? Ou proposé de faire sa lessive ? Combien t'ont accueillie à nouveau sans hésiter ?

Caryn soupira.

— OK, tu marques un point.

— Tout ce que je dis, c'est que la vie est courte. Ça ne vaut pas la peine de la passer à faire un travail que tu n'aimes pas.

— C'est ça que tu as fait ? Tu as démissionné parce que tu n'aimais plus être flic ?

Drew n'avait pas envie d'en parler, mais sa question était légitime.

— Plutôt oui.

— Et désormais, tu es comptable.

— Ouaip.

— Ça te satisfait vraiment d'être assis à un bureau pour faire des calculs plutôt que de vivre la montée d'adrénaline que procure le métier de policier ? demanda-t-elle.

Drew ne perçut aucun jugement dans sa question.

— Oui, répondit-il sans hésitation. Le fait de travailler pour l'équipe de Recherche et de Sauvetage d'Eagle Point satisfait mon besoin d'aider les autres. Ça me procure justement une montée d'adrénaline de temps en temps.

Il ne parvint pas à déchiffrer le regard de Caryn.

— Et... si j'avais envie de rejoindre le groupe de recherche et de sauvetage ?

Drew cligna des yeux de surprise. Il ne s'attendait pas à ça.

Caryn ne lui laissa pas le temps de reprendre ses esprits.

— OK. C'est bien ce que je pensais. C'est normal que toi tu fasses partie de l'équipe, mais une femme ? Hors de question. Et c'est la même chose, où que j'aille. Je sais que Paul réagirait de la même façon si je voulais rejoindre le département incendie de Fallport. La bonne vieille mentalité macho est toujours bien présente partout. Merci pour la randonnée, mais je crois que je vais rentrer. J'ai envie de passer au restaurant pour ramener un petit déjeuner à Art. À plus.

Avant même que Drew ne puisse protester, Caryn avait déjà tourné les talons pour revenir sur leurs pas. Vers le départ du sentier et du parking.

Drew la regarda partir jusqu'à ce qu'il ne puisse plus la voir, puis soupira. Il n'avait pas voulu l'énerver. Elle l'avait simplement surpris.

Il était vrai que lui et le reste de ses coéquipiers étaient proches, mais ça ne voulait pas dire qu'ils ne pouvaient pas accueillir un autre membre de qualité. Le genre de Caryn n'avait rien à voir avec ça. À vrai dire, elle serait même un super atout. Avec son expérience de pompière, elle aurait un avantage s'ils étaient appelés pour aider lors d'un incendie. Et elle était secouriste, elle serait donc d'une grande aide lors des situations médicales. Elle était en très bonne forme, n'avait pas peur de travailler dur et il était évident qu'elle avait la même motivation que lui et le reste de l'équipe lorsqu'il s'agissait d'aider les autres.

Drew soupira une fois de plus. Il avait merdé. Il avait fait croire à Caryn qu'il était comme tous ces connards pleins de jugement avec qui elle avait travaillé en ville. Et il détestait ça.

Ne voulant pas qu'elle croie qu'il la suivait à la trace, Drew retourna lentement jusqu'au parking. Il lui laisserait un peu de temps… mais ils n'avaient pas fini de parler de tout ça. Il rentrerait chez lui, prendrait une douche, puis passerait chez Art pour prendre de ses nouvelles – et peut-être même terminer la conversation qu'il avait entamée avec Caryn.

Si elle voulait emménager à Fallport, elle ne devait laisser personne l'en empêcher. Ni Paul Downs. Ni lui. Personne. Et il avait été sincère un peu plus tôt, la vie était trop courte. Et elle n'était manifestement pas heureuse avec son travail à New York. Elle serait bien plus appréciée ici. Certes, la vie était plus lente dans les petites villes, mais elle le savait. Elle avait passé de nombreux étés ici. Et même si le rythme de vie était plus lent, il était tout aussi enrichissant, peut-être même encore plus qu'en ville. Elle pourrait aller marcher quand elle en aurait envie et les habitants étaient vraiment gentils pour la plupart…

Drew avait le sentiment que Caryn s'intégrerait plus qu'elle ne le pensait.

* * *

Une heure et demie plus tard, Drew fut de retour dans sa maison de location. Il s'était douché, avait mangé son petit déjeuner et se préparait à aller chez Art pour voir comment allait le vieil homme et parler à Caryn. Pour s'excuser. Pour lui expliquer qu'elle l'avait pris par surprise et qu'il n'avait rien à voir avec les abrutis qui pensaient qu'elle ne pouvait pas faire son travail aussi bien qu'un homme. Puis, son téléphone sonna.

Se crispant, car ces derniers temps, ses appels téléphoniques lui apportaient plus de mauvaises nouvelles que de bonnes, il répondit :

— Koopman.

— Salut, Drew, c'est Ethan. On a une personne disparue.

Merde. Tant pis, il ne pourrait pas s'excuser auprès de Caryn.

— Où ça ? Quelles sont les infos ?

— Le sentier de Falling Water.

Merde bis.

— À quelle distance ?

— Loin, dit Ethan. On a reçu un appel du fils du randonneur. Il a dit que son père, qui a environ soixante-cinq ans, mais qui est en forme, est parti pour une randonnée de plusieurs jours en solo sur le sentier des Appalaches. Il était censé être à leur point de rendez-vous ce matin, mais il n'a pas donné de nouvelles.

— Depuis combien de temps marche-t-il ?

Drew ne comptait même pas souligner à quel point c'était inconscient pour cet homme de partir marcher tout seul. Mais bon, il n'avait pas vraiment son mot à dire puisqu'il était lui-même parti plusieurs fois seul dans les bois. Notamment ce matin. Même s'il n'était pas parti pour plusieurs jours de randonnée et qu'il avait vingt ans de moins que l'homme disparu.

— Il est parti il y a deux jours. Il était censé retrouver son fils ce matin pour se réapprovisionner, puis continuer pendant deux jours.

— Et ce n'est pas envisageable qu'il soit juste en retard ? demanda Drew.

— Pas d'après son fils, non. Il a dit qu'il lui a parlé hier et qu'ils ont confirmé l'heure et le lieu de leur rencontre ce matin.

— Très bien. On se retrouve au départ du sentier ?

— Ouaip.

— Qui vient ?

— Moi, toi, Brock et Tal. Les autres attendent et seront disponibles pour nous remplacer si nécessaire.

Drew acquiesça mentalement. Il savait que la jambe de Bristol était encore en train de guérir après son épreuve et Rocky n'était pas prêt à la laisser seule. Pas après ce qu'elle avait vécu. Le limier de Raid avait également subi une opération mineure pour enlever un kyste graisseux la veille et n'était pas encore prêt pour la randonnée. Et Tony avait une angine, donc Zeke voulait aider sa femme, Elsie – la mère de Tony – pour garder un œil sur lui et s'assurer que son état n'empire pas. Avec un peu de chance, ils n'auraient pas à les déranger.

— Ça me va. Je vous retrouve là-bas dès que je peux.

— N'oublie pas ton téléphone satellite, lui rappela Ethan.

— Comme si j'allais oublier notre nouveau jouet, dit Drew en levant les yeux au ciel.

— OK, je vérifiais juste. À plus.

Drew raccrocha et envisagea d'appeler Art avant de renoncer. Même s'il n'aimait pas l'idée de ne pas pouvoir mettre les choses au clair avec Caryn. Il ne savait pas combien de temps ils partiraient étant donné qu'ils ne savaient pas jusqu'où avait pu aller l'homme disparu. Peut-être qu'ils auraient de la chance et le retrouveraient non loin du départ de sentier. S'il était censé retrouver son fils, il était possible qu'il ait rencontré un problème vers la fin de cette étape du trajet. Mais il était tout aussi probable qu'il se soit passé quelque chose hier juste après qu'il a contacté son fils pour la dernière fois.

Jurant dans sa barbe, Drew se dirigea vers sa chambre pour enfiler son équipement de randonnée. Une fois qu'il fut prêt, il prit son sac à dos et quitta la maison. Alors qu'il grimpait à bord de sa Jeep, il repensa à ce matin. À quel point il s'était senti à l'aise en marchant avec Caryn. Elle n'avait pas cherché à combler le silence avec des bavardages inutiles et le fait de savoir qu'elle était derrière lui était... rassurant. Il n'y avait pas beaucoup de gens en qui il avait assez confiance pour assurer ses arrières.

Drew ne savait pas pourquoi il ressentait cela avec Caryn, vu leurs querelles incessantes. Peut-être était-ce simplement parce qu'elle était premier répondant, comme lui avant. Les pompiers et les policiers avaient parfois une relation conflictuelle, mais Drew n'avait jamais ressenti cela. Il était reconnaissant du travail que faisaient les pompiers et les pompières et il était bien content de ne pas devoir s'aventurer dans des bâtiments en feu.

Priant pour qu'ils puissent rapidement retrouver l'homme disparu et qu'il puisse ensuite s'excuser auprès de Caryn avant que la rancœur ne s'installe, Drew se focalisa sur sa prochaine mission. S'il se laissait distraire, lui ou ses coéquipiers pourraient rapidement être blessés. Pour le moment, il devait se concentrer sur sa tâche. Mais une fois que tout ça serait terminé, il serait plus que prêt à ramper s'il le devait la prochaine fois qu'il verra Caryn.

Il avait le sentiment qu'elle valait la peine qu'il rampe un peu... même s'il ne comprenait pas totalement pourquoi.

CHAPITRE TROIS

Caryn était de mauvaise humeur. Elle avait cru que peut-être, juste *peut-être*, Drew aurait été différent de la plupart des hommes avec qui elle avait travaillé toute sa vie. Elle avait cru qu'il la soutiendrait dans son intérêt pour l'équipe de recherche et de sauvetage. Au lieu de ça, il avait beau tenir de belles paroles, au bout du compte, il était aussi sexiste que les autres hommes qu'elle avait connus.

Soupirant, elle laissa retomber sa tête sur l'appuie-tête derrière elle. Elle était de retour chez son grand-père, mais n'avait pas encore quitté sa voiture. Fermant les yeux, elle se renfrogna.

Elle n'était pas juste. Elle le savait. Et pourtant, la douleur était toujours là.

Maintenant qu'elle s'était arrêtée et repensait à ce qui s'était passé, Drew n'avait *rien* dit pour susciter le genre de réaction qu'elle avait eue. Il ne s'était pas moqué d'elle. Il ne l'avait pas envoyée promener. En vérité, il n'avait pas dit un seul mot.

Elle ne lui avait pas *laissé* l'occasion de dire quoi que ce soit.

Elle avait supposé que son silence voulait dire qu'il ne voulait pas d'elle dans son équipe.

Elle était partie sans le laisser parler, uniquement pour se protéger et ne pas entendre quelque chose qu'elle ne voulait pas entendre. C'est-à-dire toutes les raisons pour lesquelles, si une femme rejoignait l'équipe, ça ne fonctionnerait pas.

Ce n'était pas vraiment le travail en lui-même qui lui faisait envie, mais plutôt la camaraderie qu'elle sentait entre Drew et les autres. Toute sa vie, elle avait effleuré du doigt ce genre de connexion. Depuis l'école jusqu'à l'âge adulte. Aucune des casernes de pompiers dans laquelle elle avait travaillé n'avait voulu d'une femme dans leurs rangs. Elle supposait que la plupart l'acceptaient, car ils n'avaient pas le choix, et que l'avoir dans leurs rangs répondait à un certain devoir de discrimination positive.

— Je suis tellement idiote, maugréa-t-elle, ouvrant les yeux et regardant fixement devant elle. J'aurais dû écouter ce qu'il avait à dire.

Il fallait vraiment qu'elle travaille sur ses réactions impulsives et cette habitude qu'elle avait de supposer le pire. Certes, elle essayait de se protéger, mais elle avait été extrêmement impolie. Si Drew comptait le nombre de fois où elle s'était énervée contre lui, Caryn devait reconnaître que même *elle* ne se laisserait pas de seconde chance.

Elle avait même plutôt bien apprécié la randonnée jusqu'à cet instant. Drew avait une présence apaisante. Et même si elle voyait bien qu'il était hyper vigilant, il n'était pas paranoïaque, contrairement à ce qu'elle pensait.

Soupirant profondément, Caryn sut qu'elle avait fait une erreur colossale. Elle avait *vraiment* envie de savoir ce que Drew pensait de la possibilité qu'elle puisse rejoindre son équipe. Même si elle n'envisageait pas vraiment de rester à Fallport... si ?

Avec un rire plein d'autodérision, elle secoua la tête. *Si*. Elle avait envie de rester. Ici, avec Art. Dans cette petite ville où elle avait quasiment grandi. Elle avait de si bons souvenirs des étés passés ici, à part Paul Downs. Les gens étaient généralement chaleureux et elle adorait la singularité de cet endroit.

De plus, son chef à New York ne lui avait-il pas pratiquement dit qu'il ne lui garderait pas sa place ? Il avait cherché des raisons d'embaucher une nouvelle personne et elle lui avait présenté l'opportunité parfaite.

Mais si elle comptait emménager à Fallport, elle allait devoir trouver un moyen de gagner sa vie. D'après ce qu'elle savait, les membres de l'équipe de Recherche et de Sauvetage d'Eagle Point étaient bénévoles. Elle *pouvait* toujours se renseigner auprès du département incendie de Fallport. Même si elle et Paul Downs ne s'entendaient pas bien, elle avait l'habitude de travailler avec quelqu'un qui ne l'appréciait pas. Mais voulait-elle continuer à être pompière ? Ça, c'était la question.

Elle était secouriste, elle pouvait peut-être chercher du travail auprès de l'équipe de secours de Fallport. Ou peut-être rejoindre l'équipe de pompiers du comté, les hommes et les femmes qui allaient éteindre les feux de forêt.

Et puis, il y avait cet *autre* boulot qu'elle faisait à côté...

Secouant la tête, Caryn repoussa cette idée. Elle ne pensait vraiment pas que c'était un moyen viable de gagner de l'argent. Pas assez pour en vivre. Elle le faisait seulement pour s'amuser.

Caryn ouvrit la portière de sa voiture de façon abrupte. Elle avait besoin de se changer les idées. D'aller à l'intérieur et de voir comment allait Art. De lui apporter la nourriture qu'elle avait prise sur le chemin. À un moment donné, il allait bien falloir qu'elle revoie Drew... et qu'elle s'excuse. Elle avait été très impolie, une fois de plus, et elle n'aurait jamais dû partir comme elle l'avait fait. Elle avait quarante et un ans. Il était temps qu'elle arrête de laisser ses émotions prendre le dessus sur son bon sens.

Prenant son sac de nourriture, Caryn entra dans la maison.

Art lui remonterait le moral. Il avait toujours quelque chose d'amusant à dire, une histoire à raconter sur ses amis ou les habitants de Fallport qui pouvait la faire sourire et oublier ses inquiétudes pendant un moment.

* * *

Quelques heures plus tard, Silas et Otto étaient en train de rendre visite à son grand-père et de le mettre au courant des ragots qu'il avait ratés pendant qu'il était encore chez lui, à récupérer, au lieu d'être assis devant le bureau de poste – la routine quotidienne du trio depuis des années. Elle était tranquillement assise dans le coin du salon avec un livre, écoutant à peine, lorsque Otto attira son attention en disant qu'une personne avait disparu. D'après l'ami de son grand-père, l'équipe de Sauvetage et de Recherche était partie il y a quelques heures pour une mission de sauvetage.

— Apparemment, un type plus âgé randonnait tout seul, il voulait traverser tout l'État et il n'est pas arrivé au point de rendez-vous qu'il avait fixé avec son fils. Alors ils ont envoyé l'équipe pour voir s'ils pouvaient le retrouver, leur expliqua Otto.

— Je pourrais clairement faire ça, dit Silas d'un air confiant.

— Faire quoi ? Traverser l'État de Virginie en randonnée ? demanda Art, visiblement sceptique.

— Quoi, tu ne m'en crois pas capable ? demanda Silas.

Art et Otto éclatèrent de rire.

Caryn fit de son mieux pour retenir son sourire.

— Je pourrais ! insista Silas. Je ne suis pas encore *si* vieux et décrépit !

— Silas, tu te plains déjà de devoir traverser la place à pied, rétorqua Otto.

— Et tes os craquent quand tu t'assieds, lâcha Art.

— Oui, ben, je ne dis pas que je sauterais à cloche-pied, mais je pourrais le faire, dit Silas un peu grognon.

— Le temps que tu termines ta randonnée, tu aurais déjà quatre-vingts ans, dit Art à l'homme de soixante-neuf ans en secouant la tête. Et puis, pourquoi tu *voudrais* faire ça ? Tu devrais manger du granola et des trucs lyophilisés, porter tout ça sur ton dos, dormir sur le sol, et le café serait dégueulasse.

— C'est vrai, marmonna Silas.

— En plus, tu raterais tous les ragots du coin, dit Otto.

Caryn trouvait que la façon dont les trois hommes interagissaient était plutôt mignonne. Certes, ils se moquaient les uns des autres et étaient très compétitifs, mais rien n'était fait ou dit avec méchanceté. Ils étaient sarcastiques, puis regardaient autour d'eux et vérifiaient que tout le monde était OK avec le fait de se taquiner. Comme ils l'avaient fait avec Silas. Se moquant de lui, car il pensait pouvoir faire une longue randonnée dans les bois, tout en lui offrant une porte de sortie en lui expliquant tout ce qu'il raterait.

Même s'ils avaient chacun dix ans d'écart, ils étaient vraiment les meilleurs amis du monde.

— Enfin bref, j'ai entendu dire que seulement quatre membres de l'équipe de Recherche et de Sauvetage sont partis en mission, dit Otto. J'imagine que c'est parce que le fils d'Elsie est malade et que Bristol récupère encore. Rocky va mettre du temps avant de pouvoir la laisser seule, j'en suis sûr.

— Raid et Duke n'y sont pas allés ? demanda Art.

Silas haussa les épaules.

— J'imagine que non.

Caryn avait tellement de questions, mais elle les garda pour elle, par habitude. Avoir l'air trop enthousiaste ne lui avait jamais servi par le passé. Ses anciens coéquipiers le lui reprochaient souvent ou levaient les yeux au ciel face à toutes ses questions. Son travail consistait à suivre et faire ce qu'on lui disait. Pas à poser des questions.

Pourtant, elle ne pouvait pas réfréner sa curiosité quant à la façon dont l'équipe de recherche et de sauvetage s'y prenait pour retrouver quelqu'un qui s'était perdu. Quel genre de signes recherchaient-ils dans les bois, quel était le protocole quand ils trouvaient quelqu'un ? Elle supposait que si la personne était complètement autonome, ils l'escortaient jusqu'à la fin du sentier. Mais si elle était blessée ? Est-ce qu'ils la portaient ? Appelaient-ils un hélicoptère ? Il y avait tellement de choses qu'elle voulait savoir.

Elle fit à nouveau abstraction des trois hommes lorsqu'ils commencèrent à se disputer sur le score de leur partie d'échecs. Même si cela lui faisait plaisir de voir Art avec les joues plus colorées, ayant la force de s'asseoir dans le salon alors que ses amis lui rendaient visite, aussi longtemps qu'il l'avait fait aujourd'hui. Il y avait eu des moments juste après l'agression où Caryn avait vraiment cru qu'elle allait le perdre. Mais heureusement, Art était coriace et têtu et il guérissait remarquablement bien.

Elle était également très reconnaissante que le docteur Snow, le docteur du coin, accepte de passer tous les jours pour ausculter son patient.

Elle repensa à ce matin, comme elle l'avait fait fréquemment au cours des dernières heures. Plus elle repensait à ce qu'elle avait fait, plus elle avait honte. Elle était littéralement partie comme un enfant qui fait une crise de colère. Elle avait visiblement surpris Drew en lui proposant de rejoindre l'équipe de RES, mais au lieu de lui laisser le temps de digérer l'information, elle avait supposé que son silence voulait dire qu'il n'était pas d'accord.

Il fallait qu'elle s'excuse. Il ne voulait peut-être pas l'entendre, il ne voulait peut-être pas avoir affaire à une femme qui avait de telles réactions impulsives, mais elle devait tout de même s'excuser. Elle aimait *bien* Drew... ce qui était assez surprenant. Après son divorce et après avoir travaillé avec de très mauvais policiers, elle ne pensait pas qu'elle passerait volontairement du temps avec l'un d'eux.

Caryn savait que ce n'était pas juste. Il y avait de très bons policiers à New York et dans le monde entier. Être dans les forces de l'ordre n'était pas quelque chose qu'elle aurait personnellement voulu faire, mais elle avait beaucoup de respect pour toutes les merdes qu'ils devaient affronter au quotidien. Malgré cela, en vivant avec son ex, elle avait appris que la plupart des flics étaient vraiment méfiants.

Jonah, en particulier, était constamment sur le qui-vive, s'attendant à ce que tout dérape à tout moment. C'était épuisant. De plus, il s'était avéré qu'il n'était pas une très bonne personne. Il lui faisait des reproches quand elle rentrait tard de son service, alors qu'il était souvent en retard lui-même. Il se plaignait du désordre de l'appartement ou de sa "paresse" lorsqu'elle ne préparait pas le dîner, alors qu'il ne levait jamais le petit doigt pour cuisiner ou nettoyer lui-même. Il l'accusait de ne pas faire attention à sa sécurité et à la sienne.

Ils s'étaient rapidement éloignés l'un de l'autre, leur mariage n'avait duré que deux ans avant qu'ils ne se séparent.

Elle percevait ce même niveau... d'alerte si elle pouvait dire, chez Drew, mais il ne semblait pas trop nerveux non plus ni dans le jugement. Peut-être était-ce parce que cela faisait longtemps qu'il n'avait pas porté d'uniforme. Ou alors il avait juste une meilleure personnalité. Dans tous les cas, même s'il était très vigilant, Drew semblait différent de Jonah.

Son téléphone qui se mit à sonner dans l'autre pièce la sortit de ses pensées et elle se leva pour répondre. Les trois hommes ne semblaient même pas avoir remarqué son départ, ce qui aurait pu être un coup dur pour son ego si Caryn n'avait pas été aussi reconnaissante que Silas et Otto divertissent autant son grand-père.

— Allô ? dit-elle en répondant.

Elle n'avait pas reconnu le numéro de téléphone.

— Caryn ? C'est Drew.

Caryn cligna des yeux d'un air confus, ne comprenant pas pourquoi elle entendait la voix grave de Drew contre son oreille.

— Comment tu as eu mon numéro ? demanda-t-elle.

Drew rit et le son provoqua un courant électrique le long de sa colonne vertébrale. Mon Dieu, avait-il toujours eu une voix aussi sexy ? Peut-être était-ce juste à cause du téléphone.

— C'est Fallport ici, tu sais.

Caryn supposa qu'elle n'avait pas besoin de plus d'explications. Cependant, elle était quand même surprise qu'il l'appelle après son départ brutal ce matin.

— Qu'est-ce qui se passe ?

— Je me demandais si tu pouvais venir sur le sentier de Falling Water pour nous donner un coup de main.

Elle resta sans voix. Mais cela n'eut pas d'importance, car Drew poursuivit.

— Tu as dû entendre qu'on nous a appelés pour une disparition ? On a trouvé le gars qu'on cherchait, mais il n'est pas en grande forme. Il s'est perdu en essayant de retrouver le chemin du sentier, puis il était déshydraté et étourdi et là il est plutôt dans les vapes. Il s'est aussi blessé légèrement, donc on va devoir le ramener sur une civière et on aurait bien besoin d'aide. Zeke, Raiden et Rocky sont disponibles, mais ils ont tous des raisons personnelles de rester en ville, si possible. Je préfère ne pas les déranger si j'ai une autre solution.

Comme elle ne disait toujours rien, Drew continua. Peut-être pour la convaincre.

— Le randonneur est tombé et s'est blessé au genou. On pense que c'est une luxation de la rotule et il ne peut pas marcher. Si tu ne peux pas, ou que tu as besoin de rester avec Art, je comprendrais. Je pensais juste que, comme tu as exprimé ton intérêt ce matin, tu pourrais vouloir nous aider.

Caryn retrouva enfin sa voix.

— Oui ! Bien sûr. Je peux partir d'ici quelques minutes. Vous êtes à quelle distance ?

— Pour le moment, il nous reste une dizaine de kilomètres à parcourir. L'homme n'était pas loin de là où le sentier de Falling Water rejoint le sentier des Appalaches. Si tu viens jusqu'ici, compte tenu du trajet jusqu'au point de départ du sentier, tu pourras probablement nous rejoindre à environ 8 km. D'habitude, on peut s'occuper d'un seul randonneur, mais... ce type n'est pas léger. Avoir une personne en plus ne serait pas de refus.

L'anticipation, l'excitation et la reconnaissance envahirent Caryn. Elle était également soulagée que Drew ne semble pas énervé par son attitude puérile un peu plus tôt.

— Je suis désolée pour ce matin, lâcha-t-elle.

— Tu n'as pas à t'excuser, dit-il calmement. À tout à l'heure ?

— Oui. Je serai là aussi vite que possible.

— Merci. Sois prudente. Ne te blesse pas en essayant de nous rejoindre.

À quand remontait la dernière fois où quelqu'un lui avait dit d'être prudente ? Elle ne s'en souvenait plus.

— Ça marche.

— À plus.

— Salut.

Caryn raccrocha et resta debout au milieu de la cuisine d'Art pendant une seconde avant de tourner sur elle-même et de se diriger vers la petite chambre d'amis qu'elle utilisait pour son séjour. Elle enfila un pantalon cargo, des chaussures de randonnée et un débardeur avant de retourner voir son grand-père.

— Il faut que je parte quelques heures. Vous voulez bien rester avec Art ? demanda-t-elle à Otto et Silas.

— Bien sûr, dirent-ils tous les deux.

Art demanda au même moment :

— Où est-ce que tu vas ?

— Drew m'a appelée pour me demander de venir les aider à ramener le randonneur disparu.

Elle lut immédiatement un certain intérêt dans les yeux des hommes plus âgés. Elle savait que si elle leur laissait l'occasion, ils la cuisineraient pour obtenir le plus d'informations possible pour satisfaire leur besoin de ragots.

— J'ai accepté mais je veux d'abord m'assurer que quelqu'un reste ici avec toi.

— On reste, lui dit Otto.

— À une condition, ajouta Silas. Tu nous donnes tous les détails croustillants à ton retour.

— Croustillants ? se moqua Otto.

— Je vais bien, grommela Art. Je n'ai pas besoin d'une baby-sitter.

— Je sais, le rassura Caryn en s'approchant de son fauteuil pour l'embrasser sur le front. Mais la dernière fois que je suis partie pour une heure seulement je t'ai retrouvé avec quelques points de suture arrachés parce que tu avais décidé de marcher autour de la maison tout seul.

— Mais j'avais faim, protesta Art.

— C'est pour ça que je veux que tes amis restent ici. C'est vraiment si pénible que ça ? Tu pourrais sortir ton échiquier et essayer d'égaliser un peu les scores.

Art se redressa sur sa chaise face à sa proposition.

— Tu veux dire augmenter mon score qui est déjà le meilleur ?

— Voilà, c'est ça, dit Caryn pour l'apaiser avant de se tourner vers ses amis. Merci, les gars, j'apprécie.

— Ce n'est pas un problème, lui promit Silas.

Otto lui fit un clin d'œil.

— J'ai hâte de connaître tous les détails à ton retour, dit-il.

Caryn ne put s'empêcher de sourire.

— OK, il faut que j'y aille. Je vous appellerai s'il se fait trop tard.

— Pas avec ton portable, non, lui dit Silas. Les téléphones classiques ne fonctionnent pas là-haut. Mais les gars ont de nouveaux téléphones satellites que Bristol a achetés pour l'équipe, alors tu pourras utiliser l'un des leurs.

— Bien sûr, dit Caryn. J'y vais maintenant.

— Amuse-toi bien à prendre d'assaut le château ! cria Art lorsqu'elle quitta la pièce.

Cary sourit devant cette réplique de *Princess Bride*[1]. Quand elle était petite, elle était obsédée par ce film et son grand-père ne s'était jamais plaint de devoir le regarder un soir sur deux quand elle était là plusieurs étés de suite.

Elle grimpa dans sa voiture et se dirigea rapidement vers le sentier de Falling Water.

CHAPITRE QUATRE

Lorsque Caryn arriva au point de départ du sentier de Falling Water, elle fut surprise de constater que la seule personne présente était Simon Hill, le chef de la police.

— Salut, Caryn, dit-il quand elle sortit de sa voiture.

— Salut. Où sont les autres ?

— Comment ça ?

Elle fronça les sourcils d'un air confus.

— Eh ben, quand j'étais petite je me souviens que les recherches étaient un sacré truc. Tout le monde venait aider. Où sont les pompiers ? Les volontaires ?

Simon haussa les épaules.

— Les pompiers ne viennent pas pour les recherches. Il y a eu une longue réunion concernant les responsabilités quand l'équipe de Recherche et de Sauvetage d'Eagle Point a été formée et j'imagine qu'ils ont décidé que les pompiers s'occuperaient uniquement de leur domaine... les incendies et les urgences médicales, tu vois – et que l'équipe s'occuperait des recherches.

— Eh ben, c'est stupide, marmonna Caryn.

Elle n'avait jamais rien entendu d'aussi ridicule. Quand la

vie de quelqu'un était en jeu, les responsabilités officielles de chacun n'avaient pas d'importance. On aidait. Point.

— Et les volontaires ?

— Le maire a décidé qu'il n'était pas prudent que des personnes non formées se promènent dans les bois et risquent de se perdre, dit Simon en haussant les épaules.

L'irritation de Caryn monta d'un cran. Elle avait été officière de formation dans sa caserne à New York et tout le monde était censé en apprendre le plus possible sur chaque aspect du métier de secouriste. Ils rencontraient aussi fréquemment les pompiers juniors des lycées locaux pour leur apprendre le métier. Elle avait du mal à croire que personne n'aide Drew et son équipe.

Elle avait envie de lui poser plus de questions pour comprendre pourquoi les choses avaient tant changé à Fallport et pourquoi les membres de l'équipe de Recherche et de Sauvetage d'Eagle Point étaient clairement livrés à eux-mêmes, mais elle devait se mettre sur la piste et retrouver les gars et la victime.

— Tu as eu de leurs nouvelles ? demanda-t-elle à Simon en indiquant le sentier avec un signe de tête.

— Ethan a appelé il n'y a pas si longtemps. Il a dit qu'ils progressaient, mais qu'ils étaient lents car ils devaient s'arrêter pour faire des pauses.

Caryn acquiesça. La pire chose qui puisse arriver durant un sauvetage comme celui-ci était que l'un des membres de l'équipe se blesse. S'ils ne pouvaient pas tous transporter la victime, ils étaient coincés.

— Content qu'on t'ait appelée. Tu as déjà fait ça auparavant ? demanda Simon.

Caryn sentit la suspicion dans sa voix et elle reconnut le chatouillement familier de l'agacement.

— Tu demandes ça parce que je suis une femme ? dit-elle, un peu plus sèchement qu'elle ne l'aurait voulu.

Mais le chef de la police ne s'en offusqua pas.

— Pas du tout. C'est seulement parce que je suppose que tu n'as pas souvent dû faire des randonnées de huit kilomètres avec une victime sur une civière au milieu des bois sur un terrain accidenté, dit Simon.

Caryn ne put s'empêcher de rire.

— Quoi, tu crois que ce n'est pas pareil à Central Park ? plaisanta-t-elle. Et tu as raison. Mais bon, j'ai déjà porté des victimes inconscientes sur vingt-cinq étages avant de tout remonter pour continuer à lutter contre un incendie.

— Tu marques un point, dit Simon avec facilité. Vas-y alors, je reste ici pour accueillir l'ambulance. On se voit à ton retour.

Elle hocha la tête dans sa direction, puis tourna vers le départ du sentier. Elle se mit en route à un rythme rapide, voulant retrouver Drew et les autres le plus vite possible. C'était agréable de sentir qu'on avait besoin d'elle et d'étirer ses jambes pour la deuxième fois de la journée.

Elle avait été un peu trop paresseuse depuis qu'elle était arrivée en ville. Caryn se jura mentalement d'y remédier dès que possible. Même si elle et Paul n'avaient pas la meilleure relation, peut-être qu'elle passerait au département incendie de Fallport pour voir si elle ne pouvait pas travailler avec les autres pompiers.

Caryn estimait qu'elle avait marché un peu moins de dix kilomètres lorsqu'elle entendit des voix devant elle sur le sentier. Son cœur se mit à battre plus vite car elle sut qu'elle avait enfin rejoint l'équipe de RES et leur victime. Elle refusait d'admettre, même à elle-même, qu'elle était un peu anxieuse – et excitée – à l'idée de revoir Drew.

Elle contourna l'angle et trouva le groupe en train de faire une pause à l'ombre d'un des arbres le long du sentier.

— Salut ! dit-elle en s'approchant.

Quatre paires d'yeux se tournèrent vers elle et elle ne put

s'empêcher de ralentir le pas face à l'intensité de tous ces regards braqués sur elle.

— La relève est là ! plaisanta Tal.

Elle sourit. Elle avait entendu plein d'histoires sur les hommes de l'équipe que lui avait racontées Art, qui se plaisait à lui répéter tous les potins dont il se souvenait à leur sujet. Tal était originaire du Royaume-Uni, ce qui n'était pas difficile à deviner vu son accent britannique. Il était coiffeur en ville, et même là il paraissait extrêmement soigné, malgré le fait qu'il soit au milieu de la forêt pour une mission de sauvetage.

Brock ne faisait que quelques centimètres de plus qu'elle. Il avait des cheveux courts et bruns et un regard chaleureux à travers ses yeux sombres.

— Ça fait plaisir de te voir, Caryn, dit-il d'une voix rauque.

Ethan était le leader d'office du groupe. Elle savait qu'il était fou amoureux de sa fiancée, Lilly, pour laquelle Art disait qu'Ethan était un vrai tendre. Mais il avait quand même un regard dur. Caryn n'avait clairement pas envie de se le mettre à dos. C'était un ancien Marine de la Navy et elle le voyait très bien faire ce travail. Il hocha la tête vers elle d'un air respectueux, lui faisant comprendre qu'il était reconnaissant qu'elle soit là, avant de passer une main dans ses cheveux noirs et ébouriffés.

Caryn ne vit aucun doute ni animosité dans le regard des hommes, ce qu'elle apprécia. Elle avait dû faire face à tellement de doutes quant à ses capacités, que c'était une seconde nature de ressentir le besoin de faire ses preuves avant même que quelqu'un ne dise un mot. Mais pas avec ces hommes. Tout ce qu'elle voyait, c'était du respect et un véritable soulagement qu'elle soit là pour les aider.

Finalement, son regard se posa sur Drew. Elle ressentit tout un tas d'émotions contradictoires en sa présence. Bizarrement, il la rendait méfiante. De quoi, ça, elle n'en avait aucune idée. Il la rendait également nerveuse. Et sur la défensive. Et il lui donnait chaud.

Ce fut cette dernière émotion qui la mettait dans tous ses états. Depuis quand n'avait-elle pas été autant attirée par quelqu'un ? Des années. Au moins. Le regard concentré de l'homme sembla percer à jour cette façade de femme forte qu'elle affichait. Comme s'il pouvait lire dans son esprit et qu'il savait à quel point elle était mal à l'aise avec les gens la plupart du temps. Elle le cachait bien, mais elle avait le sentiment qu'avec lui, ça ne prenait pas.

— Merci d'être venue, lui dit Drew.

— Pas de souci. Quel est le plan ? demanda-t-elle, essayant de se focaliser sur la tâche à accomplir... évacuer cet homme blessé.

— Si tu veux bien prendre ma place ici aux pieds de monsieur Pierce, on peut s'y remettre, dit Ethan. On peut changer toutes les cinq minutes environ. On marche quinze minutes, puis on se repose pendant dix minutes, donc si on a un coup de main en plus, on n'aura pas à faire autant de pauses et on pourra arriver plus rapidement au départ du sentier.

Caryn acquiesça, mais au lieu de se diriger immédiatement vers l'endroit que lui indiquait Ethan, vers les pieds de l'homme blessé, elle se dirigea vers la tête de la civière. Elle s'agenouilla dans la poussière et sourit au vieil homme.

— Bonjour, dit-elle doucement. Moi c'est Caryn. Comment vous vous appelez ?

— Gunner. Gunner Pierce, dit l'homme d'une voix tremblante.

— C'est inhabituel comme prénom, dit Caryn comme s'ils se rencontraient durant un événement social et non dans la forêt en plein milieu d'une évacuation.

— C'est Scandinave. Mes grands-parents étaient des immigrés.

— Génial. C'est unique. Mon prénom est souvent utilisé

pour se moquer des femmes blanches de classe moyenne qui se comportent comme si elles étaient privilégiées... bien qu'il soit orthographié différemment, donc c'est toujours ça.

L'homme rit.

— Il n'y a rien de mal avec votre prénom. De là où je me tiens... euh... où je suis couché, vous semblez être l'opposé d'une personne qui agirait comme cette fameuse « Karen ».

— Merci. Effectivement. Même si toute cette histoire est ridicule... je ne supporte pas la façon dont la société s'est servie d'un prénom pour se moquer des gens. C'est stupide. Enfin bref... avant qu'on ne reparte, est-ce que vous pouvez me dire comment vous vous sentez ? Qu'est-ce qui vous fait mal ? Et est-ce qu'on peut faire quelque chose pour vous soulager ?

Caryn sentait l'attention de l'équipe qui était braquée sur elle, mais il était hors de question qu'elle avance sans parler d'abord à Gunter. D'après son expérience, établir une sorte de connexion avec la personne qu'elle aidait contribuait grandement à rendre son travail, et l'expérience de la victime, beaucoup plus facile.

— Je me suis fait une belle entorse au genou, dit Gunner. Je suis vraiment désolé de ne pas pouvoir marcher tout seul. Je me suis perdu et j'errais bêtement, essayant de me repérer quand j'ai trébuché et je suis tombé.

— Ne soyez pas désolé. Ce genre de choses arrive et c'est pour ça que Drew, Ethan, Tal et Brock sont là. Vous avez même probablement refait leur journée... vous leur avez permis d'aller dans la nature pour faire une petite promenade.

Cette fois-ci, elle entendit des rires de la part des autres, ainsi que de Gunner.

— Et maintenant qu'on a une personne en plus, vous serez avec votre fils en un clin d'œil. Vous avez bien fait de vous assurer qu'il sache où vous étiez censé être et quand. Sinon, vous auriez pu rester ici bien plus longtemps.

— Vous êtes célibataire ? demanda Gunner.

Elle entendit l'un des gars émettre un son de protestation, mais elle ne quitta pas Gunner du regard.

— Je suis flattée, mais vous êtes un peu trop vieux pour moi.

Le sourire de Gunner s'élargit.

— Pas pour moi, mademoiselle. Pour mon fils. Il est célibataire et je vous apprécie déjà.

— Moi aussi je vous aime bien, dit Caryn. Vous ne vous plaignez pas et j'ai le sentiment que vous allez me faire sourire jusqu'au départ du sentier.

Elle ignora la mention de son fils. On l'avait draguée tellement de fois durant son travail qu'elle était assez douée pour détourner l'intérêt de quelqu'un.

— Vous êtes prêt à partir d'ici ? demanda-t-elle.

Gunner acquiesça.

— Super. Si jamais ça ne va pas, il faut nous le faire savoir immédiatement. Si la douleur s'accentue ou que vous éprouvez trop de pression sur une partie de votre corps, on peut s'arrêter, vous examiner et vous changer de place sur la civière pour que vous soyez plus confortable. OK ?

— OK, acquiesça-t-il. Je ne peux pas dire que c'est le lit le plus confortable que j'ai connu, mais c'est bien mieux que d'être sur le sol en train de me demander si je vais m'en sortir.

— Absolument. Je serai juste là, près de votre tête. Et j'ai tendance à beaucoup parler. Si vous voulez faire une sieste ou quoi, il n'y a pas de problème. Sinon, vous serez obligé de rire à mes blagues lourdes et faire semblant que je suis la personne la plus fascinante que vous ayez jamais rencontrée.

Gunner rit à nouveau.

— Je ne pense pas que ce sera très difficile.

Caryn se releva et fit un clin d'œil au vieil homme.

— Si, je pense. Je suis très ennuyeuse.

— C'est ça, dit Gunner d'un ton sceptique.

Caryn se tourna pour s'excuser auprès d'Ethan car elle

n'avait pas pris sa place aux pieds de l'homme comme il le lui avait demandé – mais elle fut soudain frappée par le regard intense de quatre hommes intimidants.

— Quoi ? demanda-t-elle finalement, gênée d'être le centre de l'attention.

Ethan secoua simplement la tête.

— Incroyable, marmonna Brock.

— *Impressionnant*, ajouta Tal.

Caryn ne comprenait pas bien de quoi ils parlaient. Elle se tourna vers Drew. Il s'avança et leva la main, comme s'il était sur le point de lui toucher le visage, mais laissa retomber sa main avant d'établir un contact.

— Merci, dit-il au bout d'un moment.

Elle n'était pas sûre de savoir pourquoi il la remerciait, mais Caryn hocha quand même la tête.

— Vous êtes prêts à reprendre la route ? demanda Brock.

Tout le monde acquiesça et prit position autour de la civière.

— On y va à trois... un, deux, *trois*.

Caryn, Drew, Tal et Brock se levèrent avec la civière au même moment. Ethan ouvrit la voie, s'assurant que le chemin était dégagé.

Alors qu'ils avançaient, Caryn divisa son temps en étudiant le visage de Gunner, surveillant son état, et regardant où elle mettait les pieds. Si l'un d'entre eux trébuchait, cela pourrait être désastreux pour ce pauvre Gunner. Il était à leur merci et elle prenait sa sécurité très au sérieux.

Alors qu'ils marchaient, elle apprit qu'il avait pour habitude de courir des marathons dans sa jeunesse, jusqu'à il y a dix ans. Il avait arrêté d'en faire lorsqu'il s'était blessé au genou lors de sa dernière course et il s'était mis à la randonnée comme autre forme d'exercice. Sa femme était décédée il y a cinq ans et même si son fils n'était pas ravi de ses aventures solitaires, il faisait avec car son père semblait manifestement apprécier son temps passé sur les sentiers.

— Est-ce que ça veut dire que maintenant vous allez y réfléchir à deux fois avant de partir seul en randonnée ? lui demanda Caryn.

— Certainement pas, dit Gunner. Mais par contre, je vais m'acheter l'un de ces téléphones satellites que vous avez.

— Ils sont plutôt pratiques, dit Drew qui était en face de Caryn.

Ils portaient l'homme avec ses pieds vers l'avant alors qu'ils s'enfonçaient dans la forêt.

— Mais on ne les a pas toujours eus. C'est sûr que c'était plus difficile sans.

Sa remarque poussa Tal à expliquer à Gunner – et à Caryn, puisqu'elle n'avait encore jamais entendu toute l'histoire – comment leur coéquipier Rocky avait rencontré Bristol et comment cette femme reconnaissante leur avait offert les téléphones satellites.

La conversation s'essouffla un peu après ça, mais Caryn se lança pour permettre à Gunner de penser à autre chose qu'à sa situation actuelle et à sa douleur.

— Du coup... vous avez vu Bigfoot quand vous étiez ici ? lui demanda-t-elle.

Il rit.

— Non. Pas cette fois.

— Pas cette fois ? demanda-t-elle.

Le groupe s'arrêta brièvement sur le sentier pour qu'Ethan puisse échanger sa place avec Drew. Ils se remirent immédiatement en route.

— Oui. Je ne peux pas le prouver, mais quand je faisais une randonnée en Alaska il y a quelques étés, je vous jure que j'en ai vu un au loin. Il s'est arrêté à une centaine de mètres sur le sentier et m'a regardé. Je l'ai regardé. Puis il a disparu entre les arbres.

— C'était peut-être un élan, suggéra Brock.

Gunner ricana.

— Je connais la différence entre un élan et un Bigfoot, dit-il.

— Donc vous y croyez, dit Caryn.

— Évidemment, dit l'homme d'un ton un peu insolent.

Elle était contente de voir qu'il reprenait du poil de la bête. Ses joues se coloraient à nouveau et il semblait plus éveillé que lorsqu'elle avait rejoint le groupe.

— J'imagine que toi non ? demanda Gunner à Brock.

— Non, dit Brock sans aucune hésitation.

— C'est un tas de conneries tout ça, ajouta Tal.

— Je suis d'accord, dit Ethan.

Caryn ne put s'empêcher de regarder Drew qui était désormais devant eux, s'assurant que la voie était libre. Il regarda Gunner et haussa les épaules.

— Je n'ai jamais vu de Bigfoot. Bigfeet ? Et pourtant, j'ai souvent été dans la forêt.

— Ce n'est pas une vraie réponse, dit Gunner. Et toi, Caryn ?

— Je ne rejette pas *totalement* l'idée, dit-elle en haussant les épaules. Et je crois qu'il y a de nombreuses espèces qui vivent tranquillement leur vie sans que nous soyons au courant de leur existence, notamment dans les océans. Mère Nature évolue sans cesse, donc j'imagine que de nouvelles espèces, que les scientifiques ne soupçonnent même pas, naissent tous les jours. Je veux dire, il y a des groupes entiers de personnes qui vivent dans la forêt Amazonienne qui n'ont jamais eu aucun contact avec la société moderne. Alors pourquoi est-ce qu'il ne pourrait pas y avoir de grandes créatures humanoïdes qui rôderaient également ?

— Très diplomatique, dit Gunner.

— Merci, dit Caryn avec un sourire.

Le trajet du retour jusqu'au parking se déroula étonnamment très rapidement. Caryn changea de place avec les autres quelques fois, mais continua de discuter avec Gunner. Les gars se joignaient à elle de temps en temps mais semblaient heureux de la laisser prendre les devants quand il était question de communiquer avec leur patient.

Ethan fut de nouveau en tête lorsqu'ils s'approchèrent du départ du sentier.

— On est arrivés ! dit Caryn à Gunner avec excitation.

Sa main lui faisait mal à force d'avoir agrippé la civière, mais elle refusait de montrer le moindre inconfort. Elle s'était beaucoup entraînée à cacher la douleur qu'elle ressentait, simplement pour que personne ne puisse l'utiliser contre elle plus tard. Et c'était clairement déjà arrivé. Une fois.

C'était lorsqu'elle n'était encore qu'une recrue et après un incendie cinq alarmes particulièrement éreintant. Ils avaient lutté contre toute la nuit et elle s'était sentie aussi molle qu'une nouille mouillée quand ils avaient terminé. Sur le chemin du retour jusqu'à la caserne, elle avait expliqué à quel point elle était fatiguée – et les autres dans le camion s'étaient immédiatement moqués d'elle. Ils l'avaient traitée de faible, lui disant qu'elle avait intérêt à s'endurcir si elle voulait réussir dans le département incendie avec les grands.

Alors qu'elle les avait entendus se plaindre un peu plus tôt, râlant à cause de leurs courbatures et sur le fait que le feu leur avait botté les fesses. Mais elle avait retenu la leçon. Elle devait être deux fois plus forte que les hommes pour obtenir moins de respect. C'était exaspérant, mais elle avait appris à vivre avec.

Et puis, la dernière chose qu'une victime avait besoin de voir ou d'entendre, c'était que quelqu'un qui était responsable de sa vie se plaigne d'être fatigué ou d'avoir mal. Elle devait avoir confiance en sa capacité à l'aider à traverser cette crise en toute sécurité. Alors Caryn enterrait ses douleurs jusqu'à ce qu'elle se retrouve seule.

— Votre fils va vous retrouver à la clinique, dit Ethan à

Gunner. Il voulait être là, mais quand j'ai parlé à notre chef de police un peu plus tôt et que je l'ai rassuré sur votre état, il a dit qu'il enverrait votre fils chez le docteur Snow pour commencer la paperasse.

— Merci, dit Gunner.

Lorsque le groupe entra sur le parking, une ambulance les attendait. Ils se dirigèrent immédiatement vers les portes à l'arrière qui s'ouvrirent à leur arrivée. Ils transférèrent Gunner sur le brancard sans qu'il y ait d'agitation.

Avant qu'il ne soit placé à l'arrière de l'ambulance, Gunner tendit le bras pour attraper la main de Caryn.

— Merci, dit l'homme plus âgé.

— Je fais juste mon travail, répondit-elle.

Des mots qu'elle avait prononcés plus de fois qu'elle ne pouvait en compter par le passé quand quelqu'un la remerciait.

Mais Gunner secoua la tête.

— J'étais vraiment secoué. J'avais pitié de moi et je me demandais ce que je foutais. Je suis trop vieux pour me balader tout seul dans la nature.

— Ce n'est pas vrai, protesta Caryn. Si vous étiez tout courbé avec une hanche endommagée et obligé d'utiliser un déambulateur, je serais d'accord. Mais vous êtes clairement en pleine forme et vous connaissez vos limites. Vous ne courez pas sur les sentiers, vous les empruntez à un rythme raisonnable. N'importe qui aurait pu se perdre et tomber. Je suis sûre que vous serez sur pied en un rien de temps.

Gunner sourit.

— Je suis d'accord. Je m'apitoyais sur mon sort, j'étais perdu dans ma tête, puis vous êtes arrivée et m'avez fait rire et je me suis sorti les doigts des fesses. Alors, merci.

— De rien, dit doucement Caryn. Maintenant... comme je l'ai trop souvent dit à mon grand-père de quatre-vingt-onze ans ces dernières semaines : allez-y doucement. Votre corps ne s'en remettra pas aussi vite que lorsque vous aviez vingt ans de moins. Vous retrouverez votre routine habituelle avec le temps, mais pas si vous vous surmenez.

— Oui, madame, dit Gunner.

Caryn sentit une main sur son bras et se tourna pour voir Drew debout à ses côtés.

Ethan, Tal et Brock étaient à quelques mètres, derrière lui.

— Il faut qu'ils y aillent, dit-il doucement.

— D'accord, dit Caryn, se tournant vers Gunner.

Lorsque Drew enleva la main de son bras, elle aurait pu jurer sentir un picotement là où il l'avait touchée.

— Prenez soin de vous, dit-elle à Gunner. Et assurez-vous de remercier votre fils d'avoir appelé à l'aide si rapidement.

— Oh, ne vous inquiétez pas, je le ferai. C'est un anxieux, mais là pour le coup, je suis reconnaissant. Il est vraiment célibataire, alors l'offre tient toujours si vous voulez le rencontrer, lui dit Gunner avec un sourire.

— Vous êtes incorrigible, dit-elle en secouant doucement la tête. Remettez-vous vite.

— Ça marche, merci à vous et à votre équipe.

— Oh, c'est pas mon...

Mais les ambulanciers fermaient déjà les portes, elle n'eut donc pas le temps d'expliquer qu'elle n'était à Fallport que temporairement. Qu'elle ne faisait pas partie de l'équipe de recherche et de sauvetage, mais qu'elle leur donnait seulement un coup de main.

Elle recula et observa l'ambulance quitter le parking. Simon s'approcha et serra la main de tout le monde, notamment la sienne, et les remercia une fois de plus.

Puis elle se retrouva seule avec les quatre hommes sur le parking.

Elle se sentait un peu mal à l'aise avec eux maintenant, même s'ils ne lui avaient donné aucune raison de l'être. Avant qu'elle ne puisse parler, Ethan la devança.

— Tu as été incroyable, dit-il.

Caryn cligna des yeux et haussa les épaules.

— Je ne faisais qu'aider. C'est vous qui avez fait tout le travail en retrouvant Gunner et en l'amenant aussi loin sur le sentier.

— Tu fais toujours ça ? demanda Tal.

— Faire quoi ? demanda Caryn, sincèrement perplexe.

— Rejeter les compliments.

Caryn ne s'était même pas rendu compte qu'elle l'avait fait, mais maintenant qu'il attirait son attention sur ce point, c'était exactement ce qu'elle faisait. Tout le temps. Et elle savait pourquoi... à cause de l'environnement toxique dans lequel elle travaillait.

Elle adorait ce qu'elle faisait – combattre les incendies, aider les gens en cas d'urgences médicales, même sauver un chat sur un poteau téléphonique de temps en temps – mais naviguer dans le champ de mines des idées reçues et essayer de n'attirer l'attention de personne à la caserne était épuisant. Et pour ne pas attirer l'attention, elle minimisait les éloges. Elle insistait sur le fait qu'elle n'était qu'une petite partie d'un effort collectif.

C'était fou, mais en vérité, si l'un de ses collègues masculins apprenait qu'elle était en lice pour recevoir une distinction, ou même si elle était simplement trop félicitée, il y avait de grandes chances qu'on l'accuse de coucher pour obtenir une promotion. C'était n'importe quoi, mais ça arrivait souvent à toutes les femmes de n'importe quel domaine. Encore plus pour les métiers traditionnellement considérés comme des « boulots d'hommes ».

Faire de son mieux pour rester en arrière-plan et passer pour quelqu'un de moyen était une méthode de survie. Mais en réalisant jusqu'où elle était allée pour maintenir le *statu quo*, pour ne pas attirer l'attention sur elle, Caryn se sentit soudain honteuse.

— Tu as été incroyable avec Gunner, dit fermement Ethan.

D'habitude Zeke est notre homme de confiance quand il est question de parler avec les victimes. Nous autres nous ne sommes pas très doués pour faire la conversation. Et il est évident que tu es douée pour que les gens se détendent en ta présence. J'ai pu littéralement voir le vieil homme se calmer au fur et à mesure qu'il parlait. Je suis prêt à parier tout ce que j'ai que sa pression artérielle a énormément baissé entre le moment où tu es arrivée et quand il est monté dans l'ambulance.

Le compliment fit du bien à Caryn. L'envie irrépressible de rejeter son compliment était toujours là, mais elle la ravala.

— Merci, dit-elle à la place. À vrai dire, j'aime bien parler aux gens. Connecter avec eux. Si je peux les aider à être moins effrayés, j'ai l'impression d'avoir fait mon travail.

— Eh ben, tu as vraiment un don. Mais j'ai quand même une question.

Caryn sentit son estomac se nouer, se préparant à la question qu'Ethan voulait lui poser.

— Oui ?

— Tu crois vraiment à l'existence de Bigfoot ?

Elle fut tellement soulagée qu'elle rit, faisant un bruit avec son nez. Une fois qu'elle se fut ressaisie, elle lui dit :

— Si Gunner a dit qu'il avait vu Bigfoot, qui suis-je pour le contredire ?

Les quatre hommes lui souriaient tous... et c'était si rare pour elle de recevoir du soutien plutôt que de dédain, ou de ne pas être entourée d'hommes qui ressentaient le besoin d'être en compétition avec elle, que c'était presque surréaliste.

— Caryn envisage sans doute de rester à Fallport et elle a exprimé son intérêt pour l'équipe de RES d'Eagle Point qu'elle souhaiterait rejoindre, dit Drew d'un air nonchalant.

Elle se tourna vers lui, choquée et pas très contente qu'il ait mentionné aux autres sa remarque désinvolte sur le fait de rester à Fallport.

Avant qu'elle ne puisse s'en prendre à lui, Brock prit la parole.

— Oui.

Un seul mot, il n'en prononça pas un de plus. Mais elle le ressentit jusque dans ses orteils.

— Oh que oui, approuva Tal. Tu as été incroyable aujourd'hui... et tu es bien plus jolie que nous.

— On a toujours besoin d'une personne qualifiée en plus au sein de l'équipe, dit Ethan de façon un peu moins exubérante, mais pas moins sincère.

— Je ne m'y connais pas du tout en recherche, dit Caryn qui voulait le préciser.

Ethan haussa les épaules.

— On peut t'apprendre. Et comme nous n'allons jamais seuls dans les bois – enfin, presque jamais ; Rocky était l'exception et il a retenu la leçon – une paire d'yeux en plus quand on cherche quelqu'un est clairement appréciée.

— Hum... merci. Mais je n'ai pas encore décidé si j'emménageais ici ou pas, dit-elle avec honnêteté.

— Tu devrais, dit Brock. Tu as beaucoup manqué à Art. Il vante tes mérites à qui veut bien l'entendre. Il serait fou de joie si tu restais.

— Fou de joie ? Qui dit ça ? demanda Tal.

— Ben moi, apparemment, dit Brock sans paraître perturbé pour autant.

Caryn ne put s'empêcher de rire.

— Je sais qu'il adorerait que je vive ici, mais il faut que je trouve un moyen de gagner ma vie.

— J'ai entendu dire qu'il y avait un poste vacant à la caserne, dit Ethan.

— Ah bon ? demanda Caryn.

— Sérieux ? dit Drew en même temps.

— D'après ce que j'ai compris, oui. Ils ont du mal à trouver des personnes qualifiées. Apparemment, Fallport est un peu trop en dehors des sentiers battus pour certains et le salaire n'est pas exactement le même que celui des grandes villes, dit Ethan.

Caryn réalisa qu'il l'avertissait autant qu'il en faisait simplement la remarque. Elle haussa les épaules.

— Le coût de la vie ici est également bien moins élevé que dans les grandes villes, dit-elle.

— C'est vrai, dit-il en hochant la tête.

— Tu vas postuler ? insista Brock.

Caryn ne put s'empêcher de lui sourire.

— Je ne sais pas. Paul et moi ne nous entendons pas particulièrement bien.

Tal ricana.

— C'est une tête de nœuds.

— Une quoi ? demanda Caryn perplexe.

— Un benêt. Une tête à claques. Un branleur. Un casse-pied.

Les autres gars éclatèrent de rire.

— Traduction… c'est un connard, dit Brock, riant encore.

Caryn était bien d'accord, mais ne trouvait pas cela poli de le dire à voix haute.

— Je ne le connais pas très bien, mais on ne s'entendait pas quand on était enfants et que je venais durant les étés.

— Et donc tu veux dire qu'il doit probablement toujours avoir des préjugés débiles en tête, résuma Brock.

— Voilà.

— Eh bien, même si c'est un crétin, il est capitaine de la caserne et décide probablement de qui est embauché ou non, dit Ethan.

Caryn jeta un coup d'œil à Drew. Il avait été plutôt silencieux jusqu'à présent, mais bizarrement, elle ne fut pas surprise de voir qu'il avait les yeux rivés sur elle.

— Il serait idiot de ne pas t'embaucher, dit-il d'un air convaincu.

Caryn se mit à rougir. Finalement, après leurs premiers échanges difficiles, Drew faisait de son mieux pour la convaincre d'emménager à Fallport. Elle ne savait pas vraiment quoi en penser.

— Quoi qu'il en soit, si tu envisages sérieusement de rejoindre notre équipe, on peut s'asseoir et en discuter ensemble plus tard. Je peux t'expliquer ce que cela implique, comment fonctionne l'entraînement, et à quelle fréquence on nous sollicite... ce genre de choses, dit Ethan.

— Merci.

— Ou, Drew peut s'en charger, dit-il avec un clin d'œil. Salue Art de notre part, tu veux bien ?

Caryn refusa de regarder en direction de Drew, se sentant soudain timide. Pourtant, elle n'était pas du genre timide.

— Ça marche.

— Merci encore pour ta présence. Tu nous as beaucoup aidés, lui dit Brock.

— Pareil, dit Tal avec un sourire.

Quelques moments plus tard, elle se retrouva seule avec Drew sur le parking.

— Tu as faim ?

Surprise, Caryn baissa les yeux sur son poignet. Il était presque l'heure du dîner.

— Hum, oui. Mais je ferais mieux de rentrer pour veiller sur Art.

— Je me disais qu'on pouvait passer au On the Rocks. Zeke est à la maison avec Tony, mais Elsie travaille et je voulais vous présenter. Tu pourrais prendre quelque chose pour Art au passage. Ce n'est pas aussi délicieux que la cuisine de Sandra au restaurant, mais c'est quand même très bon.

— Pourquoi ?

— Pourquoi c'est très bon ? Parce que Zeke a embauché un très bon cuisinier. Il est...

— Non, pourquoi tu veux me présenter à Elsie ?

Drew fronça les sourcils.

— Pourquoi ne le ferais-je pas ? Elle est incroyable. Et elle et Zeke sont mariés. Et Zeke fait partie de l'équipe RES.

Ce fut au tour de Caryn de froncer les sourcils.

— Je ne comprends toujours pas.

— On est une famille, expliqua calmement Drew. Nous sommes très proches. Quand Zeke s'est mis avec Elsie, cette complicité a été renouvelée avec elle et son fils. Pareil pour Lilly et Bristol. Faire partie de l'équipe RES signifie passer du temps avec l'équipe et leurs proches. Nous sommes assez protecteurs et s'il arrive quelque chose à l'un d'entre nous, ceux que l'on aime, on n'hésitera pas à faire ce qu'il faut pour les aider.

Caryn ne put que le fixer du regard. Il était en train de décrire ce qu'elle avait pensé vivre une fois qu'elle aurait débuté son premier poste de pompière. Elle s'était imaginée passer du temps chez ses frères, être amie avec leurs familles, et être proche d'eux même en dehors du service. Mais cela ne s'était jamais produit, dans aucune des casernes.

À ce stade, elle ne s'attendait pas à être incluse dans le groupe de Drew et de ses amis, qui était visiblement très soudé. Pourtant, elle en avait envie.

Même si elle avait le sentiment que ce n'était pas très malin, et qu'elle aurait dû mieux protéger son cœur, elle se surprit à dire :

— Ça me va.

Drew la regarda comme s'il percevait son tourment. Mais il répondit simplement :

— Super. On se retrouve là-bas, alors.

Caryn acquiesça, et alors qu'il se tournait vers sa Jeep Wrangler, elle lâcha :

— Pourquoi tu m'as appelée ?

Sans avoir à lui demander ce qu'elle voulait dire par-là, Drew se tourna vers elle et dit :

— Parce que je savais que tu dirais oui. Et que tu pourrais faire le boulot.

Puis, il fit un signe de tête vers sa main, celle qui avait eu des crampes à force de soulever la civière et dit :

— On te trouvera de la glace pour ta main en arrivant au bar. Tu peux conduire ?

Choquée qu'il ait remarqué sa blessure à la main et encore plus choquée qu'il en parle, elle hocha simplement la tête.

— OK, et pour info... la première fois que j'ai porté une civière à travers les bois, j'avais tellement de crampes à la main que je n'ai pas pu m'en servir pendant vingt-quatre heures. À tout à l'heure.

Et sur ce, il se tourna et marcha jusqu'à sa voiture.

Par réflexe, Caryn serra le poing, sentant les muscles endoloris dans sa paume et ses doigts protester. Mais étonnamment, elle se sentait plus légère qu'elle ne l'avait été depuis longtemps.

Elle sortit ses clés de voiture et grimpa sur le siège conducteur.

Elle avait passé une bonne journée. Une journée déroutante... qui l'avait parfois déstabilisée... mais quand même bonne. Elle espérait juste que le dîner avec Drew et la rencontre avec Elsie se termineraient sur la même note positive.

CHAPITRE CINQ

Drew prit une grande inspiration en roulant. Il avait pris beaucoup de risques aujourd'hui et jusqu'à présent, ils avaient tous porté leurs fruits. Il avait supposé que ses coéquipiers ne verraient pas d'inconvénient à ce qu'il appelle Caryn à l'aide et ça avait été effectivement le cas. Et elle avait été incroyable.

Aucun d'eux n'avait réussi à créer un lien avec monsieur Pierce. Il avait été grognon et souffrant et ils avaient dû le cajoler pour qu'il accepte d'être transporté hors de la forêt. Le chemin du retour avait été plutôt silencieux et donc gênant... jusqu'à ce que Caryn arrive.

Elle avait réussi à dompter le vieil homme en quelques minutes, changeant complètement son attitude. Lorsqu'ils étaient arrivés au parking, il riait et paraissait tellement plus à l'aise malgré sa mésaventure.

Le fait de voir Caryn à l'œuvre lui avait ouvert les yeux. Il avait eu le sentiment qu'elle était très douée dans son travail, mais il n'avait pas réalisé à *quel point*. Il regrettait d'avoir lâché à ses amis qu'elle envisageait de rester à Fallport. Il n'avait pas demandé si c'était confidentiel ou non, mais il était trop tard maintenant qu'il avait vendu la mèche, pour ainsi dire.

Ses amis avaient été d'un soutien incroyable et il s'en était douté. Après l'avoir vue avec monsieur Pierce et la façon dont elle était venue les aider pour porter la civière sans se plaindre, même s'ils voyaient bien à quel point sa main lui faisait mal, ils étaient tous évidemment persuadés qu'elle serait un réel atout pour le groupe.

Mais elle avait raison, comme le groupe de RES était bénévole, il fallait qu'elle trouve un moyen de gagner sa vie. Pour autant que Drew le sache, elle n'était pas secrètement millionnaire, mais une fois de plus, il ne la connaissait pas du tout.

Elle avait mentionné qu'elle et Paul Downs ne s'entendaient pas et il n'avait pas été surpris. La réponse de Tal ne sortait pas de nulle part. Ce type *était* un con. Mais il n'allait quand même pas laisser passer la chance d'avoir une professionnelle comme Caryn dans les rangs des pompiers de Fallport. Le temps le dirait.

Lorsqu'il avait invité Caryn à venir avec lui au On the Rocks, il l'avait fait de façon impulsive, mais il ne le regrettait pas, pas du tout. Habituellement, après une mission, il rentrait chez lui et décompressait, mais bizarrement, il avait envie de prolonger son temps avec Caryn. Il voulait mieux la connaître. Elle était brusque et colérique, mais il lisait dans ses yeux tout un tas d'émotions qu'elle essayait de cacher. Et il voyait bien que les compliments la mettaient mal à l'aise, ce qui était dommage.

Mais, il se rappela qu'ils ne pouvaient pas être plus qu'amis, peu importe à quel point elle l'intriguait. Il n'était pas doué pour les relations. Il était lunatique et distant. Et puis, elle avait déjà été mariée à un flic et d'après ce qu'il avait entendu, elle n'avait pas envie de s'engager à nouveau dans une relation avec un policier.

Secouant la tête, Drew se gara sur le parking derrière le On the Rocks. Pourquoi pensait-il à une relation de couple ? La seule relation qu'il allait avoir avec cette pompière serait professionnelle.

Alors qu'il y réfléchissait, Drew savait qu'il se voilait la face. Il était intéressé. *Trop* intéressé. Pendant une fraction de seconde, il envisagea d'annuler le dîner au bar, mais il rejeta cette idée tout aussi rapidement. Il n'était pas ce genre de type. De plus, il avait vraiment envie de présenter Caryn à Elsie. Elle avait clairement envie de créer des liens plus profonds avec les gens, tout le monde pouvait le voir. Le désir dans ses yeux bleus expressifs était facile à voir lorsqu'il avait expliqué qu'avec ses coéquipiers et leurs compagnes ils étaient tous une grande famille.

Avant même qu'il ne s'en rende compte, Drew se tenait devant le bar de la place, observant Caryn tourner au coin de la rue. Elle n'avait pas été très loin derrière lui sur le trajet. Il ne put s'empêcher d'admirer ce qu'il vit quand elle s'approcha. Ses cheveux blonds et courts allaient bien avec son visage et sa personnalité simple. Elle marchait d'un pas assuré et le débardeur qu'elle portait mettait en valeur ses bras musclés.

On pouvait dire qu'elle était clairement son type. Repoussant cette pensée, il sourit alors qu'elle s'avançait vers lui et il tendit la main vers la poignée de la porte.

— Tu es déjà venue ici ? demanda-t-il en ouvrant la porte.

— Oui, mais ça fait un moment. C'est pas trop mon truc de boire, dit-elle.

Drew dut lutter pour ne pas poser la main dans son dos lorsqu'il la suivit à l'intérieur. D'habitude, il n'était pas vraiment tactile, mais avec Caryn ce besoin lui semblait naturel.

Hank Blackburn était derrière le bar et il salua Drew en levant le menton lorsqu'ils entrèrent. Valerie McGee, l'une des serveuses du On the Rocks les salua également. Mais Drew se focalisa sur la femme qui arrivait vers eux. Elsie.

Ses cheveux bruns et bouclés étaient ébouriffés autour de son visage et elle paraissait un peu fatiguée.

— Salut ! dit-elle en s'approchant. Je suppose que vous l'avez retrouvé ?

Drew n'était pas surpris qu'elle sache où ils s'étaient trouvés un peu plus tôt. Même si Zeke ne s'était pas joint aux recherches et qu'il n'était pas au bar, il gardait évidemment sa femme au courant.

— Salut. Oui, on l'a retrouvé et maintenant il est avec le docteur Snow.

— Cool. Tu dois être Caryn. J'ai beaucoup entendu parler de toi, dit Elsie dont le sourire ne faiblissait pas alors qu'elle tournait la tête vers la femme qui se tenait à côté de Drew.

— C'est moi, oui. Et je ne suis pas surprise que tu aies entendu parler de moi.

Elsie rit.

— Une chose pour laquelle Fallport est douée, c'est les ragots. Même si je n'ai pas participé aux commérages à ton sujet, mais c'est dur de ne pas écouter. Et Art parle de toi tout le temps... il se vante de tes exploits. En même temps, qui ne le ferait pas ? Surtout quand c'est sa petite-fille qui est suspendue au bout d'une corde au seizième étage pour sauver une femme pendue à sa fenêtre.

Caryn écarquilla les yeux.

— T'as entendu parler de ça ? demanda-t-elle.

— Comme tout le monde ! Je te jure qu'Art a raconté cette histoire à tous ceux qui sont passés à la poste pendant une semaine entière.

— Tu as été formée au sauvetage à la corde ? ne put s'empêcher de demander Drew.

Caryn haussa les épaules.

— Oui.

— Je ne le savais pas.

— Tu ne l'as pas demandé, dit-elle avec un petit sourire satisfait.

Drew ne put s'empêcher de lui rendre son sourire. Elle

avait raison. Il ne l'avait pas fait. Il avait le sentiment que cette femme savait faire beaucoup de choses dont elle ne parlait pas. Elle n'était pas du genre fanfaronne. Elle faisait son travail et ne pensait probablement pas faire quelque chose d'extraordinaire.

— L'équipe aurait bien besoin de quelqu'un qui a des compétences en sauvetage à la corde, dit-il.

— Attends, tu envisages de rejoindre l'équipe de RES ? demanda Elsie, écarquillant les yeux.

— J'y songe, oui. Enfin, j'ai encore d'autres décisions à prendre avant celle-ci... à savoir si j'emménage ici pour de bon ou pas.

— Ce serait génial ! dit Elsie. Sérieux ! Je sais que Zeke a travaillé très dur ces derniers temps, entre le bar et le fait de m'aider avec Tony et j'ai l'impression que l'équipe a été plus sollicitée récemment, et ça ne risque pas de s'améliorer avec l'émission sur Bigfoot qui va être diffusée. Ce serait génial de t'avoir ici avec tes compétences.

Caryn parut surprise par l'acceptation rapide et sincère d'Elsie quant à son projet de rejoindre l'équipe de recherche et de sauvetage.

— Hum... merci.

— Personnellement, je ne suis pas très à l'aise dans la nature... demande à Zeke. Enfin, quand tu le croiseras, il n'est pas là ce soir. J'ai fait une randonnée jusqu'à la tour d'observation d'Eagle Point, mais je crois que ça m'a suffi pour l'année. Je veux dire, le fait qu'il ait aménagé la tour pour qu'on puisse dormir là-bas plutôt que par terre c'était génial, mais la randonnée de seize kilomètres pour y arriver... pas vraiment. Et en plus je sais qu'on marchait super lentement. Oh, et ne me parle même pas de toutes ces marches à descendre pour aller faire pipi. Enfin bref, je pense que tu serais d'une grande aide pour les gars.

Drew voyait bien que Caryn était un peu dépassée par tout ce flot d'informations, alors il lui dit gentiment :

— Tu penses qu'on pourrait s'asseoir ? L'après-midi a été assez longue.

— Oh ! Oui ! Je suis désolée. Je suis là à bavarder alors que vous avez sûrement faim et soif, dit Elsie avant de leur faire signe de la suivre tout en continuant de parler en les guidant jusqu'à une table. Qu'est-ce que je peux vous servir à boire ? Drew, tu veux une bière ?

— Pas aujourd'hui ; je vais prendre une limonade à la fraise.

Il sentit que Caryn le fixait du regard et il se tourna vers elle, réalisant qu'elle paraissait surprise.

— Quoi ? Un mec ne peut pas commander une limonade ?

— Non, c'est pas ça, protesta-t-elle.

Puis elle haussa les épaules d'un air penaud.

— OK, si c'est *ça.*

Drew n'en fut pas vexé. Il en fallait beaucoup pour l'offenser. C'était un vrai dur à cuire. Il rit.

— C'est parce que tu n'as pas encore goûté la limonade à la fraise du On the Rocks.

Elle pencha la tête pour acquiescer et tourna la tête une fois qu'ils furent à côté d'une table.

— J'imagine que je vais aussi prendre la limonade à la fraise.

Elsie eut un sourire radieux.

— Très bon choix. Je reviens tout de suite avec un pichet et les menus. J'imagine que vous avez super soif.

— Merci, Else, dit Drew.

— Pas de problème.

Puis, elle pivota et retourna vers le bar.

Alors qu'ils s'asseyaient, Caryn dit :

— Elle a l'air sympa.

— Elle l'est, répondit Drew sans aucune hésitation.

— Art m'a raconté ce qui leur était arrivé à elle et son fils. Elle semble aller plutôt bien.

Drew ne fut pas surpris. Elle en savait probablement plus que quiconque sur les habitants de Fallport. Ce qui était logique si elle habitait avec le roi des commérages.

— Oui, mais ça ne veut pas dire qu'elle n'a pas quelques moments difficiles. Elle s'en veut énormément d'avoir fait confiance à son ex. Parfois, elle pense qu'elle est la pire des mères et ne supporte pas qu'elle lui ait donné une seconde chance pour qu'il se comporte enfin comme un père alors qu'il n'avait montré aucun intérêt envers Tony durant une bonne partie de sa vie.

— Je comprends. Avec le recul on perçoit les choses différemment. Ce n'est pas la même chose, mais j'ai déjà ressenti ça après des appels difficiles qui ont mal tourné, dit Caryn une fois qu'elle fut assise en face de Drew.

— Comme quoi ? demanda-t-il, avant de grimacer. Pardon, tu n'es pas obligée de répondre.

— Non, ce n'est pas grave. Par exemple, il y a eu un énorme carambolage sur la route une fois. Il y avait du brouillard et une personne en a embouti une autre et ça a déclenché un effet domino. Il devait y avoir trente-cinq voitures et camions concernés. On a commencé à faire du tri, à trouver les gens qui étaient piégés dans leurs véhicules et à déterminer qui devait être extrait en premier. Il y avait une femme dans une voiture qui parlait aux premiers intervenants au niveau de sa portière, et elle était coincée dans son véhicule. Comme elle était éveillée et lucide, on a décidé d'attendre pour l'extraire. J'avais le sentiment que ce n'était pas une bonne idée, mais je ne pouvais pas vraiment contredire le capitaine responsable de la situation..., sa voix se brisa.

Drew ne put s'empêcher de tendre la main vers elle, il enroula les doigts autour des siens et les serra légèrement.

— Que s'est-il passé ?

— Elle est morte. Elle s'est vidée de son sang. Son artère fémorale avait été perforée et comme ses sièges étaient noirs, personne n'a remarqué le saignement lors du premier bilan. Elle ne s'était pas plainte de la douleur et n'a pas demandé à être extraite... je ne sais même pas si elle avait conscience de la gravité de sa blessure. Elle a simplement dit au sauveteur d'aider quelqu'un d'autre qui en avait plus besoin qu'elle. Je repense encore à ce jour et à ce que j'aurais pu faire différemment.

— Moi c'était un appel au 9-1-1, dit doucement Drew, se sentant obligé de lui raconter l'un de ses plus grands échecs. Le répartiteur a cru que c'était une enfant au bout du fil, mais n'était pas sûr. Tout ce qu'elle a dit c'est qu'elle avait besoin d'aide. On m'a envoyé pour enquêter. Quand je suis arrivé à la maison, la pelouse était immaculée... il y avait des fleurs sur le côté, l'herbe était tondue. C'était dans un quartier plutôt sympa. J'ai frappé à la porte et une femme a répondu. Elle était bien habillée, avait coiffé ses cheveux, s'était maquillée. Je lui ai dit que j'avais reçu un appel d'urgence depuis cette adresse et elle a eu l'air complètement choquée. Elle m'a dit qu'il n'y avait qu'elle et sa fille de cinq ans dans la maison et que tout allait bien. Comme l'exigeait le protocole, j'ai insisté pour voir la petite. Elle a rapidement accepté et a amené la petite fille jusqu'à la porte d'entrée. Elle était extrêmement timide et refusait de croiser mon regard, mais elle paraissait en bonne santé. Elle avait un jean et un joli haut rose à fleurs. Ses cheveux blonds étaient soigneusement brossés et la mère et la fille semblaient aller bien. Je les ai remerciées et je leur ai dit au revoir.

Ce fut au tour de Caryn de lui serrer les doigts.

— Le lendemain quand je suis allé au travail, j'ai appris que la petite avait été assassinée par sa mère. J'imagine qu'elle était maltraitée depuis un moment, mais tous ses bleus étaient dissimulés sous ses vêtements. Le fait qu'elle ait appelé la police avait été la goutte de trop pour la mère et après mon départ, elle a emmené sa fille à l'étage, a fait couler un bain, puis l'a noyée. J'aurais dû poser plus de questions. Parler à la petite en tête à tête. Faire quelque chose. *N'importe quoi.*

— Ce n'était pas de ta faute, dit doucement Caryn.

— Je suis sûr que tu te dis la même chose à propos de cette femme durant l'accident de voiture, dit Drew en haussant légèrement les épaules.

Ils échangèrent un long regard plein de compassion. Ils avaient beau avoir effectué des métiers différents, ils avaient manifestement des choses en commun.

— Voilà la limonade !

Le ton jovial et guilleret d'Elsie ramena Drew à la réalité. Il relâcha la main de Caryn alors qu'Elsie posait le pichet et deux verres sur la table.

— Et les menus, même si j'imagine que tu n'en as pas besoin Drew, dit-elle.

Il secoua la tête. Le On the Rocks servait de bons plats, mais pas autant que ceux que proposait Sandra au Sunny Side Up. Il avait mémorisé le menu depuis bien longtemps.

— Qu'est-ce qui est bon ici ? demanda Caryn.

— Tout, dit Elsie d'un air confiant. Mais je recommanderais le cheeseburger. Je sais que ça paraît classique, mais ça ne l'est pas. Je ne sais pas comment fait Max, mais il parfume la viande avec quelque chose avant de la faire griller sur la plaque. C'est super juteux mais pas trop saignant. Oh et notre sauce spéciale c'est la cerise sur le gâteau, pour ainsi dire.

Caryn sourit.

— Comment pourrais-je laisser passer ça ? dit-elle. Je vais le prendre.

— Avec toutes les garnitures ?

— Bien sûr.

— Super. Et pour toi, Drew ? demanda Elsie.

— Je vais prendre la même chose.

— Sans tomates, c'est ça ?

— C'est ça.

— Génial. Je m'en occupe et je reviens vite.

— Merci, lui dit Drew.

Le fait qu'Elsie se souvienne des préférences de tout le monde faisait d'elle une excellente serveuse, tout comme son attitude positive. Elle était clairement la préférée du On the Rocks, et pas seulement parce qu'elle était mariée au gérant.

— Vas-y, goûte la limonade, dit Drew une fois qu'Elsie fut partie.

Caryn se pencha en avant et enroula les lèvres autour de la paille dans son verre. Dès l'instant où la boisson sucrée rencontra ses papilles, ses yeux s'écarquillèrent.

Drew rit en buvant une longue gorgée de sa propre boisson.

— Oh putain ! s'exclama Caryn en se rasseyant.

— Tu vois ? Je te l'avais dit.

— C'est *incroyable*. Juste ce qu'il faut d'acidité et de sucre.

— Ça descend très bien, ça, c'est sûr, approuva Drew.

— Je vais devoir en emporter des litres. Je crois que c'est ma nouvelle obsession.

Drew ne put s'empêcher de sourire. Il avait eu la même réaction que Caryn la première fois qu'il avait goûté cette boisson. Il n'en avait même pas voulu au départ, mais Elsie l'avait encouragé à en boire et il avait cédé pour ne pas passer pour un con. Et, évidemment, il avait été séduit dès la première gorgée.

— Tu sais, Art m'a raconté tellement de choses sur Fallport, les commerces, qui sort avec qui, et tous les commérages dont il se souvient, que j'ai pensé que rien ne pouvait plus me surprendre avec cette ville... mais je me rends compte qu'il y a plus de choses à découvrir que ce que j'imaginais.

— Comme cette incroyable limonade à la fraise ? demanda Drew.

— Ouaip. Ça. Et toi.

— Moi ?

— Oui. Art t'a mentionné plusieurs fois ces dernières années, mais souvent, je n'écoutais pas ce qu'il avait à dire sur les hommes célibataires de Fallport. Surtout un ancien flic. Je n'aurais jamais imaginé pouvoir t'apprécier.

Drew laissa échapper un rire surpris.

Caryn rougit.

— Mince, ça sonne bien pire que dans ma tête. Désolée.

— Pas besoin de t'excuser. Comme on est honnêtes l'un envers l'autre, je ressentais un peu la même chose chaque fois qu'Art parlait de *toi*. Je me disais que c'était impossible que tu sois aussi incroyable que ce qu'il affirmait.

— Je pense que nos préjugés l'un sur l'autre ne nous ont pas aidés à partir du bon pied quand on s'est rencontrés à l'hôpital de Roanoke, n'est-ce pas ? demanda-t-elle.

— Non. Mais je reconnais que j'avais tort. Tu es assez incroyable, Caryn.

— C'est vrai. Et venant d'un flic, c'est un sacré compliment, plaisanta-t-elle.

Drew haussa les sourcils et inclina la tête vers elle.

Elle sourit.

— J'imagine que tu attends que je dise la même chose à ton sujet, hein ?

— Oui, ben, tu sais, mon ego risque de ne jamais s'en remettre si tu ne le fais pas. Je risque de sombrer dans une terrible dépression et de ne plus jamais sortir de chez moi. Mes clients seront tous énervés parce que j'ignorerais leurs comptes et le fisc m'appellera parce que j'aurais fait n'importe quoi avec les impôts. Je me ferais chasser de la ville, deviendrais un sans-abri et je récupèrerais les pièces des distributeurs de soda pour manger.

— Oh seigneur, comme tu es dramatique. OK, très bien. Tu n'es pas trop mal non plus.

Drew ne se souvenait pas d'avoir été autant diverti par une femme depuis bien longtemps. Non seulement Caryn était excellente dans son travail, mais elle était également drôle, naturelle et son respect pour elle ne faisait que croître.

Je ne souhaite pas être en couple, se rappela-t-il.

— Pas trop mal. Tu es dure, ma belle, dit-il au bout d'un moment.

— Je suis inoffensive, rétorqua-t-elle.

— C'est vrai. D'ailleurs… j'aime bien la brutalité. Comme je l'ai dit plus tôt, il est difficile de m'offenser.

— Ça va de pair avec le fait d'être un ancien flic, n'est-ce pas ? demanda-t-elle.

— Plutôt, oui. On m'a traité de tous les noms, on m'a accusé de nombreuses choses, mais j'étais un bon flic. Je me suis impliqué. J'ai fait des pieds et des mains pour aider les gens de toutes les manières possibles. Je sais ce que je suis et ce que je ne suis pas, alors je n'en ai rien à faire de ce que quelqu'un peut penser de moi.

— J'aimerais penser la même chose, dit doucement Caryn. Moi j'y accorde *trop* d'importance.

Drew était vraiment désolé pour elle, mais il ne pensait pas que c'était le bon moment ni l'endroit pour entamer une conversation profonde sur la psychologie et la façon dont elle se percevait, surtout qu'ils commençaient à peine à se connaître.

— Eh ben moi, je te trouve géniale, lui dit-il. Et j'apprécie que tu nous aies aidés aujourd'hui. Je savais que tu étais énervée contre moi quand tu es partie ce matin, mais j'espérais que tu viennes quand même nous aider.

— Mais j'étais en colère pour rien, dit Caryn. Tu n'as rien fait et rien dit. J'ai réagi de façon excessive et je ne t'ai même pas laissé le temps de répondre à ma déclaration abrupte et inattendue quand j'ai dit vouloir rejoindre l'équipe de recherche et de sauvetage. J'avais trop peur de ta *réponse* alors je ne t'ai même pas laissé l'occasion de dire quoi que ce soit. C'est moi qui devrais m'excuser.

— Je pense que quand tu dois toujours faire attention à ce que tu dis et fais pour éviter tout jugement, tu t'habitues à te protéger de toute riposte éventuelle. Tu n'as pas à t'excuser.

— Merci, mais je pense quand même que je dois le faire. J'essaie de reconnaître mes torts et de m'améliorer.

— Te protéger n'est pas un tort, dit fermement Drew.

— Quand même.

— OK, mais... dans tous les cas, merci d'être venue aujourd'hui. Tu as vraiment été super avec monsieur Pierce.

— Il avait peur. Et était en colère contre lui-même. Il avait seulement besoin de se détendre.

— Je suis d'accord. Et c'est toi qui l'as aidé à le faire, pas nous. Comment va ta main ?

C'était un changement de sujet assez abrupt, mais Caryn ne sembla pas le remarquer ni s'en soucier.

— Ça va. Je n'avais pas réalisé à quel point c'était dur de porter une civière comme ça.

— Ça va dans le sens où tu ne pourras plus la bouger d'ici quelques heures ou c'est douloureux mais avec des antidouleurs ça fera l'affaire et ça ira mieux demain matin ? demanda Drew.

Elle sourit.

— La dernière option.

— OK. Si tu ne veux pas mettre de la glace dessus tout de suite, je te recommande d'en mettre au moins ce soir. Ça aide beaucoup.

— Je l'avais déjà prévu.

— Tant mieux.

Drew étudia Caryn de l'autre côté de la table. Ils partageaient beaucoup d'expériences communes. Elle était facile à vivre. Il était évident qu'elle tenait beaucoup à son grand-père. Le fait qu'elle ait tout lâché pour venir s'occuper de lui à Fallport le prouvait. Elle n'avait pas peur de reconnaître qu'elle avait des défauts et elle était humble.

En résumé, il l'aimait bien. Et il avait le sentiment que plus il passait du temps avec elle, plus il avait *envie* d'en passer.

— Oh punaise, dit Caryn en prenant une grande inspiration et en voyant Elsie s'avancer vers eux. Ces assiettes sont plus grosses que nos têtes.

Drew sourit. Elle n'avait pas tort. Zeke et son équipe ne lésinaient pas sur la taille des repas servis au On the Rocks. Elsie posa les plats sur leur table.

— Et voilà. Deux cheeseburgers, le tien avec toute la garniture. Drew, le tien sans tomates. Des frites et des haricots verts, parce que je me suis dit que ça ne pouvait pas faire de mal de manger des légumes avec les glucides et les protéines. Je remplirai à nouveau votre pichet quand vous aurez terminé. Et au dessert, ce soir, c'est un gâteau au chocolat German, alors gardez de la place !

Puis, Elsie pivota pour retourner au bar et chercher plus de limonade.

— Non, mais sérieux, ça fait beaucoup de nourriture.

— T'es en train de me dire que tu n'as pas faim après la randonnée d'aujourd'hui ? demanda Drew.

— Je meurs de faim. Mais quand même, protesta-t-elle.

En guise de réponse, Drew saisit son burger et prit une énorme bouchée. Il lui sourit en mâchant. Après avoir avalé sa nourriture, il dit :

— Crois-moi qu'une fois que tu auras commencé, tu ne te soucieras plus de la quantité. C'est trop bon.

Caryn lui emboîta le pas et prit une bouchée de son propre cheeseburger. Elle écarquilla les yeux en mâchant et Drew ne put s'empêcher d'adorer le fait que sa réaction face au burger soit la même qu'avec la limonade.

— Bon, je pense que j'ai eu tort de ne pas manger ici avant, dit-elle après avoir avalé. J'ai bêtement pensé que la nourriture serait ce qu'on trouve habituellement dans les bars. Je me suis trompée.

Drew rit.

— J'imagine que Zeke a souvent entendu ça.

Ils mangèrent leur plat tout en discutant de tout et de rien. Caryn demanda des nouvelles de certains habitants qu'elle connaissait après avoir passé plusieurs étés ici. Drew expliqua qu'il avait fallu un certain temps avant que les habitants ne les acceptent, lui et le reste de l'équipe RES d'Eagle Point quand ils étaient arrivés il y a cinq ans, mais désormais, la majorité des gens les traitaient comme s'ils avaient toujours vécu là.

Ils avaient tous les deux terminé leur repas lorsque la porte du bar s'ouvrit à nouveau. Les gens n'avaient pas cessé d'entrer et de sortir depuis qu'ils s'étaient assis, mais cette fois-ci, lorsque Drew leva les yeux pour voir qui était entré, il vit Lilly. Elle était avec Davis Woolford, un vétéran sans abri qui avait fait de Fallport sa maison.

Ils marchèrent jusqu'au bar où Elsie discuta avec Davis. Après une courte conversation, Lilly tapota l'homme dans le dos et il alla s'asseoir. Puis, comme si elle savait déjà que Drew était là avec Caryn, elle se dirigea droit vers leur table.

Drew ne put s'empêcher d'être un peu déçu. Il appréciait d'être seul avec Caryn. Enfin, seul n'était pas vraiment le mot... mais de lui parler en tête à tête.

Sauf qu'il aimait bien Lilly. Et peut-être qu'elle pourrait l'aider à en apprendre plus sur la femme qui était assise en face de lui.

CHAPITRE SIX

— Salut ! dit joyeusement une femme en s'approchant, tirant une chaise à côté de Drew avant de s'asseoir.

— Je t'en prie, assieds-toi, Lilly, dit sèchement Drew.

Caryn se retint de pouffer de rire. Drew avait beau faire croire qu'il était agacé que cette femme se joigne à eux sans leur demander la permission, il était évident qu'il n'était pas vraiment contrarié.

Lilly l'ignora, souriant à Caryn.

Elle n'avait pas parlé de choses personnelles avec Ethan sur le sentier. Ils avaient tous été occupés à faire sortir Gunner des bois en sécurité. Mais quand les autres avaient brièvement mentionné sa fiancée, elle avait entendu dans sa voix qu'il était fou amoureux d'elle. Cela faisait un bon moment qu'elle n'avait pas côtoyé des hommes qui n'avaient pas peur de montrer qu'ils étaient complètement dévoués à leurs femmes. Les pompiers de sa caserne aimaient être perçus comme des machos et ce n'était pas considéré comme viril d'admettre ouvertement à quel point ils aimaient leurs épouses ou petites copines.

Ce qui, d'après elle, était stupide. Alors le fait qu'Ethan n'ait aucun problème à parler affectueusement de Lilly lui donnait envie de rencontrer cette femme.

— Oh, de la limonade à la fraise ! dit-elle avec enthousiasme.

Au moment même où elle s'exclamait, Elsie apparut avec un verre propre, une paille et un pichet entier de la boisson délicieuse.

— Tu me sauves la vie, lui dit Lilly d'un ton jovial.

— Je suis là pour vous faire plaisir, dit Elsie.

— Comment va Tony ?

— Il est en voie de guérison. Je pense que Zeke était plus effrayé que nous deux. C'est la première fois qu'il est malade depuis que Zeke et moi sommes ensemble et il est un peu trop protecteur, dit Elsie.

— C'est mignon, répondit Lilly.

— C'est vrai. Bref, profitez de votre boisson et si tu veux manger quelque chose, dis-le-moi.

— Ça marche. Merci.

Une fois qu'Elsie fut partie, Drew demanda :

— Comment ça va, *toi*, Lilly ? Des nouvelles de votre projet de mariage ?

— Ça va, dit-elle en haussant les épaules. Rocky travaille dur pour que la grange sur le terrain qu'il a acheté pour Bristol soit prête pour notre cérémonie. Je me fiche de savoir où on se marie, honnêtement. Tant que je peux être la femme d'Ethan, ça me va. Mais... je ne suis pas venue ici pour parler de moi. Je voulais rencontrer Caryn et lui dire à quel point Ethan était impressionné par elle aujourd'hui et combien il a hâte qu'elle rejoigne l'équipe.

Caryn fut surprise par sa remarque.

— Je suis très heureuse de te rencontrer également, mais je pense qu'Ethan se fait une fausse idée. Je n'ai pas encore pris la décision d'emménager à Fallport.

Lilly eut soudain l'air découragée.

— Oh, dommage.

Puis elle se ressaisit.

— Mais ce « pas encore » signifie qu'on peut encore te convaincre.

Caryn rit.

— J'imagine.

— OK, donc... Art est ton grand-père, donc tu dois probablement connaître tous les bons et mauvais côtés de la ville. Les mauvais d'abord : Whip Johansen, dit Lilly en se penchant en avant sur son siège.

Drew parut amusé en se rasseyant, apparemment content de laisser Lilly parler.

— Le type qui tient la salle de billard ? demanda Caryn.

— C'est lui. C'est un abruti. Il est le seul établissement sur la place qui ne met pas d'illuminations de Noël, qui refuse de participer à la distribution de bonbons pour les enfants à Halloween et qui ne ferme pas pour la parade du quatre juillet. Sans compter qu'il est très laxiste sur la sécurité. Tant que les gens paient pour l'alcool, tout est permis. Simon et ses adjoints ont dû s'y rendre bien trop de fois tard dans la nuit pour mettre fin à des bagarres ou autre. Ensuite, il y a le maire. C'est *un peu* un con. Je veux dire, je n'aimerais pas être politicienne, hors de question, et je n'envie pas son travail, mais, oui, ce serait sympa qu'il se batte un peu plus pour nos gars. Bristol leur a offert les téléphones satellites pour faciliter leur travail et le rendre plus sûr parce qu'il était toujours en train de tergiverser sur le coût et le budget.

— C'est gentil de sa part, dit Caryn.

— Oui, vraiment. Après que Rocky l'a sauvée, qu'il n'ait eu aucun moyen d'appeler à l'aide et qu'il ait dû la porter sur dix kilomètres pour la faire sortir des bois, elle a vu de ses propres yeux à quel point c'était important de pouvoir communiquer avec les autres tout en étant sur les sentiers.

— Comme tu l'as fait aujourd'hui, dit Caryn en regardant Drew.

— Ouaip. Je dois reconnaître que c'était sympa de pouvoir appeler quelqu'un alors que nous étions au plus profond de la forêt, dit-il.

— C'est cool, dit Caryn.

— C'est vrai, acquiesça Lilly.

— Paul Downs... encore un mauvais côté, intervint Drew.

— Qui ça ? demanda Lilly en fronçant les sourcils.

— Le capitaine du département incendie, répondit Caryn à sa place. Si je compte emménager ici, je vais avoir besoin d'un travail. Et ça ne me dérangerait pas de rejoindre les pompiers, mais Paul me déteste, alors je suppose qu'il ne voudra pas m'embaucher.

— Eh ben c'est stupide, dit Lilly. Je veux dire, je ne le connais pas mais pourquoi ne t'aimerait-il pas ?

— Honnêtement, je n'en sais rien. Je ne lui ai rien fait. Et notre enfance remonte à longtemps... c'est là qu'on s'est rencontrés la dernière fois.

— OK, bref, peu importe. Si tu n'obtiens pas ce boulot, tu trouveras autre chose, dit Lilly avec désinvolture. Je ne savais pas non plus ce que j'allais faire quand j'ai emménagé et j'ai fini par trouver quelque chose que j'adore.

— Lilly est la photographe et vidéaste attitrée de la ville, expliqua Drew à Caryn.

— Et je suis bien plus occupée que ce que j'imaginais. Je rencontre sans cesse des gens pour parler de nouveaux projets, leurs envies, leurs besoins et leurs budgets. Ethan m'encourage à augmenter mes tarifs, mais je culpabilise. Hé, je pourrais avoir besoin d'une assistante..., dit-elle en souriant d'un ton espiègle.

Caryn lui sourit d'un air désolé.

— Je ne suis pas sûre d'être faite pour ça. Je n'ai pas une once de créativité en moi.

— Ce n'est pas grave, dit Lilly. Je suis sûre que tu trouveras quelque chose. Qu'est-ce que tu aimes faire durant ton temps libre ?

Caryn rit.

— Lire. Mais je ne pense pas que ça paie les factures.

— Peut-être pas, mais tu pourrais faire quelque chose en lien avec ça.

Caryn pensa immédiatement à Thomas Robertson.

Un auteur de thriller à succès qui était connu dans le monde entier et ses livres était traduit dans plus d'une douzaine de langues. Chaque fois qu'un livre sortait, il était en tête des listes de bestsellers pendant des semaines. Elle l'avait rencontré il y a dix ans quand il était à New York. Un incendie s'était déclaré dans la librairie dans laquelle il effectuait une séance de dédicaces et elle avait été chargée de les mettre en sécurité, lui et sa douzaine de fans.

Il avait évoqué l'idée de raconter cet incident dans un livre et lui avait donné sa carte de visite, lui demandant s'il pouvait la contacter si jamais il avait des questions sur les pompiers. Elle avait dit oui... et ils avaient ensuite échangé quelques coups de téléphone, pour parler de son travail. Il lui avait posé un million de questions pour s'assurer que son personnage de pompier était bien réaliste.

À sa grande surprise, lorsqu'il avait terminé son livre, il lui avait demandé s'il pouvait le lui envoyer pour qu'elle lui fasse part de ses suggestions. Évidemment, elle avait accepté – et s'était sentie terriblement *mal* lorsqu'elle avait trouvé d'innombrables erreurs factuelles et même une ou deux incohérences dans l'intrigue.

Mais Thomas avait été extrêmement reconnaissant. Il lui avait expliqué qu'énormément de bêta-lecteurs lui assuraient que son travail était incroyable et parfait alors que ce n'était pas le cas, soit parce qu'ils étaient fans, soient parce qu'ils n'avaient pas envie de le vexer.

C'est ainsi qu'il lui avait demandé de lire ses livres suivants et qu'elle était devenue sa bêta-lectrice officielle. Elle avait découvert ce travail par hasard, mais désormais, elle l'adorait. Thomas avait insisté pour la rémunérer et l'argent était le bienvenu, mais comme il n'était pas l'écrivain le plus rapide, les quelques milliers de dollars qu'il lui versait chaque année étaient plus du bonus qu'un vrai salaire.

Il lui avait dit plusieurs fois ces dernières années que si elle voulait être une bêta-lectrice à plein temps, il avait d'autres amis auteurs qui sauteraient sur l'occasion pour qu'elle relise leurs manuscrits avant qu'ils ne les envoient à leurs éditeurs. Elle avait toujours dit non... mais maintenant que Lilly avait évoqué la possibilité de transformer son hobby en travail, elle ne pouvait pas s'empêcher de se demander si accepter l'offre de Thomas n'était pas l'opportunité qu'elle cherchait.

— Je vois que ça cogite là-dedans, dit Lilly avec un grand sourire.

Caryn haussa les épaules. Elle n'était pas encore prête à envisager cette idée. Elle était pompière. Pas une professionnelle de l'édition. Elle n'était pas sûre de pouvoir tourner le dos à sa formation et à ce qu'elle avait passé la majeure partie de sa vie à faire.

— Quoi qu'il en soit... on a parlé des mauvais côtés, mais il y a aussi tellement de bonnes personnes à Fallport. Davis Woolford, pour commencer. C'est quelqu'un d'extraordinaire et les habitants se sont vraiment investis pour prendre soin de lui. La ville lui construit actuellement une petite maison derrière le restaurant. Sandra est d'accord, et elle va garder un œil sur lui.

— C'est génial, dit Caryn avec sincérité.

— Mais oui. Et Finley fait les roulés à la cannelle les plus incroyables qui soient dans sa boulangerie sur la place. Ça s'appelle le Bec Sucré, ce qui est très approprié. Et comme tu as dit que tu aimais lire, il y a la bibliothèque et la librairie d'occasion. Et bien sûr, le restaurant. Et si jamais tu t'ennuies, tu peux aller faire du bowling, ou aller au parc Wagon. Et le docteur Snow est incroyable. Oh, et nous n'avons pas de cinéma classique mais on a le cinéma de plein air Starry Skies qui est sympa. Ethan m'y a emmenée l'autre soir. Ils y projettent des films pas très récents, mais ça ne semble déranger personne. Les écoles font partie des meilleures de l'État, d'après les résultats des tests, etc. Mais ce que j'aime le plus c'est que, même si Fallport est une petite ville, c'est très diversifié.

Caryn ne put s'empêcher de rire.

— Quoi ? demanda Lilly.

— Est-ce que tu as au moins pris le temps de respirer pendant que tu récitais tout ça ? demanda-t-elle.

Lilly rougit un peu.

— Non, mais sérieux, je n'avais pas réalisé ce que je ratais jusqu'à ce que je vienne ici. Même si tu n'es pas vraiment nouvelle en ville, donc tu sais probablement déjà tout ça.

— C'est vrai, mais c'est intéressant d'entendre un autre point de vue sur cet endroit, la rassura Caryn. Et tu ferais une très bonne ambassadrice de Fallport. Il est évident que tu aimes cette ville.

— Oui, vraiment. Mais ce n'est pas grâce au bowling ou à la librairie. C'est grâce aux gens. La plupart des gens sont généreux et feraient tout ce qui est en leur pouvoir pour donner un coup de main à quelqu'un qui en a besoin.

— Oui, j'ai pu le constater avec mon grand-père, dit Caryn.

— Ah, oui. J'imagine que son congélateur est plein à craquer de plats que les gens sont venus lui apporter ?

— Il déborde, dit Caryn en riant légèrement.

Et elle n'exagérait pas. Ils avaient bien plus de nourriture qu'ils ne pouvaient en manger – et instantanément, Caryn culpabilisa de manger dehors ce soir.

— Ne t'en veux pas, dit Drew, interrompant ses pensées.

Lilly se tourna vers lui en fronçant les sourcils.

— S'en vouloir de quoi ? demanda-t-elle.

— Caryn est en train de penser à ce congélateur qui déborde et maintenant elle regrette de manger ici ce soir au lieu de réchauffer les plats que les gens lui ont apportés.

Caryn ne savait pas comment Drew faisait pour lire dans ses pensées.

Drew haussa les épaules comme s'il pouvait vraiment lire dans son esprit et dit :

— Je pensais à la même chose, alors je me suis dit que c'était sûrement pour ça qu'elle paraissait aussi consternée.

— Je ferais vraiment mieux de rentrer. J'ai laissé Otto et Silas avec Art quand tu m'as appelée et soit ils ont déclenché une troisième guerre mondiale à cause d'un jeu d'échecs, soit ils l'ont fait sortir de la maison contre l'avis du docteur Snow et font des ravages en ville au moment même où on parle.

Drew et Lilly rigolèrent.

— Eh bien, si jamais tu t'ennuies, ce dont je doute car tu sembles être le genre de femme qui sait s'occuper, appelle-moi et je t'accompagnerai à la bibliothèque ou à la librairie. Je pourrais te présenter Khloe. Elle travaille avec Raiden à la bibliothèque. De l'extérieur elle est un peu piquante, mais en vrai, elle est très gentille. Et le limier de Raid l'aime à en mourir, au grand dam de son maître. Et je ne connais pas le propriétaire de la librairie, mais je devrais probablement y remédier. Oh, et Bristol risque d'être contrariée que Elsie et moi t'ayons rencontrée sans elle, alors on devra probablement planifier une sortie toutes ensemble. Combien de temps restes-tu en ville ?

Encore cette question. Caryn haussa les épaules.

— Je ne sais pas vraiment. J'attends qu'Art soit un peu plus mobile et autonome. Je compte sur le docteur Snow pour me faire savoir quand il pourra se débrouiller tout seul selon lui. Mais à son âge, j'ai peur que ce ne soit jamais le cas.

— Art est fort, dit fermement Drew.

— Je sais, mais il a aussi quatre-vingt-onze ans, ajouta Caryn. Je veux dire, tu en connais beaucoup des personnes de quatre-vingt-onze ans qui vivent seules sans avoir besoin de soins ?

— Eh ben, aujourd'hui, j'ai rencontré un homme de soixante ans et quelques qui fait encore des randonnées sur le sentier des Appalaches, rétorqua Drew.

Caryn ne put s'empêcher de sourire.

— C'est vrai. Touché.

— Je suis sûr qu'Art serait ravi que tu emménages à Fall-port. Mais comme vous en parliez avec Lilly, même si ce n'est pas le cas, ça ira quand même pour lui. Il y aura plein de gens qui voudront s'occuper de lui. Et je peux te garantir qu'après ce qui s'est passé, les habitants de la ville feront plus attention à leurs amis et leurs voisins et que s'ils ne les ont pas vus ou n'ont pas eu de leurs nouvelles depuis plus de douze heures, ils iront vérifier que tout va bien.

Drew avait raison et Caryn le savait, mais ça ne l'empêchait pas d'avoir le sentiment que le temps était compté pour elle et son grand-père. Il ne vivrait pas éternellement et elle voulait passer autant de temps que possible avec lui. Il avait été la seule personne de sa vie qui n'avait jamais cessé de l'aimer. Peu importe ce qu'elle faisait, quel travail elle effectuait, il était toujours là, en train de l'acclamer.

Refusant de penser à sa mère – pas maintenant alors qu'elle était plutôt détendue maintenant qu'elle avait le ventre plein et qu'elle avait réussi sa première mission de recherche et de sauvetage – elle hocha la tête vers Drew.

— Et je l'apprécie.

— Drew te donnera mon numéro, dit Lilly. Et celui de Bristol et d'Elsie aussi. Tu veux qu'on se rejoigne au Bec Sucré demain matin pour prendre un petit déjeuner ? Je pourrais te présenter Finley et tu comprendras ce que je voulais dire quand j'expliquais que ses roulés à la cannelle étaient à tomber par terre.

— Est-ce que tout tourne autour de la nourriture ici ? ne put s'empêcher de demander Caryn.

— Plutôt, oui.

— Oui.

Lilly et Drew répondirent en même temps et ils éclatèrent tous de rire.

— C'est comme ça que fonctionnent les petites villes.

— Je vais finir grosse comme une maison si je ne commence pas à faire du sport plus régulièrement, se plaignit Caryn, observant l'assiette vide devant elle.

Elle ne voulait même pas imaginer le nombre de calories qu'elle venait d'ingérer. Même sans le gâteau au chocolat German qu'elle et Drew avaient décliné lorsqu'Elsie leur avait demandé s'ils voulaient un dessert.

— Tu cours ? demanda Drew.

Caryn acquiesça.

— Oui.

— J'essaie de faire du sport tous les matins, notamment de la course plusieurs fois par semaine, du moins quand je ne suis pas sous l'eau durant la période fiscale. Si tu veux te joindre à moi, ça ne me dérange pas, dit Drew.

En avait-elle envie ? Elle était déjà bien plus attirée par Drew qu'elle ne le souhaitait. Mais ce serait peut-être une bonne chose qu'elle transpire comme une folle devant lui. Il réaliserait rapidement qu'elle n'était pas comme les autres femmes. Elle ne portait pas de maquillage, se fichait des vêtements de marque. La plupart du temps elle ne portait même pas de sac à main. Et plus elle passerait de temps avec lui, plus elle se rendrait probablement compte de ses défauts.

Elle se retrouva à hocher la tête avant même d'y réfléchir à deux fois.

— Super. On pourrait se retrouver devant chez Art. Six heures, c'est trop tôt ?

— Non, c'est bien. En général, je suis debout à cinq heures et demie.

— Chaque matin ? demanda Lilly.

— La plupart du temps, oui.

— Waouh, c'est fou. Tout comme le fait de se lever tôt pour faire du sport, dit-elle avec un sourire. Ou même faire du sport de manière générale.

— Comme si ce n'était pas du sport que de devoir trimballer ces caméras et sacs super lourds, dit Drew en levant les yeux au ciel. Combien pesait cette caméra quand tu tournais l'émission ?

— N'importe quoi, dit Lilly en riant sans répondre à sa question. Bref, c'était un plaisir de te rencontrer, Caryn et j'étais sérieuse pour le petit déjeuner. On se retrouve pour des roulés à la cannelle demain ?

— Bien sûr. Après ma course ?

— Absolument. Dix heures, ça te va ? Je sais que c'est un peu tard, mais tu peux aller courir puis t'occuper de ton grand-père avant qu'on ne se retrouve.

Caryn apprécia qu'elle pense à Art.

— C'est parfait.

— Super. Merci pour la limonade, Drew. À plus tard.

Sur ce, Lilly se leva.

— Si jamais Ethan ou Rocky ont besoin d'aide pour quoi que ce soit dans la nouvelle maison de Rocky, faites-le-moi savoir. Je ne suis pas le meilleur pour construire des choses, mais je peux très bien aider à porter des trucs comme un champion.

— Je leur dirai.

Lilly les salua tous les deux et s'approcha de Davis, assis au bar, en train de manger un hamburger. Elle lui souffla quelque chose avant d'embrasser Elsie et de se diriger vers la porte.

— Vous semblez tous *vraiment* très proches, dit Caryn, un peu gênée par sa voix envieuse.

— Nous le sommes, dit Drew. Ce sont de bonnes personnes, et je suis fier de les appeler mes amis.

De toute évidence. Caryn se demandait à quel point sa vie – et son métier – aurait pu être différente si elle avait eu un groupe de soutien comme celui de Drew et de ses amis. Mais il était inutile de vouloir changer le passé. C'était comme ça.

— Tu es prête à partir ? demanda Drew.

Regardant sa montre, Caryn grimaça mentalement et hocha la tête.

— Oui.

— Art va bien, dit Drew, lisant une fois de plus dans ses pensées. S'il lui arrivait quelque chose, Otto ou Silas appelleraient un des gars, ou Simon, et ils te contacteraient.

— Je sais. C'est juste que je me sens mal. Je suis venu ici pour être avec Art, l'aider à se remettre de sa blessure, et j'ai l'impression d'avoir passé plus de temps à faire mes propres trucs.

— Il ne t'en voudra jamais, dit Drew. Il est si heureux que tu sois là. Et... il n'a probablement pas *envie* que tu l'étouffes non plus. Il voudrait que tu ailles dehors, que tu apprennes à connaître Fallport à nouveau. Surtout s'il savait que tu envisageais de déménager ici. Tu lui as dit ?

— T'es fou ou quoi ? demanda Caryn alors qu'ils se dirigeaient vers la porte.

Drew avait réglé leur repas juste avant que Lilly ne les rejoigne, et même si elle avait essayé de payer la moitié, il avait repoussé son offre. Elle était manifestement restée trop longtemps en ville, car lors de ses deux derniers rendez-vous, les hommes s'attendaient à ce qu'elle paie elle-même.

— Je ne dirais jamais à Art que j'envisage d'emménager ici si je ne suis pas sûre. Il serait plein d'espoir et si je décidais soudain de ne pas le faire, il serait anéanti.

— Tu as probablement raison. Mais je suppose qu'il le découvrira tôt ou tard. Tu sais à quelle vitesse les rumeurs circulent par ici.

— Zut, tu as raison, soupira Caryn alors que Drew lui tenait la porte du bar ouverte. Je vais lui parler. Je ne veux pas qu'il soit déçu.

— Je ne pense pas que tu puisses le décevoir, dit Drew. Du coup... on se retrouve à six heures demain pour courir. Jusqu'où tu vas d'habitude ?

Caryn était heureuse de changer de sujet. Ses compliments lui faisaient un peu trop de bien.

— Ça fait plusieurs semaines que je n'ai pas couru, alors je devrais peut-être y aller doucement. Dix kilomètres, ça te va ?

Drew sourit.

— Dix kilomètres, c'est y aller doucement pour toi ?

— Ben, oui, dit-elle en haussant les épaules.

— OK. Alors oui bien sûr, dix kilomètres c'est super. On se voit demain matin. Si tu as besoin de quoi que ce soit, appelle-moi.

— Hum... Je n'ai pas ton numéro, lui dit-elle.

— Merde. Désolé. J'avais oublié.

Il fouilla dans sa poche avant et sortit son téléphone.

Caryn saisit son propre téléphone dans sa poche et ils échangèrent leurs numéros. Puis il lui donna les numéros de Bristol, Lilly et Elsie, ainsi que ceux des membres de son équipe.

— OK, je pense que ça suffit pour le moment, le taquina-t-elle. Je veux dire, je pourrai prendre les numéros du reste des habitants de Fallport demain.

Il rit.

— Je m'assure juste que tu aies les plus importants d'abord, plaisanta-t-il avant de la regarder droit dans les yeux pour lui dire : Tu as été géniale aujourd'hui, Caryn. Tu étais exactement ce dont nous avions besoin. Merci.

— De rien, dit-elle doucement, luttant pour ne pas immédiatement rejeter son compliment et pour l'accepter gracieusement.

Ils marchèrent ensemble jusqu'au parking derrière le On the Rocks et il se tint à côté de sa voiture jusqu'à ce qu'elle grimpe dans sa Sonata et sorte du parking. La maison d'Art n'était pas loin de la place et elle observa son rétroviseur central alors que Drew partait dans la direction opposée.

Passer du temps avec Drew était... troublant. Notamment parce qu'elle ressentait une attirance envers lui qu'elle ne comprenait pas forcément et qu'elle n'avait encore ressentie avec personne.

Elle avait passé sa vie à ériger un mur plutôt haut pour se protéger. Et ce dès son plus jeune âge... sinon, elle n'aurait pas pu fonctionner normalement. Sa mère avait très mal rempli son rôle de parent et c'était incroyable que Caryn s'en sorte aussi bien.

Elle savait que pour ça, elle devait remercier son grand-père. Et la ville de Fallport. Ici, elle avait simplement pu être une enfant. Insouciante. Ce qu'elle avait appris et expérimenté ici l'avait portée tout au long de sa vie.

Ce déménagement à Fallport aurait dû être une évidence. Son grand-père ne rajeunissait pas et elle avait envie de passer autant de temps que possible avec lui.

Elle n'était pas satisfaite de son travail à New York et n'avait plus vraiment envie de vivre en ville. Et plus elle apprenait à connaître Drew et ses amis, plus elle avait envie de faire partie de leur cercle intime.

Ce qui faisait partie du problème. Et si elle emménageait ici et que ça ne fonctionnait pas ?

Elle avait envie d'être positive en imaginant ce changement, ce déménagement potentiel, mais ses peurs la faisaient encore hésiter.

Prenant une grande inspiration, Caryn fit un effort

conscient pour repousser toutes ces pensées négatives. Si elle emménageait ici, Fallport serait un nouveau départ pour elle.

Un nouveau départ dont elle avait bien besoin.

Décidant de laisser les choses suivre leur cours, y compris le lien qui semblait exister entre elle et Drew, Caryn se sentit plus légère lorsqu'elle s'engagea dans l'allée de la maison de son grand-père. Elle se sentait bien ici, et elle avait juste besoin de lâcher prise... pour une fois dans sa vie.

Elle avait hâte d'aller courir demain. Et comme elle était honnête avec elle-même, cette excitation était en grande partie provoquée par la personne *avec qui* elle allait courir. Elle sentait presque le roulé à la cannelle qu'elle allait manger ensuite sur sa langue. Lilly avait été très chaleureuse, tout comme Elsie.

Oui... c'était agréable d'être ici à Fallport. Caryn avait quand même un peu hâte de voir ce que son avenir lui réservait.

CHAPITRE SEPT

Le lendemain matin, Drew toqua à la porte d'Art à cinq heures cinquante-huit. Il attendait cette course avec impatience, plus qu'il ne l'avait prévu. La veille, il avait passé un certain temps à essayer d'analyser ce qui l'attirait chez Caryn, et après avoir réfléchi trop longtemps – sans trouver la solution – il avait décidé de faire avec pour le moment. Elle était un mélange intrigant de vulnérabilité et de dureté. Elle était intelligente, bosseuse, et douce à la fois. Elle donnait autant qu'elle recevait et ne laissait personne la malmener. Mais il ressentait quand même son besoin d'être acceptée et appréciée. Et il se doutait que ce n'était pas seulement avec ses collègues pompiers.

La porte s'ouvrit – et Drew dut lutter pour ne pas se ridiculiser en restant bouche bée devant Caryn. Elle portait un short de cycliste qui moulait ses cuisses lisses, similaire à celui qu'elle portait pour la randonnée. Son débardeur était tout aussi moulant. Elle n'était pas fine, mais pas forte non plus. Elle était... solide. Et Drew appréciait chaque centimètre qu'il avait sous les yeux.

Puis, elle se tourna pour fermer la porte derrière elle – et

Drew faillit avaler sa langue quand il vit son derrière magnifique.

Caryn Buckner était terriblement sexy. Il dut faire tout son possible pour ne pas s'approcher d'elle et poser la main sur ces fesses pleines et voluptueuses.

Elle se retourna et le surprit immédiatement en train de la mater. En retour, elle le regarda de haut en bas, mais Drew était certain que son short et son vieux T-shirt miteux avec les manches coupées étaient loin d'être aussi impressionnants que *sa* tenue à elle.

— Il est un peu tôt pour se reluquer non ? demanda-t-elle en ouvrant une poche cachée dans la ceinture de son short au bas de son dos pour y mettre les clés de la maison.

— Je ne peux pas m'en empêcher... tu es vraiment en forme, dit Drew.

À sa grande surprise, Caryn sourit.

— Merci. J'ai l'impression de devoir m'entraîner deux fois plus à la caserne pour garder le rythme. En vrai, c'était facile de ne pas prendre de poids et d'effectuer les exercices d'entraînement... jusqu'à ce que j'ai quarante ans. C'est comme si mon corps avait appuyé sur un bouton et s'était dit « Non, c'est fini ».

Drew sourit.

— Je connais ce sentiment. Mais comme j'ai emménagé ici quand j'avais quarante ans, je n'ai pas eu à me qualifier ou à me soucier de garder le rythme avec les jeunes officiers.

— Sans oublier que tu n'avais plus à courir après les méchants, dit Caryn avec un sourire.

— Ça aussi. Tu veux t'étirer avant de commencer ? demanda-t-il.

— Non. Je suis prête. Je me suis levée un peu tôt pour m'assurer d'être prête quand tu arriverais.

— Super. Je me suis dit qu'on pouvait rester en ville ce matin. On n'a qu'à courir autour de la place, jusqu'au parc Wagon, peut-être même jusqu'à l'école... si ça te va.

— Ça me va.

— La prochaine fois, on pourra courir vers l'ouest sur Main Street, vers les sentiers. C'est un peu plus clairsemé de ce côté-là.

Caryn acquiesça.

— J'aimerais bien ne pas être trop loin d'Art pour le moment. Juste au cas où.

Elle avait son téléphone attaché à son bras dans un support en plastique qui se fixait autour de son biceps avec du velcro.

— Si je vais trop lentement ou trop vite, dis-le-moi, expliqua Drew en se mettant doucement à trottiner.

— Tu vas péter un câble si jamais je te dis que tu es trop lent ? demanda-t-elle.

— Non, dit immédiatement Drew. Je sais que je ne suis pas le coureur le plus rapide, mais j'ai une bonne endurance.

Dès que les mots lui échappèrent, il réalisa à quel point ils avaient une connotation sexuelle. Ce n'était pas ce qu'il avait voulu dire... mais en même temps c'était vrai à la fois pour la course *et* ses ébats amoureux.

Caryn eut un rictus alors qu'ils commençaient à trouver un rythme confortable.

— J'essaie de décider si je rebondis là-dessus ou pas, avoua-t-elle.

— N'hésite pas à me faire des remarques. Je peux les encaisser.

— D'après mon expérience, l'endurance est probablement l'atout le plus important. C'est très bien de courir vite, mais parfois c'est plus satisfaisant de prolonger les choses.

Drew ne put s'empêcher d'éclater de rire. Une fois qu'il se fut ressaisi, il lui dit :

— Je suis d'accord. Et pour info, personne ne s'est jamais plaint de mes performances par le passé.

Caryn souriait toujours lorsqu'ils approchèrent de la place centrale.

— On parle toujours de la course ? le taquina-t-elle.

— Je ne sais pas, peut-être ? rétorqua Drew.

Elle secoua simplement la tête. Ils coururent en silence pendant un moment avant qu'elle ne dise :

— Tu n'es pas du tout ce que j'imaginais.

— Qu'est-ce que tu imaginais ? demanda-t-il.

Caryn haussa les épaules.

— Un dur à cuire. Quelqu'un qui est à cheval sur les règles. Aucun sens de l'humour.

— Si tu m'avais rencontré juste après mon départ de la police, c'est ce que tu aurais vu, lui dit Drew avec honnêteté. Mais ces cinq dernières années, j'ai vraiment essayé de mettre cette personne derrière moi. D'apprécier la vie dans une petite ville. Je ne suis pas sûr d'y être totalement arrivé, mais j'ai appris qu'il n'y avait rien de mal à enfreindre les règles de temps en temps. Mais crois-moi... je ne suis toujours pas si drôle que ça.

Elle rit.

— C'est ça, oui.

— Je suis sérieux.

— Je sais que tu ne te penses pas drôle, mais, Drew, ça faisait bien longtemps qu'on ne m'avait pas fait autant rigoler.

— Et comment ça se fait ? demanda Drew qui voulait vraiment le savoir. D'après ce que je vois et ce que j'ai entendu de la part de ton grand-père, tu es très douée dans ce que tu fais. Tu es naturelle, bosseuse et jusqu'à présent, tu as été une excellente partenaire d'entraînement.

— Ça fait quoi, dix minutes ? dit-elle en riant légèrement.

— C'est vrai. Je retire ce que j'ai dit... je te confirmerai ça quand on aura terminé, plaisanta Drew.

Ils coururent encore pendant plusieurs minutes avant que Caryn ne dise finalement :

— D'habitude, je ne suis pas comme ça.

— Comme quoi ? demanda-t-il.

— Sympa.

Il cligna des yeux de surprise.

— Je ne te crois pas. Je veux dire, oui, tu as eu des accès de colère, mais il y avait des circonstances atténuantes.

Elle rit, mais jaune.

— Tu es indulgent. Pour ma défense, à New York, je suis constamment sur mes gardes. Si je dis un mot de travers au travail, ça peut réellement affecter ma carrière. Les gens sont toujours prêts à s'en prendre à moi pour quelque chose. Est-ce que je suis trop libérale ? Trop conservatrice ? Est-ce que j'ai mal agi sur le terrain ? Est-ce que je me suis plainte de mon travail ? Est-ce que j'ai mis en danger l'un de mes collègues pompiers ? Est-ce que j'ai été trop lente, ou trop rapide... ? Honnêtement, c'est épuisant. Je n'ai pas le luxe de pouvoir me détendre.

— C'est naze, dit Drew.

— Oui, acquiesça Caryn. Je me sens mal de l'admettre, mais j'étais soulagée d'avoir une excuse pour prendre congé. Et ça fait de moi la pire petite-fille du monde... heureuse qu'Art ait été agressé pour pouvoir faire une pause dans mon travail.

— Moi je trouve que ça te rend juste humaine, rétorqua Drew.

Une minute entière s'écoula avant qu'elle ne demande :

— Tu ne comptes pas me faire de remarque ? Me dire que je ferais mieux de démissionner parce que je ne mérite pas d'être traitée comme ça ?

Drew secoua la tête.

— Je n'ai pas à le faire. Tu le sais déjà.

Il l'entendit soupirer.

— Et puis, je comprends. J'étais dans la même situation. C'est très dur de faire partie des forces de l'ordre de nos jours, encore plus difficile qu'il y a cinq ans quand j'ai démissionné. Mais même à l'époque c'était une corvée quotidienne pour moi. Tout ce que je faisais était scruté. Les vidéos de ma caméra corporelle étaient analysées comme jamais. Tout ce que je faisais ou disais pouvait faire l'objet d'une critique ou d'un sermon. Après, attention, je pense qu'un certain niveau de surveillance est absolument nécessaire. Trop d'officiers s'en tirent avec des actes discriminatoires terribles, mais pour ceux d'entre nous qui faisaient tout pour bien faire leur travail, pour assurer la sécurité des gens... c'est dur. Je ne crois pas avoir rigolé une seule fois pendant un an après que je fus arrivé à Fallport. Alors... je comprends, expliqua Drew.

— Tu regrettes d'avoir démissionné ? demanda Caryn.

Drew ne savait pas comment la conversation avait pu devenir si sérieuse, mais il n'en était pas désolé. S'il avait eu quelqu'un à qui parler pendant ces dernières années en tant qu'officier, il aurait pu tenir plus longtemps, ou il aurait pu démissionner le cœur plus léger.

— Non, pas du tout, lui dit-il. Les premiers mois, je me suis demandé ce que j'avais fait, évidemment. Je me faisais du souci pour mes revenus, je m'inquiétais de ce que les autres allaient penser de moi, je me demandais si je n'avais pas déçu quelqu'un... mais maintenant que ça fait cinq ans, je peux dire que c'était le meilleur service que je me suis rendu. Beaucoup de gens doivent penser que le métier de comptable n'est pas intéressant, mais moi j'aime bien.

— Et comme tu l'as dit tout à l'heure, tu as l'équipe de recherche et de sauvetage pour combler ton désir d'aider les autres.

— Exactement, dit Drew en hochant la tête.

Une fois de plus, le silence s'installa entre eux pendant de longues minutes, le seul bruit était celui de leurs pas sur le pavé et les oiseaux qui gazouillaient dans les arbres.

— Parfois, j'aimerais que quelqu'un me dise de démissionner. La décision serait plus facile à prendre, dit Caryn.

Sans aucune hésitation, Drew la regarda et lui dit :

— Démissionne. Emménage à Fallport et passe le temps qu'il reste à ton grand-père avec lui.

Caryn rit.

— Oui. Ce n'est pas si simple.

— Bien sûr que non. Tu aurais un million de détails à régler. Mais tu as dit que tu voulais que quelqu'un te donne la permission d'arrêter. Alors je le fais.

Elle le regarda soudain et Drew ne put s'empêcher de réaliser une fois de plus à quel point Caryn était jolie. Pas dans le sens conventionnel du terme, peut-être. Mais là, tout de suite, avec ses joues rouges, la sueur qui coulait sur son front et sa poitrine, ses cheveux blonds qui s'enroulaient autour de la bande de tissu autour de sa tête... elle l'excitait clairement.

— Merci, dit-elle au bout d'un moment.

La conversation durant le reste de leur course fut beaucoup moins sérieuse. Drew lui expliqua à quel point il était submergé de travail durant la période fiscale, les quatre premiers mois de l'année, mais qu'après cela, il avait un emploi du temps plutôt léger. Il lui raconta les histoires les plus mémorables de leurs recherches et sauvetages. Elle lui parla de cette vieille dame qui vivait à côté de chez elle dans son immeuble à New York et qui était littéralement une folle des chats. Ils échangèrent sur les différents genres de café et les meilleurs parfums de glaces.

Le temps qu'ils arrivent devant sa rue, à la fin de leur course, Drew eut l'impression de mieux la connaître... et avec un peu de chance, elle ressentait la même chose.

— Je suis désolé pour tout ce que j'ai pu dire ou faire qui t'a énervée la première fois qu'on s'est rencontrés, lâcha-t-il.

Elle le regarda avec surprise.

— Quoi ?

— Tu étais stressée, tu venais tout juste d'apprendre ce qui était arrivé à Art et j'aurais pu être plus gentil.

Elle secoua la tête.

— C'est déjà oublié. Je n'étais pas non plus un rayon de soleil.

C'était encore une autre chose que Drew aimait chez elle : elle n'était pas rancunière.

— Tu veux t'entraîner à nouveau demain ?

— Oui, dit-elle sans aucune hésitation.

— Super. Même heure ?

— Ça me va si ça te va.

— Oui.

Drew se creusait déjà la tête pour trouver d'autres idées d'entraînement. Courir c'était bien, mais ça pouvait devenir ennuyeux.

— Et si tu venais faire une randonnée avec moi demain ? Je pourrais te montrer les sentiers principaux sur lesquels on nous sollicite souvent et t'expliquer ce qu'on cherche précisément quand on est à la recherche de quelqu'un.

Ses yeux bleus brillèrent d'excitation.

— Oui ! J'adorerais.

— Super. Je pense qu'on peut laisser de côté le sentier de Fallport Creek. Il est facile et ne fait qu'un kilomètre et quelques et est à sens unique. Alors peut-être que demain on peut faire le sentier de Barker Mill. Ce n'est pas une boucle et il fait cinq kilomètres et souvent, on y retrouve des randonneurs non préparés qui surestiment leurs capacités et se blessent. On peut se frayer un chemin jusqu'aux sentiers de Rock Creek et Eagle Rock.

— Ça me va. Mais j'imagine que les gens se perdent surtout quand ils sortent du sentier, non ? demanda-t-elle.

Ils étaient arrivés dans la rue d'Art et marchaient pour se rafraîchir.

— Effectivement. Mais ils commencent généralement par un sentier ou un autre. Il est rare que les gens disparaissent dans les bois, loin de tout sentier balisé. Mais quand cela arrive, nous utilisons les mêmes principes de recherche que lorsque nous sommes sur un chemin établi.

— C'est logique. Combien de personnes avez-vous retrouvées ?

Drew haussa les épaules.

— Je ne sais pas trop. Je pense qu'Ethan les comptabilise, surtout pour le maire et le conseil municipal, pour prouver que l'argent qu'ils dépensent pour nous vaut le coup et pour l'utiliser comme levier quand nous avons besoin de quelque chose... comme les téléphones satellites.

— Que Bristol vous a achetés.

— Ouaip. Elle n'avait pas envie d'attendre qu'ils soient *peut-être* approuvés par le budget de la ville.

— Je l'aime déjà cette Bristol.

— Elle est très sympathique dit Drew avec un sourire.

Caryn pencha la tête.

— Tu les considères vraiment comme tes amies, n'est-ce pas ?

— Qui ?

— Les copines de tes amis.

— Lilly, Elsie et Bristol ? Absolument. Pourquoi est-ce que ça te surprend ?

— C'est juste que d'après mon expérience, les mecs tolèrent à peine les petites copines et les femmes de leurs potes.

— Eh bien ici, ce n'est pas comme ça que ça se passe. Elles sont toutes aussi importantes à mes yeux que Ethan, Zeke et Rocky. Notamment parce que leurs femmes les rendent heureux. Plus épanouis. Ce n'est pas difficile à voir.

Caryn acquiesça.

— Je ferais mieux de rentrer. Voir comment se porte Art.

— Ça marche. Merci d'avoir couru avec moi aujourd'hui et de ne pas t'être plainte que je te retenais tout le long.

— Merci de m'avoir invitée. Et je serais idiote de courir à

ma vitesse habituelle alors que c'est ma première fois depuis des semaines.

Drew rit. Elle s'était complètement retenue d'aller plus vite, mais était trop gentille pour le dire.

— À plus.

— Salut.

Ce fut difficile pour Drew de tourner les talons pour se rendre à sa voiture. Il adorait cet endroit. C'était petit et proche de la place et la vieille maison d'Art était entourée d'habitations similaires. C'était un quartier confortable. Tranquille. Parfait pour Art... et c'était l'endroit idéal pour que sa petite-fille se retrouve à nouveau.

Caryn dut attendre une heure avant de pouvoir prendre sa douche le temps d'aider son grand-père dans sa routine matinale. Elle l'aida à se rendre dans la salle de bain, lui prépara son café et récupéra le journal devant l'entrée qu'il aimait lire en sirotant sa boisson du matin. Pendant ce temps, elle lui prépara un bol de flocons d'avoine et coupa un fruit en morceaux. Elle lui apporta les deux puis se rendit dans la salle de bain pour se préparer pour la journée.

Pendant qu'elle se tenait sous le jet chaud, elle repensa à ce matin. Drew était tellement différent de tous les flics qu'elle avait pu connaître. Elle culpabilisa d'avoir eu de tels préjugés sur lui lorsqu'ils s'étaient rencontrés pour la première fois. Il n'avait pas hésité à s'excuser pour son propre comportement alors qu'en réalité, ils étaient tous les deux en tort, se laissant guider par leurs idées préconçues au lieu d'apprendre à connaître l'autre correctement.

Leurs situations n'étaient pas si différentes...il semblait qu'il y a cinq ans, il était aussi épuisé qu'elle aujourd'hui.

Même si les raisons pour lesquelles il avait quitté son travail étaient complètement différentes.

Caryn avait tellement voulu être acceptée dans son milieu, être incluse dans cette fraternité et partager cette complicité qu'avaient ses autres collègues pompiers. Mais depuis qu'elle avait mis les pieds dans sa première caserne, elle avait été exclue. On l'avait fait se sentir inférieure, presque comme un fardeau. Elle l'avait supporté pendant des années et s'était épuisée à essayer de devenir plus intelligente, plus rapide, plus forte... et comme elle l'avait reconnu ce matin, elle était exténuée. Repoussant ces pensées déprimantes, elle se focalisa plutôt sur Drew Koopman. Elle ne savait pas vraiment pourquoi il était si sympathique, mais elle ne pouvait pas nier qu'elle aimait ça. Finalement, quelqu'un avec qui elle n'aurait jamais pensé se lier était devenu quelqu'un qu'elle avait hâte de voir et à qui parler. Il la comprenait. Il avait eu affaire à des situations similaires de vie ou de mort. Et cette façon qu'il avait de pouvoir lire dans ses pensées était vraiment étrange.

Et... elle ne pouvait nier qu'elle était attirée par lui.

Il était un mélange enivrant de mec dur et rude avec un petit côté intello. Ça lui plaisait. Beaucoup. Probablement parce que c'était comme ça qu'elle se percevait.

Elle adorait lire. Elle dévorait les nouvelles romances de ses auteurs préférés dès qu'elles sortaient en librairie. Mais elle pouvait également soulever un homme adulte et le porter hors d'un bâtiment en feu sans trop d'effort. Elle savait tout ce qu'il y avait à savoir sur la science du feu et pourtant, elle éprouvait toujours une montée d'adrénaline quand elle était dans un camion de pompiers qui fonçait dans la rue à toute vitesse, sirènes hurlantes.

Et Drew prenait clairement soin de lui. Certes, elle courait plus vite que lui, mais il n'était pas en reste concernant son physique. Pendant une seconde, lorsqu'ils étaient retournés chez elle, elle avait fantasmé sur le fait de lui enlever son haut et de lécher le centre de son torse. À vrai dire, elle avait été choquée de constater à quel point l'envie était intense.

Mais ils étaient amis. De nouveaux amis, en plus. Et elle n'avait toujours pas pris la décision d'emménager ici. La dernière chose dont elle avait envie, c'était de débuter une relation, puis de quitter la ville.

Alors qu'elle rinçait l'après-shampoing de ses cheveux, elle réalisa qu'elle n'était pas obligée d'entretenir une relation sérieuse. Elle pouvait simplement coucher avec cet homme et retrouver sa vie à New York sans problème.

Mais elle n'avait jamais connu de flirt dans sa vie. Elle n'était pas faite pour ça. Elle tombait souvent rapidement amoureuse – comme sa mère l'avait toujours fait – et elle avait toujours évité de s'engager physiquement avec un homme avant de s'assurer qu'ils avaient plus en commun qu'un simple désir. Ça n'avait pas toujours été facile. Caryn avait très envie d'un partenaire. Elle avait cru que Jonah en était un, mais elle avait rapidement réalisé que ce n'était pas le cas.

Soupirant en coupant l'eau, Caryn essaya de ne pas trop penser à ce qui se passait entre elle et Drew. Ce qui devait se passer avec cet homme... se passerait. Et soit elle resterait, soit elle rentrerait à New York. Elle n'allait pas perdre son temps et son énergie à s'inquiéter.

La journée se déroula rapidement. Caryn retrouva Lilly au Bec Sucré et prit un roulé à la cannelle plus gros que sa tête. Il fut tout aussi délicieux que ce que lui avait affirmé Lilly. Elle put rencontrer Finley et apprécia immédiatement cette boulangère timide et ronde. Et elle apprit que la Bristol que tout le monde voulait qu'elle rencontre était en réalité Bristol Wingham, l'incroyable artiste de vitraux. Elle avait déjà vu l'une de ses créations dans une église à New York et avait été époustouflée par la complexité de la scène qui semblait se détacher du verre. Elle reconnaissait avoir été un peu intimidée à l'idée de la rencontrer.

Quand elle l'avait avoué à Lilly, celle-ci avait balayé son appréhension d'un revers de main.

— Bristol est adorable. Si naturelle. Vous allez très bien vous entendre, je le sais !

Puis, elle commença à lui parler du vitrail qu'elle était en train de créer pour l'une des vitres du Sunny Side Up. Un décor de forêt avec un homme vêtu d'une veste de l'équipe de Recherche et de Sauvetage d'Eagle Point, marchant le long d'un chemin. C'était sa façon de rendre hommage à son fiancé et ses amis pour tout ce qu'ils avaient fait.

Peu de temps après, Lilly avait dû partir pour un rendez-vous client et Caryn était restée un peu plus longtemps. Finley, qui avait entendu leur conversation, était venue après le départ de Lilly et avait dit à Caryn que Bristol prévoyait également de représenter un Bigfoot sur le vitrail, observant la scène de derrière un arbre. L'idée semblait amusante, mais Finley expliqua que Lilly était mitigée concernant cet engouement pour Bigfoot, vu ce qui lui était arrivé durant le tournage de l'émission de paranormal auquel elle avait participé.

Caryn comprenait où Lilly voulait en venir, même si elle n'avait rien à voir avec la mort de l'un des acteurs de l'émission... ou avec les efforts que son ancien producteur avait déployés afin de manipuler les images de l'émission.

Après avoir promis de revenir bientôt à la boulangerie et ajouté le nom de Finley à la liste de ses contacts dans son téléphone portable, Caryn s'était rendue à la librairie d'occasion L'Amour des Livres, située à deux pas de la boulangerie. Elle avait passé beaucoup plus de temps qu'elle ne l'avait prévu à parcourir les livres et à parler des auteurs avec le propriétaire.

Yanelis Sanchez avait la cinquantaine, elle avait épousé l'amour de sa vie quand elle avait dix-huit ans et l'avait perdu dix ans plus tard. Elle avait élevé leurs deux enfants seule et avait emménagé à Fallport peu de temps après. Elle avait racheté la librairie d'occasion à l'ancien propriétaire et passait ses journées entourée par ce qui lui apportait le plus de joie : les livres.

Neli, comme elle aimait être surnommée, était ravie de pouvoir échanger avec une autre bibliophile et en fin de compte Caryn finit par lui parler de sa relation avec Thomas Robertson. Elle repartit de la librairie avec un sac rempli de livres et le sentiment de s'être fait une nouvelle amie.

C'était fou à quel point il était facile de créer du lien avec les habitants de Fallport.

Caryn ne s'était jamais sentie aussi bien accueillie, ou autant chez elle qu'ici. Elle repensa à ce matin-là quand elle avait exprimé le souhait que quelqu'un lui dise simplement ce qu'elle devait faire. Et comment Drew n'avait pas hésité à lui donner la permission de démissionner et d'emménager.

Elle aurait aimé que ce soit si simple.

Mais en même temps... ne l'était-ce pas ?

Prenant une décision rapide, Caryn parcourut rapidement la courte distance qui la séparait de la maison d'Art. Elle s'assura que son grand-père allait bien et fut ravie de voir qu'il faisait la cour aux dames qui traînaient habituellement au salon de beauté, en train de se raconter des potins. Dorothea, Cora, Ruth et Clara étaient toutes présentes. Clara réchauffait l'un des plats que quelqu'un avait préparés et les autres s'étaient engagées dans une discussion animée sur les derniers procès-verbaux du conseil municipal.

Caryn vérifia que son grand-père allait bien et n'avait besoin de rien et lorsqu'il lui promit qu'il était en pleine forme, elle lui fit savoir qu'elle serait de nouveau de retour d'ici une heure ou deux. Il la salua et Caryn se dirigea vers sa voiture, l'esprit tranquille.

Elle roula jusqu'à la caserne de Fallport. Si elle envisageait vraiment d'emménager ici, elle devait vérifier si la rumeur selon laquelle ils cherchaient quelqu'un à plein temps était vraie. Elle avait également envie d'évaluer l'atmosphère… voir s'ils étaient réceptifs à l'idée d'embaucher une femme.

Caryn savait qu'elle était très douée dans son travail, mais ça ne voulait rien dire si elle s'engageait à nouveau dans une ambiance de machos. Elle en avait eu assez pour toute une vie. Si c'était également la façon dont le département incendie de Fallport fonctionnait, elle passait son tour.

Elle se gara derrière le bâtiment et fut impressionnée dès le premier coup d'œil. L'extérieur était impeccable et à travers les baies vitrées, elle aperçut un 4x4 de pompier, un camion de pompier et un gros véhicule de secours garés à l'intérieur.

Elle toqua à une porte à gauche des baies vitrées. Lorsque personne ne répondit, elle l'ouvrit et dit :

— Il y a quelqu'un ?

Le silence lui répondit et Caryn était sur le point de partir pour revenir une autre fois lorsqu'un homme passa et la vit dans l'embrasure de la porte.

— Je peux vous aider ? demanda-t-il.

Caryn ouvrit la porte jusqu'au bout et entra. À son grand soulagement, l'homme n'était pas Paul. Elle savait qu'elle allait devoir lui parler tôt ou tard, mais elle était contente que ce ne soit pas là tout de suite.

— Bonjour. Je m'appelle Caryn Buckner, commença-t-elle.

— Je vois, dit l'homme. Tu es la petite-fille d'Art. La pompière de New York. On a beaucoup entendu parler de toi. Désolé pour ce qui est arrivé à Art. Ça craint, vraiment.

— Merci. Et oui, ça craint, mais il s'en sort très bien.

— Ravi de l'apprendre. Moi c'est Oscar, dit l'homme en lui tendant la main.

Caryn la serra, peu surprise lorsqu'il agrippa ses doigts un peu plus fort que nécessaire. Elle refusa de reculer ou de montrer ne serait-ce qu'une once de gêne. Elle lui serra la main tout aussi fort avant qu'il ne hoche la tête vers elle.

— Qu'est-ce qui t'amène ici ?

— Je me suis dit que j'allais passer vous saluer, dit-elle sans grande conviction.

Oscar rit.

— Et j'imagine que tu as entendu parler du poste vacant.

Caryn haussa les épaules sans chercher à le nier.

— Ça m'a peut-être traversé l'esprit, oui.

— Eh bien tu es manifestement qualifiée, dit Oscar. Si les rumeurs disent vrai.

— Elles sont vraies. J'ai obtenu mon diplôme d'État à New York, mais j'ai aussi passé le test national, donc je peux travailler partout. Je réalise que je devrais aussi être certifiée en Virginie mais je ne pense pas que ce sera un problème. Je suis aussi secouriste et j'ai également passé le test national.

— Impressionnant, dit Oscar.

Caryn ne perçut aucun sarcasme ou raillerie dans sa voix, alors elle hocha simplement la tête.

— Tu veux que je te fasse visiter ?

— Carrément.

Oscar était un bon hôte… mais plus Caryn en voyait, plus elle était inquiète. Dans chaque caserne où elle avait travaillé, les équipes les gardaient extrêmement propres. Les nouvelles recrues étaient responsables de la vaisselle, de laver les sols et de garder l'endroit impeccable de manière générale. Tous ceux qui vivaient sur place durant leur garde de vingt-quatre ou quarante-huit heures faisaient leurs lits et rangeaient leurs affaires.

Mais cet endroit était complètement en désordre. L'endroit lui rappelait plus une fraternité étudiante qu'une caserne de pompiers. Il y avait un tas de vaisselle sale dans l'évier et une casserole de spaghettis sur la gazinière. Des bouteilles vides de sodas sur les tables autour des canapés et des fauteuils dans la salle TV et une énorme tache, qu'il était difficile d'ignorer, marquait le milieu du tapis.

Elle fut encore plus horrifiée par l'état des tenues de

pompiers et des bottes dans le garage. Elles étaient répugnantes. Les bottes étaient maculées de boue et les vestes pendaient de façon désordonnée. On aurait dit qu'on les avait jetées à la hâte. Mais c'est lorsqu'elle vit les camions en eux-mêmes qu'elle eut presque envie de pleurer. Elle avait passé tellement, tellement d'heures à laver et sécher les camions dans sa caserne à New York. D'après son expérience, les pompiers éprouvaient de la satisfaction quand leur camion était propre et brillant. Non seulement cela leur permettait d'être fiers de ce qu'ils faisaient mais c'était aussi un bon moyen de tuer le temps entre les appels. Et bien sûr, chaque fois qu'un camion était garé devant la caserne, les enfants étaient inévitablement attirés par le véhicule. Laver le camion était un excellent moyen de faire connaissance avec les habitants du quartier et de faire plaisir à un enfant.

Mais les camions du DIF (Département Incendie de Fallport) étaient recouverts de boue et de saleté. Le chrome était terne sous les lumières vives des baies vitrées. En plus de cela, les tuyaux sur le dessus semblaient être mal empilés, au lieu d'être méticuleusement pliés ou enroulés sur des bobines. En cas d'incendie, des tuyaux mal rangés pouvaient être un désastre. On devait pouvoir les retirer facilement et rapidement du camion. S'ils s'emmêlaient, cela pouvait être fatal quand une victime piégée était entre la vie et la mort ou si une structure était à deux doigts d'être foutue.

Elle avait envie de lui demander ce qui se passait ici, mais ce n'était pas son rôle. Pas du tout. Mais Oscar dut lire le désarroi sur son visage, car il dit d'un air un peu coupable :

— On essaie de convaincre la municipalité de nous financer un nouveau camion. Ceux-là sont vieux. Et en plus on a eu un feu d'herbes folles l'autre jour.

L'autre jour ? Caryn eut envie de lever les yeux au ciel et de lui dire que quelques heures étaient largement suffisantes pour nettoyer ces foutus camions et s'occuper de leurs équipements et couchettes, mais elle garda un visage aussi impassible que possible.

— Où sont les autres ? demanda-t-elle.

Une fois de plus, d'après son expérience, les casernes de pompiers étaient toujours bourdonnantes d'activité. Les gens regardaient la télévision, cuisinaient, jouaient à des jeux vidéo, faisaient du sport, le ménage. Mais elle n'avait pas vu une seule personne durant leur visite. Et c'était une caserne à plein temps. Les pompiers étaient payés pour être prêts à tout moment durant leur service.

— Oh, je crois qu'ils font la sieste dans leurs couchettes, dit Oscar.

Caryn écarquilla à nouveau les yeux. C'était littéralement le milieu de la journée.

Et elle n'avait pas l'impression que l'équipe avait veillé tard dans la nuit, luttant contre un feu. Ils auraient dû être debout en train de faire quelque chose.

Consciente d'être extrêmement critique, Caryn essaya de rationaliser ce qu'elle voyait et entendait... mais rien ne lui vint à l'esprit, car rien ne pouvait justifier que les pompiers dorment tous en même temps.

— Merci d'avoir pris le temps de me faire visiter les lieux, dit-elle à Oscar alors qu'ils retournaient dehors.

Elle n'avait pas non plus vu de salle d'entraînement dans la caserne, ce qui était très inhabituel. Il était impératif que l'équipe reste en forme. Combattre les incendies était un travail difficile. Elle était fière de faire tout ce qu'elle pouvait pour être autant en forme que possible, à la fois pour faciliter son travail mais aussi pour qu'elle puisse aider n'importe qui, médicalement ou dans un incendie, quand nécessaire.

— Pas de problème, lui dit Oscar. Si tu es vraiment intéressée par le poste, tu devrais repasser pour parler avec Paul. C'est lui qui est responsable des embauches.

Caryn s'en doutait déjà. Cela ne la ravissait pas beaucoup,

mais cela faisait quelques années qu'elle n'avait pas vu son ennemi d'enfance.

Peut-être avait-il changé.

Pff, elle faillit ricaner, mais parvint à se retenir.

— Je ferai ça, oui.

Oscar hocha la tête, lui serra à nouveau la main et retourna dans la caserne.

Caryn resta assise dans sa voiture pendant un long moment, observant la caserne. Elle était fermée hermétiquement, n'incitant personne à s'y arrêter avec ses enfants pour voir les camions, ou simplement un habitant du quartier qui souhaitait visiter les lieux. Elle se rendit compte pour la première fois que même s'il y avait beaucoup de choses qu'elle n'aimait pas dans sa caserne à New York, il y avait aussi des choses qu'elle aimait... à commencer par l'immense fierté que chaque pompier éprouvait pour cet endroit.

Démarrant sa voiture, elle s'éloigna du DIF et retourna chez Art. Elle devait encore réfléchir avant de prendre une décision pour son avenir. Pour le moment, elle voulait simplement passer du temps avec son grand-père. Elle avait été un peu trop absente ces derniers jours. Il guérissait remarquablement bien, mais ça ne voulait pas dire qu'il avait récupéré toutes ses capacités. Le docteur Snow allait passer plus tard dans l'après-midi et elle voulait être là pour entendre ce qu'il avait à dire sur la guérison d'Art.

Même si elle était déçue après avoir vu les conditions de la caserne de Fallport, l'enthousiasme de Caryn pour la ville n'avait pas diminué. Elle avait toujours hâte d'en apprendre plus sur cet endroit qu'elle avait considéré comme sa maison durant les étés de son enfance.

CHAPITRE HUIT

Une semaine et demie plus tard, Caryn attendait dans le salon de son grand-père, regardant par la fenêtre pour apercevoir la Jeep de Drew descendre la rue. Ils avaient pris l'habitude de s'entraîner tous les matins et c'était le meilleur moment de sa journée.

Elle ne savait pas si c'était à cause des entraînements en eux-mêmes, qui étaient revigorants, ou parce qu'elle pouvait passer du temps avec Drew.

Il l'avait emmenée faire des randonnées sur tous les principaux sentiers de la région et elle comprenait bien mieux pourquoi c'était si difficile de retrouver quelqu'un qui s'était perdu. Il y avait des milliers et des milliers d'hectares et le simple fait d'avoir une idée générale de l'endroit où une personne pouvait se trouver ne suffisait pas à la retrouver. Drew lui avait appris à rechercher les traces sur le sol et dans la végétation, à étudier les feuilles des buissons devant lesquels ils passaient et à quel point il était important de ne pas paniquer si elle-même se perdait dans les bois. Mais plus important encore, il lui apprit à *écouter*. Ils avaient passé beaucoup de temps à rester debout dans la forêt pour percevoir les bruits autour d'eux.

Drew souligna que lorsqu'ils n'entendaient aucun bruit d'animaux, c'était probablement parce qu'eux-mêmes faisaient trop de bruit. Il l'avait même testée l'autre jour en descendant le sentier et en se cachant, lui ordonnant de le retrouver. Elle était passée deux fois devant l'endroit où il avait quitté le sentier avant de percevoir enfin les signes subtils indiquant que quelqu'un avait marché dans la boue sur le côté du chemin. Elle avait été gênée de mettre une heure à le retrouver, mais Drew l'avait félicitée en disant qu'il était impressionné.

Il lui avoua que la première fois qu'il avait dû chercher Ethan, il avait complètement échoué et ce dernier avait fini par sortir de sa cachette au bout de deux heures et demie, se plaignant qu'il avait faim et qu'il n'allait pas passer la nuit dehors. Caryn ne savait pas s'il avait menti ou non, mais son récit l'avait aidée à se sentir mieux.

Aujourd'hui, Drew lui avait dit qu'il avait une surprise pour elle et elle avait hâte de voir ce qu'il avait prévu pour leur entraînement. Au lieu de le faire toquer à la porte en arrivant, Caryn se glissa dehors et le retrouva devant la maison.

— Tu es excitée ? la taquina-t-il.

— C'est toi qui as tout organisé pour ce matin. Si c'est nul, je vais être déçue.

— Aïe, dit Drew en posant une main sur son cœur.

Il était aussi beau ce matin que chaque fois qu'ils se retrouvaient pour s'entraîner. Il était vêtu d'un short noir – sa tenue habituelle – mais il portait également un marcel au lieu de son T-shirt habituel. Caryn aperçut quelques poils noirs dépasser du col et ses doigts la démangèrent, elle eut envie de remonter le tissu pour voir s'il en était recouvert ou s'il n'en avait que quelques-uns. Elle se frappa mentalement le front. Peu importe si cet homme avait le torse poilu. Vraiment.

Sauf qu'à chaque jour qu'elle passait avec lui, son attirance grandissait. Elle aimait bien Drew. En tant que personne. Ami. Homme. Elle était *attirée* par lui. Vraiment. C'était de plus en plus dur de ne pas montrer son intérêt. La dernière chose dont elle avait envie, c'était de gâcher une belle amitié. Mais elle ne pouvait pas nier qu'elle avait désespérément envie de goûter ses lèvres pleines et de voir s'il était aussi doué pour les baisers que pour tout le reste.

— Eh ben, je pense que tu vas aimer ce que j'ai prévu, mais si ce n'est pas le cas, ce n'est pas grave non plus, dit-il... d'un air un peu trop décontracté.

Caryn réalisa qu'il était nerveux et elle le trouva encore plus attachant.

Elle se rappela mentalement de faire semblant d'aimer sa surprise quoi qu'il arrive, même si elle la détestait. Ce qui prouvait une fois de plus à quel point elle appréciait cet homme. Elle n'avait encore jamais menti sur quelque chose d'aussi banal auparavant, simplement pour faire plaisir à quelqu'un. D'habitude, elle disait toujours ce qu'elle pensait et ne tournait pas autour du pot. Elle supposait que c'était à force de travailler avec des hommes qui étaient souvent un peu rudes et qui fonctionnaient ainsi. Mais la dernière chose dont elle avait envie, c'était que Drew se sente mal alors qu'il avait fait de gros efforts pour planifier l'entraînement qu'ils allaient faire aujourd'hui.

Au lieu de commencer à courir, il désigna sa Jeep.

— Aujourd'hui, il faut qu'on prenne la voiture.

Ce n'était pas la première fois qu'ils conduisaient pour aller à leur entraînement. Quand ils avaient marché sur les sentiers, ils avaient dû rouler jusqu'aux départs des chemins. Alors Caryn acquiesça simplement et grimpa sur le siège passager.

— Ce n'est pas loin, mais je pense qu'on aura trop de courbatures et qu'on sera trop fatigués pour revenir en courant une fois qu'on aura fini.

Caryn haussa les sourcils.

— Je suis intriguée.

Drew lui sourit simplement en démarrant le moteur.

Tout l'intriguait chez cet homme. Sa Jeep était impeccable.

Pas un seul emballage de fast food ou déchet n'était visible, ce qui était plutôt inhabituel de nos jours. Même si elle n'était pas une grosse fainéante, sa voiture était pleine de saletés. Et sa chambre chez Art n'était pas vraiment bien rangée. Mais Drew était très propre et organisé. Il affirmait que c'était à cause du matheux en lui.

Le trajet ne fut pas long et lorsqu'ils se garèrent devant le garage où travaillait Brock, elle se tourna vers Drew, l'air perplexe. L'endroit avait un nom : Old Town Auto. Mais la plupart des résidents le surnommaient « La Boutique ».

Drew lui expliqua que Brock avait trouvé sa voie en bricolant des voitures après avoir quitté le service des douanes et de la protection des frontières.

— Pitié, ne me dis pas qu'on est ici pour me trouver un emploi, dit Caryn.

C'était devenu une blague récurrente entre eux après qu'elle a donné son avis sur l'état du DIF, Drew s'amusait à lui suggérer différents emplois qu'elle pourrait essayer en dehors de la lutte contre les incendies. D'esthéticienne à professeure d'anglais au lycée, en passant par l'entretien des routes... ses propositions étaient plus destinées à la faire rire qu'à être prise au sérieux.

— Non. Et avant que tu ne poses la question, oui, Brock sait que je suis ici. J'ai une clé, donc je n'entre pas par effraction. Viens, tu comprendras dans une minute.

Plus curieuse que jamais, Caryn suivit Drew jusqu'à la porte de la clôture immense qui se trouvait derrière la propriété. Lorsqu'il ouvrit le portail en bois et le poussa, Caryn fut très surprise. Elle n'avait jamais connu l'existence de ce lieu.

Elle entra dans ce qui ne pouvait être qu'une casse automobile.

— Brock et les autres transportent les voitures dont les gens ne veulent plus et les amènent ici. Puis ils utilisent toutes les pièces qu'ils peuvent pour réparer les véhicules qu'on leur amène. Ça permet de réduire les coûts pour les clients. Et je crois que les gars aiment aussi simplement bricoler les vieilles voitures, expliqua Drew.

L'espace était impressionnant. Il y avait des carcasses alignées à perte de vue. Des camions, des modèles étrangers, des voitures qui avaient visiblement eu des accidents et dont les côtés étaient fracassés.

— Hum... je ne m'y connais pas du tout en voitures, lui dit Caryn. Donc si notre entraînement consiste à trouver des pièces, je ne serai pas d'une grande aide.

Drew rit.

— Non. Je suis venu hier soir pour tout mettre en place.

Il les guida jusqu'à un grand espace entre deux rangées de voitures – et Caryn ne put que tressaillir en voyant l'installation.

— On va commencer ici avec le pneu, expliqua Drew en pointant du doigt un très gros pneu couché par terre. Le but c'est de le soulever et de le retourner, bout par bout, jusqu'à la fin de la rangée. Ensuite, tu cours jusqu'ici en mettant tes pieds entre chaque espace des barreaux de l'échelle au sol, avec un peu de chance sans tomber. Puis tu reviens ici, dit-il en désignant deux voitures spécifiques sur des blocs, et tu rampes sous elles. Puis tu fais dix pompes et redressements assis. Des vraies, pas sur tes genoux ou avec tes abdos. Puis un sprint de là à là, d'ici à là-bas et de là à là.

Il désigna des lignes peintes à la bombe dans la terre, de plus en plus éloignées qui délimitaient leur parcours.

— Puis, pour finir, tu me hisseras sur ton épaule, tu me porteras jusque là-bas, me reposeras, tu me tireras jusqu'à la prochaine rangée de voitures, tu me hisseras à nouveau et tu retourneras au point de départ. Je n'ai pas pu trouver de mannequin d'entraînement à utiliser, et comme on fait la même taille, je me suis dit qu'on pouvait être tour à tour le porteur et le porté.

Caryn le regarda d'un air stupéfait.

— Quoi ? C'est une idée stupide ? demanda-t-il. Si tu n'as pas envie de faire la dernière partie – ou même rien de tout ça – on peut aller courir à la place.

— Non ! cria Caryn un peu trop fort.

Elle secoua la tête et dit un peu plus calmement :

— C'est génial. C'est *incroyable*, Drew.

— Je suis allé en ligne et je suis allé voir ce que faisaient les pompiers pour s'entraîner et j'ai pensé aux tâches que vous devez effectuer, puis j'ai fait de mon mieux pour créer des activités qui pourraient les simuler. Je n'ai pas eu de chance avec les escaliers. Fallport n'a pas vraiment de grand bâtiment qu'on aurait pu utiliser. Le plus proche c'est le stade au lycée, mais je me suis dit qu'on pouvait garder ça pour un autre jour.

— Sérieux, Drew, c'est... Je ne crois pas que quelqu'un se soit *déjà* donné autant de mal pour moi.

— Tu en vaux la peine, dit-il doucement.

Ils partagèrent un long regard intime. Caryn ne savait pas quoi faire. Le serrer dans ses bras ? L'embrasser ? Ça, elle en avait vraiment envie. Ou les deux.

Mais il rompit l'instant en disant avec un sourire :

— Je m'attends à ce que tu me battes à plate couture. Et si ce n'est pas le cas, je dirai à tout le monde que tu t'es ramollie.

Sa nature compétitive reprit le dessus et Caryn lui sourit en retour.

— Impossible que tu me battes, espèce de benêt.

Il rit.

Elle avait du mal à croire qu'elle se tenait là, avec un flic – même un ancien flic – et qu'il ne semblait absolument pas inquiet qu'elle puisse le battre à une course d'obstacles.

— Tu veux le faire une fois pour te faire une idée ? demanda-t-il.

— Non, ça me va si toi ça te va. Ça a l'air assez simple.

— OK. Alors il ne nous reste qu'une seule chose à faire.

— Quoi ?

— Pierre, feuille, ciseaux pour savoir qui part en premier. Le gagnant est le premier à tenter sa chance.

Caryn sourit et tendit le poing.

— Un, deux, *trois* ! dit Drew et à trois, ils présentèrent tous les deux leur choix.

Caryn gagna avec la feuille sur la pierre.

Drew lui fit un signe de tête en guise d'acquiescement.

— Voyons ce que tu sais faire.

Elle était plus que prête. Caryn réalisa qu'elle était tout excitée. Pas vraiment pour l'entraînement, mais parce que Drew s'était donné beaucoup de mal pour lui faire une surprise. Il n'était pas obligé. Ils auraient pu continuer à courir ou faire des randonnées, mais là, c'était un vrai *défi*. Et le fait qu'il soit allé voir en ligne et ait effectué des recherches pour trouver un entraînement en rapport avec son travail... cela déclenchait une vague de chaleur agréable en elle.

Évidemment, elle n'était pas comme la plupart des femmes qui étaient touchées quand on leur offrait des fleurs et des bijoux. Ça, c'était bien mieux.

Elle prit une grande inspiration et s'approcha de l'énorme pneu sur le sol.

— Prête ? Un, deux, trois, vas-y ! dit Drew.

Caryn s'accroupit, attrapa une extrémité du pneu et se leva, s'assurant de faire pression sur ses jambes et non son dos. Elle grogna en sentant le poids du pneu. Il était extrêmement lourd. Elle tendit les bras en soulevant, puis le poussa. Il retomba sur le sol et un nuage de poussière s'éleva tout autour. Elle s'accroupit immédiatement et l'attrapa à nouveau. Elle recommença encore et encore jusqu'à ce qu'elle atteigne la rangée.

Elle pivota et courut jusqu'à son point de départ, soigneusement et rapidement, plaçant un pied entre l'espace des barreaux de l'échelle sur le sol. Puis elle fonça vers les voitures et se jeta à terre pour ramper sous les véhicules.

Alors qu'elle effectuait les dix pompes et dix redressements assis, elle entendit Drew l'acclamer.

Il lui disait à quel point elle s'en sortait bien, lui rappelant qu'elle était la tâche suivante. Caryn réalisa qu'elle souriait alors qu'elle courait vers la ligne de départ pour le sprint. À quand remontait la dernière fois où elle s'était autant amusée ? Honnêtement, elle ne s'en souvenait pas.

Arrivant au dernier obstacle, elle trouva Drew allongé sur le sol. Elle était censée le soulever et le porter, puis le replacer sur le sol avant de le traîner sur une vingtaine de mètres, puis le soulever à nouveau. Elle hésita un moment.

— Tu peux le faire, Caryn. Vas-y.

— Je n'ai pas envie de te faire tomber, lâcha-t-elle.

— Tu ne le feras pas. Vas-y, fais comme si j'étais une victime et que tu devais m'éloigner des flammes.

Prenant une grande inspiration, Caryn s'accroupit et prit l'une de ses mains. Elle le fit passer par-dessus son épaule, comme elle l'avait fait avec des mannequins d'entraînement plus de fois qu'elle ne pouvait en compter. Mais cette fois-ci c'était différent. Notamment parce qu'il s'agissait d'une vraie personne… mais aussi parce que c'était *Drew*.

Elle avait passé du temps avec lui presque tous les jours dernièrement et même si elle était de plus en plus attirée par cet homme, elle ne l'avait pas vraiment touché. Sauf quand ils s'étaient accidentellement effleuré les mains ou les épaules durant leurs entraînements. L'avoir drapé comme ça sur ses épaules lui paraissait presque… extrêmement intime.

— Bien joué ! lui dit-il alors qu'elle s'avançait jusqu'à la partie suivante de la course d'obstacles. Il faisait de son mieux pour être un poids mort contre elle et Caryn savait que ça ne devait pas être confortable de sentir son épaule contre son estomac, mais il ne se plaignit pas.

— Impressionnant. Maintenant, pose-moi et tire-moi jusqu'à cette voiture bleue, ordonna-t-il.

— Je sais où je vais, rétorqua-t-elle, mais elle n'était pas du tout agacée par lui, pas le moins du monde.

Avoir son soutien, et savoir qu'il était impressionné par elle était enivrant. Elle se pencha et le déposa aussi délicatement que possible, puis elle attrapa ses poignets et commença à le traîner sur le sol.

Baissant les yeux, elle vit qu'il lui souriait. Ses pieds soulevaient la poussière alors qu'elle reculait, mais il ne semblait pas s'en soucier. Il avait également parfaitement préparé le parcours... assez pour qu'elle soit essoufflée à ce stade, mais pas assez épuisée pour ne pas pouvoir finir.

— Bien, maintenant tu me portes une dernière fois. Tu y es presque, l'encouragea-t-il.

Prenant une autre grande inspiration, et sentant son cœur battre fort dans sa poitrine, Caryn souleva une fois de plus Drew sur son épaule. Heureusement qu'il n'était pas plus grand ou plus lourd, sinon, elle n'aurait pas été sûre de pouvoir le faire.

Il était impossible que Drew soit au courant, mais c'était l'une des choses en particulier que la plupart de ses collègues pompiers mettaient en doute concernant ses compétences. Sa capacité à les sortir d'un bâtiment en feu ou d'une situation dangereuse si jamais elle se présentait. Elle avait fait de son mieux durant les exercices d'entraînement pour prouver qu'elle le pouvait, mais leur méfiance demeurait.

Elle tituba sous le poids de Drew, mais parvint à franchir la ligne d'arrivée qu'il avait tracée dans la poussière sur le sol. Après l'avoir reposé sur le dos, elle resta penchée, les mains sur les cuisses, respirant avec difficulté.

— Pas trop mal, lui dit Drew en s'asseyant et en regardant la montre à son poignet. Mais je parie que je peux te battre.

Caryn haussa les sourcils.

— Impossible.

Il rit en se relevant.

Alors qu'ils se tenaient tous les deux-là, se regardant fixement, Caryn eut très envie de se jeter sur lui, d'attraper ses cheveux à l'arrière de sa tête, d'attirer ses lèvres vers les siennes et de l'embrasser comme jamais. Elle fit même un pas vers lui avant de s'arrêter net.

Son cœur battait fort dans sa poitrine et elle serra les poings pour ne pas donner suite à ses envies. Ils se regardèrent un long moment avant qu'elle ne prenne une dernière grande inspiration et ne détourne les yeux.

— Pour info, dit doucement Drew, tu as été incroyable.

Puis, il recula et se tourna vers le pneu qui gisait sur le sol. Il le souleva comme s'il ne pesait presque rien et le fit rouler le long du terrain jusqu'à la position de départ. Il retomba par terre dans un bruit sourd et il tapa dans ses mains pour enlever la saleté.

— T'es prête à me chronométrer ? demanda-t-il.

Secouant doucement la tête pour se remettre dans le jeu, elle acquiesça et attrapa la montre à son poignet.

— Je suis prête à te regarder te faire fumer, dit-elle avec insolence.

Le sourire sur les lèvres de Drew était enfantin et oh, tellement tentant. Il écarta les jambes, parallèles à ses épaules, et la regarda avec impatience.

— Quoi ? demanda-t-elle.

— Tu dois faire le compte à rebours pour que je commence.

— Ah oui, c'est vrai, pardon. Trois, deux, un, *partez* ! dit-elle.

Observer Drew était comme regarder un athlète olympique en action. Il affirmait tout le temps qu'il était vieux et plus vraiment en forme, mais il était impossible que l'homme en face d'elle ne soit *pas* en forme.

Lorsqu'il se pencha en avant, Caryn baissa les yeux vers ses fesses. Elle n'avait pas vraiment honte, n'importe quelle femme au sang chaud aurait saisi l'opportunité de le reluquer. Avant même qu'elle ne s'en rende compte, il courut déjà jusqu'à elle, ses pieds avançant entre les barreaux sans aucune hésitation. En quelques secondes à peine, il fut sous les voitures et elle se dépêcha de rejoindre l'endroit où elle devait être pour qu'il la porte.

Ses pompes gonflèrent ses biceps et Caryn lécha ses lèvres soudain sèches. Son sprint s'acheva sans fanfare et il se trouva alors devant elle, souriant. Il la fit basculer sur son épaule sans aucune difficulté et elle observa à nouveau ses fesses alors qu'il courait pratiquement jusqu'à l'endroit où il devait la déposer sur le sol. Il le fit avec beaucoup plus de contrôle qu'elle précédemment et elle aurait pu jurer que lorsqu'il attrapa ses poignets, ses pouces caressèrent sa peau sensible avant qu'il ne commence à la tirer. Puis, elle fut de nouveau sur son épaule et il franchit la ligne d'arrivée.

Caryn pensa à peine à arrêter la montre à son poignet

— Alors ? demanda-t-il une fois qu'il l'eut reposée. Qui a gagné ?

Extrêmement déstabilisée, l'envie de se jeter sur lui la tenaillant encore, Caryn prit un air renfrogné en regardant le temps sur sa montre.

— J'ai l'impression que tu t'es déjà entraîné sur ce parcours.

Il sourit.

— Non. J'ai demandé à Brock de le faire pour m'assurer que tout fonctionnait comme je voulais. Même si je suppose que le fait de porter l'autre est un peu injuste puisque je suis plus lourd que toi. Peut-être que la prochaine fois je pourrais porter des poids pour essayer de rééquilibrer un peu plus la balance. Tu veux recommencer ?

— Oui ! dit Caryn sans aucune hésitation.

Malgré ses sensations inconfortables et effrayantes qui lui parcouraient les veines dès qu'il était question de Drew, elle passait un bon moment. Ses muscles protesteraient sans doute demain après cet entraînement extrême, mais là, tout de suite, elle s'en fichait.

— Allez, c'est parti ! lui dit-elle avec un sourire.

Elle n'aurait pas pu dire combien de fois ils réalisèrent à nouveau le parcours. Au bout d'un moment, Drew suggéra qu'au lieu de se porter l'un et l'autre à la fin, ils pourraient ramasser un gros pneu et le soulever à la place, mais Caryn protesta. Ce n'était pas vraiment confortable d'être jeté sur l'épaule de quelqu'un, mais c'était ce que les pompiers pourraient avoir à faire dans une situation d'urgence. Et elle aimait avoir Drew sur son épaule, tout comme elle aimait être sur la sienne.

Le temps qu'ils décident qu'ils en avaient eu assez pour une matinée, ils étaient tous les deux trempés de sueur et avaient certainement soumis leurs corps à un entraînement intense.

Alors qu'ils étaient assis à l'ombre et sirotaient l'eau qu'ils avaient apportée, Caryn se tourna vers Drew.

— C'était sympa. Merci.

— Carrément. Et de rien.

Le silence entre eux était confortable et Caryn se sentit mieux qu'elle ne l'avait été depuis longtemps. Elle n'avait jamais été aussi... *satisfaite* après un entraînement à New York. Tout était toujours une compétition. Comme si on la jugeait. Il n'était jamais question de s'amuser et de simplement apprécier repousser les limites de son corps. Avec Drew ce matin, elle avait senti son côté compétitif ressortir, mais elle n'avait pas eu peur de ne pas être à la hauteur des attentes qu'il pourrait avoir.

— Tu as parlé avec Paul du poste vacant ? demanda Drew au bout d'un moment.

Caryn soupira.

— Non. Je me suis arrêtée à la caserne comme je te l'avais dit, mais je n'y suis pas retournée depuis.

— Qu'est-ce qui te retient ? demanda-t-il.

Caryn observa les voitures devant elle.

— Je ne sais pas trop.

Ce n'était pas tout à fait vrai. Elle ne pouvait pas se débarrasser du malaise qu'elle avait ressenti lorsqu'elle avait vu la caserne.

— Ce poste ne sera pas toujours là, dit doucement Drew.

Elle le savait. Et c'est pour ça qu'elle ne fut pas agacée par cet homme à côté d'elle.

— Je sais.

Cela faisait un moment qu'elle songeait à emménager à Fallport, et elle devait arrêter de tergiverser et prendre une décision une bonne fois pour toutes. Son chef à New York exigeait une réponse quant à savoir quand, ou si, elle revenait. Même s'il l'avait menacée de ne pas lui donner de travail à son retour, il était évident que, visiblement, il ne voulait pas vraiment la renvoyer. Et Art se débrouillait tellement bien ! Il en était arrivé au point de presque se débrouiller à nouveau tout seul. La veille, il était retourné à sa place devant le bureau de poste pour la moitié de la journée.

Il était temps qu'elle arrête de déconner et qu'elle fasse un choix.

Prenant une décision, elle se tourna vers Drew.

— Je lui parlerai cette semaine.

Drew sourit.

— Et donc ? Qu'est-ce que ça veut dire ?

Un peu dépassée, elle souffla.

— Tu veux toujours savoir quand je m'en vais ? plaisanta-t-elle, faisant référence à la question qu'il lui avait posée au Sunny Side Up, après qu'elle eut effectué la technique de Heimlich sur un homme qui s'étouffait.

Au lieu d'être sur la défensive, Drew dit simplement :

— Oui.

Se léchant les lèvres, Caryn chuchota :

— Je crois que j'ai envie de rester.

— Tant mieux. Parce qu'il y a beaucoup de gens qui en ont envie aussi.

Puis il leva doucement la main. Il effleura sa joue des doigts et Caryn sentit qu'elle se penchait vers lui.

Les lèvres de Drew tressautèrent avant qu'il n'ajuste sa main. Il exerça une légère pression sous son menton, inclinant son visage. Caryn vit qu'il penchait la tête et elle ferma les yeux presque involontairement alors que son cœur battait de façon erratique dans sa poitrine.

Il effleura ses lèvres avec les siennes, comme s'il évaluait sa réaction. Comme elle ne s'éloignait pas ou ne lui demandait pas d'arrêter, il glissa la main derrière sa nuque, l'immobilisant, et il effleura à nouveau sa bouche.

Cette fois-ci, il ne l'embrassa pas timidement. Il sortit la langue et traça le contour de ses lèvres et Caryn ouvrit immédiatement la bouche pour lui, l'accueillant avec enthousiasme. Le contact de sa barbe contre sa peau était sensuel et érotique et un léger gémissement lui échappa.

Elle sentit ses doigts se resserrer sur son cou, mais son étreinte n'était pas du tout inconfortable. Leurs langues s'affrontèrent, donnant et prenant, et Caryn apprécia qu'il n'essaie pas de dominer ce baiser.

Elle avait le sentiment que des épingles et des aiguilles la piquaient de toute part. Elle tendit timidement la main pour la poser sur sa cuisse et cette fois-ci ce fut Drew qui gémit. Le fait de savoir qu'elle l'affectait autant qu'il l'affectait lui était grisant. Caryn ne sut pas combien de temps ils restèrent assis là à se peloter, ne touchant que leurs lèvres, sa nuque et sa cuisse. Elle se sentait pleine d'énergie, comme si elle pouvait encore effectuer dix fois sa course d'obstacles sans être essoufflée à la fin.

Elle n'avait jamais ressenti cela avec quelqu'un auparavant – et ce fut cette pensée qui l'amena à rompre le baiser. Dès qu'il la sentit s'écarter, Drew releva la tête, mais ne relâcha pas son cou. Il baissa les yeux vers elle pendant un long moment, ses yeux bruns la transperçant du regard.

Elle avait envie de lui demander à quoi il pensait, mais elle avait également extrêmement peur de le savoir.

Puis, il inspira profondément par le nez et dit :

— Le vieux Grogan organise une soirée au parc Wagon pour le premier épisode Bigfoot de l'émission de paranormal vendredi soir. Tu veux y aller avec moi ?

Caryn avait déjà entendu parler de cette soirée. Lilly n'avait pas l'intention d'y aller. Elle avait dit plus d'une fois qu'elle ne voulait plus rien avoir à faire avec cette émission et que même si elle avait rencontré l'amour de sa vie grâce à tout ce qui s'était passé, ça la rendait toujours malade que quelqu'un fasse du profit sur la mort d'une personne.

Elsie et son fils Tony y allaient, tout comme Bristol. Et bien sûr, si elles y allaient, leurs hommes aussi. Caryn supposa que Brock, Tal et Raiden seraient également présents... comme la plupart des habitants de Fallport. Tout le monde était très curieux de voir comment la ville serait représentée et si l'émission provoquerait un afflux de touristes qui viendraient ici pour parcourir les sentiers et tenter d'apercevoir Bigfoot.

Elle était visiblement perdue dans ses pensées depuis bien trop longtemps, car Drew relâcha son cou et commença à s'écarter.

Sans réfléchir, elle attrapa son poignet et serra son genou.

— J'adorerais, oui, dit-elle rapidement.

— Toute la ville sera là, dit-il, comme s'il la mettait en garde.

— Je m'en doute, dit-elle.

— J'aimerais que ce soit un rencard, continua-t-il. Je ne vais pas faire comme si nous n'étions qu'amis.

Ah, voilà pourquoi il l'avertissait. Caryn ramena la main de Drew sur son visage. Il prit sa joue dans sa main pendant qu'elle parlait.

— Tant mieux. Parce que moi non plus. Ma vie est complètement en suspens. Je ne sais pas du tout si j'aurais un travail en emménageant ici, mais je sais que plus je passe de temps avec toi, plus j'ai envie d'en passer. Je ne suis pas la meilleure des conquêtes, Drew. Je traîne beaucoup de casseroles derrière moi. Je n'ai jamais vraiment eu de relation qui ait fonctionné et ça me fait peur, parce que la dernière chose dont j'ai envie, c'est de tout gâcher entre nous.

— Tu ne le feras pas. *On* ne le fera pas, dit-il sans hésitation.

— Je n'en suis pas si sûre.

— Je suis prêt à essayer. Et toi ?

— Oui.

Elle n'eut même pas besoin de réfléchir.

— Tant mieux. On va à cette soirée cinéma alors. J'apporterai des chaises et une couverture. Peut-être même quelques snacks. On se tiendra la main, je t'embrasserai de temps en temps pour m'assurer que tout le monde sache que tu n'es plus un cœur à prendre et on verra bien où ça nous mène.

Caryn ne put s'empêcher de rigoler.

— Tu marques ton territoire ? le taquina-t-elle.

— Com-plè-tement, putain. Je ne suis pas idiot, lui dit Drew. Même si tu penses le contraire, tu es une *sacrée* conquête et j'ai bien vu comment les hommes de cette ville te tournaient autour.

Caryn leva les yeux au ciel.

— Pas du tout.

— Tu peux continuer à fermer les yeux, chérie.

Il était complètement fou. Personne n'était venu frapper à sa porte pour l'emmener dîner. Elle le savait, mais Drew non, alors elle n'allait pas le corriger.

— Je vais faire de mon mieux pour que ça marche, dit Drew d'un ton sérieux. Mais j'ai moi-même des défauts. La période de janvier à avril est la plus chargée pour moi. Je travaille non-stop. Je ne fais pas beaucoup confiance – à cause de mon ancien travail – et je n'ai pratiquement pas d'amis à part les gars de l'équipe et leurs femmes. Je...

Caryn couvrit ses lèvres de sa main.

— Tu n'es pas parfait, j'ai compris. Moi non plus. Tout va bien.

Elle le sentit sourire sous sa main avant qu'elle ne la retire.

— Je ne sais pas pourquoi je t'ai dans la peau comme ça. Ça ne m'était encore jamais arrivé, songea-t-il à voix haute.

Caryn acquiesça.

— Pareil pour moi.

— On verra au jour le jour alors, OK ?

— Ça me va.

— Qu'est-ce que tu as prévu aujourd'hui ? demanda-t-il.

— Art veut retourner au bureau de poste aujourd'hui, mais d'abord, il a un rendez-vous avec le docteur Snow. Je veux d'abord son accord officiel avant qu'il ne reprenne sa routine habituelle. Il croit peut-être qu'il a la vingtaine et peut repartir comme avant sans conséquences, mais ce n'est pas le cas.

— Reprendre sa routine ne peut pas être une mauvaise chose, dit Drew.

— C'est sûr, mais je ne veux pas qu'il en fasse trop, dit Caryn.

Il descendit sa main pour la placer à nouveau autour de son cou. Son pouce caressa lentement sa peau sensible et elle avait désormais la chair de poule. Cet homme était mortel sans même essayer.

— Je suis d'accord. Tu penses qu'il voudra venir avec nous à la soirée cinéma ? demanda Drew.

— Ça ne te dérangerait pas ?

— Non pas du tout, avec ton grand-père vous allez de pair. Et j'aime bien ce vieil homme. Mais pour info, s'il vient avec nous, ça ne veut pas dire que je ne vais pas te tenir la main ou t'embrasser. Il sera OK avec ça ?

Caryn gloussa. Pourquoi n'était-elle pas surprise que Drew

ne renonce pas à ses tendances d'homme alpha juste parce que son grand-père les accompagnait ?

— Ça lui ira très bien, lui dit-elle avec honnêteté. Il te respecte et comme on passe pas mal de temps ensemble dernièrement, il a commencé à faire des sous-entendus peu subtils sur le fait qu'on sortait probablement ensemble.

Drew rit.

— Je savais que je l'aimais bien, dit-il.

Puis, il l'attira plus près et baissa à nouveau la tête. Cette fois-ci, leur baiser fut court et doux.

— Il faut que je te ramène chez toi pour que tu t'assures qu'Art soit prêt pour le médecin. Je pourrais t'appeler plus tard ?

— Oui, je veux bien, dit Caryn un peu timidement.

— Super.

Alors qu'ils se levaient, Drew l'aidant en posant une main sous son coude, elle lui demanda :

— Et toi, qu'est-ce que tu as prévu pour aujourd'hui ?

— Il faut que j'ouvre un compte d'investissement pour Bristol. On s'est rencontré l'autre jour pour savoir à quel point elle voulait que l'investissement soit prudent et il faut que je me plonge dans ses dernières années d'imposition pour voir si je peux lui faire économiser un peu d'argent. Je dois également revoir les informations de certains clients.

— Donc une journée sympa et bien remplie quoi, le taquina Caryn.

Mais Drew n'esquissa pas le moindre sourire.

— J'adore travailler avec les chiffres. Ils ne peuvent pas me laisser tomber comme les humains le font si souvent.

— Je ne me moquais pas de toi, dit Caryn. Il n'y a rien de mal avec ton travail.

Drew haussa les épaules.

— Ce n'est pas très excitant.

— J'imagine que ça l'est pour les gens qui économisent des

milliers de dollars d'impôts grâce à toi, ou pour ceux dont les portefeuilles d'investissement doublent.

Cette fois-ci, il sourit.

— C'est vrai.

— Reste toi-même, Drew. On s'en fout de ce que pensent les autres.

— Je m'inquiète surtout de ce que toi tu penses, avoua-t-il.

— Eh bien arrête. Jusqu'à présent, je n'ai rien appris sur toi qui me donne envie de courir dans l'autre sens.

— J'espère que ça restera ainsi. Allez, viens, je vais te ramener chez Art.

Ils marchèrent main dans la main jusqu'à sa voiture.

— On ne devrait pas ranger le parcours d'obstacles ? demanda-t-elle en ouvrant la porte côté passager.

— Non. Brock est OK pour qu'on laisse ça comme ça. Il n'y a pas grand-chose à récupérer en plus, à part l'échelle et peut-être juste déplacer le pneu.

Le chemin du retour jusque chez son grand-père se déroula bien trop rapidement et avant même qu'elle ne soit prête, il était déjà l'heure de sortir de la voiture. Caryn observa Drew quelques secondes avant de hausser mentalement les épaules. Elle se pencha vers lui, prenant l'initiative de l'embrasser pour la première fois. Il se pencha immédiatement vers elle et le baiser qu'ils partagèrent fut aussi intense que le premier.

Il passa une main dans ses cheveux courts et sourit.

— Salue Art pour moi.

— Ça marche. Merci encore pour ce matin. Je me suis beaucoup amusée.

— Moi aussi, dit-il. On se parle plus tard.

Caryn acquiesça et tendit la main vers la poignée de la porte. Elle ne fut pas surprise de constater que Drew ne quitta pas immédiatement l'allée. Au lieu de ça, il attendit jusqu'à ce qu'elle ouvre la porte d'entrée et se retourne pour le saluer.

Il pouvait croire qu'il ne faisait pas facilement confiance

aux autres, mais pour une fille qui avait passé une bonne partie de sa vie en ville, en devant se défendre toute seule, le fait qu'il soit très protecteur envers elle était plutôt agréable.

Avant qu'elle n'aille voir comment allait Art, Caryn s'appuya contre la porte fermée et sourit, repensant à sa matinée. Apparemment, elle et Drew sortaient désormais ensemble.

Son sourire s'élargit. Ça lui allait plus que bien. Son avenir était toujours en suspens, mais après avoir pris la décision de rester et de voir comment évoluaient les choses entre elle et Drew, elle avait l'impression qu'on lui avait enlevé un énorme poids sur les épaules. Pour la première fois depuis très longtemps, elle était excitée pour son avenir. Elle avait toujours le sourire aux lèvres lorsqu'elle s'éloigna de la porte et s'avança vers le couloir pour voir comment allait Art.

CHAPITRE NEUF

Au départ, Drew n'avait pas prévu d'embrasser Caryn. Mais il n'avait pas pu s'en empêcher. Dieu merci elle lui avait rendu ce premier baiser et ne s'était pas écartée, choquée et en colère.

Depuis, ces derniers jours avaient été très agréables. Confortables.

Rien ne semblait avoir changé entre eux, à part que désormais ils se touchaient beaucoup plus. Et les baisers qu'ils échangeaient étaient clairement un plus. Ils se retrouvaient toujours chaque matin pour s'entraîner et leurs conversations paraissaient plus intimes maintenant qu'ils sortaient officiellement ensemble.

Sortir ensemble. Seigneur, cela faisait bien longtemps que Drew n'avait pas essayé d'être aussi proche de quelqu'un. Mais Caryn l'avait attiré sans effort. Il aimait à peu près tout chez elle. Sa compassion envers son grand-père, sa compétitivité, son envie d'être la meilleure pompière possible.

Ce soir, il l'emmenait à la soirée cinéma pour l'épisode de Bigfoot de l'émission de paranormal qui avait été filmée ici. Il devait reconnaître qu'il était curieux de voir cette série. Et malgré son opinion sur l'existence de Bigfoot – et le fait que l'afflux de touristes en quête du yéti signifiait qu'il allait passer plus de temps à chercher des gens disparus – il était quand même content pour tous les commerces en ville qui bénéficieraient des touristes.

Caryn lui avait dit qu'Art était ravi qu'ils sortent ensemble et qu'il avait accepté de venir à la soirée avec enthousiasme. Apparemment, le docteur Snow lui avait donné l'autorisation de faire ce qu'il voulait, mais s'il était fatigué ou souffrait, il devait le contacter immédiatement.

Drew courut jusqu'à la porte d'Art et leva la main pour toquer, mais celle-ci s'ouvrit avant même qu'il n'entre en contact avec la surface en bois. Caryn se tenait là avec un immense sourire sur le visage.

— Salut ! dit-elle.

Il l'avait déjà vue ce matin, mais bizarrement, il avait l'impression que ça faisait déjà une éternité.

— Salut, répondit-il.

Pour son plus grand amusement et sa plus grande joie, Caryn se jeta sur lui et il la rattrapa en riant. Elle le serra très fort et il adorait à quel point ils allaient bien ensemble. Comme ils faisaient la même taille, toutes les meilleures parties de leurs anatomies s'alignaient parfaitement.

Elle l'embrassa rapidement sur les lèvres, puis recula. Elle lui prit la main et l'entraîna dans la maison.

— On a trop hâte. Je veux dire, je sais que certaines personnes sont mitigées concernant l'émission, mais c'est toujours cool de voir sa ville à la télé.

Drew parcourut le corps de Caryn du regard alors qu'elle le tirait vers le petit salon d'Art. Elle avait un jean et un T-shirt bleu marine NYFD[1] qu'elle avait rentré dans son pantalon. Elle avait également une paire de baskets aux pieds. Elle avait l'air confortable et naturelle et Drew lutta pour ne pas la prendre dans ses bras et la plaquer sur le canapé.

— Ça fait plaisir de te voir, dit Art en détournant son attention de Caryn.

— Toi aussi. J'ai entendu dire que tu allais très bien. C'est une bonne nouvelle.

— C'est vrai, acquiesça Art. J'apprécie que vous m'ayez invité ce soir. Et d'ailleurs... Otto et Silas viennent aussi et ils vont me garder une place à côté d'eux, dit le vieil homme avec un clin d'œil. Je ne voudrais pas tenir la chandelle.

— Oh, mais ce n'est pas ce que tu aurais fait, protesta Caryn.

Mais Drew hocha simplement la tête en direction d'Art pour le remercier. Ils échangèrent un sourire.

Il fallut un peu de temps à Caryn pour préparer la petite glacière qu'elle avait absolument voulu apporter. Drew lui avait dit qu'il s'occuperait de toutes les collations, mais elle avait voulu contribuer alors il ne se plaignit pas.

Ils étaient dans sa Jeep, en chemin vers le parc, lorsque Caryn lui dit :

— On est pareils.

— Quoi ? demanda Drew.

— Nos vêtements. Un jean, des baskets et des T-shirts bleus, lui dit-elle en souriant.

Baissant les yeux, Drew réalisa qu'elle avait raison. Ils ne l'avaient pas planifié, mais effectivement, ils portaient des T-shirts qui étaient tous les deux bleu marine. Le sien était l'un des nombreux T-shirts de l'équipe de Recherche et de Sauvetage d'Eagle Point qui se trouvaient dans son tiroir.

— Effectivement, dit-il avec un sourire.

— Ça ne te gêne pas, hein ?

— Non, dit Drew. Chaque fois que tu voudras porter des hauts assortis, je serai partant.

— C'est vrai ? demanda Caryn d'un ton sceptique. Je ne compte plus le nombre de fois où les gars à New York se moquaient des touristes qui faisaient ça.

— Eh bien, je ne suis pas comme eux, dit fermement Drew. Si ça te rend heureuse, ça me va.

— Je m'en souviendrai, dit Caryn.

Drew prit sa main dans la sienne alors qu'Art leur parlait depuis la banquette arrière.

— Tu te souviens de cette parade du quatre juillet quand tu avais environ dix ans et que tu avais insisté pour que nous portions tous les deux des tenues rouges, blanches et bleues ? On était ridicules, se moqua-t-il.

Mais Caryn ne s'en vexa pas. Elle rit.

— On était géniaux, rétorqua-t-elle. Et tu ne t'en étais pas plaint à l'époque, lui dit-elle.

— Oui, mais tu étais super excitée que l'on soit habillés pareil et comme il faut pour la fête, dit Art.

— On n'avait pas eu notre photo dans le journal parce qu'on était trop mignons justement ? demanda Caryn.

— Si. Je dois encore l'avoir quelque part.

Caryn se retourna pour regarder son grand-père.

— Ah bon ? Mais c'était il y a genre trente ans.

— Et alors ? demanda-t-il. J'ai beaucoup de souvenirs comme celui-là rangés quelque part.

— J'aimerais beaucoup les voir. Enfin, si tu acceptais de me les montrer, dit Caryn timidement.

Drew serra sa main. Il entendait l'émotion dans sa voix.

— Bien sûr. Il faut qu'on le fasse avant que tu ne rentres à New York, lui dit son grand-père.

Tournant la tête vers elle d'un air surpris, Drew n'arrivait pas à croire qu'elle n'avait pas dit à son grand-père qu'elle restait. Caryn parut mal à l'aise pendant un moment avant de prendre une grande inspiration.

— Justement. À ce propos. Je suis presque sûre de vouloir rester à Fallport. Enfin... si tu es d'accord, dit-elle de façon incertaine.

Drew était certain qu'Art serait plus que d'accord.

Ce fut juste à ce moment-là qu'Art la rassura immédiatement.

— Oui ! cria-t-il avec enthousiasme en levant le poing en l'air.

Caryn gloussa.

— Je suppose que ça te convient alors.

— Mon enfant, si j'avais pu faire en sorte que tu emménages ici après tes études, je l'aurais fait. Mais je savais que tu devais d'abord partir et faire tes preuves. Que tu découvres le monde. Avant de réaliser que tout ce que tu cherchais était peut-être ici, à Fallport.

Drew tourna la tête et croisa le regard de Caryn. Ils se comprirent totalement durant cette fraction de seconde avant qu'il ne se concentre à nouveau sur la route.

— Je dois reconnaître que tu n'as pas tort, dit Caryn. Mais je dois encore régler pas mal de choses. Où je vais vivre. Trouver un travail. Tu sais, des choses importantes.

— Pfff, dit Art. Tu peux rester chez moi aussi longtemps que tu le souhaites. Je sais que tu finiras par vouloir ta propre maison, mais en attendant, tu ne seras pas à la rue. Et la ville serait idiote de ne pas t'embaucher à la caserne. Enfin... si tu veux toujours être pompière.

— Pourquoi je ne voudrais plus ? demanda Caryn avant d'enchaîner sur une autre question : Et sinon, qu'est-ce que je pourrais bien faire ? Ce n'est pas comme si j'avais une compétence secrète cachée dans ma manche.

— Tu peux faire tout ce que tu veux si tu t'en donnes la volonté, dit Art avec force.

Drew adorait à quel point son grand-père la soutenait.

— Tu es très intelligente, tu as toujours ton nez dans un livre, ce qui est une bonne chose si tu veux mon avis...tu ne t'es pas pollué l'esprit avec toutes les bêtises qu'on voit parfois à la télévision. Peu importe ce que tu décides de faire, tu vas déchirer.

— Merci, Grand-père, dit doucement Caryn.

Drew lui serra à nouveau la main avant de reprendre le volant pour se garer en bataille. Le parking du parc Wagon était plein, comme il s'y attendait et il y avait des voitures alignées le long de Main Street. Mais il avait eu de la chance et avait trouvé un endroit où garer sa Jeep.

Alors que Caryn aidait son grand-père à sortir de la voiture, Drew ouvrit la trappe arrière et prit leurs chaises, le sac de snacks qu'il avait préparé, la couverture et la glacière que Caryn avait préparée. Caryn prit la couverture et enroula un bras autour d'Art pendant que Drew suivait avec le reste de leurs affaires.

Ils retrouvèrent Otto et Silas assez rapidement et installèrent Art avec eux. Caryn leur donna un million d'instructions pour qu'ils l'appellent si jamais Art était fatigué. Ce ne fut que lorsque son grand-père l'interrompit, insistant sur le fait qu'il n'était pas invalide en la repoussant, qu'elle se résigna.

Quand Drew put enfin passer un bras autour de sa taille, il sentit qu'il se détendait.

— Tu penses que ça va aller pour lui ? demanda Caryn alors qu'ils s'avançaient vers les membres de son équipe qu'il avait repérés plus tôt.

— Oui, ça ira. Presque tous les habitants sont là et tout le monde gardera un œil sur lui, la rassura Drew.

Grogan avait installé un écran géant au milieu du grand champ près du vieux wagon rouge. Des haut-parleurs avaient également été disposés de façon stratégique autour du terrain, alors peu importe où l'on était assis, tout le monde pourrait entendre l'émission. Il vit quelques tables de vendeurs sur le côté, proposant des T-shirts et d'autres accessoires de Bigfoot. Il ne put s'empêcher de rire dans sa barbe. Le propriétaire du supermarché n'allait pas laisser passer la moindre occasion de se faire de l'argent.

Deux enfants coururent vers eux et leur donnèrent à tous

les deux une petite figurine molle de Bigfoot. Elle était faite du même matériau que les balles antistress. Au dos était écrit : « Magasin d'alimentation générale de Grogan, Fallport, VA. »

— Un cadeau de la part du vieux Grogan ! dit l'un des garçons avant qu'ils ne s'élancent tous les deux pour distribuer d'autres petits cadeaux.

— C'est génial, dit Caryn avec un grand sourire.

Drew dut se retenir de lever les yeux au ciel, mais il devait reconnaître que ce petit cadeau décalé était rigolo.

— Salut, les gars ! Contente de vous voir ici ! dit Elsie.

— Regardez ! Vous en avez eu un ? demanda Tony en tenant sa propre figurine de Bigfoot devant eux.

Caryn leva le sien et sourit.

— Oui !

— Cool !

— Je vois qu'Art fait déjà la cour, dit Bristol depuis sa chaise.

Rocky l'avait installée sur une chaise de jardin confortable et ses jambes étaient posées sur une petite glacière qu'ils avaient visiblement apportée aussi. Elle avait eu la jambe cassée après qu'un fan obsédé par elle l'a kidnappée, en mode *Misery*[2]. Mais d'après ce que disait Rocky, celle-ci guérissait bien et elle était déjà sur pied avec son déambulateur.

— Il est content de retrouver son rythme, la rassura Caryn.

— Je suis tellement soulagée qu'il aille bien, dit sincèrement Bristol.

Lorsque Caryn avait rencontré Bristol la semaine dernière, leur rencontre avait été très émouvante. Bristol n'avait pas arrêté de s'excuser pour l'agression – son fan obsédé était celui qui avait poignardé Art dans sa propre maison – et Caryn avait été bouleversée par son soutien et sa sincérité. Plus tard, Caryn avait dit à Drew que ses craintes par rapport au fait de rencontrer la célèbre artiste étaient infondées. Qu'elle était aussi douce que ce que tout le monde lui avait dit.

— Il va super bien, la rassura Caryn. Le docteur Snow lui a remis un bilan de santé parfait, il lui a simplement dit de se donner encore un mois environ avant de partir et de s'inscrire à la course d'automne de Fallport.

Drew s'occupa d'étendre la couverture et d'installer les chaises pendant que Caryn saluait les autres. Il était ravi de voir à quel point elle s'entendait bien avec tout le monde. C'était important pour lui, mais pas aussi important que ça l'était pour Caryn. Il savait qu'elle mourrait d'envie d'entretenir des liens plus profonds avec les gens.

Il s'assit et écouta les conversations tout en appréciant un sentiment de plénitude. C'était exactement ça qu'il avait souhaité en quittant les forces de l'ordre. La possibilité de venir à un événement comme celui-ci et de se détendre. De ne pas devoir s'inquiéter que quelqu'un puisse ne pas apprécier sa présence. Il avait de bons amis, une nouvelle petite amie qu'il avait hâte de connaître encore mieux et un système de soutien qui était aussi fort, voire même plus fort, que ce qu'il avait connu en tant qu'officier.

Après avoir salué Duke en le caressant alors que l'animal n'avait même pas ouvert les yeux en réaction, salué Raiden, Tal, Brock et les autres, Caryn vint s'asseoir à côté de lui.

— C'est vraiment super tout ça, dit-elle avec un sourire.

— Oui, acquiesça, Drew.

— Je suis désolée que Lilly et Ethan ne soient pas là, mais je comprends pourquoi.

— Je les appellerai quand l'émission sera terminée pour leur faire un compte-rendu. En attendant, ils sont chez Rocky en train de travailler sur la grange.

— Tu penses qu'elle sera prête d'ici Halloween pour leur mariage ? demanda Caryn. C'est dans pas si longtemps.

— Même si ce n'est pas parfait, ils s'en ficheront, lui dit Drew. Ils veulent juste se marier.

— C'est mignon.

Drew haussa les épaules de façon impartiale même s'il ne pouvait pas s'empêcher d'envier un peu son ami.

— Et toi ? lui demanda-t-il. Tu as un mariage idéal dont tu as rêvé toute ta vie ?

Caryn rit.

— Non. Je veux dire, j'ai toujours voulu trouver quelqu'un avec qui passer ma vie, mais après mon premier mariage désastreux, je n'ai plus vraiment hâte de me lancer dans un autre.

— Comment était ton premier mariage ? demanda Bristol qui avait visiblement entendu leur conversation.

Caryn se tourna vers elle.

— Aucun de nous n'avait le temps de planifier quoi que ce soit avec nos horaires de folie. Alors on a juste décidé d'aller chez le juge de paix un jour où on était tous les deux en congé, expliqua-t-elle en haussant les épaules. Ça n'avait rien de spécial. J'aurais dû me rendre compte que c'était une mauvaise idée de l'épouser puisque je me moquais un peu du mariage en lui-même, dit-elle.

— Je ne suis pas sûr que ce soit la cérémonie de mariage qui fasse ou défasse un mariage, dit Rocky en prenant la main de Bristol. Peu importe qu'elle se fasse au palais de justice ou lors d'une énorme cérémonie avec des millions d'invités... il s'agit de savoir si les deux personnes concernées sont prêtes et désireuses de s'engager à faire tout leur possible pour que la relation fonctionne sur le long terme.

Drew acquiesça. Il était d'accord avec son ami à cent pour cent. Et il voyait bien que Caryn l'était aussi.

Bristol regarda son fiancé et dit :

— Est-ce que c'est ta façon de me dire que tu ne veux pas attendre jusqu'à décembre ?

— Pas du tout, dit Rocky sans difficulté. Je pourrais t'épouser aujourd'hui, mais je serais aussi heureux si ça n'avait pas lieu. Tu es tout pour moi, point final et aucune cérémonie ou absence de cérémonie ne pourra changer ça. Je suis tout à fait prêt à attendre jusqu'en décembre, parce que je sais que c'est important pour toi. Tant que je sais que tu m'aimes et que tu es heureuse et en sécurité, je suis content.

— Ooooh, dit doucement Elsie.

— Frimeur, lâcha Zeke en levant les yeux au ciel.

Tout le monde éclata de rire.

— Eh bien, je veux vraiment un mariage sur notre fabuleuse propriété, parce que je veux montrer à tout le monde à quel point tu es incroyable, dit fermement Bristol.

Rocky lui prit la main et en embrassa le dos.

— Alors, c'est ce que tu auras.

— Et toi ? demanda doucement Caryn à Drew lorsque tout le monde recommença à parler. Quel genre de mariage aimerais-tu faire ?

— Honnêtement ? Un mariage tranquille. Je n'aime pas être au centre de l'attention et ça me paraît être un peu du gaspillage de dépenser tout cet argent pour une énorme cérémonie.

Caryn gloussa.

— Tu parles comme un vrai comptable.

Drew sentit qu'il rougissait, mais il haussa les épaules.

— Je ne peux pas m'en empêcher. Je veux dire, j'ai envie que ma femme se sente comme une princesse durant cette journée spéciale, mais je ne préfère pas inviter le monde entier. Je préfèrerais un échange de vœux plus intime. Quelque chose qui soit juste entre nous deux.

— Ça a l'air d'être une bonne idée, dit Caryn.

Ils se regardèrent pendant un long moment. Drew ne savait pas vraiment ce qui se passait entre eux, mais il aimait ça. Même s'ils étaient dans un parc public avec des centaines de gens autour d'eux, il avait l'impression qu'ils étaient seuls au monde.

— Hé, Buckner, j'ai entendu dire que t'étais intéressée par le poste à la caserne.

Ces mots furent comme un seau glacé que l'on jetait sur eux et Drew se retourna pour voir Paul Downs se tenant devant lui et Caryn. Quelques pompiers de Fallport étaient également avec lui – Lou, Dennis et George.

— Salut, Paul. Oui, c'est une option que j'envisage, dit Caryn d'un ton diplomatique.

— On s'est dit que tu pourrais venir t'asseoir avec nous. Faire un peu connaissance avec l'équipe et poser toutes les questions que tu peux avoir sur le poste et tout le reste, dit Paul.

Drew se crispa, mais il ne prit pas la parole. Il savait que c'était en réalité une bonne chose. Caryn avait besoin de briser la glace et devait bien parler avec Paul au bout d'un moment puisqu'il était le capitaine de la caserne et le fait qu'il vienne en agitant un drapeau blanc, pour ainsi dire, était surprenant mais positif.

— Oh, mais...

— On a eu plusieurs candidatures et nous devons prendre une décision, la coupa Paul. Je veux dire, si tu ne veux pas du poste, c'est pas grave, mais comme le maire m'a demandé d'envisager ta candidature, autant m'y mettre tout de suite.

Drew ne fut pas vraiment surpris que tout le monde soit au courant que Caryn reste à Fallport. Même si elle venait à peine de le décider, il était évident que les autres habitants voulaient également qu'elle reste.

Elle jeta un coup d'œil vers la tente que le DIF avait installée. Ils distribuaient des bouteilles d'eau aux habitants et plusieurs autres pompiers se tenaient autour. Drew sentait le dilemme qu'éprouvait Caryn. Elle aimait être avec lui et ses amis, mais elle aspirait aussi à une certaine camaraderie avec ses collègues pompiers.

— Vas-y, lui dit Drew.

— Mais... je suis ici avec toi, protesta-t-elle.

— Je ne vais nulle part, l'encouragea-t-il.

Elle lui lança un long regard.

— Tu es sûr ? demanda-t-elle.

Ils n'avaient aucune intimité entre Paul et ses potes qui se tenaient là et ses propres amis qui les écoutaient, alors Drew ne pouvait pas vraiment dire tout ce qu'il voulait. Il acquiesça simplement et dit :

— Bien sûr.

— OK. Je ne serai pas longue.

— Pas de souci. Je serai juste là.

Caryn lui fit un sourire timide, puis se leva. Elle se présenta aux autres hommes et ils lui serrèrent chacun la main. Lorsqu'elle s'en alla, elle était déjà en pleine conversation avec Lou.

Drew l'observa avec une certaine fierté… et un peu de regret. Il ne supportait pas de devoir la partager, mais c'était ce qu'elle voulait. Apprendre à connaître les pompiers et avec un peu de chance, faire une bonne impression. Même s'il ne pensait pas que cela poserait problème. Caryn était extrêmement compétente dans ce qu'elle faisait.

— Je rêve ou un type est venu te piquer ta copine pendant votre rencard ? plaisanta Tal.

— Tais-toi, dit Drew d'un ton bourru en regardant son ami.

— C'était pas très cool, dit doucement Bristol.

— C'est pas grave, dit-il à tout le monde, n'appréciant pas que ses amis désapprouvent la décision de Caryn.

Il aurait pu dire à Paul d'aller se faire foutre. Il aurait pu dire à Caryn qu'il voulait qu'elle reste avec lui et ses amis. Mais vu ce qu'elle lui avait dit après sa visite à la caserne, les pompiers de Fallport avaient *besoin* d'elle. Il aurait été égoïste d'insister pour qu'elle reste à ses côtés alors que le fait de nouer des liens avec les pompiers pouvait améliorer, ou pas, ses chances de faire ce travail.

Il était sincèrement heureux pour elle. Le timing de Paul aurait pu être mieux, mais Drew n'allait pas refuser cette opportunité à Caryn.

— Elle essaie de trouver un moyen de parler à Paul depuis

un moment, alors c'est une bonne chose. Ils ne s'entendaient pas bien à l'époque donc le fait qu'il vienne la voir pour l'inviter à les rejoindre... c'est plutôt prometteur. Notamment depuis qu'elle a décidé de rester.

— C'est vrai ?

— Super !

— Tu penses que je pourrais faire un tour dans un des camions pompiers ? demanda Tony.

Drew lui sourit.

— Je suis sûr que ça peut s'arranger.

— Oui !

Les quinze minutes suivantes, Drew garda un œil sur Caryn alors qu'elle parlait et ritit avec les hommes du DIF. Tout le monde semblait bien s'entendre, ce qui était un soulagement. Drew attendait ce rendez-vous depuis des jours, mais il ne comptait pas la retenir de quelque manière que ce soit et elle n'était pas le genre de femme à apprécier qu'on lui dise à qui elle pouvait ou ne pouvait pas parler.

— Ça va ? demanda Raiden en s'asseyant sur la chaise que Caryn avait laissée vacante.

— Bien sûr. Pourquoi ça n'irait pas ? dit Drew, un peu trop sur la défensive.

— Parce que ta petite amie t'a abandonné pour aller traîner avec de jeunes pompiers musclés ? dit Raiden avec un visage impassible.

Drew leva les yeux au ciel.

— Si elle obtient le poste, elle traînera avec eux tout le temps, répondit-il à son ami.

— C'est vrai. Mais je n'ai pas aimé le regard de Paul.

Drew n'avait pas lâché Caryn du regard lorsque Raiden s'était assis, mais il se tourna désormais vers son ami.

— Comment ça ? Quel regard ?

— Un regard calculateur. J'avais l'habitude de voir ce même regard quand j'embarquais sur les bateaux pour chercher de la drogue. Ces sales types pensaient toujours être plus malins que nous. Et quand ils voyaient que ce n'était pas le cas, ils avaient toujours ce regard juste avant de faire quelque chose de stupide ou d'imprudent.

— Comme ? demanda Drew.

— Comme sortir une arme. Ou sauter par-dessus bord.

— Sérieux ? Où est-ce qu'ils pensaient pouvoir se cacher ?

— Aucune idée. Mais je te dis... j'ai vu le même regard dans les yeux de Paul.

Drew soupira.

— J'apprécie l'info. Mais je ne peux pas et ne veux pas me mettre en travers du chemin de Caryn. Elle vient tout juste de décider d'emménager ici, elle a besoin de ce travail. Et... elle n'est pas naïve. Elle sait bien que Paul ne l'aime pas beaucoup. Elle a besoin de cette opportunité pour lui prouver qu'ils peuvent travailler ensemble professionnellement, peu importe leur passé.

— Elle est clairement plus que qualifiée pour ce job, mais la dernière chose dont elle a besoin c'est que sa situation professionnelle empire, dit Raiden.

Drew était d'accord, mais il était dans une situation délicate. Lui et Caryn commençaient à peine à sortir ensemble et même s'ils avaient une connexion profonde – du moins, c'était ce qu'*il* pensait – il n'était pas sûr qu'ils soient arrivés à un stade où il pouvait se permettre de la mettre en garde contre le seul emploi pour lequel elle se sentait qualifiée.

— C'est une femme intelligente, dit-il à Raid. Si Paul manigance quelque chose, elle le saura.

Raid acquiesça.

— J'espère bien.

Drew appréciait que son ami ne le confronte pas.

Levant le menton vers lui, Raid se leva et retourna sur sa chaise. Duke n'avait pas bougé de la pelouse pendant que Raid était parti. Le chien prenait ses siestes très au sérieux et même l'agitation d'un parc plein de monde ne semblait pas le perturber.

Alors que l'émission allait bientôt commencer, l'anticipation se fit ressentir. Tout le monde avait beau se plaindre du ridicule de l'émission, en privé, la plupart des habitants étaient secrètement excités par la notoriété que celle-ci apporterait à leur petite ville de Virginie.

Lorsque le générique de l'émission commença, la foule se tut. Drew ne put s'empêcher de jeter à nouveau un coup d'œil vers Caryn. Elle parlait à Oscar et à quelques autres hommes que Drew ne connaissait pas. Un sentiment de possessivité l'envahit, mais il fit de son mieux pour l'étouffer. Caryn était une grande fille et elle avait le droit de parler à qui elle voulait.

Reportant son attention sur l'écran, Drew fit de son mieux pour être attentif. Même si Lilly et Ethan n'avaient pas voulu venir, il savait qu'ils étaient quand même curieux de voir comment les producteurs avaient décidé de présenter les événements qu'ils avaient vécus. Drew espérait pour eux qu'ils ne mentionneraient pas ce que Lilly avait enduré.

* * *

Caryn ne savait pas trop quoi penser de l'équipe de pompiers de Fallport. En apparence, tout le monde était sympathique, positif et disait tout ce qu'il fallait, mais elle ne pouvait pas s'empêcher d'avoir l'impression que quelque chose... clochait. Comme elle n'arrivait pas à mettre le doigt dessus, et que les hommes étaient assez accueillants, elle repoussa ce sentiment.

Elle n'avait jamais eu l'impression d'être l'égale d'un groupe de pompiers. Tout le monde dans le milieu affirmait que les hommes et les femmes étaient traités exactement de la même manière, mais ce n'était pas le cas, du moins pas d'après son expérience. Peut-être que c'était différent dans des zones rurales comme celles-ci. Elle ne l'aurait pas imaginé, mais cette soirée lui donnait envie d'y croire.

Elle avait rencontré plusieurs gars. Pas seulement les amis proches de Paul – Lou, Dennis et George – mais Oscar l'avait accueillie en souriant et elle avait rencontré Nico, Treyvon, Frank, Darnell, Steve et quelques autres dont elle avait oublié le prénom. Ils étaient tous intéressés par son expérience de pompière à New York et elle partagea quelques récits sur les épreuves les plus pénibles qu'elle avait endurées. En retour, ils lui racontèrent certains des appels les plus ridicules qu'ils avaient reçus à Fallport.

Dans l'ensemble, sa rencontre avec les pompiers se passait étonnamment bien. Mais Caryn ne pouvait pas s'empêcher de regarder là où Drew était assis. Sa chaise était vide entre lui et les autres et elle repensa à ce qu'il lui avait dit un peu plus tôt... sur le fait de vouloir un mariage discret et de ne pas aimer être sous les projecteurs. Le voir assis un peu à l'écart de ses amis lui fit mal au cœur. Elle avait envie d'être là-bas avec lui.

Elle se détestait également un peu, là, tout de suite. Elle était censée être avec Drew et ses copains. Elle *voulait* être avec eux. Mais au lieu de ça, elle passait son rencard avec le DIF.

Elle n'avait jamais été aussi partagée. Elle expérimentait quelque chose dont elle avait toujours voulu durant sa vie professionnelle : faire partie d'une équipe. S'intégrer. Et elle ne pouvait pas l'apprécier parce qu'elle avait envie d'être avec Drew. Mais elle ne pouvait pas être à deux endroits à la fois.

— Alors, qu'est-ce que tu penses de notre petite équipe ? demanda Paul, la ramenant à l'instant présent.

Caryn se tourna vers l'homme qui avait toujours fait de son mieux pour pourrir ses étés à Fallport quand elle était enfant. Et même quand elle était revenue étant adulte, il avait ricané chaque fois qu'il l'avait vue et l'avait généralement traitée comme une merde. Le fait qu'il l'ait invitée à venir parler avec eux ce soir paraissait très étonnant. Et même si elle était heureuse d'avoir l'occasion de rencontrer d'autres pompiers, elle se méfiait toujours de ses motivations.

— Ils sont tous très sympas, lui dit-elle.

Paul ricana.

— Sympas. Ouaip. C'est nous. Du coup... tu vas vraiment rester ici ? Pourquoi tu veux quitter un emploi pépère à New York pour venir vivre dans ce trou paumé ?

Au lieu de répondre à sa question, Caryn rétorqua :

— Et pourquoi *toi* tu es là ? Si tu détestes autant Fallport, pourquoi tu n'as pas déménagé pour te trouver un boulot dans une grande ville quelque part ?

Il la fixa tellement longtemps du regard que Caryn lutta pour ne pas gigoter, mal à l'aise. Puis, il sourit.

— Touché. Alors, tu penses que tu pourrais être intéressée par le poste ?

Caryn acquiesça. Elle avait beau ne pas aimer cet homme, elle avait *besoin* d'un travail.

— Cool. Si tu vas en ligne sur le site Internet de Fallport, tu peux cliquer sur le logo du Département Incendie et postuler, lui dit-il.

— Ça marche.

— Je ne sais pas combien de temps il faudra pour traiter les candidatures, mais tu devras quand même passer des entretiens et tout, l'avertit Paul.

— Je comprends.

— Ça se passe pas comme à New York ici.

Caryn fronça les sourcils et se demanda ce qu'il voulait dire exactement.

— J'en suis consciente, oui.

— J'espère bien.

Puis, il regarda derrière et Caryn se retourna pour voir que Lou et Dennis les rejoignaient.

— Hé, ça te dit de traîner avec nous de temps en temps ? Pour mieux connaître l'équipe ? demanda Dennis.

Caryn fut prise au dépourvu par l'invitation.

— Hum... oui, bien sûr.

Sa réponse fut presque automatique. Elle ne savait pas vraiment ce qu'ils voulaient dire par « traîner », mais la dernière chose dont elle avait envie c'était de contrarier quelqu'un.

— Cool. D'habitude on va à La Cave le vendredi soir, tu pourrais nous retrouver là-bas.

Caryn n'était pas certaine que ce soit une bonne idée. Elle avait déjà entendu parler de la salle de billard et de son côté turbulent. Le propriétaire se fichait de ce que les gens faisaient dans son bar tant que rien n'était cassé ou abimé. Art lui avait parlé d'une énorme bagarre qui avait éclaté l'autre soir et comment le gérant, Whip, semblait uniquement préoccupé par la question de savoir qui allait payer pour les queues de billard cassées. Il ne s'était pas soucié du fait que l'un de ses clients avait été sérieusement blessé après que quelqu'un a sorti un couteau durant la bagarre.

— Quoi ? dit Dennis alors qu'elle hésitait. T'as peur d'aller là-bas ?

Caryn se raidit. Combien de fois ses collègues l'avaient-ils accusée d'avoir peur ou d'être intimidée ? Trop de fois. Comme si, juste à cause de son genre, elle était forcément plus timide que ses homologues masculins.

— Pas du tout, dit-elle avec autant d'assurance que possible.

— Super. On se voit là-bas alors. On se tient au courant. Ça va être sympa, dit Lou.

Puis il hocha la tête vers Paul et elle et lui et Dennis se dirigèrent de l'autre côté de la tente.

Caryn déglutit avec difficulté et se rappela que c'était ce qu'elle voulait. Elle avait envie de faire partie d'un groupe de pompiers soudés et si pour ça elle devait faire semblant de passer du bon temps dans un bar, alors ainsi soit-il. Ce ne serait pas la première fois qu'elle ferait quelque chose qu'elle n'avait pas vraiment envie de faire juste pour bien s'entendre avec ses collègues. Et si elle faisait bonne impression, ce serait un point positif pour obtenir ce travail.

Harry Grogan prit alors le haut-parleur et remercia tout le monde d'être venu. Caryn était sur le point de retourner avec Drew et les autres, lorsque George dit :

— On t'a gardé une place.

Elle regarda la chaise vide à l'extrémité de la rangée de pompiers, puis vers les gars de l'équipe de recherche et de sauvetage.

— Je ferais mieux d'y retourner, dit-elle en désignant l'endroit où Drew était assis.

— Quoi, tu préfères traîner avec l'intello ? demanda Paul.

Caryn fronça les sourcils. La réponse était oui, elle préférait largement passer du temps avec Drew plutôt qu'avec ces gars. Mais Paul ne lui laissa pas l'occasion de répondre.

— J'imagine qu'on ne peut pas lui reprocher de vouloir baiser plutôt que de traîner avec nous, hein ? dit-il, faisant rire tous ses potes.

Caryn serra les dents alors que les gars enchaînaient les blagues obscènes ou essayaient de se la raconter en racontant leur vie sexuelle.

D'un côté, elle voulait vraiment trouver sa place parmi les pompiers. Elle voulait ce travail pour pouvoir rester à Fallport. Et bizarrement, le fait qu'ils ne s'empêchent pas d'être grossiers ou n'essaient pas de filtrer ce qu'ils disaient devant une femme lui donnait plus l'impression de faire partie de l'équipe que tout ce qu'ils avaient pu lui dire ce soir.

Mais plus elle restait là à écouter ces hommes, ses potentiels futurs collègues, rabaisser les femmes avec lesquelles ils avaient couché, plus elle réalisait que ce n'était peut-être pas le genre de solidarité qu'elle recherchait depuis toutes ces années.

L'émission commença et les gars se moquèrent immédiatement de tout ce qui se passait à l'écran. Même si Caryn ne croyait pas en l'existence de Bigfoot, elle n'aimait clairement pas la façon dont ces hommes, qui étaient censés servir la ville, ridiculisaient tous les habitants qui apparaissaient dans l'émission. Au bout de quelques minutes, elle se sentit très mal à l'aise. Il lui était toujours difficile de repousser ce besoin d'appartenance, d'être incluse parmi ses pairs, mais elle avait désespérément envie d'être ailleurs.

Elle tourna la tête vers Drew une fois de plus. Tony avait fini par s'asseoir sur ses genoux et avait le dos contre le torse de Drew, sa tête sur son épaule.

Ils regardèrent l'émission ensemble et de temps en temps, Caryn voyait que Drew disait quelque chose au petit garçon. Tony hochait la tête, ou ritit, mais il restait toujours focalisé sur l'écran.

Voilà. Elle en avait assez.

— C'était super de vous rencontrer, dit-elle, puis sans attendre de réponse de leur part, elle se leva et retourna auprès de Drew.

C'était déjà la moitié de l'épisode et Caryn se reprocha mentalement de ne pas avoir quitté les pompiers plus tôt. Elle s'assit sur sa chaise à côté de Drew et lui fit un sourire désolé.

— Ça va ? demanda-t-il.

Et une fois de plus, Caryn s'en voulut d'avoir laissé cet homme, ne serait-ce qu'une seconde. Il aurait dû être énervé contre elle. Avoir de la rancœur. Mais au lieu de ça, il s'assurait qu'elle allait bien après qu'elle a passé du temps avec des types qu'elle ne sentait pas trop, comme il le savait.

— Oui, dit-elle doucement.

Elle avait envie de lui dire tellement plus, mais la projection était toujours en cours et elle n'avait pas envie de rater le reste, comme elle n'y avait déjà pas beaucoup prêté attention. Et elle ne voulait pas déranger Tony qui était complètement captivé par ce qu'il regardait.

À sa grande surprise, la main libre de Drew prit ses doigts et les serra.

Caryn ferma les yeux un instant. Elle ne méritait pas cet homme – et elle se jura de faire mieux avec lui. Certes, elle avait envie d'obtenir le poste à la caserne pour pouvoir rester, mais elle n'avait pas envie de sacrifier ce que Drew et elle étaient en train de créer.

L'épisode se termina sur une chute à suspense, ce que Caryn trouva brillant. C'était un bon moyen de maintenir l'intérêt du public et de s'assurer qu'ils reviendraient la semaine prochaine pour regarder. À la fin de l'épisode, le « chercheur » était toujours porté disparu et ses collègues acteurs supposaient le pire, pensant que Bigfoot l'avait enlevé.

Drew se tourna vers elle et lui demanda :

— Qu'est-ce que tu en penses ?

Caryn le regarda un moment avant de lui dire :

— Ce n'était pas trop mal. J'imagine que je m'attendais à quelque chose de… différent après avoir entendu Lilly raconter ce qui s'était passé.

— Oui, acquiesça Drew.

— C'était génial ! dit Tony, quittant les genoux de Drew en sautant. On sait tous ce qui se passe, que c'est pas Bigfoot qui a vraiment enlevé le gars, mais ils l'ont vraiment fait croire. J'ai trop hâte de voir le deuxième épisode la semaine prochaine !

Puis il agita les deux figurines Bigfoot devant lui comme s'ils se battaient.

— Tony ! Viens nous aider à ranger ! dit Elsie. Tu pourras jouer avec tes figurines Bigfoot sur le chemin du retour.

Le garçon se retourna sans un mot et rejoignit sa mère pour l'aider.

Drew commença à nettoyer leur zone et remballa ce qu'ils avaient apporté.

Caryn se tenait là, un peu mal à l'aise. Elle avait envie d'être acceptée par les amis de Drew et elle avait le sentiment d'avoir tout gâché en les laissant de côté pour passer du temps avec les pompiers.

— Ce n'est pas grave, tu sais. On comprend, dit quelqu'un derrière elle.

Elle se tourna et vit Raiden, avec Duke assis à ses côtés. Le limier bavait, comme il avait l'habitude de le faire quand il ne dormait pas, mais Raid ne semblait pas le remarquer.

— Comprendre quoi ? demanda-t-elle.

— Que tu as besoin d'apprendre à connaître ces hommes avec qui tu risques de travailler. Tu as besoin de leur faire confiance, tout comme ils ont besoin d'apprendre à te faire confiance. En cas de situations d'urgence, il n'y a pas de place pour la mesquinerie ou le doute.

Caryn le fixa du regard.

— Si tu dois travailler avec eux, tu dois faire ce que tu peux pour t'entendre avec eux.

En fait, sa compréhension et ses mots la firent se sentir encore plus mal qu'elle ne l'était déjà. Elle était venue regarder l'épisode avec Drew, puis les avait abandonnés, lui et ses amis, dès la seconde où Paul lui avait fait signe. Elle aurait dû aller là-bas, rencontrer tout le monde, puis revenir immédiatement ici avant le début de l'épisode. Elle n'aurait pas dû laisser son désir de s'intégrer l'éloigner de ce qu'elle voulait vraiment faire.

— Oui, dit-elle au bout d'un moment.

— Personne ne va t'en vouloir de faire ce que tu as à faire pour te créer une nouvelle vie ici, dit Raid.

— Je suis désolée de ne pas avoir passé plus de temps avec vous, lui dit Caryn.

Raid haussa les épaules.

— Personne ne compte les points, la rassura-t-il. Je suis sûr qu'on aura plein d'autres occasions de passer du temps ensemble.

Sur ce, il gratta brièvement Duke derrière les oreilles, puis se tourna pour récupérer sa chaise.

— Tu es prête à aller chercher Art ?

Caryn sursauta. Elle se retourna et vit Drew qui se tenait à côté d'elle avec leurs chaises sous le bras, la couverture sur ses épaules et la glacière dans l'autre. Il avait réussi à tout emballer pendant qu'elle parlait avec son ami. Elle tendit la main vers la glacière.

— Laisse-moi prendre ça.

— Je gère, lui dit Drew et Caryn grimaça.

— Je suis désolée, chuchota-t-elle.

— Il n'y a pas de quoi être désolée.

Mais Caryn savait qu'il avait tort. Elle avait été idiote et elle ne savait absolument pas comment réparer ce qu'elle avait fait. Certes, elle était revenue pour regarder le reste de l'émission avec lui, mais elle regrettait de l'avoir quitté dès le départ.

Elle marcha à côté de Drew alors qu'ils allaient vers là où Art était assis avec Silas et Otto. Son grand-père n'arrêta pas de parler durant tout le trajet jusqu'à la Jeep de Drew. Il se remémora tout l'épisode, parfois avec dégoût et parfois avec excitation. Même s'il n'avait pas envie d'apprécier l'émission de paranormal, il le faisait quand même. Drew mit les chaises et les affaires à l'arrière de la Jeep et s'assura qu'Art soit bien installé avant de grimper derrière le volant. Dès qu'il démarra le moteur, son téléphone sonna. Il y répondit grâce au Bluetooth du véhicule.

— Salut, c'est Ethan. Alors, c'était comment ?

— Pas si mal, à vrai dire. Tu es en haut-parleur et Caryn et Art sont avec moi.

— Salut, tout le monde, dit Ethan.

Caryn et Art saluèrent l'ami de Drew.

— Alors ? Donne-moi les détails pour que je puisse les partager avec Lilly.

— Alors, pour commencer, les images étaient excellentes. Dis à Lilly que c'est une très bonne vidéaste.

— Je suis sûr que tu ne savais même pas quels plans elle avait filmés, rit Ethan.

— OK, c'est un peu vrai, mais je me souviens de certains trucs spécifiques comme lors de la réunion de la mairie le premier jour, donc je ne dis pas que de la merde, dit Drew avec un petit rire

— OK. Quoi d'autre ?

Caryn les écoutait alors que Drew résumait l'émission à son ami en lui expliquant ce qu'ils avaient vu. Puis, il dit :

— On n'apparaît pas dans celui-ci, parce qu'ils s'arrêtent au moment où ils réalisent que Trent a disparu... et qu'il a probablement été enlevé par Bigfoot. Mais dans l'ensemble, c'était plutôt bien fait. Les trucs que fait l'équipe dans les bois pour inciter Bigfoot à se montrer c'étaient des conneries, mais c'était divertissant.

— Donc on peut vraiment s'attendre à un afflux de touristes, dit Ethan.

— Oh oui, dit Drew.

— Quelle direction ils vont prendre avec l'intrigue la semaine prochaine tu penses ? Tu crois qu'ils vont donner tous les détails sur le fait que Joey est le coupable et qu'il a tué son ami ?

— Aucune idée... mais j'imagine que non. Tout le monde peut trouver les détails sur Internet s'il a envie, mais la plupart des gens sont paresseux et vont attendre de voir ce qui se passe dans le deuxième épisode la semaine prochaine. Mais je pense que les producteurs vont éliminer le lien entre la disparition et Bigfoot. Puis il y aura probablement un petit message à la fin ou quoi, dédiant la saison à Trent et ce sera tout.

— Un peu cynique non ? rit Ethan.

— Ne me dis pas que tu ne penses pas la même chose, rétorqua Drew.

— OK, t'as raison. Est-ce qu'il y a quelque chose dans l'épisode qui pourrait déranger Lilly si elle le regardait ? demanda Ethan.

Caryn eut soudain encore plus de respect pour cet homme. Il n'en avait clairement rien à faire de l'émission, mais il s'inquiétait des conséquences que celle-ci pouvait avoir sur sa fiancée. Un désir puissant la saisit... tellement fort que son ventre se noua. Quelqu'un s'était-il déjà inquiété comme ça pour elle ? Non, probablement pas. Elle savait qu'Art l'aimait, mais l'amour d'un membre de la famille était différent de celui d'un partenaire, bien sûr.

— Non, dit Drew. Je veux dire, ça peut lui rappeler de mauvais souvenirs par rapport à ce qu'elle a traversé, mais ça parle surtout de cette équipe de soi-disant enquêteurs sur le terrain qui essaient d'apercevoir Bigfoot.

— OK, merci, mec. J'ai enregistré l'épisode pour qu'on puisse le regarder plus tard, mais je ne savais pas si c'était une bonne idée.

— Tu veux que je passe chez vous pour qu'on le regarde ensemble ? demanda Drew.

Et une fois de plus, Caryn se rendit compte à quel point cet homme à côté d'elle était une bonne personne.

— Non, ça ira. Si tu penses que ça passe, ça me suffit. Désolé de ne pas être venus ce soir.

— Ne t'excuse pas. On comprend. Tout le monde aurait regardé Lilly pour voir sa réaction, ce qui vous aurait mis très mal à l'aise. Il n'y a aucun problème.

— Oui, c'est surtout pour ça qu'on n'est pas venus.

— Le vieux Grogan a fabriqué des machins Bigfoot plutôt cool, dit Drew. Des T-shirts, des casquettes, tout le tralala. Et je crois qu'Elsie vous a pris une boule antistress Bigfoot aussi.

— Dis-moi que tu plaisantes, gémit Ethan.

— Non.

— On savait qu'il voulait tout capitaliser sur la diffusion de l'émission. Mais sérieux ? Des boules antistress ?

— Elles sont plutôt mignonnes, lâcha Caryn.

Ethan rit.

— Oui. Je m'en doute. Bref, je vais vous laisser. On se voit bientôt.

— À plus, dit Drew à son ami.

Caryn et Art firent leurs adieux et Drew rompit la connexion. Une minute plus tard, il s'arrêta devant la maison d'Art. Il sortit pour aider Art à descendre, mais Caryn n'arrivait pas à sortir du véhicule.

— Je vais rentrer. Prenez votre temps, dit Art avec un sourire malicieux en marchant lentement vers la porte d'entrée.

— Est-ce qu'on peut parler ? demanda doucement Caryn, se tournant sur son siège pour regarder Drew.

Il l'étudia un long moment, puis acquiesça en retournant vers le siège conducteur avant de fermer la portière.

Se mordant la lèvre, Caryn prit une grande inspiration. Elle savait qu'elle devait avoir cette conversation, mais elle ne savait pas par où commencer. Elle avait l'estomac noué et se sentait vraiment mal après la façon dont s'était déroulée la soirée. Elle avait été si excitée de passer du temps avec Drew et finalement, elle avait l'impression d'avoir tout gâché entre eux.

Lorsqu'elle ouvrit la bouche, Drew glissa une main derrière sa nuque.

Et tout à coup, les larmes coulèrent le long de ses joues. Pourquoi était-il si gentil ? Il aurait dû être furieux contre elle. Elle l'avait laissé pour passer du temps avec une bande de mecs. Si les rôles avaient été inversés, elle n'aurait pas été aussi indulgente. Sachant qu'elle devait dire quelque chose, elle leva les yeux et le regarda.

CHAPITRE DIX

Les émotions de Drew partaient dans tous les sens, mais quand il parut évident que Caryn avait du mal à lui parler, il ne put s'empêcher de tendre la main vers elle. Il enroula celle-ci autour de sa nuque et caressa sa peau sensible avec son pouce.

Il ne supportait pas de voir cette anxiété et ce regret dans ses yeux remplis de larmes alors qu'elle le regardait.

— Je suis désolée, dit-elle d'une voix cassée.

Mais Drew secoua la tête. Il était passé par toutes les émotions au cours des dernières heures, mais il comprenait vraiment pourquoi Caryn était partie parler aux pompiers. Il avait espéré avoir un premier rencard sympa, mais il aurait dû se douter que *tout* rencard avec la moitié des habitants de Fall-port présent n'aurait pas pu être idéal.

— Comme je l'ai dit tout à l'heure, tu n'as aucune raison de t'excuser.

— Drew, je t'ai laissé pour aller passer du temps avec cet imbécile de Paul et ses amis.

— J'aurais été contrarié que tu ne le fasses *pas*, lui dit Drew.

Caryn lui lança un regard sceptique.

— Écoute, je comprends. Tu as besoin de créer du lien avec

ces gars si tu veux ce travail. Tu m'as dit que toi et Paul ne vous étiez pas entendus par le passé et le fait qu'il soit venu voir si tu voulais les rejoindre était une bonne chose. Je ne suis pas en colère, Caryn. Je te le promets.

— Pendant tout le temps où je leur parlais, je n'avais qu'une envie c'était d'être assise à côté de toi, dit-elle doucement.

— Ce n'est pas grave, dit-il.

Mais Caryn secoua la tête. Il était évident qu'elle avait du mal à accepter la décision qu'elle avait prise.

— Toute ma vie, j'ai été l'intrus. Je n'avais pas de vêtements cools, parce que ma mère ne voulait pas me les acheter. Je ne me faisais pas facilement des amis parce que j'étais le garçon manqué « bizarre ». À l'université, les choses se sont améliorées et quand j'ai décroché mon premier travail de pompière, j'étais au top du top. Je m'imaginais être la meilleure amie de mes collègues. Mais ça n'a pas été le cas. J'étais à nouveau mise de côté, simplement à cause de mon genre. J'avais beau travailler deux fois plus dur que les autres ou pouvoir faire les mêmes choses qu'eux, on ne me prenait jamais au sérieux. J'ai changé de casernes, espérant que ça s'améliorerait, mais non. À chaque changement de caserne, j'espérais trouver ma place. Mais chaque fois on me rejetait. Parfois directement et parfois de façon plus subtile, mais je le sentais. Tout ce que je veux, c'est être acceptée pour qui je suis. Pour ce que je peux faire. Mes compétences. Parce que je suis une très bonne pompière, Drew. Ce soir, j'ai juste... j'étais de nouveau pleine d'espoir. Je voulais être acceptée et faire partie de quelque chose de spécial, sans pour autant retenir mon souffle non plus. Mais... même si la plupart des gars ne sont pas le genre de personnes avec qui je choisirais de passer du temps, ils semblaient m'accepter. C'était presque étourdissant et j'étais contente de voir à quel point ils étaient ouverts.

— C'est une bonne chose, dit Drew.

— Oui, mais en même temps, j'étais contrariée de ne pas être avec toi.

— Regarde-moi, Caryn, ordonna Drew.

Il attendit qu'elle lève les yeux et croise son regard. Il l'attira un peu plus près en prenant la parole.

— Tu es incroyable. Je ne t'ai pas vue durant un incendie, mais il est évident que tu aimes ce que tu fais. Et je me suis entraîné avec toi et j'ai vu de mes propres yeux à quel point tu étais forte. Tu as assimilé les choses que je t'ai enseignées sur la recherche et le sauvetage plus rapidement que moi lorsque j'apprenais. J'espère que ça marchera avec le boulot de pompier et je suis content que Paul semble enfin avoir enlevé ce bâton qu'il avait dans le cul dès qu'il avait affaire à toi, mais... j'ai besoin que tu écoutes ce que je vais te dire.

Elle acquiesça.

— Peu importe ce qui se passe entre nous, peu importe ce que tu décides pour ton travail ici, à Fallport, je t'accepte *exactement* comme tu es. Tout comme Ethan. Et le reste de l'équipe. Elsie, Lilly et Bristol aussi. Nous sommes nous-même tous des marginaux et tu es l'une des nôtres. Tu n'as pas besoin de prouver quoi que ce soit pour être à ta place. Tu l'es déjà. Compris ?

En guise de réponse, Caryn ferma les yeux et il entendit son souffle irrégulier.

Il lui laissa le temps de reprendre le contrôle de ses émotions avant de l'attirer vers lui pour l'embrasser sur le front.

— Ça m'a manqué d'être à tes côtés toute la soirée, mais à aucun moment je ne t'en ai voulu de faire ce que tu avais à faire pour poursuivre ta carrière.

Elle ouvrit les yeux et prit une grande inspiration.

— Tu es trop beau pour être vrai, chuchota-t-elle.

— Non. Je sais juste reconnaître une belle chose quand elle apparaît devant moi, dit-il en haussant légèrement les épaules.

Mais je me sentirais mal si je ne te disais pas autre chose... sauf que je ne veux pas que tu t'énerves.

Caryn cligna des yeux, chassant les larmes qui coulaient de ses yeux.

— Je pense que si tu ne m'en veux pas de t'avoir abandonné pour notre premier rencard et qu'en plus tu as été très compréhensif sur le sujet, je suis capable d'écouter ce que tu as à dire sans perdre mon calme.

— Je ne fais pas confiance à Paul, lâcha Drew.

Caryn fronça les sourcils, et il poursuivit rapidement.

— Je ne le connais pas, pas vraiment. Nos chemins ne se sont pas beaucoup croisés, mais avec tout ce que tu m'as dit sur votre passif, j'ai du mal à comprendre pourquoi il aurait soudain envie de faire ami-ami avec toi.

— Je suis une bonne pompière, dit Caryn.

— Je le sais. Et tu serais un sacré atout pour le DIF, ça, c'est sûr. Mais je ne peux pas m'empêcher de me méfier de ses motivations.

Drew retint sa respiration, attendant la réaction de Caryn face à sa méfiance envers l'homme.

À son grand soulagement, elle acquiesça.

— Je me suis dit la même chose. Je veux dire, j'étais soulagée de ne pas devoir avoir affaire à son côté connard ce soir, mais ça *ressemble* à un brusque retournement de situation en ce qui concerne ses sentiments à mon égard.

— Tout ce que je te demande, c'est de rester sur tes gardes. Je sais que tu veux te faire accepter, mais sois à l'affût de toute manigance, lui dit Drew.

— Tu penses qu'il me tend un piège ? demanda Caryn.

— Je n'en ai aucune idée, mais il vaut mieux rester prudente.

— Je suis d'accord. Et je le serai.

— Tant mieux.

— Drew, tu penses qu'on pourrait... refaire notre premier

rendez-vous ? Même si c'est moi qui ai tout gâché, ça ne me dérangerait pas de recommencer. Peut-être sans mon grand-père cette fois, dit Caryn.

— Et sans la moitié de Fallport ? demanda Drew avec un sourire, soulagé qu'elle ne soit pas en colère contre lui parce qu'il n'avait pas fait confiance dans le changement d'attitude visiblement abrupt de Paul.

— Oui, aussi.

— Tu as quelque chose en tête ? Quelque chose que tu n'as pas encore fait et que tu aimerais faire ?

— On pourrait peut-être rester chez toi et regarder un film ? Comme ça, rien ni personne ne pourra nous interrompre.

— À part un appel en cas de personne disparue, dit Drew d'un ton sérieux.

Caryn rit.

— Oui, à part ça.

— J'aimerais beaucoup, lui dit-il.

— Je ne sais même pas où tu vis, dit Caryn.

Drew haussa les épaules.

— Ce n'est pas un secret. Je loue une petite maison de l'autre côté de la place. Ce n'est pas très chic.

— Je suis sûre que c'est très bien.

Drew lui sourit, distrait à cause de la façon dont elle se léchait les lèvres.

— Drew ?

— Oui ?

— Tu comptes m'embrasser ou quoi ?

Il sourit et, sans ajouter un mot, il pencha la tête. Il n'aurait pas pu dire combien de temps ils s'embrassèrent dans la Jeep, mais lorsqu'il s'écarta, il sut qu'il était fou de cette femme. Cette soirée avait été difficile pour tous les deux, mais il appréciait qu'ils puissent en parler. Qu'elle n'ait pas hésité à vouloir mettre les choses au clair. Et au fond, il était un peu soulagé qu'elle regrette d'avoir passé une bonne partie de la soirée à essayer de se faire apprécier des pompiers. Il ne lui en voulait pas et il comprenait, mais quand même... elle lui avait manqué.

— Tu veux toujours t'entraîner demain matin ? demanda-t-elle lorsqu'elle eut repris son souffle.

— Absolument. Tu ne vas pas me laisser tomber, hein ?

Elle leva les yeux au ciel.

— Genre.

— Tu veux courir, refaire la course d'obstacles ou aller dans les bois ?

— Randonner, dit-elle sans hésitation.

Drew ne put s'empêcher d'être satisfait par sa réponse. Il appréciait le temps qu'ils passaient ensemble à marcher le long des sentiers autour de Fallport. Elle était comme une éponge absorbant toutes les connaissances qu'il partageait avec elle sur la recherche et le sauvetage, et il aimait simplement être avec elle.

Lorsqu'aucun d'eux ne bougea pour rompre le contact, Drew ayant toujours sa main autour de sa nuque et elle la sienne sur sa cuisse, il sourit.

— Je suppose que je ferais mieux de rentrer. Je suis sûre que les voisins d'Art comptent le temps que nous passons ici à nous embrasser.

— M'en fous, lui dit Drew en haussant les épaules.

— Tu sais quoi ? Moi aussi, lui dit Caryn. Ce qui est un grand pas pour moi puisque d'habitude je suis obsédée par ce que les autres pensent de moi.

— Tu ne devrais pas. Le fait que les autres ne t'aiment pas, c'est simplement un reflet *d'eux-mêmes*, ça n'a rien à voir avec toi, lui dit Drew. Tu es intelligente, attentionnée, bosseuse et encore un million d'autres adjectifs. Tu ne pourras jamais plaire à tout le monde et c'est bien d'être OK avec ça. Les seules personnes qui comptent, ce sont tes proches. Sois fière de qui tu es, de ce que tu as surmonté et de ce que tu as accompli.

Elle inclina la tête.

— Ce n'est pas si facile.

— Bien sûr que non. Je pense que les humains sont faits pour vouloir s'intégrer. Pour être aimé. Mais je me suis rendu compte que c'était impossible d'être ami avec tout le monde. Certains te détesteront à cause de la couleur de tes cheveux ou de ta peau, de ton poids, de ton genre, de ta façon de parler, ou d'une centaine d'autres raisons stupides.

— Comme le genre d'uniforme que tu portes ? demanda-t-elle silencieusement.

— Exactement. À première vue, les gens me détestaient, simplement parce qu'ils voyaient mon badge et rien d'autre. Peu importe à quel point je voulais les aider, ils n'arrivaient pas à voir au-delà de leurs préjugés et de ma profession. Mais je comprends, il y a de très mauvais flics et chacune de leurs mauvaises actions se reflète sur chacun d'entre nous qui jurons de protéger et de servir. Mais ce n'était pas parce que quelqu'un ne m'aimait pas que je ne devais pas faire mon travail. Et c'est la même chose pour toutes les professions. Crois-le ou non, il y a des gens perdus dans la forêt que nous devions retrouver et sauver qui nous ont détestés dès qu'ils nous ont vus.

— Ça n'a aucun sens, dit Caryn en fronçant les sourcils.

— Je sais. Mais ça n'a pas d'importance, nous ferons quand même ce que nous pouvons pour nous assurer qu'ils soient à l'aise, pas blessés et pour les ramener auprès de leurs proches. Alors... on emmerde tous ceux qui ne t'aiment pas pour ce que tu es, Caryn. C'est eux qui ratent quelque chose, pas toi.

— J'aime bien le voir comme ça, avoua-t-elle.

— Tant mieux.

— Je vais essayer. Mais ça n'a jamais été facile pour moi de faire abstraction de ce que pensent les autres comme ça.

Et Drew détestait ça.

— J'imagine que d'après ce que tu as dit et pas dit, tu n'as pas eu une belle enfance. Est-ce que tu es toujours en contact avec ta mère ?

— Non, dit-elle rapidement.

— OK. Et comme Art ne parle jamais de sa fille, j'imagine qu'ils ne s'apprécient pas non plus.

Caryn prit une grande inspiration.

— Je ne suis pas encore prête à parler de ma mère, mais oui, ce n'était pas une bonne mère ni une bonne fille.

— OK, mais je suis là si jamais tu *veux* en parler.

— Merci. Et toi, tu as une famille ?

— Eh ben je n'ai pas été conçu dans un laboratoire secret du gouvernement dans une cuve remplie d'une substance étrange, plaisanta-t-il, cherchant à apaiser la tension.

Et elle rit, comme il l'avait prévu.

— Mes parents n'étaient pas géniaux, reconnut-il. Ils n'avaient pas beaucoup de temps pour moi quand j'étais petit, mais ils faisaient le strict minimum. Je suis parti juste après le lycée. Je suis allé à l'université où j'ai obtenu mon diplôme de justice pénale, puis j'ai terminé mes deux ans d'études tout en travaillant à plein temps dans un pressing. J'ai été accepté à l'académie de police de l'État de Virginie et le reste c'est de l'histoire ancienne. Mes deux parents sont décédés peu de temps après, mon père d'une crise cardiaque et ma mère de problèmes liés au fait qu'elle a été alcoolique une bonne partie de sa vie. J'aurais aimé avoir une meilleure relation avec eux, mais c'est comme ça.

Caryn lui caressa le bras.

— Je suis désolée.

— Nous étions pratiquement des étrangers lorsqu'ils sont morts, ce que je regrette, mais ils n'ont jamais été très réceptifs à l'idée d'avoir une vraie relation les quelques fois où je leur ai tendu la main. Une fois de plus, c'est tant pis pour eux.

— Vraiment. Parce que tu es plutôt génial.

Pour ça, elle eut droit à un autre baiser. Drew fit de son mieux pour que les choses n'aillent pas trop loin cette fois. Il n'avait qu'une envie, c'était de l'attirer contre lui et lui montrer à quel point elle commençait à compter pour lui. Il était en train de tomber amoureux d'elle, mais il était prêt à faire les choses à son rythme jusqu'à ce qu'elle soit tout aussi sûre de vouloir être en couple.

— Six heures, c'est OK pour demain ? demanda-t-il.

— Parfait. Je ferais mieux d'y aller et de m'assurer que mon grand-père est bien installé.

— Il est probablement en train de ronfler depuis, dit Drew. Il a passé une soirée plutôt excitante.

— Il a adoré faire la cour et discuté avec tous ceux qui sont passés le voir, approuva Caryn.

— Il est l'un des piliers de cette ville, c'est certain, dit Drew.

Puis, il se força à relâcher sa nuque, la sensation de sa peau douce contre sa paume rêche lui manquant déjà.

— Merci d'avoir été compréhensif pour ce soir. Ça n'arrivera plus, dit-elle.

— Qu'est-ce qui n'arrivera plus ? demanda-t-elle.

— Que je t'abandonne pour aller passer du temps avec quelqu'un d'autre.

— On en a déjà parlé. Tu ne m'as pas abandonné, insista-t-il.

— Si, mais j'apprécie que tu sois si gentil à ce sujet, dit-elle en haussant les épaules.

Drew ne put s'empêcher de se pencher à nouveau pour l'embrasser.

— OK, lui dit-il lorsqu'il s'écarta.

Il sortit de la Jeep et marcha jusqu'à elle. Caryn était déjà à côté de la portière lorsqu'il la rejoignit. Il la serra longuement et sincèrement dans ses bras, content qu'elle lui rende son câlin avec autant de ferveur.

— Vas-y, dit-il d'une voix un peu rauque. Rentre avant que tes voisins n'aient *vraiment* quelque chose à raconter.

Elle gloussa, comme il l'avait prévu.

— Merci pour ce soir. Et d'être aussi génial. On se voit demain.

Drew attendit qu'elle ouvre la porte de la maison et le salue avant de remonter sur le siège conducteur de sa Jeep. Alors qu'il roulait jusqu'à sa petite maison, il repensa à la soirée. Elle ne s'était pas passée comme prévu, mais finalement, il avait l'impression que Caryn et lui avaient quand même réussi à se rapprocher.

Les relations n'étaient jamais un long fleuve tranquille. Il était juste soulagé qu'ils aient pu mettre les choses à plat. Il comprenait vraiment son désir d'être incluse dans le groupe des pompiers. Il espérait juste qu'ils n'utiliseraient pas cet empressement qu'elle avait à être aimée et intégrée contre elle.

Paul Downs était assis sur la terrasse arrière de la maison de ses parents avec Lou, Dennis et George alors qu'ils finissaient une caisse de bières.

— Cet épisode c'était tellement de la merde, dit Dennis avec dégoût.

— Complètement. Et ça va nous emmerder parce que ça va attirer des abrutis en ville dont on devra s'occuper, acquiesça George.

— Ben oui. Encore des appels pour des crises cardiaques qui ne sont que de fausses alertes. Des gens qui appellent le 9-1-1 pour un incendie dans les bois alors que c'est juste la fumée d'un feu de camp. On ne va pas pouvoir passer une seule bonne nuit de sommeil sans être interrompus par un appel.

— On pourrait peut-être s'en servir pour soutirer plus d'argent à la mairie, songea Lou à voix haute. On pourrait avoir une meilleure TV et des fauteuils plus confortables à la caserne. T'en penses quoi, Paul ?

— Je pense que t'as raison. On pourrait même changer nos

appareils électroménagers et les convaincre qu'il nous faut un cuisinier à plein temps.

Les hommes rigolèrent et acquiescèrent.

— C'était quoi cette histoire avec cette nana ce soir ? demanda Lou après avoir pris une gorgée de sa bière.

Paul grimaça.

— Caryn Buckner. Aussi longtemps que je me souvienne, elle a toujours été une vraie chieuse.

— Ça fait combien de temps ? demanda George.

— Depuis qu'on est gamins. Elle passait ses étés ici parce que sa mère s'occupait pas d'elle, un truc comme ça. J'en sais rien et je m'en fous. Mais elle se prenait déjà pas pour de la merde à l'époque et ça n'a pas changé. Elle regardait de haut les enfants du coin et se croyait plus intelligente que les autres. Mais c'est moi qui aurais le dernier mot, dit Paul avec un sourire.

— Ah oui ? demanda Lou. Qu'est-ce que t'as en tête ?

— Cette salope pense qu'elle est une super pompière et elle veut le poste vacant au DIF. Hors de question que ça arrive tant que *je* serais capitaine. Peu importe qu'elle ait un bon CV ou pas. Aucune nana ne va débarquer dans ma caserne pour commencer à vouloir changer les choses. Et puis, je ne vais pas risquer ma vie en l'ayant dans l'équipe. Elle ne pourra jamais traîner mon cul en dehors d'un bâtiment en feu. Ces putain de filles ne devraient pas avoir le droit d'être pompiers. Elles sont pas faites pour ça.

Les autres hommes acquiescèrent bruyamment avec leurs amis.

— Mais c'est toi qui lui as dit de postuler, dit George. Tu l'as même encouragée à le faire.

— C'est vrai, dit Paul avec un rictus. Mais ça ne veut pas dire que je suis obligé de la choisir. Je ne l'embaucherai jamais dans notre équipe.

— Et si la mairie insiste ? Tu sais pour la diversité ou ce genre de connerie ? demanda Lou.

Paul prit un air renfrogné.

— Je préfère démissionner que bosser avec cette connasse, dit-il d'un air féroce. De toute façon, j'ai un plan. Visiblement, elle meurt d'envie de faire partie de notre équipe, mais avant que ça n'arrive… il faut qu'elle nous prouve qu'elle a ce qu'il faut pour faire partie du DIF.

Des rictus étirèrent les lèvres des autres hommes.

— J'en ai déjà parlé à Dennis avant ce soir. Et il a donné le coup d'envoi pour sa première initiation, dit Paul.

— Notre partie hebdomadaire de billard à La Cave, dit George, se remémorant visiblement la conversation qu'ils avaient eue plus tôt dans la soirée.

— Ouaip, dit Dennis avec un rictus.

— Vous pensez qu'elle va venir ? demanda Lou. Vous savez à quel point les gens d'ici détestent cet endroit.

— Elle viendra, dit Dennis. Elle veut ce boulot et elle sait que le seul moyen de l'avoir c'est en nous léchant le cul.

— Peut-être même qu'elle lèchera autre chose, dit George en attrapant son sexe.

Tout le monde rit.

— Ça me dérangerait pas de lui enfoncer ma queue dans la gorge, ajouta George. Mais j'imagine qu'elle est trop coincée pour ce genre de truc. Du moins au début.

— Vous croyez qu'elle a couché pour sa carrière ? demanda Lou.

— J'en suis sûr. C'est impossible qu'une nana puisse obtenir ce genre de boulot sans se taper les capitaines et lieutenants au-dessus d'elle, dit Paul. Mais il est hors de question que je touche à cette chatte. Je veux juste la remettre à sa place. M'assurer que malgré ce qu'elle croit, elle n'est pas l'une des nôtres – et ne le sera jamais. Je vais lui faire croire qu'elle a une chance mais au final, peu importe combien elle fait de la lèche, elle n'aura pas ce boulot.

— Eh bah santé, dit Lou en levant sa canette de bière.

Les autres le suivirent et trinquèrent tous ensemble.

— On a une semaine pour planifier un truc pour sa première initiation, dit Paul. Si elle a toujours pas compris, on trouvera autre chose. Jusqu'à ce qu'elle capte qu'elle ne fera jamais partie du DIF.

— Putain de femmes. Elles gâchent tout, cracha Dennis avant de lâcher un énorme rot.

— Écoute ça, dit Lou avec un sourire en soulevant une fesse de sa chaise en plastique avant de lâcher un long pet bruyant.

— Dégueu, mec, dit George tout en riant et en agitant une main devant son nez.

— On n'a pas besoin qu'une femme vienne gâcher tout ce qu'on a construit, conclut Lou.

— C'est clair, dit Paul. Et surtout pas cette putain de Caryn Buckner.

— Oui, qu'elle aille se faire foutre, dit Dennis.

— Ha. Buckner... Fuckner[1], dit Lou, éclatant d'un rire hystérique face à sa propre blague.

Paul prit une autre gorgée de sa bière, satisfait que ses amis aient si rapidement été d'accord avec sa décision. Avec quelle facilité ils avaient été amenés à rejeter Caryn. En vérité, il ne se souvenait même pas pourquoi il ne l'aimait pas. Il n'avait aucune idée de ce qu'elle avait fait il y a toutes ces années pour mériter sa haine. Mais ça n'avait pas d'importance. Il ne voulait pas d'une femme dans *son* équipe de pompiers, et il ferait tout pour que ça n'arrive pas.

CHAPITRE ONZE

— Salut, ma belle, c'est Lilly. Comment tu vas ?

Caryn sourit en entendant sa voix à l'autre bout du fil. Cela faisait trois jours que l'émission de paranormal avait été diffusée et elle avait envoyé un texto à Lilly pour s'assurer qu'elle allait bien. Au lieu de lui répondre, celle-ci l'avait immédiatement appelée.

— Je vais bien, lui dit Caryn.

— Contente de l'apprendre. Tu es partante pour une soirée entre filles ? demanda Lilly sans tourner autour du pot.

Surprise, Caryn ne put que lâcher :

— Quoi ?

— Une soirée entre filles. J'ai demandé à Bristol et Elsie et elles sont partantes. Bristol a suggéré qu'on invite aussi Khloe et je me suis dit que Finley pourrait vouloir venir aussi. Donc maintenant on a tout organisé et j'espérais que tu te joignes à nous.

Caryn n'était pas sûre. Même si elle avait déjà rencontré les autres filles – à part Khloe, qui d'après ce qu'elle savait, travaillait à la bibliothèque avec Raiden – mais c'était à peu près tout. Elle ne les connaissait pas bien du tout. Et elle n'avait pas envie de se sentir comme une intruse.

— Hum... quand ?

— Ce soir ! dit Lilly d'un ton jovial. On se retrouve toutes chez Bristol vers dix-huit heures. Ne te sens pas obligée de manger avant de venir, on va commander des pizzas et des ailes de poulets frits et d'autres trucs mauvais pour la santé au restaurant. Et je suis sûre que si elle vient, Finley nous apportera des pâtisseries de sa boulangerie. Crois-moi, même les pâtisseries et cookies de la veille sont à tomber par terre si c'est Finley qui les prépare. S'il te plaît, dis oui !

Caryn ne put réfréner le sourire qui se formait sur ses lèvres.

— Ça a l'air sympa.

Et étonnamment, c'était sincère.

— Wouhou ! s'exclama Lilly et Caryn dut lutter pour ne pas éclater de rire. On va boire du vin et des bières et quelques boissons soft pour faire des cocktails. Et Rocky a dit qu'il ramènerait chez elles toutes celles qui en auront besoin, donc aucune de nous ne conduira si elle a bu. Mais ne t'inquiète pas, il ne sera pas là pendant la soirée. Lui et Ethan passeront du temps à la maison.

— Je peux apporter quelque chose ? demanda Caryn, timidement excitée à l'idée de passer du temps avec Lilly et les autres filles.

— Non, je crois que tout est bon.

Mais il était hors de question que Caryn arrive les mains vides. Elle voulait contribuer à l'amusement. Elle avait justement quelque chose en tête, mais elle décida d'en faire une surprise.

— Ah oui... par contre je préfère te prévenir, dit Lilly.

Caryn se raidit.

— Par rapport à quoi ?

— On va toutes vouloir tout savoir sur toi et le comptable sexy. Et pour info, vous faites un couple adorable.

Caryn sentit ses joues rougir. C'était typique de Fallport, évidemment que les gens parlaient d'elle et Drew, mais ça faisait toujours un peu bizarre. Surtout par rapport à la ville où vous étiez plutôt invisible aux yeux de tous et où tout le monde se fichait de ce que vous faisiez durant votre temps libre ou avec qui vous sortiez.

— Je ne suis pas sûre qu'il y ait grand-chose à dire pour le moment, dit-elle à Lilly avec honnêteté.

— C'est pas grave. On va quand même te supplier de nous donner des détails, dit Lilly avec légèreté. Si tu as besoin qu'on t'amène, fais-moi signe et je pourrais passer te prendre avant d'aller chez Bristol. Ou je suis sûre que Drew pourra te déposer aussi. Ça ne dérangera pas Art si tu rentres tard ?

C'était agréable de voir que Lilly pensait à son grand-père. Il avait de la chance d'être autant apprécié dans cette petite ville.

— Non, il va beaucoup mieux. Il est pratiquement redevenu comme avant. Un vrai têtu.

Lilly gloussa. Puis elle lui dit d'un ton sérieux :

— Il a de la chance de t'avoir.

— Non, rétorqua Caryn. C'est *moi* qui ai de la chance.

Elle avait dit la même chose à Drew et elle le pensait.

— Bien sûr. Bon, avant que je ne me mette à verser une larme, sache que j'ai hâte de te voir ce soir. On se retrouve vers dix-huit heures.

— J'ai hâte aussi. Merci de m'avoir invitée, lui dit Caryn.

Elles se dirent au revoir puis Caryn resta debout dans le salon, regardant dans le vide pendant un moment. Elle fut interrompue par Art.

— Qu'est-ce que tu fabriques ? demanda-t-il avec son franc-parler habituel.

Sursautant, Caryn sourit et se tourna vers son grand-père.

— Je réfléchis juste, dit-elle.

— Et ben réfléchis comment aller à table et pose tes fesses pendant que je nous prépare le déjeuner.

Caryn leva les yeux au ciel. Comme si elle allait rester assise pendant que son grand-père la servait. Il savait tout aussi bien qu'elle que ça n'aurait pas lieu.

— Qu'est-ce qui te fait envie ?

— Je pensais faire des sandwichs aux œufs frits, lui dit-il.

— Ça m'a l'air bien. Qu'est-ce que je peux faire ? demanda Caryn.

Il fallait qu'elle se rappelle sans cesse qu'Art n'était pas invalide. Et avant qu'elle n'arrive à Fallport, il avait été tout à fait capable de s'occuper de lui-même. Elle n'avait pas envie de réprimer tout ça, mais elle avait quand même *envie* de l'aider.

— Tu peux prendre le fromage et commencer à le couper en tranches. Et ne sois pas radine non plus. La dernière fois je sentais à peine le fromage tellement tu l'avais coupé fin.

Caryn savait que son grand-père la taquinait. Elle sourit simplement et dit :

— Oui, monsieur.

Il lui sourit et ils marchèrent ensemble jusqu'à la cuisine. Caryn savait qu'après avoir mangé, il se rendrait sur la place pour s'asseoir avec ses amis à leur endroit habituel devant le bureau de poste.

— Je ne serai pas à la maison pour le dîner ce soir, dit-elle à Art. Tu pourras peut-être aller au Sunny Side Up pour te prendre quelque chose à emporter.

— Où tu vas ? demanda Art.

— Lilly m'a appelée pour m'inviter à une soirée entre filles, dit Caryn.

Art se figea, la poêle à frire en l'air avant de se tourner vers elle.

— C'est vrai ?

— Oui. Pourquoi ?

Le vieil homme haussa les épaules et posa la poêle sur la gazinière.

— C'est une bonne personne, dit-il. Je l'ai su dès l'instant où je l'ai rencontrée. Même si elle travaillait pour cette émission débile, elle n'était pas comme les autres. Ça se voyait à des kilomètres. J'imagine qu'Elsie et Bristol seront là aussi ? demanda-t-il.

— Je crois oui, lui dit Caryn. Et elle a mentionné que Finley et Khloe viendraient peut-être aussi.

Art se tourna à nouveau vers elle – et Caryn vit une larme au coin de son œil. Elle le regarda d'un air inquiet.

— Papi ? Ça va ? Viens, on va aller t'asseoir.

Il agita la main vers elle en secouant la tête.

— Je vais bien, dit-il d'un ton bourru. C'est juste que... chaque fois que tu venais me rendre visite, tu ne créais pas beaucoup de liens avec les autres.

Caryn pinça les lèvres. Il n'avait pas tort. Elle s'était trop comportée comme une intruse étant petite et adulte et elle n'avait pas passé assez de temps en ville pour rencontrer des gens.

— J'ai aussi été invitée à passer du temps avec les pompiers de Fallport ce week-end.

Art fronça les sourcils.

— Avec ce Paul Downs et ses amis ?

Après que Caryn eut hoché la tête, son grand-père lui demanda :

— Passer du temps où ? Je ne suis pas sûr que ce soit approprié pour toi de passer du temps avec tous ces hommes.

— Papi, j'ai quarante et un ans, dit Caryn avec exaspération. Je peux me débrouiller toute seule. Je ne vais pas aller à une orgie ou fumer de l'herbe ou quoi que ce soit.

— Quand même. Je ne l'aime pas, ni lui ni ses amis.

— Si je suis embauchée, je devrais passer beaucoup de temps avec eux, dit doucement Caryn à son grand-père.

Elle respectait son opinion. Il avait vécu ici à Fallport toute sa vie et Dieu sait qu'il connaissait tout sur tout le monde. Le fait qu'il n'aime pas Paul la mettait mal à l'aise, mais si elle restait, si elle était embauchée au DIF, elle verrait souvent ce type et ses amis.

Art grogna et se retourna vers la gazinière.

Caryn pinça les lèvres de frustration, surtout parce qu'elle était d'accord avec son grand-père. Après des années d'animosité, elle n'avait pas entièrement confiance en ce changement d'attitude brutal de la part de Paul lors de la soirée cinéma. Même Drew l'avait mise en garde contre lui. Mais qu'était-elle censée faire ? Il fallait qu'elle sympathise avec lui et les autres gars si elle voulait avoir une chance d'obtenir ce travail.

— Je le sais bien, lui dit son grand-père.

Il soupira et tourna la tête pour croiser son regard.

— Je me fais juste du souci pour toi.

Caryn fut presque submergée d'amour pour cet homme.

— Je sais. Et j'espère que tu sais que moi aussi je me fais du souci pour toi.

— Je pense que c'était plutôt clair lorsque tu as débarqué ici dès la seconde où tu as appris que j'avais été agressé. Et même si j'ai quatre-vingt-onze ans, je peux me débrouiller tout seul, répétant ce qu'elle lui avait dit un peu plus tôt.

Caryn éclata de rire.

— OK. Bon et si tu t'occupais plutôt de toi et de ta grande fille préférée en nous préparant des sandwichs.

Il lui fit un sourire et se tourna vers la poêle.

— Oui, madame.

Un peu plus tard dans l'après-midi, Caryn se retrouva seule, en train de faire le ménage, lorsque son téléphone sonna à nouveau. Elle regarda l'écran et vit que c'était Drew qui l'appelait. Rien qu'en voyant son prénom, faire la lessive et nettoyer les sols ne lui parut plus si pénible.

— Salut ! dit-elle en décrochant.

— Salut à toi aussi, répondit-il. Tu as l'air heureuse.

— Je suis juste contente d'avoir de tes nouvelles.

Sa voix devint plus grave et il lui dit :

— Je ressens la même chose quand j'entends ta voix. J'ai entendu dire que tu allais chez Bristol avec les filles ce soir.

— Oui. Lilly m'a appelée tout à l'heure. Pourquoi ? Il y a un truc qu'il faut que je sache ?

— Non, non pas du tout. Elles sont toutes super. Je t'appelais juste pour savoir si tu avais besoin que je t'amène et que je te ramène une fois que tu voudras rentrer chez toi.

— Ça te dérangerait ? Je ne veux pas t'interrompre ou quoi.

— Je ne te l'aurais pas proposé si ça me dérangeait. Et te voir n'est jamais une interruption de quoi que ce soit.

Elle eut des papillons dans le ventre.

— Trop cucu ? demanda Drew comme elle ne répondait pas.

— Non. C'est juste... j'imagine que je n'ai pas l'habitude d'entendre ce genre de choses.

— Ce qui est dommage, dit Drew. À quelle heure tu veux que je passe ?

Il était tellement gentil et direct à la fois. Caryn ne pouvait pas dire qu'elle détestait ça.

— Je crois que j'ai rendez-vous vers dix-huit heures, lui dit-elle.

— Je peux être là à moins dix, si ça te va. Ce n'est pas long pour aller chez Bristol et Rocky.

— Parfait. Merci.

— Ce n'est pas une corvée pour moi, Caryn, dit-il et elle entendit presque le sourire dans sa voix.

— Je ne sais pas combien de temps je vais rester, l'avertit-elle. Mais Lilly a dit que Rocky pourrait nous ramener chez nous si besoin.

— Je serai là, tu n'auras qu'à m'appeler, dit Drew.

— Même s'il est tard ? demanda-t-elle.

— Chérie, j'avais l'habitude de travailler tard. Je suis toujours un peu un oiseau de nuit. Pas de problème. Et puis, si tu crois que je vais manquer l'occasion de voir ma copine pompette ou ivre, tu es folle.

Caryn rit.

— Je n'ai pas l'habitude de boire, donc il ne m'en faudra pas beaucoup.

— Je parie que t'es adorable. Bref, on se voit dans quelques heures. Tu vas passer un super moment.

— J'espère.

— C'est sûr.

L'assurance dans sa voix l'aida à se détendre un peu. Elle n'était pas vraiment inquiète pour ce soir, plutôt nerveuse. Ces femmes étaient importantes pour Drew. Elle voulait qu'elles l'apprécient.

Une fois qu'elle eut raccroché, elle resta à nouveau au milieu de la pièce, regardant dans le vide. Repensant au fait que Drew avait dit qu'elle était « sa copine ».

Elle secoua la tête et attrapa le manche de la serpillère. Il fallait qu'elle arrête de rêvasser et qu'elle termine ses corvées pour pouvoir se préparer pour ce soir.

Drew se présenta à sa porte à dix-sept heures cinquante, mais ils ne s'en allèrent qu'après dix-huit heures. Lorsqu'elle avait ouvert la porte, il l'avait regardée de haut en bas avant de la repousser doucement à l'intérieur pour l'embrasser comme jamais.

Il avait caressé ses lèvres du pouce avant de s'écarter enfin, souriant.

— Que me vaut ce baiser ? avait-elle demandé.

— Parce que ça fait trop longtemps que je ne t'ai pas vue, avait-il répondu.

Bien sûr, ils s'étaient vus ce matin pour leur séance d'entraînement, mais Caryn n'avait pas levé les yeux au ciel ou dit qu'il était ridicule. Elle s'était simplement délectée de ce sentiment de bien-être qu'il lui procurait.

Il l'avait embrassée une fois de plus – un baiser plus léger, moins intense – lorsqu'il l'avait déposée et lui avait dit de s'amuser. Évidemment, elle était arrivée en retard et comme les filles étaient assises sous le porche en train de siroter du vin, elles lui avaient toutes sauté dessus dès l'instant où Drew était parti.

Elle avait survécu à leur interrogatoire concernant sa relation avec Drew et désormais elles étaient toutes assises sur les canapés à l'intérieur, se détendant après s'être gavées de la nourriture que Finley avait ramenée du restaurant.

— J'ai trop mangé, se plaignit Elsie.

— Argh, moi aussi, acquiesça Bristol.

— Mais est-ce que vous avez encore de la place pour un verre de vin ? demanda Lilly avec un sourire.

— Sûrement pas !

— Pas du tout !

Les deux femmes avaient répondu à l'unisson.

Caryn réalisa que c'était peut-être le bon moment de dévoiler sa surprise. Les filles avaient vu le sac dans sa main lorsqu'elle était arrivée, mais n'avaient pas posé de questions à ce sujet, trop focalisées sur le fait de l'interroger sur elle et Drew.

— Je vous ai apporté quelque chose pour que vous puissiez l'essayer, dit Caryn en se levant.

Elle était déjà détendue grâce au demi-verre de vin qu'elle avait bu au dîner et était impatiente de partager ce qu'elle avait apporté avec les filles. Caryn fut surprise que la mystérieuse Khloe ne soit pas venue ce soir, mais d'après le peu que Bristol et les autres lui avaient raconté, Caryn avait envie d'apprendre à la connaître. Apparemment, elle avait de sombres secrets qui la rendaient distante – du moins, c'était ce que suspectaient les autres filles. Bien évidemment, cela leur donnait encore plus envie de l'intégrer au groupe. Et comme il y avait manifestement une sorte de tension étrange entre elle et Raiden, cela piquait encore plus leur curiosité.

Caryn sortit la bouteille de son sac et la brandit en disant d'un air théâtral :

— Ta-da !

— Ooooh, j'imagine que c'est de l'alcool, dit Lilly.

— Effectivement, répondit Caryn. C'est de la liqueur de tarte aux pommes. Un produit local qui vient directement de la source.

Elle lut la confusion dans leurs regards. Caryn baissa les bras, tenant toujours la bouteille.

— *Quoi ?* Vous n'avez jamais goûté la liqueur spéciale de Clyde ?

— Clyde ? demanda Finley.

— Le vieil homme grognon qui vit en périphérie de la ville. Je vous jure que j'ai cru qu'il allait sortir un fusil de chasse quand nous nous sommes approchés trop près de sa propriété – et de l'un de ses alambics dans la forêt quand on avait filmé au printemps, dit Lilly.

— Oh, j'ai entendu parler de lui, dit Bristol.

— Il n'est pas si grognon, leur dit Caryn.

— Ah bon ? Ça m'étonnerait, dit Lilly. Il n'était clairement pas content de nous voir. Il y a un même eu un moment où on s'est demandé si ce n'était pas lui qui avait tué Trent parce que sa tente et ses affaires de camping avaient été retrouvées dans une poubelle sur la propriété de Clyde.

— C'est parce qu'il les a trouvées abandonnées dans la forêt, dit Caryn pour défendre l'homme. Tu ne serais pas énervée si tu trouvais ce genre de déchet chez toi ?

— Si, bien sûr, concéda Lilly.

— Et puis, il ne savait même pas que Trent avait disparu à ce moment-là, dit Caryn. Sinon, il aurait appelé Simon lui-même pour lui dire ce qu'il avait trouvé. Il croyait faire une bonne action en nettoyant le sentier. Au lieu de ça, il a failli être jeté en prison. Enfin, pas vraiment, mais les flics l'ont bien interrogé.

— On dirait que tu le connais bien, dit Bristol.

Caryn prit une grande inspiration. Elle réagissait de façon excessive et elle le savait.

— C'est juste que... je sais ce que c'est que d'être un paria. Ce n'est pas drôle. Et Clyde ne mérite pas l'animosité qu'il reçoit de la part des habitants.

— Mais ce n'est pas illégal la liqueur clandestine ? demanda Finley.

Comme Caryn ne perçut aucun jugement dans sa voix, elle se détendit.

— La plupart du temps, oui, mais Clyde a une licence et il vend ses liqueurs à des magasins en Virginie et dans le Sud.

Elles écarquillèrent toutes les yeux.

— C'est vrai ? demanda Elsie.

— Oui, oui. Et je sais même qu'il reverse une grande partie de ce qu'il gagne à des associations, notamment des refuges pour animaux, parce qu'il n'est pas très fan des humains, même si je ne peux pas lui en vouloir. J'imagine qu'il est ermite pour une raison... et je ne supporte pas que les gens du coin ne puissent pas passer au-dessus de son côté grincheux pour voir la bonne personne qui se cache derrière.

— Comment ça se fait que tu saches autant de choses sur lui ? demanda Lilly en se penchant en avant.

Caryn réalisa qu'elle se tenait toujours devant les filles,

comme si elle prêchait quelque chose ou un truc du genre. Elle pivota et se rendit dans la cuisine pour prendre des gobelets tout en répondant à la question de Lilly.

— Je l'ai rencontré un été quand j'étais ici. Je jouais seule dans les bois et je me suis perdue. Je suis tombée sur lui dans l'un de ses chalets délabrés dans la forêt – il en a plusieurs. Plutôt des cabanes en fait. Au début, il m'a fait peur, puis j'ai commencé à lui parler et je me suis rendu compte qu'en fait il était plutôt gentil. Il m'a montré son alambic, m'a expliqué comment ça fonctionnait, m'a sermonnée parce que j'étais seule dans les bois et m'a expliqué combien c'était dangereux et il s'est assuré que je reprenais le bon chemin pour retourner chez Art.

— Quel âge a Clyde au fait ? demanda Finley.

— Aucune idée, dit Caryn en revenant dans le salon avec les gobelets. Il est vieux. Bref... il faut que vous essayiez ça.

Elle posa les gobelets sur la table basse, ouvrit la bouteille et commença à servir des shots de liqueur.

— Je ne sais pas. Je n'aime pas quand c'est trop fort, dit Elsie.

— Et j'imagine que la liqueur clandestine n'a pas un goût très agréable, ajouta Bristol.

Lilly et Finley parurent tout aussi sceptiques.

— Faites-moi confiance, dit Caryn.

— Dit la dure à cuire qui entre dans des bâtiments en feu quand tout le monde s'enfuit, marmonna Lilly avant de s'emparer quand même d'une tasse.

Tout le monde fit de même et sentit la concoction dans son gobelet avec suspicion.

— Hé, mais, ça sent plutôt bon en fait, dit Bristol en haussant les sourcils.

— C'est vrai, acquiesça Finley. Je sens de la cannelle. Et de la muscade aussi je crois.

— Compte sur la pâtissière pour renifler les bons ingrédients, dit Elsie en riant.

— Je ne sais pas ce qu'il y a dedans, avoua Caryn. Mais ça a exactement le même goût que la tarte aux pommes, donc ces suppositions sont probablement correctes. Mais c'est fort par contre, je ne vous recommande pas de boire plus de deux verres. J'imagine que plus l'alcool repose, plus c'est fermenté non ? Je n'ai aucune idée de comment ça marche, mais quand Clyde m'a donné ce lot, il m'a dit qu'il avait "brassé" pendant un moment.

— OK, bon, allons-y, dit Bristol.

— Portons un toast, dit Lilly en hochant la tête avant de se mettre à genoux en se rapprochant des autres.

Tout le monde leva son verre.

— Aux nouveaux amis. Aux petites villes. À nous ! dit Lilly.

— Très beau toast !

— À nous !

— Amen !

Tout le monde fit tinter ses gobelets en plastique et but son verre de liqueur.

Elles furent plusieurs à tousser, mais alors que Caryn regardait autour d'elle, elle vit que toutes ses nouvelles amies souriaient.

— C'est *bon* ! s'exclama Bristol.

— T'as raison, ça a exactement le même goût que la tarte aux pommes, acquiesça Elsie.

— Je crois que j'ai besoin de goûter à nouveau pour être sûre que j'aime ça, ajouta Finley.

Tout le monde gloussa et tendit son gobelet vers Caryn.

Elle les resservit et les regarda avaler leur verre avec plaisir alors qu'elles le faisaient aussi facilement que pour le premier.

— Waouh, ce truc me monte direct à la tête, dit Lilly avec un sourire niais.

— Je vous avais dit que c'était fort, dit Caryn en revissant le bouchon de la bouteille.

Elle était contente de leur faire prendre du bon temps, mais la dernière chose dont elle avait envie, c'était que tout le monde soit complètement bourré à cause d'elle. Ça, ce n'était pas cool.

— OK, tu es officiellement notre dealeuse de liqueur, dit Lilly à Caryn.

Les autres approuvèrent.

Au bout d'un moment, la conversation se tourna vers les gars de l'équipe de recherche et de sauvetage.

— J'ai entendu dire que Drew et toi ne vous étiez pas bien entendus la première fois que vous vous êtes rencontrés, dit Elsie.

Caryn n'en fut pas offensée.

— Effectivement, acquiesça-t-elle en haussant les épaules. Je n'étais pas en grande forme. Je m'inquiétais tellement pour mon grand-père et j'ai quelques problèmes avec l'ancienne profession de Drew, et... j'imagine qu'on a tous les deux laissé nos préjugés prendre le dessus sur la politesse.

— Ça te dérangeait qu'il soit flic ? demanda Bristol.

— Pour être honnête, oui.

— Je croyais que les flics et les pompiers s'entendaient bien. Fraternité, sororité et tout ça, dit Finley.

— Ben, on travaille beaucoup ensemble, mais ça ne veut pas dire qu'on s'entend toujours bien. D'après mon expérience en ville, les officiers de police trouvent que nous ne sommes qu'une bande de connards imprudents... qu'on ne les attend pas pour protéger la zone avant d'aller aider quelqu'un. Et en retour, les pompiers sont agacés par la façon dont les policiers font parfois preuve d'un excès de zèle quand il est question de maîtriser et neutraliser les gens, ça et toutes leurs règles et réglementations. Mais je comprends ce dernier point, ajouta rapidement Caryn. Je veux dire, on a des boulots très différents.

Généralement, les gens n'essaient pas de nous cacher des choses illégales et ils sont plutôt contents quand ils nous voient arriver. Ce qui n'est pas toujours le cas avec les flics.

Pour ne pas plomber l'ambiance de la soirée, Caryn ajouta :

— Mais il y a une chose que m'ont apprise les flics par contre.

— Quoi ? demandèrent les quatre filles à l'unisson.

Caryn leva le pied et montra sa chaussure :

— Toujours avoir une clé de menottes sur soi.

Les filles se penchèrent toutes pour voir une petite clé en métal accrochée aux lacets de sa chaussure.

— Oh, mon Dieu, Ethan en a toujours une dans son portefeuille ! dit Lilly.

— Et je crois que Zeke en a une aussi, dit Elsie.

Bristol sourit et acquiesça.

— Rocky en glisse une dans sa poche tous les matins.

— Waouh, il y a autant de personnes menottées contre leur gré ici ou quoi ? demanda Finley en fronçant les sourcils.

— Je suis sûre que non, dit Caryn pour la rassurer. Mais comme les gars l'ont sans doute appris pendant leur service, il vaut mieux être préparé, juste au cas où. Cela dit, j'ai aussi passé du temps à coudre des petites poches à l'arrière de tous mes pantalons, pour y glisser une. C'était après qu'un fou a mis le feu à un immeuble puis a attendu l'arrivée des secours. Il a assommé le premier pompier arrivé sur les lieux, l'a menotté à un tuyau dans le placard et l'a laissé suffoquer dans la fumée. À ce jour, personne ne sait encore pourquoi il a fait ça, mais le pompier a eu de la chance. L'un des voisins du type regardait par son judas et a tout vu. Il a appelé le numéro d'urgence et a expliqué la situation au standardiste, puis aux policiers qui sont arrivés en premier sur les lieux. Les flics ont sorti leurs clés de menottes et l'ont sorti de là avant que ce ne soit trop grave.

Les filles restèrent toutes bouche bée face à son récit.

— Mais pourquoi dans ton pantalon ? demanda Finley

— Parce que dans ma chaussure c'est très bien mais si j'ai les mains menottées derrière moi, je ne pourrai pas les atteindre facilement. Surtout si je suis attachée à quelque chose. Mais par contre, je pourrais certainement atteindre la petite poche dans la ceinture de mon pantalon, dit Caryn en haussant les épaules.

— C'est très intelligent, dit Lilly.

— Impressionnant, acquiesça Bristol. Mais parfois on ne peut atteindre aucun de ces endroits.

Le silence s'installa dans la pièce alors que tout le monde se demandait quoi dire à leur amie, qui repensait manifestement à la fois où elle avait été captive il n'y a pas si longtemps.

Finley était assise à côté de Bristol sur le canapé et elle enroula un bras autour de ses épaules et se pencha vers elle.

— C'est vrai, dit Lilly. Et parfois tu n'es pas menottée, alors ça ne sert à rien d'avoir une clé.

Caryn se sentait terriblement mal, car ce qui avait commencé par être une remarque légère avait évolué vers une conversation qui avait replongé les deux femmes dans des souvenirs horribles de leur passé.

— Je pense que le plus important c'est de ne pas abandonner quand c'est la merde, dit-elle doucement. Que ce soit utiliser une clé de menottes, se battre avec nos poings et nos pieds, ou simplement utiliser notre cerveau pour faire ce qu'on peut pour rester en vie jusqu'à ce que les secours arrivent.

— Je suis totalement d'accord, dit Bristol. Quand je me suis fait mal dans les bois, je ne savais absolument pas si quelqu'un était à ma recherche, mais je n'ai pas abandonné. J'étais prête à me traîner jusqu'au départ du sentier s'il le fallait.

— Et moi j'ai couru dans les bois en sachant que même si je me perdais, Zeke me retrouverait, il fallait juste que je reste loin de mon ex assez longtemps pour qu'il renonce à me poursuivre.

— Je savais que je ne pourrais pas m'accrocher à cette corde pour toujours, mais il était hors de question que j'abandonne et que je laisse Joey gagner, dit doucement Lilly.

— Je suis la pire dans les situations stressantes, dit Finley. Je n'arrive même pas à gérer quand les clients me crient dessus. Je m'écroule comme un château de cartes. Je suis condamnée.

— Non, c'est faux, dit fermement Elsie. Je me disais la même chose sur moi, mais quand les choses se gâtent on trouve en soi la force de persévérer.

— Mon Dieu, on est un peu lugubres là, non ? dit Lilly en prenant une grande inspiration.

— Je suis désolée, je ne voulais pas plomber l'ambiance, dit Caryn.

— Mais non ! Et je pense qu'on devrait toutes coudre des petites poches dans nos pantalons pour être préparées nous aussi, dit Lilly d'un ton déterminé.

— Et il faudra qu'on fasse une grosse commande de clés de menottes ! dit Bristol avec un sourire.

— Je suis déjà sur le coup, murmura Finley en sortant son téléphone.

Caryn sourit. Elle aimait vraiment bien ces filles. Elles étaient naturelles, drôles et très fortes.

— Je n'ai jamais tenu une paire de menottes, songea Elsie à voix haute.

Caryn ne put s'empêcher de glousser, rapidement suivie par les autres.

— Je pense que Zeke pourrait probablement t'aider avec ce petit problème, dit Lilly.

— N'est-ce pas ? Il te montrera exactement ce que tu peux en faire, ajouta Bristol.

Caryn ne comptait surtout pas se joindre à la conversation, mais évidemment, elle fut impliquée malgré elle.

— Et toi, est-ce que Drew a sorti ses menottes pour te montrer ce qu'il a appris par le passé, Caryn ? demanda Lilly.

Sachant qu'elle rougissait sans pouvoir s'en empêcher, Caryn sourit.

— On ne sort pas ensemble depuis si longtemps.

— Ah, donc vous prenez votre temps. Ça ne m'étonne pas de Drew, dit Lilly.

— L'alchimie entre vous est plutôt torride, dit Elsie. Et je trouve ça mignon qu'il t'amène et te ramène ce soir.

Caryn ne pouvait pas nier que ça lui plaisait aussi.

— C'est juste que... les relations de couple n'ont pas vraiment marché pour moi par le passé et j'ai été un peu réticente à me lancer dans celle-ci... surtout que je n'ai pas encore de travail.

— Mais tu comptes *rester* ? demanda Finley.

— Oui, je vais rester, avoua Caryn.

Jusqu'à cet instant, elle n'avait été qu'à moitié convaincue par cette idée, même si elle l'avait déjà dit à son grand-père. Mais en étant assise ici actuellement, entourée de ces femmes qui l'avaient acceptée sans aucune hésitation, elle réalisa à quel point elle avait envie de rester à Fallport. Travail ou pas travail, elle avait envie de voir où les choses pouvaient aller avec Drew, d'être là pour son grand-père et de développer le genre d'amitiés dont elle avait toujours rêvé.

— Cool ! s'exclama Bristol.

— Tu vas postuler pour le poste de pompier ? demanda Elsie.

— J'imagine que oui vu la façon dont tu as sociabilisé avec les gars à la soirée cinéma, dit Bristol avec un sourire.

— Quoi ? Quels gars ? Qu'est-ce que j'ai raté ? demanda Lilly.

Caryn fut de nouveau gênée. Et d'une certaine manière, l'alcool dans ses veines et l'aisance qu'elle ressentait avec ces filles lui fit encore plus réaliser à quel point elle avait été horrible d'abandonner Drew.

— Ça allait pour lui, lui dit doucement Bristol. Je lui

jetais des coups d'œil de temps en temps et il te lâchait à peine du regard. Même quand Tony a grimpé sur ses genoux, il a continué de te surveiller, s'assurant que tu allais bien. Je suis sûre qu'au premier signe de malaise ou si l'un des gars avait tenté quelque chose, il serait venu marquer son territoire.

— Mais quand même, dit Caryn. Je suis sortie avec lui puis je l'ai abandonné pour passer du temps avec une bande de mecs. Ce n'est pas comme si j'avais eu envie de traîner avec eux en plus.

— Mais tu *veux* ce travail, dit Elsie. Et avoir l'esprit d'équipe en fait partie, je suppose, surtout pour un pompier.

— C'est vrai, acquiesça Caryn.

— Nos mecs sont possessifs et protecteurs, mais ce ne sont pas des connards, dit Lilly. Drew ne va pas te suivre à la trace comme un taré si tu te mets à parler à un autre gars. Mais il gardera un œil sur toi, encore plus que les autres, pour s'assurer que tu vas bien. C'est un peu ancré en lui avec son ancien travail.

— Je sais. Et ça ne me dérange pas. Je déteste juste qu'à ce moment-là, j'aie estimé qu'il était plus important de bavarder avec Paul Downs et ses amis avant que l'épisode ne soit diffusé plutôt que de passer du temps avec vous et Drew.

— Je ne crois pas que tu pensais que c'était plus important, dit Elsie avec diplomatie. C'était ce que tu devais faire à cet instant pour assurer ton avenir professionnel. Si tu n'as pas de travail, ce sera plus compliqué d'emménager ici, non ?

— Bien sûr.

— Alors, voilà, dit Elsie en haussant les épaules. Je suis bien placée pour savoir à quel point il est important de tracer son propre chemin. Peu importe comment ça évolue entre toi et Drew, tu veux pouvoir subvenir à tes besoins. Et si tu as besoin de prendre une heure pour passer du temps avec des gens qui pourraient être tes futurs collègues pour apprendre à les connaître, et qu'ils fassent de même, je pense que c'est plus qu'OK.

— Vous êtes très compréhensives. J'ai été impolie et je le sais.

— Peu importe, dit Elsie. Parfois, on est obligé d'être impoli pour faire ce qu'il y a de mieux pour soi.

Elle n'avait pas tort. Caryn sentit ses muscles tendus se relâcher.

— Vous êtes vraiment incroyables, les filles, lâcha-t-elle.

— Évidemment qu'on l'est, dit Lilly avec un sourire suffisant.

— Non, je veux dire… c'est juste que… zut, dit Caryn.

Ce fut Elsie qui se pencha et posa une main réconfortante sur la jambe de Caryn.

— On comprend. J'étais tellement occupée à travailler comme une folle pour subvenir à nos besoins avec Tony, que je n'avais ni le temps ni l'énergie de me faire de vrais amis. Mais j'ai appris qu'avoir quelqu'un sur qui compter, avec qui râler, avec qui rire est plus important que de gagner de l'argent.

— Pareil, dit Lilly. Je suis venue à Fallport en pensant que je n'allais être là que pour quelques semaines, mais la ville m'a aspirée et a complètement changé ma vie.

— Le fait que Sandra, quelqu'un qui venait à peine de me rencontrer, se soit inquiétée que je ne revienne pas au restaurant pour lui dire au revoir après ma visite m'a *littéralement* sauvé la vie, dit Bristol. À Kingsport, j'étais persuadée d'être une personne introvertie que ça ne dérangeait pas de ne pas avoir d'amis, mais je me mentais à moi-même. Pas sur le fait d'être introvertie. Je le suis toujours. Mais vous avoir comme amies était l'une des choses qui m'ont permis de tenir quand j'ai été kidnappée. Je savais que vous étiez là pour me chercher.

— Et moi je suis super timide, mais j'essaie de m'améliorer grâce à vous, mesdames, ajouta Finley.

— Merde, maintenant je pleure, dit Caryn avec un petit rire en essuyant les larmes sur ses joues.

— Non, on ne pleure pas ! s'exclama Lilly. On est des putains de dures à cuire qui peuvent tout affronter dans la vie.

Tout le monde rit.

— Et qui ont besoin de faire pipi, ajouta Elsie en se levant. Je reviens.

Elles éclatèrent à nouveau de rire et Caryn se détendit contre le canapé une fois de plus.

— Finley... est-ce qu'on peut parler de Brock ? demanda Bristol avec hésitation.

— Non, dit-elle en secouant la tête.

— Mais il t'aime bien ! dit Bristol.

Finley ricana.

— Non, certainement pas.

— *Si*, insista Bristol. Si tu lui donnais le moindre signe lui indiquant que tu étais réceptive, je pense que tu le trouverais aussi attentif que nos mecs.

— Ça n'arrivera pas, dit Finley. Et j'apprécie que tu essaies, mais c'est impossible qu'un gars comme Brock Mabrey s'intéresse à quelqu'un comme moi.

— Quelqu'un qui est une excellente pâtissière et qui est toujours gentille avec ceux qui entrent dans son commerce ? demanda Lilly. Je t'ai vue donner gratuitement de la nourriture à Davis plus d'une fois.

— Je suis grosse, dit Finley sans aucune gêne. J'ai toujours été en surpoids et je le serai toujours. J'aime trop la nourriture pour m'affamer et faire un régime : sans calories et sans sucre ? Impossible pour moi. Mais je suis bien avec moi-même. Je suis d'ailleurs mieux dans ma peau que je ne l'ai été depuis longtemps. Mais Brock... Brock est musclé et athlétique. Tous les gars de l'équipe RES le sont. Je ne pourrais pas suivre son mode de vie. Je n'ai rien contre la randonnée et la marche, mais je ne pourrai jamais aller à son rythme. Je vois bien les regards que me jettent les gens. J'entends bien leurs compliments détournés. « Tu as un si joli visage ». Comme si je ne comprenais pas qu'ils voulaient dire que mon visage est beau contrairement au reste de mon corps. Je ne vais pas imposer ça à quelqu'un comme Brock. Ni même à quelqu'un comme moi.

— C'est n'importe quoi ! dit Lilly, surprenant tout le monde avec sa véhémence. Brock s'en fiche de tes kilos en trop. Ce n'est pas ce genre de gars.

Finley soupira et observa le gobelet qu'elle tenait.

— Je le sais, dit-elle doucement.

— Alors pourquoi est-ce que tu ne cours pas après ce que tu veux ? demanda Bristol.

— De quoi vous parlez ? demanda Elsie en revenant des toilettes.

— Du fait que Finley veut Brock mais qu'elle est trop timide pour aller vers lui, résuma Caryn.

— Vous ne comprendriez pas, dit Finley d'un ton un peu désespéré.

— Alors, explique-nous, ordonna Lilly. Parce qu'on vous voit vous tourner autour sans oser vous approcher. Il te regarde tout le temps, te suppliant presque de lui faire signe que tu veux bien lui parler et quand ce n'est pas le cas, il s'en va – puis *tu* le regardes *partir* avec un air de chiot triste. Ça me tue.

— Il mérite mieux que moi, chuchota Finley.

— Il mérite une femme qui l'aimera de tout son cœur, rétorqua Lilly. Quelqu'un qui lui préparera ses desserts préférés, qui rigolera avec lui, qui le soutiendra quand il rentrera affamé et épuisé par une recherche. Qui lui fera une surprise en venant déjeuner avec lui au garage, qui n'a pas peur de tenir sa main pleine de cambouis et qui le soutiendra quand les gens le rabaisseront car il exerce un métier qu'ils méprisent.

— Quelqu'un lui a fait des reproches sur le fait d'être mécanicien ? demanda Finley, se redressant sur son siège. Pourquoi ? C'est complètement stupide ! Ils comptent réparer leurs voitures tous seuls quand elles tomberont en panne ? Probable-ment pas. Qui a dit quelque chose ? Je vais les bannir de la pâtisserie !

Tout le monde éclata de rire.

— Quoi ? Qu'est-ce qu'il y a de si drôle ? souffla Finley.

— Toi. Et tu es exactement la personne dont Brock a besoin, dit Bristol en lui faisant un doux sourire. Mais je vois bien que je t'ai mise mal à l'aise et ce n'était pas mon intention. La dernière chose que j'aimerais te dire, c'est... n'attends pas trop longtemps. Brock est un homme bon et serait un super petit ami. Si tu ne fais pas attention, quelqu'un d'autre finira par arriver et tu perdras tes chances.

Finley était silencieuse, perdue dans ses pensées et Caryn espérait vraiment qu'elle pourrait creuser en elle et trouver le courage de voir si cela pouvait fonctionner entre elle et Brock. Il avait l'air d'être un type sympa et il avait laissé Drew créer ce parcours d'obstacles derrière son garage. Elle les imaginait très bien ensemble, Finley et lui... si elle surmontait sa timidité en sa présence.

— Je crois que j'ai besoin d'un autre verre de ce truc à la tarte aux pommes, dit Bristol à Caryn.

Elle sourit et attrapa la bouteille qui était à côté de sa hanche.

— On lève nos verres, les filles ! s'exclama-t-elle.

Il était minuit passé lorsque tout le monde fut prêt à partir. Très tard pour Caryn, mais elle ne pouvait pas nier qu'elle avait adoré chaque minute passée avec les autres filles. Elles étaient drôles, complètement amoureuses de leurs hommes... et actuellement plus que pompettes.

Elles avaient parlé de leurs mecs, de l'équipe de recherche et de sauvetage de manière générale et de leurs récentes recherches, des récits sur tous ces sales types qu'ils avaient dû affronter durant leur temps dans l'armée, elles avaient parlé de leurs séries et films préférés, avaient rigolé, roté, et même pété une ou deux fois. Finalement, Caryn ne se souvenait pas de la dernière fois qu'elle s'était autant amusée ou quand elle s'était sentie aussi à l'aise avec un groupe de filles.

Lilly et Elsie appelèrent leurs copains, refusant que Rocky les ramène chez elles. Il était évident qu'elles avaient hâte de se retrouver seules avec leurs hommes, tout comme Caryn. Bristol avait invité Finley à rester dormir et elle était partie dans la chambre d'amis peu de temps avant que les gars n'arrivent.

Lorsque Drew vint toquer à la porte, il ne restait plus qu'elle et Bristol. Rocky nettoyait la cuisine sans même se plaindre, ce qui impressionna Caryn.

Bristol fut un peu chancelante sur son scooter de genou quand elle escorta Caryn jusqu'à la porte, mais Rocky se précipita pour se tenir derrière elle et la stabiliser. Elle serra fermement Caryn dans ses bras avant d'ouvrir la porte pour Drew.

— Elle est là et elle est prête pour toi ! déclara-t-elle d'un ton théâtral en l'accueillant.

Il rit et secoua la tête.

— Je vois ça.

— La tarte aux pommes qu'elle a ramenée était déficiente... non, attends... défifieuse... oh zut. Très bonne, dit Bristol d'un air triomphant.

Le regard chaud que Drew jeta à Caryn lui donna l'impression d'avoir les jambes en coton.

— Je ne savais pas que tu cuisinais, chérie.

— Je ne cuisine pas, lâcha-t-elle. Elle parle d'une liqueur. Clyde me l'a donnée.

Drew parut surpris pendant un moment, puis acquiesça.

— Ah, ça explique pourquoi tu vacilles et pourquoi Bristol a un petit problème de prononciation.

Bristol sourit.

— Ouaip.

Rocky passa un bras autour de sa taille.

— C'est l'heure d'aller au lit, je crois, dit-il.

— Ooooooh, oui, s'il te plaît, dit Bristol, regardant son fiancé avec des yeux scintillants.

Caryn détourna le regard pour ne pas voir le désir dans les yeux de sa nouvelle amie, gloussant.

— Assure-toi qu'elle boive un grand verre d'eau avant d'aller dormir, dit Caryn, avertissant Rocky.

— Je m'en suis déjà occupé, mais j'apprécie que tu veilles sur elle, dit-il.

Caryn haussa les épaules.

— C'est ce que font les amis.

Et sur ce, Bristol se jeta à nouveau dans les bras de Caryn et cette dernière fit de son mieux pour rattraper la petite femme.

— Doucement, dit Drew, s'avançant pour poser la main sur le dos de Caryn, lui offrant le soutien dont elle avait besoin pour ne pas tomber en arrière.

— Allez, il est l'heure de monter, dit Rocky alors qu'il faisait tourner Bristol et la soulevait.

— Merci de nous avoir invitées, lui dit Caryn.

Bristol se blottit contre Rocky.

— Il faut qu'on se refasse ça.

— Oui ! dit Caryn d'un air jovial, trébuchant en marchant vers la porte.

Mais une fois de plus, Drew fut là pour la stabiliser.

— Merci, dit Drew en levant le menton vers Rocky.

— Tu t'occupes d'elle ? demanda Rocky.

— Bien sûr.

Bien sûr. Comme si c'était évident. Le bonheur envahit Caryn. Drew enroula un bras autour de sa taille et l'aida à sortir de la maison. Il l'installa sur le siège passager de la Jeep et elle le regarda contourner le véhicule jusqu'au siège conducteur. Il grimpa dans la voiture et se tourna vers elle en souriant.

— Tu t'es bien amusée ?

— Oh oui.

— Tant mieux.

Puis, il démarra le moteur et roula jusque chez son grand-père. Le trajet fut bien trop court. Au moment où Caryn avait fermé les yeux et était sur le point de s'endormir, ils étaient déjà arrivés.

— Attends une seconde, dit Drew lorsqu'il se gara dans l'allée derrière la voiture de Caryn. Il courut jusqu'à sa portière et l'aida à descendre, gardant un bras autour de sa taille alors qu'il la guidait jusqu'à la porte. Il la déverrouilla avec sa clé et l'accompagna dans la maison comme s'il vivait ici, l'escortant jusqu'à sa chambre et l'asseyant sur le bord du lit.

— Change-toi, ordonna-t-il. Je reviens t'apporter de l'eau et de l'aspirine.

— Je vais bien, lui dit-elle.

— Et tu te sentiras encore mieux en ayant bu un peu d'eau pour diluer cette liqueur. Je ne savais pas que tu connaissais Clyde, ajouta-t-il.

— Ça t'énerve ? ne put-elle s'empêcher de demander.

Drew fronça les sourcils.

— Pourquoi je serais énervé ? Clyde est quelqu'un de bien. Change-toi, Caryn, ordonna-t-il. Si je reviens et que tu es à moitié nue, je ne sais pas ce que je ferai.

Elle lui sourit, contente qu'il semble apprécier Clyde. D'après elle, ce pauvre homme avait juste hérité d'une mauvaise réputation.

— Je ne suis pas sûre que ça m'incite à me changer, dit-elle avec honnêteté.

La flamme dans son regard lui fit resserrer les cuisses. Un éclair de désir la traversa. Elle voulait cet homme. C'était un mec bien, elle était prête à parier tout ce qu'elle avait.

— La première fois qu'on fera l'amour, ce ne sera pas quand ton grand-père sera à l'autre bout du couloir, probablement en train d'écouter à sa porte pour entendre ce qu'on dit. *Ou* quand tu es saoule. Quand on prendra ce chemin, on sera tous les deux complètement sobres et sûrs à cent pour cent de ce qu'on veut.

— Et qu'est-ce que tu veux ? chuchota Caryn.

— Une partenaire, dit-il sans hésitation. Et j'ai le sentiment que tu seras la meilleure partenaire que j'ai jamais eue. Allez, mets-toi au travail, dit-il d'un ton bourru avant d'effleurer sa joue rouge du dos de ses doigts et de quitter la pièce.

Il n'aurait pas pu lui dire quelque chose qui comptait plus pour elle. Elle avait toujours voulu un vrai partenaire mais n'en avait jamais trouvé. Et sachant que Drew avait probablement eu beaucoup de partenaires au fil des ans – au cours de sa carrière et de façon plus personnelle – et qu'il pensait toujours qu'elle pouvait être la partenaire idéale pour lui...Oui, elle était foutue.

Se relevant, Caryn fit passer son haut par-dessus sa tête et le laissa retomber par terre, se fichant de savoir où il atterrissait. Elle dut s'y prendre à plusieurs reprises pour dégrafer son soutien-gorge, mais elle parvint enfin à l'enlever et le laissa retomber lui aussi. Elle attrapa le débardeur avec lequel elle dormait habituellement et l'enfila. Puis, elle enleva son jean et sa culotte. Elle faillit tomber en enfilant le short pour garçon qu'elle portait au lit, mais se rattrapa au dernier moment. Elle se glissa sous les draps et la couverture, s'appuyant contre la tête de lit alors qu'on toquait doucement à la porte.

— C'est tout bon ? demanda Drew de l'autre côté.

— Oui.

Il ouvrit la porte, tenant un grand verre d'eau. Il s'assit sur le rebord du lit et le lui tendit. Sachant qu'il ne la laisserait pas s'en sortir comme ça, Caryn le prit – ainsi que le cachet d'aspirine qu'il lui tendit – et elle but autant qu'elle put.

— Merci, dit doucement Drew en lui reprenant le verre et en le posant sur la table de nuit à côté de son lit. Puis, il se pencha vers elle alors qu'elle s'abaissait contre le matelas. Il la regarda un long moment avant de passer une main dans ses cheveux.

— J'adore tes cheveux comme ça, dit-il doucement.

Caryn sourit.

— Merci. J'aime beaucoup les tiens aussi. Et ta barbe. Ça te va bien.

— On va bien ensemble, dit-il sans détour. J'imagine qu'on ne s'entraîne pas demain ?

Caryn fronça le nez et regarda le vieux radio-réveil sur la table de nuit.

— Hum... on peut peut-être le faire plus tard ?

— Pas de problème. Neuf heures ? Dix heures ?

Caryn acquiesça.

Drew gloussa.

— OK. Je viendrai et si tu ne le sens pas, on fera ça un autre jour.

— Il faut que je postule pour le poste de pompier demain. Et que j'aille au magasin. Et j'ai un livre sur lequel je dois travailler.

Elle ne savait même pas ce qu'elle disait. Elle était à l'aise et adorait qu'il soit juste au-dessus d'elle avec son odeur boisée dans ses narines.

— Sur lequel tu dois travailler ?

— Oui, oui, dit Caryn, ses yeux se fermant. Le dernier de Thomas Robertson. Je suis sa bêta-lectrice.

— Sérieux ?

Elle ouvrit les yeux face à l'air surpris de Drew.

— Ouaip. Je lis tous ses livres avant qu'il ne les envoie à son éditeur. Pour être sûre qu'il n'a pas fait de bêtises.

— Tu es pleine de surprises, dit Drew avec un sourire. Il est l'un de mes auteurs préférés et t'es en train de me dire que tu as ton mot à dire sur ce qu'il écrit ?

— Plus ou moins. Si on veut. Pas vraiment, dit-elle en haussant les épaules.

— Pas étonnant que je t'aime bien. Dors, Caryn. Je suis content que tu aies passé une bonne soirée. Et... tu es vraiment mignonne quand tu es pompette.

— Merci, dit-elle en fermant à nouveau les yeux.

Elle entendit son rire la traverser à nouveau, sentit ses lèvres chaudes sur les siennes, mais fut trop fatiguée pour faire autre chose que de gémir de contentement sous lui. Il l'embrassa sur le front, puis le matelas bougea lorsqu'il se releva.

— Bonne nuit, chérie.

— Bonne nuit.

Elle s'endormit avant même que la porte ne se referme derrière lui.

CHAPITRE DOUZE

Drew ne pouvait pas s'empêcher de sourire en se rappelant à quel point Caryn était adorable la veille. Elle l'avait appelé quand les filles avaient terminé leur soirée chez Bristol et il avait déjà franchi le pas de sa porte avant même qu'elle n'ait fini de parler. Il avait attendu d'avoir de ses nouvelles toute la soirée, impatient de savoir si la soirée s'était bien passée. Mais ça avait été plus qu'évident, lorsqu'il avait vu à quel point elle et Bristol étaient proches, que la soirée s'était mieux passée qu'*il* ne l'aurait cru.

Il n'avait eu qu'une envie, c'était d'accepter cette invitation qu'il avait lue dans ses yeux quand ils s'étaient retrouvés dans sa chambre. Mais hier soir, ce n'était ni le lieu ni le moment. Cependant, c'était pour bientôt. Et il avait hâte.

Ça avait été un choc d'apprendre qu'elle était la bêta-lectrice de Thomas Robertson. Cet homme était un génie des mots et le fait de savoir que Caryn jouait un rôle dans le processus d'édition était stupéfiant. Cette femme l'impressionnait de plus en plus chaque jour.

Il toqua chez Art à dix heures pile et hocha la tête vers le vieil homme quand ce dernier ouvrit.

— Salut, Art. Comment tu te sens aujourd'hui ?

— Bien, bien. Mais je suppose que la question, c'est comment va *Caryn* aujourd'hui ?

Drew rit.

— Pas très en forme, j'imagine ? demanda-t-il alors qu'Art lui faisait signe d'entrer.

— On peut dire ça. Je lui ai dit de ne pas apporter la liqueur de Clyde, mais elle ne m'a pas écouté, dit Art en reniflant. Tant pis pour elle. Ce truc est puissant.

— Mais plutôt bon, d'après ce que j'ai entendu, dit Drew.

— Très bon. Cet homme est un génie. Distant, grognon et il se méfie de tous ceux qui s'approchent de ses terres, mais il est très doué dans ce qu'il fait.

Drew acquiesça, mais il était focalisé sur Caryn.

Elle était assise à la petite table de cuisine d'Art, un verre de café et de jus d'orange devant elle ainsi qu'une assiette contenant une tranche de toast grillé. Il sourit.

— Pas un mot, Drew, grogna-t-elle sans même lever les yeux.

Son sourire s'élargit, mais il fit ce qu'elle lui demandait et ne dit rien en tirant une chaise à côté d'elle pour s'asseoir.

— Bonjour, dit-il tranquillement.

— Je ne boirai plus jamais, dit-elle doucement, levant enfin les yeux vers lui.

— C'est ce que disent tous ceux qui ont la gueule de bois après avoir passé la nuit à boire.

— Je ne suis juste pas douée pour ça, se plaignit-elle.

— Ce n'est pas une mauvaise chose, lui dit Drew en lui prenant la main.

Il caressa doucement le dos de celle-ci avec son pouce.

— Tu étais vraiment mignonne hier soir.

Caryn leva les yeux au ciel.

— C'est ça. Mignonne. Ce que toutes les femmes veulent entendre.

Jetant un coup d'œil vers le salon, Drew vit qu'Art ne prétendait pas ne pas les écouter. Drew devrait donc attendre avant de lui dire à quel point cela avait été difficile de la laisser seule dans son lit.

— Du coup... Thomas Roberston ? demanda-t-il plutôt.

— Je me souviens vaguement t'en avoir parlé, dit-elle en prenant une gorgée de son café.

Art entra lentement dans la cuisine en disant :

— Caryn est son bras droit. Il lui envoie ses manuscrits après avoir terminé de les écrire – apparemment, il est très mauvais en orthographe. Bref, elle les lit et lui dit ce qui fonctionne et ce qui ne fonctionne pas. Dans *Diver Down*, son dernier bestseller, tu sais, celui qui va être adapté en film ? Elle m'a raconté qu'au départ, le héros avait découvert l'identité du méchant au tout début du livre, mais que, grâce à sa suggestion, Thomas a annulé cette idée et a modifié pratiquement toute l'intrigue pour qu'il ne découvre l'identité du type que juste avant l'énorme fusillade de la fin.

Drew n'avait pas encore lu le livre en question, mais il faisait partie de sa pile de lecture.

— Ah oui ? dit-il. Comment t'as fait pour te retrouver dans un truc comme ça ?

Caryn haussa les épaules et lui raconta une histoire d'incendie dans une librairie où il faisait une dédicace et comment il lui avait demandé si elle pouvait l'aider car il écrivait un livre avec un pompier comme protagoniste.

— Les choses ont progressé à partir de là. J'aime lire et ses livres sont très bons. Même si ce n'est pas de la romance.

Drew sourit face à sa remarque puis lui demanda :

— Est-ce que tu es payée pour ça ?

C'était probablement impoli de sa part, mais il ne pensait pas que sa question dérangerait Caryn.

— Oui. Il m'envoie environ cinq mille dollars pour chaque livre que je relis pour lui. C'est trop, mais il refuse de m'écouter quand je lui dis d'arrêter de m'envoyer autant, dit Caryn.

— Il lui a même demandé si elle voulait faire la même chose pour certains de ses amis qui sont super jaloux qu'il n'ait ma Caryn que pour lui, mais elle n'arrête pas de lui dire qu'elle n'a pas le temps.

Drew haussa les sourcils.

— T'es en train de me dire que tu es payée cinq mille dollars pour relire un livre et écrire quelques notes à son sujet – et que tu pourrais obtenir la même somme avec d'autres auteurs sauf que tu as refusé ?

— C'est plus qu'écrire quelques notes, protesta-t-elle. Qu'est-ce qu'on fait aujourd'hui pour notre entraînement ?

Elle voulait clairement changer de sujet, mais plus Drew y pensait, plus il se demandait pourquoi elle ne sautait pas sur l'occasion de gagner plus d'argent en faisant ce qu'elle aimait... Lire. Évidemment, elle aimait aussi être pompière, mais ce serait un bon travail de substitution pour elle.

— Ça te dit de faire une randonnée sur le sentier de Barker Mill ce matin ?

Elle soupira de soulagement.

— Oui.

Le sentier de Barker Mill n'était pas trop difficile. Il s'était dit que ça lui ferait du bien de sortir et de faire circuler son sang, mais que la course d'obstacles serait probablement trop difficile pour elle, vu sa gueule de bois. Et même la course à pied lui ferait mal à la tête. La dernière chose dont Drew avait envie, c'était de la faire souffrir.

Caryn prit son café et but une longue gorgée, puis s'appuya sur la table pour se redresser et dit :

— Je suis prête à partir.

En vingt minutes, ils se retrouvèrent sur le sentier où Drew lui expliquait quelles étaient les réactions les plus courantes des personnes dans les bois.

— Je crois que la plupart du temps, on apprend aux gens à rester là où ils sont quand ils se perdent, mais souvent, leur première réaction est de courir. Ils ont une montée d'adrénaline et sont certains de pouvoir retrouver le chemin de la maison ou du sentier. Mais avant même qu'ils ne s'en rendent compte, ils se sont encore plus perdus et se sont éloignés du dernier endroit qu'ils connaissaient. Et de nos jours, les gens sont également trop dépendants de la technologie. Ils pensent qu'il leur suffit de passer un coup de fil pour être secourus. Il y a tellement d'endroits le long du sentier des Appalaches où il n'y a pas du tout de réseau. Même la technologie GPS peut tomber en panne. J'aimerais que tous ceux qui partent en randonnée apprennent simplement à utiliser une boussole. S'ils relevaient un cap au départ de la randonnée, ils seraient capables de retrouver leur chemin. Tu sais comment utiliser une boussole ? demanda Drew.

— Oui.

Drew sortit sa boussole et la lui tendit. Il prit ensuite à gauche et s'éloigna du sentier. Caryn le suivit.

Vingt minutes plus tard, après avoir tourné en rond et fait de son mieux pour la perdre, il lui dit :

— OK, ramène-nous au sentier. Ou au parking. Fais en sorte qu'on ne soit plus perdus.

Il fut impressionné lorsqu'elle hocha simplement la tête et baissa les yeux vers la boussole dans sa main. Ils retrouvèrent le sentier de départ en dix minutes.

Drew lui sourit.

— Tu ne pensais pas que je pourrais le faire, hein ?

— Je n'étais pas sûr, dit-il en haussant les épaules.

— Grand-père m'a appris tout ce qu'il savait sur les bois quand j'étais petite. Ses leçons sont restées.

— Comme quoi ? Qu'est-ce qu'il t'a appris d'autre ?

— Que si je me perds, il faut que je reste là où je suis, comme tu l'as dit. Je sais comment faire un feu avec la poudre d'une balle, avec une batterie, une loupe et en utilisant la sève d'un balsamier comme combustible. Il m'a expliqué que si le fait de rester là où j'étais ne fonctionnait pas, si personne ne vient, il faut trouver une source d'eau et suivre le courant. Un ruisseau devient un cours d'eau, qui devient un lac ou une rivière. Ça finira par mener à des routes, des camps ou des gens.

— Tu es déjà bien plus informée que beaucoup des membres de l'équipe de RES, lui dit Drew. J'ai parlé à Ethan et la prochaine fois qu'on nous appellera, on aimerait que tu viennes avec nous... si tu veux vraiment te joindre à l'équipe.

Caryn s'arrêta net au milieu du sentier et le regarda bouche bée.

— Sérieux ?

— Oui.

Il adora ce sourire sur son visage.

— Génial !

— Oui. Tu devras rester en binôme avec l'un de nous pendant un moment, par sécurité et pour qu'on puisse te former.

— Aucun problème. Merci beaucoup.

— Non, merci à *toi*. Nous avons besoin de toute l'aide qualifiée que nous pouvons obtenir.

Ils continuèrent à marcher, puis, au bout d'un moment, Drew lui dit :

— Je me suis posé la question, et tu n'es pas obligée de me répondre si tu n'as pas envie, mais tu peux me dire pourquoi tu passais tous tes étés ici avec Art ?

Pendant un moment, il ne fut pas sûr qu'elle lui réponde. Au moment où il fut sur le point de s'excuser d'avoir été indiscret, elle prit la parole.

— Je t'ai expliqué que ma mère n'était pas une bonne personne. Je n'exagérais pas. Elle tombait rapidement amoureuse de tous les hommes qu'elle rencontrait. Je ne me souviens même plus de tous les prénoms des gars avec qui elle est sortie quand j'étais enfant et adolescente. Je crois qu'elle s'est mariée environ dix fois – honnêtement, j'ai perdu le compte. Parfois, c'était littéralement juste pour quelques mois. Et chaque fois, c'était la même chose. Elle passait tout son temps avec eux et leur donnait toute son énergie jusqu'à ce qu'ils l'énervent, puis elle piquait des crises et me disait à quel point ces hommes étaient horribles. Ce qui n'était pas vrai. Certains de ces hommes étaient en fait super gentils. Mais quand elle rompait avec eux, c'était fini. Je ne les voyais plus jamais. Et pendant qu'ils étaient ensemble, elle m'ignorait complètement. Elle m'envoyait chez son père tous les étés parce qu'elle ne supportait pas de *m'avoir dans les pattes*, comme elle disait. Elle voulait être seule avec ses mecs et ne pas avoir à se soucier de toutes les responsabilités liées à l'éducation d'un enfant. Quand j'étais avec elle, je faisais de mon mieux pour ne pas attirer son attention, pour être honnête. Même si elle pouvait être très douce par moment, surtout devant les hommes, elle pouvait aussi être incroyablement agressive. Pas physiquement, mais émotionnellement. Les étés étaient mon échappatoire. Ici, je pouvais être moi-même. Libre. Et je ne veux pas dire que je ne devais pas obéir aux règles. Art était sévère. Je ne pouvais pas courir partout quand je voulais. J'avais des corvées et il attendait de moi que je sois polie et que je ne cause pas de problèmes. Je faisais tout ce que demandait Art parce qu'à vrai dire, *j'aimais bien* les règles. Elles me faisaient me sentir aimée, comme si je comptais pour lui... et je ne me sentais clairement pas aimée quand j'étais avec ma mère. Je voulais emménager à Fallport de façon définitive, mais maman ne voulait pas perdre totalement le contrôle. Elle ne m'aimait pas, mais elle aimait m'utiliser pour qu'on ait de la compassion pour elle.

— Ça m'a l'air complètement tordu, dit Drew quand elle s'arrêta.

Caryn rit, mais son rire était amer.

— Effectivement, acquiesça-t-elle. Mais Art était mon sauveur. Il m'a fait comprendre que l'on pouvait m'aimer. Que ma mère était malade, abimée, cinglée... peu importe le terme. Il était complètement consterné par ce que sa fille faisait à son unique enfant.

— Comment tu as fait pour t'en sortir ?

— J'ai eu mon diplôme d'études secondaires.

— Donc tu n'as pas *vraiment* pu partir, dit Drew d'une voix crispée.

— Ne te sens pas désolé pour moi, lui dit-elle. Je ne suis pas la seule enfant qui a eu une enfance difficile. C'est ce que tu fais de ta vie après les moments difficiles qui compte. Pas les moments difficiles en eux-mêmes.

— Complètement vrai. Tu es incroyable, Caryn.

Elle prit une grande inspiration.

— La plupart du temps j'ai l'impression que je garde à peine la tête hors de l'eau, avoua-t-elle doucement.

Drew glissa un doigt sous son menton et lui releva la tête pour qu'elle le regarde.

— Je sais que c'est ce que tu ressens, mais ce n'est pas vrai. Tu as fait un sacré travail. Tu aurais pu prendre un chemin totalement différent, devenir amère, commencer à prendre des drogues, te tourner vers une vie de criminelle, ou faire exacte- ment ce que ta mère a fait... aller de mec en mec, recherchant désespérément l'amour... mais tu ne l'as pas fait.

Elle tendit la main et enroula les doigts autour de son poignet et le tint fermement. Puis, elle le surprit en passant son autre bras autour de lui en s'avançant vers lui. Elle le serra contre elle et Drew lui rendit son étreinte alors qu'ils se tenaient au milieu du sentier dans les bois. Ils se parlèrent sans dire un mot. C'était l'un des moments les plus intimes qu'il ait jamais partagés avec une femme. Il avait vu des gens dans les pires circonstances de leur vie. Accidents de voiture, abus domestiques, après avoir été poignardé ou qu'on leur a tiré dessus, certains défoncés à cause de la drogue. Il avait dû réconforter des enfants dont les parents se hurlaient dessus et avait tenu la main d'autres enfants qui étaient morts de trouille à cause de situations dans lesquelles les avaient mis des adultes.

Mais rien ne le touchait plus que la femme qu'il tenait dans ses bras, se tournant vers lui pour obtenir du réconfort. Le fait de connaître un peu l'enfer que Caryn avait traversé étant enfant lui permettait de la respecter et de l'admirer encore plus.

Elle se ressaisit rapidement et s'écarta. Mais sans rompre leur étreinte.

— Je ferais tout pour Art. Il est la figure paternelle que je n'ai jamais eue en grandissant. Sans lui, je serais probablement dans l'une de ces situations que tu as mentionnées. Il m'a gardée sur le droit chemin et m'a fait comprendre qu'on pouvait m'aimer et que j'avais de la valeur.

— Où est ta mère en ce moment ? demanda Drew d'une voix grave.

Elle leva la tête vers lui pour le regarder.

— Pourquoi ? Tu vas aller lui en coller une ?

Drew ne put s'empêcher de rire.

— Quoi ? Non !

Il n'allait peut-être pas la frapper, mais il allait s'assurer qu'elle comprenne qu'elle ne devait plus jamais chercher à contacter Caryn. Qu'elle n'existait plus aux yeux de Caryn. Et que si elle ressentait l'*envie* de retrouver sa fille, elle le regretterait.

Caryn le regarda longuement avant de soupirer.

— Pour te rassurer et te faire gagner du temps pour que tu n'essaies pas de la retrouver, elle est morte. L'un des types avec qui elle sortait en a apparemment eu marre de ses conneries et lui a tiré dessus.

Drew n'aimait pas cette femme, même s'il ne l'avait jamais rencontrée, mais il eut tout de même immédiatement un pincement au cœur pour Caryn.

— Je suis désolé.

— Moi non. Comment on dit déjà ? On récolte ce que l'on sème ?

— Je suis désolé qu'*elle* soit passée à côté d'une fille si extraordinaire, dit doucement Drew.

Elle lui sourit.

— Merci.

— Je ne te raconte pas d'histoires, Caryn. Je suis sérieux.

— Je le sais. Et *toi*, comment tu fais pour être si incroyable ? demanda-t-elle.

— Je n'ai rien de spécial, dit-il en secouant la tête.

Elle leva les yeux au ciel.

— Bien sûr. On peut reparler d'hier soir ?

— Quoi hier soir ?

— Je t'ai pratiquement dit que j'avais envie de toi... et tu n'as toujours pas tenté quoi que ce soit.

— Je te l'ai déjà dit, chérie, répondit Drew. Quand on fera l'amour, je n'ai pas envie de m'inquiéter qu'Art nous entende. Quand tu crieras mon prénom, j'ai envie de pouvoir l'apprécier.

Elle sourit.

— Tu as tant confiance que ça en tes capacités ?

— Oui.

Et c'était vrai. Cela faisait longtemps qu'il n'avait pas été avec une femme, mais il n'avait pas eu beaucoup de plaintes par le passé. L'une de ses choses préférées, c'était de faire perdre toute inhibition à une femme. Il n'y avait rien de plus agréable que de faire en sorte que sa partenaire se sente sexy et confiante. Puis de la regarder avoir un orgasme en sachant que c'était *lui* qui l'avait provoqué.

Le sourire de Caryn s'estompa alors qu'elle l'étudiait du regard.

— Tu pourrais me briser, Drew, dit-elle au bout d'un moment.

— Jamais, jura-t-il.

Elle déglutit avec difficulté.

— J'ai peur.

— De moi ? demanda-t-il, consterné.

— De trouver enfin ce que j'ai désiré toute ma vie et de réaliser que ce n'est qu'un mirage. Qu'avoir un vrai partenaire... quelqu'un avec qui je peux tout partager, et qui fait de même avec moi... n'est pas vraiment possible.

Drew glissa sa main de sa taille à sa nuque et la serra fort en disant :

— J'ai eu vingt-deux partenaires durant ma carrière d'officier.

Elle cligna des yeux.

— Vingt-deux ?

— Oui.

— Pourquoi ?

Il soupira et laissa retomber sa main.

— Peut-être parce que j'étais moi-même un partenaire de merde.

— Euh – *certainement pas*. Pourquoi ?

Il aimait qu'elle soit si prompte à le défendre.

— Honnêtement ? Je ne sais pas trop. Plusieurs facteurs, probablement. Le stress du métier. Parce que je ne supportais pas les erreurs et que je n'hésitais pas à donner mon avis de façon brutale sur les actions des autres. Je n'avais pas peur de me défendre, moi et les citoyens pour lesquels je travaillais. Je travaillais extrêmement dur, je ne passais pas vingt minutes de plus au dîner quand il fallait répondre à des appels. Je ne parlais pas beaucoup au travail, je préférais rester discret et observer ce qui se passait autour de moi.

C'était facile de travailler avec moi, je le sais. Et pourtant, il n'y a pas un seul de mes partenaires avec qui je me suis bien entendu. Donc... j'ai les mêmes craintes que toi concernant les partenaires.

Elle le regarda pendant une seconde, puis sourit.

— On fait la paire toi et moi, hein ?

Il lui rendit son sourire.

— C'est peut-être pour ça qu'on va si bien ensemble. Et pour info... hier soir, quand j'ai dû partir sans pouvoir te toucher, c'était la chose la plus dure que j'ai faite. Mais je savais que si je commençais quelque chose, je ne pourrais plus m'ar-rêter. Je t'aurais sous moi, ma queue en toi avant même qu'on ne comprenne ce qui nous arrive. Mais jamais je ne te manque-rais de respect en te prenant sans avoir ton consentement total. Et jamais quand ton grand-père pourrait nous entendre.

Caryn frissonna.

— Il n'est pas là actuellement, dit-elle.

Drew la regarda avec intensité.

Elle lui fit un sourire malicieux.

— Je ne dis pas que j'ai envie de me mettre toute nue avec toi là, tout de suite, parce que... c'est sale et il y a des insectes. Mais je ne suis pas contre un baiser.

Sans dire un mot, Drew écrasa ses lèvres contre les siennes. Il ne lui laissa pas le temps de changer d'avis, ne réfléchit pas à ce qu'il faisait. Il savait seulement que s'il ne goûtait pas cette fille tout de suite, il allait exploser en mille morceaux.

Ils s'embrassèrent au milieu du sentier durant ce qui sembla être une éternité. Drew dut lutter pour s'écarter. Il se lécha les lèvres et goûta son baume à lèvres parfumé.

— S'il te plaît, dis-moi que je vais bientôt te voir tout nu, dit-elle.

Il aurait dû se douter que sa Caryn ne serait pas timide.

— Oui, dit-il, répondant de façon courte et précise.

— Tant mieux. Maintenant... comme ça m'excite de t'em-brasser et qu'être excitée dans les bois quand on ne peut rien faire pour y remédier c'est plutôt nul, que dirais-tu de m'en apprendre plus sur la recherche des personnes disparues, puis tu me ramèneras chez Art et on prendra un petit déjeuner tardif. Je meurs de faim tout à coup.

— Plus de gueule de bois ? demanda Drew.

— Non. Pas même un petit mal de tête. Tes baisers sont un remède miracle.

Il gloussa.

— Je pense que tu peux plutôt remercier l'air frais, l'exercice et ton métabolisme, pas moi.

— N'importe quoi, dit-elle en haussant les épaules. Du coup, vous retrouvez souvent les gens près de l'endroit où ils ont été vus pour la dernière fois ou à des kilomètres de là ?

Heureux de parler de ses expériences et de ce qu'il fallait surveiller durant une recherche, Drew les ramena jusqu'au départ du sentier et au parking. Son rythme cardiaque devint un peu erratique lorsqu'elle lui prit la main. Il enroula les doigts autour des siens et continua de parler.

Tout ça était parfait.

Ils allaient parfaitement ensemble.

Il ferait tout pour nourrir et protéger cette flamme qui étincelait entre eux.

CHAPITRE TREIZE

On était vendredi soir et Caryn était nerveuse. Elle n'avait pas prévenu Drew ni aucune de ses copines de ses projets pour ce soir. Elle savait que c'était probablement le signe qu'elle ne devait pas y aller, mais elle ne pouvait pas renoncer à l'idée de rejoindre l'équipe. Et si retrouver Paul et ses amis à la Cave pouvait augmenter ses chances d'obtenir le poste au DIF, elle le ferait.

Elle n'avait pas l'intention de rester longtemps. Elle s'y rendrait, saluerait Paul et ceux qui seraient présents puis repartirait.

Tout se passait tellement bien avec Drew que c'en était presque effrayant. Elle l'aimait bien. Beaucoup même. Assez pour lui parler de sa mère, chose qu'elle ne faisait jamais. Elle n'imaginait personne à qui elle aurait pu parler de son enfance et de sa mère. Pas même à son ex. Mais Drew ne la jugeait pas et elle n'avait pas pu s'empêcher d'apprécier à quel point il s'était énervé pour elle. Si sa mère n'avait pas été morte, Caryn était certaine que Drew se serait servi de ses contacts pour la retrouver. Elle n'avait aucune idée de ce qu'il aurait fait une fois qu'il l'aurait retrouvée, mais sa mère n'aurait probablement pas apprécié de le rencontrer.

Il était dix heures du soir et Caryn avait déjà parlé à Drew. Ils avaient prévu de ne pas faire de sport demain et de se retrouver au Sunny Side Up pour le petit déjeuner. Puis, il avait rendez-vous avec Bristol concernant les investissements qu'il voulait lui faire envisager. Caryn avait accepté de venir avec lui chez Rocky et Bristol et de tenir compagnie à sa copine pendant que les garçons travaillaient dans la grange. Ils voulaient tout terminer avant le mariage d'Halloween qu'Ethan et Lilly organisaient et qui était dans moins de deux mois.

Elle s'était habillée de façon confortable avec un jean, ses baskets préférées et au lieu d'un T-shirt, elle avait mis une blouse noire avec un col en V qui lui resserrait la taille. Il y avait un peu de dentelle au niveau de l'encolure et des manches courtes. Elle s'était toujours sentie jolie dans ce chemisier et avait réalisé qu'elle avait besoin de ce petit boost de confiance en elle pour survivre à cette soirée.

Son grand-père était parti se coucher il y avait environ une heure, alors Caryn sortit de la maison aussi silencieusement que possible pour ne pas l'avertir de son départ. Ce n'était pas qu'elle ne voulait pas qu'il sache où elle allait, mais plutôt qu'elle savait qu'il ne serait pas d'accord. Il lui avait très claire-ment fait comprendre ce qu'il pensait de Paul Downs et de ses amis... et ça n'avait rien de positif.

Caryn ferma silencieusement la porte derrière elle et s'avança jusqu'à sa voiture. Même si la place n'était pas loin de chez Art, elle avait été trop conditionnée par les dangers de la vie à New York pour s'aventurer dehors seule la nuit. Comme disait toujours son chef : « Il ne se passe jamais rien de bon après deux heures du matin. » Et il n'avait pas tort. C'était géné-ralement là qu'on les appelait pour les accidents les plus affreux. Overdoses, accidents de voiture à cause des chauffards ivres, viols...

Il ne fallut pas longtemps à Caryn pour se garer derrière la salle de billard sur la place centrale. En revanche, elle mit plus de temps à s'encourager avant de quitter sa voiture pour entrer dans le bâtiment. Elle vit immédiatement Paul, Dennis, Lou, George et Oscar.

Elle afficha un grand sourire et les rejoignit alors qu'ils étaient rassemblés autour d'une table de billard, saluant l'équipe... et espérant que tout se passerait bien.

Moins d'une heure plus tard, Caryn était complètement abattue.

Elle avait accepté de jouer une partie de billard et avait fait de son mieux pour ignorer les commentaires inappropriés de la part des hommes qu'elle était censée apprendre à connaître et des autres clients du bar. Personne ne l'avait défendue ni dit aux autres hommes d'aller se faire foutre et de la laisser tranquille. Ils se contentaient de rire lorsqu'un ivrogne après l'autre faisait des remarques sur ses fesses chaque fois qu'elle se penchait pour tirer sur la table de billard. Elle aurait dû se défendre, mais elle sut instinctivement qu'ils se moqueraient d'elle parce qu'elle n'avait pas « d'humour ».

Elle avait également réussi à se faire embarquer dans l'idée qu'elle pouvait boire autant de shots d'alcool que les gars.

Lou avait apporté un plateau de verres à shot à leur table et quand elle avait refusé, Paul avait commencé à insister. Insinuant carrément que si elle ne pouvait pas boire quelques verres avec son équipe, ils ne pourraient jamais lui faire confiance pour assurer leurs arrières durant leur service. Les deux choses n'avaient rien à voir l'une avec l'autre, mais elle avait pris son courage à deux mains. Elle s'était dit qu'elle pouvait prendre un shot ou deux, puis partir.

Mais ce n'était pas ce qui s'était passé. Elle s'était retrouvée à en boire un, puis deux, puis quatre. L'alcool la faisait vaciller. Chaque fois qu'elle essayait de refuser un autre shot, l'un des gars commençait à se moquer d'elle...

Elle n'était pas capable de traîner avec « les grands ».

Elle n'était pas aussi forte que ce qu'ils pensaient.

Elle pleurnichait comme une fille.

Elle leur aurait bien dit d'aller se faire voir. Elle aurait dû lever les yeux au ciel et leur dire que la tolérance à l'alcool n'avait rien à voir avec le fait d'être un bon pompier. Mais elle ne l'avait pas fait. Elle fit ce qu'elle avait toujours fait... se soumettre de façon pathétique tellement elle voulait être intégrée. Elle ignora son bon sens et se laissa ridiculiser en capitulant. Elle détestait cette partie d'elle. Elle se détestait de vouloir être aimée, de vouloir désespérément faire partie du groupe.

Ce ne fut qu'après son cinquième verre qu'elle comprit que tout ça n'était qu'un coup monté. Une sorte de bizutage.

Dennis passa un bras autour de ses épaules et lui dit :

— Pour une nana, t'as tenu le coup plus longtemps que ce qu'on aurait cru. Après tout, tu feras peut-être l'affaire.

Et ce petit compliment sournois suffit à ce qu'elle s'entête. Dans son esprit de plus en plus confus, elle *y arrivait*. Elle les impressionnait.

Alors elle prit un autre verre. Puis un autre.

Au bout de son septième verre, elle pouvait à peine tenir debout, mais tout le monde souriait et ritit, alors elle fit de son mieux pour continuer la partie de billard qu'elle jouait. Sauf qu'elle n'arrivait plus à frapper la balle. Après avoir raté trois fois, Oscar lui prit la queue de billard des mains d'un air renfrogné.

Lorsqu'il s'éloigna pour remettre la queue sur le support mural, Paul s'approcha d'elle.

— Fais pas attention à lui, il est juste énervé que tu t'entendes si bien avec nous, lui dit-il.

Caryn fronça les sourcils. Elle avait cru qu'Oscar était un mec bien. Elle ne comprenait pas pourquoi il paraissait soudain énervé.

Paul enroula un bras autour de ses épaules.

— T'es pas si mal, Buckner.

Son compliment la fit se sentir bien... mais aussi mal à l'aise. Elle ne savait pas vraiment pourquoi. À vrai dire, elle ne savait pas vraiment ce qu'elle faisait, là, tout de suite.

Dennis plaça un autre verre dans sa main.

— Encore un, insista-t-il.

Caryn secoua la tête. Elle en avait eu plus qu'assez. Mais Dennis insista et lorsque Paul, Lou, Dennis et George burent leurs verres cul sec, elle fit automatiquement la même chose.

Elle ne vit pas Oscar jeter un regard noir à ses coéquipiers et s'éloigner de la table de billard d'un pas lourd pour aller au fond du bar.

Peu de temps après, elle ne savait absolument pas quelle heure il était, seulement qu'à un moment donné, l'un des gars l'avait assise sur une chaise. Elle les regarda jouer au billard tout en appuyant sa tête contre le mur. Elle ne comprenait pas pourquoi désormais tout le monde l'ignorait alors qu'ils avaient fait ami-ami avec elle tout à l'heure, mais comme la pièce tournait autour d'elle, elle s'en fichait un peu.

Finalement, une fois qu'elle fut à moitié endormie, Paul se pencha soudain au-dessus d'elle. Il leva les yeux au ciel.

— Je savais bien qu'une gonzesse ne pourrait pas tenir l'alcool, se moqua-t-il.

Caryn eut envie de protester. De lui dire que *personne* n'aurait pu encaisser autant de shots qu'elle. Mais les autres gars l'avaient fait et ils avaient l'air d'aller bien.

— Allez, viens, on va te ramener chez toi, lui dit-il. Tu ne devrais pas conduire dans cet état.

Soulagée que la soirée soit terminée, Caryn hocha simplement la tête. Elle se leva et trébucha immédiatement. Personne ne prit la peine de l'aider et elle tomba sur les fesses. Lou, Dennis, George et Paul rigolèrent tous aux éclats alors qu'elle les regardait d'un air absent depuis le sol.

— Pas sûr que ce jeu de jambes t'aide à décrocher le poste, plaisanta George.

— Ma grand-mère a plus d'équilibre que toi, ajouta Dennis.

— Comment tu crois pouvoir porter l'appareil respiratoire autonome et tout le matériel dont on a besoin si tu n'arrives même plus à te lever après un verre ou deux ? dit Lou.

Paul se contenta de la regarder et elle lut la satisfaction dans ses yeux.

Il se moquait d'elle. Ils se moquaient tous d'elle.

L'humiliation l'envahit. Elle ne comprenait pas bien ce qui se passait. Pourquoi n'étaient-ils pas aussi saouls qu'elle ? Elle savait qu'elle ne tenait pas très bien l'alcool, mais peut-être qu'elle n'était pas à leur *niveau*. Elle fut soudain désespérée.

Paul la fixa encore une seconde de plus avant de tendre la main et de l'attraper par les biceps, la redressant.

— T'as besoin que je te porte ? lui demanda-t-il.

Caryn secoua rapidement la tête. La dernière chose dont elle avait envie, c'était de se taper la honte en se faisant porter hors de La Cave. Surtout par l'un des hommes qu'elle essayait d'impressionner, sans succès.

— Je peux marcher, dit-elle.

Peut-être, se dit-elle mentalement.

Elle parvint à marcher, mais seulement parce que Paul lui tenait fermement le bras. Elle tituba jusqu'à la porte sans se soucier des regards inquiets ou désapprobateurs des clients qui étaient encore dans le bar et qui la regardaient partir.

Dennis les précéda en trottinant pour aller chercher sa voiture.

— Il ne devrait peut-être pas conduire non plus, dit-elle avec difficulté.

— C'est un homme. Il tient bien l'alcool, lui, répondit Paul.

Sa pique fit mouche. La rapidité à laquelle le métabolisme de quelqu'un stabilisait l'alcool n'avait rien à voir avec le genre de pompier qu'il était, mais Caryn était quand même très gênée.

Elle resta silencieuse alors que les autres hommes autour d'elle plaisantaient et se moquaient d'elle. Mais elle s'en fichait. Elle voulait juste rentrer chez elle et se mettre au lit.

Dennis se gara devant La Cave et Paul la poussa sans ménagement sur le siège arrière avant de grimper derrière elle. Lou était à côté d'elle et George monta devant.

Alors qu'ils s'éloignaient, Caryn ferma les yeux. Tout tournait autour d'elle et elle ne se sentait vraiment pas bien.

Elle avait dû s'endormir ou perdre conscience, car lorsqu'on la réveilla brutalement, elle ne se souvenait pas du trajet.

— On est arrivés. Sors, lui dit Paul d'un ton bourru.

Reconnaissante d'être bientôt à l'horizontale, Caryn se glissa sur le siège et sortit du véhicule, ses genoux se dérobant presque. Mais lorsqu'elle leva les yeux, elle réalisa qu'elle n'était pas devant chez Art.

Elle était sur un parking de graviers, entouré d'arbres.

Caryn se raidit, réalisant soudain ce qui se passait. Elle était seule avec quatre hommes, complètement ivre, sans savoir où elle était – et aucun moyen de se protéger.

Lou et George lui prirent chacun un bras et la forcèrent à marcher avec eux vers l'obscurité de la ligne d'arbres voisine.

— D'après les rumeurs t'as traîné avec ces tapettes de l'équipe de Recherche et de Sauvetage. T'as envie de te porter volontaire ? On s'en fout. Mais aucun membre du DIF ne sera associé à ces putains de faux secouristes. L'équipe de RES n'est même pas comparable à notre équipe. Si tu veux t'associer à eux, tu ne seras jamais l'une des nôtres, l'informa Paul.

Caryn cligna des yeux d'un air confus. Comment pouvait-il penser que l'équipe de recherche et de sauvetage n'était pas aussi importante que les pompiers ? Ce n'était pas une question de difficulté ou de facilité. Les compétences requises pour

retrouver une personne perdue dans les bois étaient complètement différentes de celles requises pour pénétrer dans un bâtiment en feu ou pour extraire une victime d'une voiture
accidentée avec des cisailles.

— Elle capte pas, dit Dennis en riant.

— OK. Je vais être plus clair alors, dit Paul. Tant que j'ai
mon mot à dire, aucune salope ne fera *jamais* partie de l'équipe
du DIF. Tu n'es pas capable de faire la moitié de ce qu'on peut
faire. Je ne te confierai pas ma vie. Hors de question.

— Mais, je croyais..., balbutia Cary, essayant de
comprendre ce qu'il venait de dire.

— Tu t'es trompée, dit brutalement Paul, l'interrompant.

Puis, Lou et George la poussèrent en avant et elle tomba
avec force sur ses mains et ses genoux dans la terre.

— Tu veux aller t'amuser dans la forêt ? Vas-y.

Elle se retourna et regarda les quatre hommes d'un air
confus et ivre.

— T'es au sentier d'Eagle Rock. T'as envie de passer ton
temps dans les bois et être la chienne de Bigfoot ? Ben vas-y.

Jetant un coup d'œil par-dessus son épaule, Caryn observa
l'obscurité. Elle pouvait tout juste distinguer le sentier devant
elle à la lumière de la lune, heureusement presque pleine, dans
le ciel.

Paul s'approcha d'elle et lui donna un coup de pied.

— Vas-y ! ordonna-t-il.

Caryn ne bougea toujours pas. Ils n'allaient quand même
pas la laisser ici, si ? Le sentier d'Eagle Rock était à des kilomètres de Fallport. Et ils savaient tous qu'elle était saoule. Ils
s'en étaient bien assurés !

— Vas-y, abrutie ! dit Lou en attrapant un caillou sur le sol
avant de le jeter dans sa direction.

Il rata son coup. Mais Caryn ne resta pas dans les parages
pour voir ce que les hommes pouvaient lui jeter d'autre.

Elle tituba sur le sentier sombre, se servant des arbres pour rester debout et écoutant les rires des hommes derrière elle. Pendant une seconde, elle crut qu'ils allaient s'en prendre à elle, faire plus que lancer des pierres et l'insulter. Mais elle entendit rapidement leurs voix s'éloigner et le bruit de Dennis qui faisait crisser ses pneus contre les graviers du parking alors qu'ils s'en allaient.

Respirant avec difficulté, Caryn cligna des yeux, essayant d'ajuster ses yeux à l'obscurité. Cette soirée avait été un désastre. Et il était désormais évident que lorsque Paul l'avait encouragée à postuler, ça n'avait été qu'une farce. Son rire et ses paroles méprisantes résonnaient encore dans sa tête. Marchant lentement, se servant toujours des arbres le long du sentier pour garder son équilibre, Caryn retourna au départ du sentier. Elle espérait et redoutait à la fois que Dennis revienne la chercher. Peut-être qu'ils se *foutaient* juste d'elle. En lui faisant croire qu'ils allaient la laisser seule dans les bois. Mais après une minute ou deux sans aucun signe de leur retour, Caryn réalisa qu'ils l'avaient *vraiment* conduite à des kilomètres de la ville, complètement bourrée et qu'ils l'avaient abandonnée.

Bande de connards. Ils étaient comme un putain de groupe d'adolescents, pas des adultes. Elle marcha jusqu'à une grosse bûche non loin du départ de sentier et s'assit lourdement, tombant presque à la renverse. Une fois qu'elle eut retrouvé son équilibre, elle sortit son téléphone. Plissant les yeux, essayant de voir correctement, elle hésita, se demandant qui appeler.

Son grand-père ? Non, il était bien trop tard pour le déranger.

Drew ? Certainement pas – elle ne voulait pas admettre à quel point elle avait été stupide.

Lilly ? Peut-être. Mais une fois de plus, elle le dirait à son fiancé qui le dirait probablement à Drew.

Finley ?

Oui, elle allait probablement bientôt se lever pour aller au Bec Sucré et commencer à pâtisser.

Caryn parvint à cliquer sur son nom et porta le téléphone à son oreille. Mais il ne se passa rien. Fronçant les sourcils devant l'écran, elle vit qu'elle n'avait pas de réseau.

Soupirant longuement et se penchant en avant, Caryn posa son front sur ses genoux.

Elle était foutue.

Bien fait pour elle. Elle n'aurait pas dû faire confiance à ces connards. Ni céder à la pression de ses pairs comme une gamine stupide. Ni ne pas rentrer à New York. Pourquoi avait-elle décidé de rester dans cette ville pourrie ? Elle aurait dû se douter que la vision des hommes concernant le fait d'avoir une femme dans leurs rangs serait encore plus vieux jeu et discriminatoire que celle en ville, qui était déjà assez mauvaise comme ça.

Se sentant complètement déprimée et sachant qu'il n'y avait rien d'autre à faire que de tenir jusqu'à demain matin et espérer que quelqu'un se présente pour une randonnée matinale ou qu'elle ait assez dégrisé pour marcher vers Fallport jusqu'à ce qu'elle ait du réseau, Caryn ferma les yeux.

Tout tournait encore autour d'elle et elle était à deux doigts de vomir. Personne ne lui avait proposé de boire un verre d'eau pendant qu'on lui servait tous ces verres. Mais c'était complètement de sa faute. Elle aurait pu dire non.

Aurait *dû* dire non, même. Elle aurait dû s'arrêter ou ne pas boire du tout ou boire un verre d'eau après chaque verre.

Elle s'était encore fait avoir par son désir de s'intégrer et d'être acceptée. Elle avait plus de quarante ans... et une vie entière à être rejetée ne l'avait toujours pas rendue plus sage.

Quand apprendrait-elle ?

Se jurant que cette fois-ci elle apprendrait vraiment de cette erreur colossale, elle laissa une larme couler sur sa joue en fermant les yeux. Puis une autre. Jusqu'à ce qu'elle pleure, assise seule, ivre, dans le noir et se sentant au plus bas, comme elle ne l'avait jamais été.

* * *

Oscar fronça les sourcils alors que ses coéquipiers portaient presque Caryn hors de La Cave. Il avait cru que l'idée de Paul était inoffensive et seulement pour s'amuser, mais lorsqu'ils ne s'étaient pas arrêtés à un ou deux shots, et avaient continué à lui faire boire beaucoup trop d'alcool, Oscar en avait eu assez.

C'était censé être un bizutage marrant. Elle était censée boire des shots de vodka pure alors que les autres n'avaient que de l'eau dans leurs verres. Elle aurait été saoule, peut-être un peu éméchée et ils en auraient tous rigolé après coup. Mais au lieu de ça, Paul avait semblé se réjouir de la voir être de plus en plus ivre... puis, il était devenu méchant. Il l'avait insultée. Humiliée. Déclarant que son incapacité à supporter l'alcool qu'il l'avait pratiquement forcée à boire était liée à ses capacités de pompière.

Tout ça, c'était des conneries et Oscar avait honte de son capitaine et de ses coéquipiers... mais il avait surtout honte de lui.

Il avait entendu Dennis et Lou parler de l'idée de Paul qui était de l'emmener au sentier d'Eagle Rock pour la laisser là-bas. Il aurait dû s'y opposer. Leur dire que leur bizutage était ridicule et était allé trop loin. Qu'ils n'étaient plus des étudiants stupides.

La Cave n'était pas réputée pour être l'établissement le plus sûr de la ville. Les gens qui fréquentaient l'endroit étaient pour la plupart des types rudes et turbulents qui faisaient ce qu'ils voulaient, quand ils en avaient envie et qui se fichaient des conséquences. Mais généralement, ils ne faisaient pas de mal aux femmes. C'était la seule raison pour laquelle Oscar était venu. Il avait une sœur. Et une mère. Et une nièce. Rien que d'imaginer qu'on leur fasse ce que Paul et ses amis faisaient à Caryn le rendait malade. Ce n'était pas bien. Il ne les avait pas stoppés quand il aurait dû. Mais il pouvait encore agir.

Ses épaules s'affaissèrent quand il envisagea ses options. Il pouvait aller lui-même jusqu'au sentier et aider Caryn, mais cela ferait de lui une cible auprès de Paul et de sa bande de connards. Il se détestait de ne pas vouloir rendre sa vie plus compliquée, mais il avait besoin de ce travail. Il était le seul soutien financier de sa famille.

Il pouvait appeler Art, mais le vieil homme se remettait à peine d'une attaque au couteau. Et Oscar n'était même pas sûr qu'il soit capable de conduire.

Puis, il se souvint de quelqu'un d'autre… quelqu'un qui n'aurait pas hésité à aider Caryn.

Il sortit son téléphone. Il dut passer quelques appels pour obtenir le numéro de l'homme qu'il voulait joindre, mais il connaissait assez de gens à Fallport pour que ce ne soit pas trop difficile.

— Llô ? dit une voix endormie à l'autre bout du fil.

Regardant sa montre, Oscar vit qu'il était plus d'une heure et demie du matin. Il grimaça mais continua ce qu'il devait faire.

— Drew Koopman ? Je m'appelle Oscar. Je fais partie du DIF.

— Je sais qui t'es, dit Drew qui semblait plus réveillé. Qu'est-ce qui se passe ? Vous avez besoin de l'équipe de Recherche et de Sauvetage ?

Oscar comprit que c'était ce que Drew pouvait supposer avec un appel aussi tardif… ou plutôt si tôt.

— Non. Je t'appelle parce que Caryn a besoin de toi.

— Quoi ? Qu'est-ce qui ne va pas ? Qu'est-ce qui se passe ?

Il était désormais bien réveillé.

Oscar lui raconta brièvement ce qui s'était passé ce soir. Comment il avait cru qu'ils allaient faire une petite farce inoffensive à Caryn. Une sorte de bizutage. Et qu'il n'avait pas du tout su ce que Paul avait en tête.

— Cet enfoiré ! aboya Drew. Où est-ce qu'il l'emmène ?

— D'après ce que j'ai compris, au sentier d'Eagle Rock.

— Putain, c'est loin de la ville, dit Drew. Elle ne pourra jamais rentrer à pied, pas si elle est aussi ivre que tu le dis. Et il n'y a pas de réseau là-bas.

— Je sais. C'est pour ça que je t'appelle.

— Si jamais on a touché à un seul de ses cheveux, je vais le tuer – et toi aussi, le menaça Drew. Tu en faisais partie. Pourquoi est-ce que tu ne les as pas arrêtés ?

— J'étais seul et ils étaient quatre, se défendit Oscar d'un air penaud, mais au fond, il se sentait comme une merde.

Il aurait dû dire quelque chose. Il aurait dû défendre Caryn, qui n'avait rien fait de mal. Elle avait seulement voulu apprendre à les connaître, faire partie de leur équipe. Une équipe dont Oscar avait désormais terriblement honte.

— C'est des conneries tout ça et tu le sais ! fulmina Drew. Tu sais combien de fois j'ai entendu les flics me sortir la même chose ? Ce n'est pas une excuse putain ! Je te jure que s'ils lui ont fait du mal, tu vas le regretter bordel.

— C'est déjà le cas, dit doucement Oscar.

Il ouvrit la bouche pour dire quelque chose de plus, mais Drew avait déjà raccroché.

Soupirant, il se tourna pour partir. Il avait besoin de réfléchir. Drew avait raison, il aurait dû dire quelque chose. Faire ce qu'il fallait pour les arrêter.

— Hé, mec, dit le barman avant qu'Oscar n'ait quitté le tabouret sur lequel il était assis.

Tournant la tête, il haussa les sourcils d'un air interrogateur.

— J'espère que c'est son gars que t'as appelé.

— Oui.

— Tant mieux. J'étais sur le point d'appeler la police avant de t'entendre parler.

Oscar hocha la tête vers lui, puis s'en alla. La Cave avait mauvaise réputation et elle était en grande partie justifiée... mais le barman venait de lui prouver qu'ici, *tout* n'était pas si mauvais.

CHAPITRE QUATORZE

Le cœur de Drew battait à mille à l'heure. Il conduisait bien trop vite, mais ce n'était toujours pas assez vite. Il fallait qu'il retrouve Caryn. Qu'il s'assure que Paul et ses connards de potes n'aient pas décidé que la laisser seule dans les bois n'était pas suffisant. C'était une très belle femme et si jamais quelqu'un l'avait touchée, il en paierait le putain de prix.

Il tourna vers le parking du départ de sentier et paniqua un moment lorsqu'il ne vit personne. Puis, ses phares éclairèrent quelque chose sur le côté, près de la rangée d'arbres.

Caryn.

Il mit le frein à main, laissa les clés sur le contact et bondit hors du véhicule. Il fut devant elle en quelques secondes. Il s'agenouilla, inquiet qu'elle ne lève pas les yeux à son approche.

— Caryn ? Est-ce que ça va ?

Quand elle le regarda enfin, son cœur faillit se briser. Cette femme forte qui le provoquait quand ils s'entraînaient et qui le taquinait sans y réfléchir à deux fois était... brisée.

Il avait été furieux sur le trajet. Furieux contre Paul. Ses amis. Et même contre Caryn. À quoi pensait-elle bon sang ?

C'était déjà une mauvaise idée d'aller à La Cave, mais il sut instinctivement qu'elle n'avait dit à personne où elle allait. Puis, elle s'était saoulée et était partie avec quatre hommes.

Tellement de choses auraient pu mal tourner. Il était plus que furieux. Mais en la voyant maintenant, sa colère s'envola si vite qu'il en trembla. Tout ce qu'il ressentait, c'était de l'inquiétude.

— J'ai vomi, dit-elle faiblement.

— Ce n'est pas grave. C'est probablement la meilleure chose que tu puisses faire pour le moment, dit-il doucement, posant ses mains sur ses genoux.

— Je suis désolée, dit-elle tristement en faisant la moue.

— Est-ce que ça va, chérie ? demanda-t-il à nouveau.

— Saoule..., dit-elle.

— Oui, je vois ça.

— Je croyais qu'ils voulaient qu'on soit amis. Je suis tellement stupide, dit-elle en secouant la tête, les larmes coulant sur ses joues.

Ce n'était pas le moment de ressasser ce qu'elle avait fait, ni pourquoi. Drew devait la ramener chez elle. Il prit tendrement sa joue dans sa main.

— Est-ce que tu peux te lever ? demanda-t-il.

Elle haussa les épaules.

— On va essayer, d'accord ? lui dit-il d'une voix apaisante.

Se relevant devant elle, il tendit les mains vers elle et enroula les mains autour de ses biceps, les serrant légèrement pour la soulever.

Elle s'écarta de lui en sifflant de façon si soudaine qu'elle faillit tomber du tronc sur lequel elle était assise.

— Aïe ! s'exclama-t-elle en se massant le bras.

Drew fronça les sourcils.

— Tu es blessée ?

— J'ai mal. Là où ils m'ont tenue.

La colère faillit le paralyser. Une brume rouge qui prit

presque le pas sur son bon sens. Il allait tuer Paul Downs et ses putains de potes. Comme Caryn ne faisait aucun geste pour se lever, il tendit les mains vers elle et les enroula doucement autour de sa taille pour la hisser.

Elle se redressa, mais dès qu'elle fut stable sur ses pieds, elle s'effondra contre son torse. Elle agrippa désespérément son T-shirt au niveau de la taille et enfonça le visage dans le creux de son cou.

— Je suis tellement fatiguée, chuchota-t-elle contre sa peau.

Il sentit son haleine alcoolisée, les tremblements qui secouaient son corps à cause de l'air frais de la nuit.

— Je sais. Je vais te ramener chez toi pour que tu puisses dormir.

— Suis fatiguée d'essayer de faire en sorte que les gens m'aiment. Pourquoi est-ce qu'ils ne m'aiment pas, Drew ? Qu'est-ce qui ne va pas chez moi ?

Drew eut le cœur brisé pour elle lorsqu'elle se mit à nouveau à pleurer. Il enroula un bras autour de sa taille, la tenant fermement contre lui alors qu'ils les tournaient vers sa Jeep. Il se sentirait bien mieux une fois qu'ils ne seraient plus au milieu de nulle part et que personne ne pourrait les surprendre. Il ne savait pas du tout si Paul et son équipe de trous du cul étaient restés dans les parages.

— Beaucoup de gens t'aiment, chérie. Moi, toute mon équipe, Lilly, Bristol, Elsie, Finley... Otto, Silas, Sandra. Même Dorothea et ses copines parlaient de toi l'autre jour. Elles ne disaient que de bonnes choses.

Elle resta silencieuse pendant qu'il les faisait traverser le parking de graviers avec précaution. Il ouvrit la porte côté passager et tourna Caryn pour qu'elle puisse lui faire face.

— Est-ce que tu as encore besoin de vomir ?

Elle secoua la tête, mais fronça les sourcils et haussa les épaules.

— Je vais garder la fenêtre baissée juste au cas où. OK ?

— OK, murmura-t-elle.

Il la hissa pour l'asseoir sur le siège et elle tourna ses jambes pour être face à la route. Drew boucla sa ceinture de sécurité puis courut jusqu'au siège conducteur.

Le trajet du retour jusqu'à la ville fut calme, mais il ne put s'empêcher de regarder Caryn toutes les secondes. Il ne savait pas quelle quantité d'alcool elle avait bue ce soir, mais elle était bien plus dans les vapes qu'après sa soirée entre filles avec ses copines. Pendant un moment, il se demanda s'il ne devait pas appeler le docteur Snow, puis il décida de ne pas le faire. Il la surveillerait et si jamais il se passait quelque chose, il appellerait le docteur.

Le cerveau de Drew tournait à plein régime, pensant à tout ce qu'il devait faire... s'assurer qu'Art sache que sa petite-fille était en sécurité, parler à Simon du coup que Paul et ses brutes de copains avaient monté. Appeler Bristol pour lui dire qu'il ne pourrait venir à leur rendez-vous d'aujourd'hui. Et Ethan, pour qu'il ne l'attende pas à la grange.

Et remercier Oscar de l'avoir appelé.

Ce dernier point l'agaçait beaucoup, car Oscar était allé à La Cave en sachant très bien ce que Paul avait prévu pour Caryn. Mais il l'*avait* appelé quand sa conscience avait fini par le rattraper. Ça ne le dispensait pas d'être un vrai connard, mais Drew était quand même reconnaissant qu'il ait eu les couilles de lui dire où les autres hommes l'avaient emmenée.

Il s'arrêta devant la petite maison qu'il louait et coupa le moteur. Caryn avait les yeux fermés et on aurait dit qu'elle s'était évanouie ou endormie. Il se précipita de l'autre côté du véhicule et défit sa ceinture.

— Caryn ? dit-il en posant une main sur sa joue.

— Huuum ?

— J'ai besoin que tu restes réveillée un peu plus longtemps.

— Me sens mal, murmura-t-elle.

— Je sais. Allez, viens, je vais t'aider à marcher.

Elle n'était pas vraiment stable, mais heureusement, elle parvint à mettre un pied devant l'autre en titubant. Drew n'avait pas pris le temps de fermer sa porte quand il était parti un peu plus tôt, il n'eut donc qu'à tourner la poignée pour entrer. Il conduisit Caryn dans le couloir et jusqu'à sa chambre avant de l'installer sur le côté du matelas. Elle vacilla légèrement mais ne tomba pas.

Drew ne réfléchissait même pas à ce qu'il faisait. Tout ce qu'il avait en tête, c'était de la rendre aussi confortable que possible. Il défit quelques boutons de son chemisier puis lui dit « Lève les bras » en saisissant l'ourlet de la jolie chemise noire qu'elle portait.

Elle s'exécuta sans se plaindre ni faire de commentaire, levant les bras au-dessus de la tête. Drew enleva la chemise et la laissa retomber par terre. Il enleva son propre T-shirt qu'il avait enfilé lorsque Oscar l'avait appelé et le fit passer par-dessus la tête de Caryn. Elle avait les cheveux ébouriffés et s'il n'avait pas été inquiet pour elle, il aurait trouvé ça sexy.

Il passa une main sous son T-shirt et dégrafa son soutien-gorge. Il dut manœuvrer un peu mais parvint à l'enlever sans retirer à nouveau son haut. Elle resta assise alors qu'il s'occupait des boutons de son jean.

— Allonge-toi, chérie, dit-il.

Elle s'exécuta, retombant sur le matelas. Il aurait bien gloussé, mais il n'en avait pas vraiment l'envie. Drew lui enleva ses baskets et ses chaussettes, puis son jean. Il la redressa en position assise.

— Je vais aller dans la cuisine une seconde et te chercher un verre d'eau. Tu en as bu un peu ce soir ?

Elle fronça les sourcils et secoua la tête.

— Non.

La colère menaça à nouveau de le submerger, mais il la refoula. Actuellement, Caryn avait besoin de ses soins, non de sa colère.

— OK, je reviens. Essaie de rester droite pour que tu puisses boire l'eau quand je reviens.

— K.

Drew fut de retour à ses côtés en moins d'une minute. Elle était toujours assise là où il l'avait laissée. Son T-shirt lui allait d'ailleurs plutôt bien. Il lui tendit le verre d'eau et lui dit :

— Bois autant que tu peux, chérie.

Elle s'exécuta et avala la moitié du verre.

— Doucement, la prévint-il.

Mais ce fut trop tard. Elle pâlit et commença à avoir un haut-le-cœur. Heureusement, Drew avait pris un grand bol dans la cuisine quand il était allé chercher de l'eau… juste au cas où. Il le glissa sous elle au moment où elle vomissait une partie de l'eau qu'elle avait bue, avec un peu de chance, avec l'alcool qu'elle avait encore dans l'estomac.

Caryn gémit et Drew lui frotta le dos d'une main, pendant qu'il tenait le bol de l'autre.

— Je suis désolée ! Mon Dieu, je suis désolée, dit-elle d'une petite voix.

— Je le sais. Ce n'est pas grave, dit Drew. Tu as fini ?

Elle acquiesça.

— D'accord, je vais aller vider ça et t'apporter plus d'eau.

— Plus d'eau, gémit-elle.

— Tu en as besoin, chérie, dit-il fermement. Mais cette fois-ci, tu ferais mieux de prendre de petites gorgées au lieu de tout engloutir d'un coup.

— OK, dit-elle docilement.

Drew se dépêcha de vider le bol dans les toilettes, de le rincer et de remplir à nouveau le verre d'eau.

Cette fois-ci, quand il entra dans la chambre, Caryn était allongée sur le côté, l'un de ses oreillers serré contre sa poitrine. Elle paraissait si… petite. Pourtant, cette femme ne paraissait jamais petite. D'habitude, elle semblait prendre toute la place, partout où elle allait. Son rire était grand. Son sourire encore plus. Le fait de la voir recroquevillée sur elle-même, ses genoux repliés contre sa poitrine et la tête enfoncée dans son oreiller le dérangeait.

Drew s'assit sur le bord du matelas à côté d'elle.

— Est-ce que tu peux te lever et boire un peu d'eau pour moi ? demanda-t-il doucement.

Caryn soupira mais fit ce qu'il lui demandait. Drew l'aida à se rasseoir, assez pour qu'elle puisse boire. Cette fois-ci, elle fut plus prudente, prenant quelques gorgées au lieu de tout engloutir.

— Ça va ? demanda-t-il.

Elle acquiesça et se rallongea sur le matelas.

Réalisant qu'il l'avait assez poussée pour le moment, Drew plaça le verre de son côté du lit. Elle allait être très mal demain matin... enfin plus tard dans la *matinée*... c'était certain. Il se leva, défit et enleva son pantalon cargo et se rendit de l'autre côté du lit. Il n'envisageait même pas de la laisser seule. Hors de question qu'il la laisse alors qu'elle était aussi ivre.

Il se glissa sous les draps et se déplaça jusqu'à ce qu'il soit contre son dos. Elle était à nouveau roulée en boule et il n'hésita pas à l'entourer de ses bras par-derrière. Un bras sous l'oreiller qu'elle utilisait et l'autre autour de sa taille.

Elle soupira et se blottit plus près pour sa plus grande satisfaction. Ses fesses étaient collées contre sa queue, mais il était loin d'être excité. Cette soirée était passée trop près du drame. Tant de choses auraient pu se passer différemment... et pas de la bonne façon. Elle avait même de la chance que Paul et ses acolytes ne soient que de simples connards et non pas des violeurs.

Drew embrassa Caryn à l'arrière de la tête. Ses cheveux sentaient la cigarette à cause du bar, mais il sentait également une sorte de parfum floral. Probablement son shampoing.

— Ça va aller, chérie, dit-il.

Caryn ne répondit pas verbalement, mais elle attrapa son

avant-bras qui était posé sur son ventre. Ses doigts le serrèrent un instant avant de se relâcher.

Drew savait qu'il ne fermerait pas l'œil de la nuit. Il était trop concentré sur la sensation de sa poitrine qui montait et descendait contre lui. À écouter le son de ses respirations qui entraient et sortaient de ses poumons. Si elle se réveillait et vomissait à nouveau, il serait là pour tenir le bol et s'assurer qu'elle ne s'étouffe pas dans son propre vomi. Si elle s'arrêtait de respirer, il serait là pour la ramener à la vie. Et quand elle se réveillerait, il serait là pour la soigner et s'occuper d'elle quand elle aurait une méchante gueule de bois, ce qui était très probable.

S'il n'était pas sûr avant que cette femme soit à lui, désormais il l'était.

Il ne pouvait pas s'empêcher d'avoir l'impression qu'il l'avait laissé tomber ce soir. Ce qui était fou, puisqu'il n'avait aucune idée de ses projets. Mais il n'arrêtait pas de se dire que s'il avait fait les choses différemment, peut-être qu'elle lui aurait fait assez confiance pour lui confier ce qu'elle comptait faire. Il n'aurait peut-être pas aimé qu'elle retrouve Paul et les autres à La Cave, mais il aurait pu y aller avec elle et s'asseoir au bar pendant qu'elle traînait avec les pompiers. Il aurait pu être là pour elle.

Parce que c'était ce que faisaient les partenaires... ils étaient là l'un pour l'autre, quoi qu'il arrive.

Il était déçu de lui-même, d'elle, de cette soirée, mais il était encore plus déterminé à montrer à cette femme qu'elle n'était plus seule. Qu'elle pouvait lui faire confiance. Qu'elle pouvait partager ses peurs et ses désirs les plus profonds avec lui... tout comme il voulait le faire avec elle.

Ils étaient à un tournant décisif et il le savait. Demain, soit leur relation se confirmait, soit elle se brisait. Drew avait extrêmement peur que Caryn se serve de ça pour s'éloigner de lui. Qu'elle réalise qu'emménager à Fallport n'était pas ce qu'elle voulait, après tout. Cela l'anéantirait, mais ce serait sa décision. Tout ce qu'il pouvait faire, c'était lui donner une raison de rester. Resserrant son bras autour d'elle, Drew prit une grande inspiration. Il n'était pas du tout fatigué. Alors il resta allongé là en silence... et pria pour que Caryn ne le repousse pas demain matin.

* * *

Caryn était en train de mourir.

C'était forcément la seule raison valable pour qu'elle se sente aussi mal à l'heure actuelle.

Gardant les yeux fermés, elle fit le point. Elle avait mal à la tête. Sa bouche avait le même goût que si quelque chose s'y était glissé et était mort. Et elle était sèche. Aussi sèche que le désert. Chaque muscle de son corps était terriblement douloureux. Elle essaya de se rappeler ce qu'elle avait fait lors de sa dernière séance d'entraînement pour être aussi courbaturée, mais rien ne lui venait à l'esprit.

Elle entendit un bruit de l'autre côté de la pièce et elle pensa immédiatement à Art. Quelle heure était-il ? Était-il déjà debout ? Avait-il besoin qu'elle lui fasse quelque chose à manger ?

Le simple fait de penser à de la nourriture lui donna immédiatement la nausée et Caryn lutta pour ne pas vomir. Une fois qu'elle se fut ressaisie, elle ouvrit les yeux. La première chose qu'elle repéra fut un verre d'eau à côté du lit.

Elle tendit le bras sous les couvertures pour attraper le verre. L'envie de boire le liquide aussi rapidement que possible était forte, mais une petite voix dans sa tête lui indiqua que ce ne serait pas malin. Alors elle fit de son mieux pour prendre son temps. Une fois qu'elle eut bu les trois-quarts de l'eau, elle se sentit un peu mieux. Sa tête lui faisait toujours aussi mal, mais elle pouvait désormais penser plus clairement. Se levant doucement, Caryn se figea.

Elle n'était pas dans son lit chez Art, ça, c'était clair. Mais elle ne savait absolument pas où elle était ni comment elle était arrivée ici.

Doucement, les souvenirs de la veille lui revinrent.

La Cave. Paul l'incitant à boire autant que lui et ses amis, shot pour shot. Titubant hors du bar jusqu'à la voiture de Dennis. Qu'on la force à sortir de la voiture en la poussant par terre. Quelque chose en lien avec Bigfoot. Puis c'est là que ça devenait flou.

Se crispant, Caryn roula sur le dos – et fut énormément soulagée lorsqu'elle ne ressentit aucune douleur entre les jambes. Fronçant les sourcils, elle regarda le plafond. La pièce était sombre et les rideaux étaient bien fermés. Mais elle entendait les oiseaux chanter dehors et le soleil perçait à travers une fente des rideaux. Le simple fait de regarder le mince filet de lumière lui fit mal à la tête alors elle détourna le regard pour observer la pièce.

Elle ne se souvenait peut-être pas de comment elle était arrivée ici, mais maintenant qu'elle était de plus en plus réveillée, elle avait l'impression de savoir exactement où elle était. L'odeur dans ses narines lui donna un gros indice.

Drew.

Elle était entourée par son odeur boisée. Elle aurait pu la reconnaître n'importe où. Comme si ses pensées avaient fait apparaître l'homme, la porte grinça doucement en s'ouvrant et Caryn vit Drew qui jetait un coup d'œil dans la pièce.

— Tu es réveillée, dit-il doucement, ce que Caryn apprécia.

— Oui, croassa-t-elle avant de se racler la gorge.

Son regard s'attarda sur le verre d'eau à côté du lit. Elle lut l'approbation dans ses yeux.

— Tu veux encore de l'eau ?

— Non, ça va pour le moment, lui dit-elle.

— À quel point t'as la gueule de bois ? demanda-t-il.

— Sur une échelle de un à dix... je dirais deux-cent-vingt-quatre.

Ses lèvres tressautèrent.

— Ça ne me surprend pas. Tu veux te lever ? Ou rester là encore un moment ?

— Quelle heure il est ? demanda-t-elle.

— Douze heures passées.

Caryn fronça les sourcils alors que son cerveau essayait d'assimiler ces informations.

— Du soir ? demanda-t-elle malgré toutes les preuves du contraire.

Il rit.

— Non, chérie. De l'après-midi.

Elle le regarda d'un air confus. Puis lui dit :

— Mais on est quel jour ?

— Samedi. De quoi tu te souviens à propos de la nuit dernière ?

Caryn ferma les yeux et se tourna sur le côté. Elle était trop gênée pour regarder Drew. Elle ne savait pas ce qui s'était passé, mais il était évident qu'il l'avait retrouvée et l'avait ramenée chez lui. Elle était complètement mortifiée.

— Je suis sortie avec Paul et les gars. Je me suis saoulée. Je suis partie. Voilà.

— Tu es allée là-bas pour apprendre à les connaître. Pour essayer de créer du lien avec des gens avec qui tu allais vivre des situations extrêmes. Et ils ont abusé de ta confiance. Ils ont bu des verres d'eau pendant que tu buvais de la vodka cul sec. Puis, ils t'ont emmenée jusqu'au sentier d'Eagle Rock et t'ont laissée là-bas. Complètement ivre. Seule. Dans le noir. Alors qu'ils savaient que tu n'aurais pas de réseau.

Ouaip. Caryn était plus que honteuse. Elle était dégoûtée d'elle-même. Elle savait que le fait de vouloir être acceptée était son plus gros défaut. Elle avait travaillé toute sa vie pour essayer de s'intégrer dans différentes casernes et différents groupes de personnes, et avait toujours échoué. Apparemment, le fait de vivre à Fallport n'allait rien changer à cela.

— Oscar m'a appelé, dit Drew.

Il ne s'était pas approché. Il se tenait toujours dans l'embrasure de la porte, appuyé contre le montant. Comme s'il ne supportait pas d'être près d'elle... et Caryn supposa qu'elle ne pouvait pas lui en vouloir. Elle pouvait encore sentir l'alcool dans son haleine.

— Il m'a expliqué ce qui s'était passé. Il se sentait mal à propos de tout ça. Même si ses regrets ne l'absolvent de rien du tout, mais au moins, il a enfin fait ce qu'il fallait et m'a indiqué où les autres t'avaient emmenée.

Caryn hocha la tête.

— Ils ont de la chance de ne pas avoir été là quand je suis arrivé, dit Drew d'une voix grave.

Elle leva la tête vers lui et cligna des yeux de surprise en lisant la colère qui brillait dans ses yeux.

— Je leur aurais fait du mal. Gravement, dit-il. J'ai envie de les tuer, putain. La seule raison pour laquelle je ne me suis pas déchaîné, c'est parce que tu vas bien.

— Tu es en colère, constata-t-elle.

C'était une remarque stupide, puisqu'à l'heure actuelle, sa colère était comme un être vivant qui respirait devant elle. Chaque muscle de son corps était tendu. Elle ne savait pas ce qui le retenait, mais il lui faisait penser à une bouilloire remplie d'eau bouillante, prête à exploser. Avant qu'elle ne puisse se ressaisir, une larme lui échappa et coula le long de sa joue.

— Je vais te laisser tranquille, dit-elle en se relevant, basculant ses jambes par-dessus le matelas.

Le mouvement accentua à nouveau sa nausée et elle dut prendre quelques inspirations mesurées pour la contrôler. Il était hors de question qu'elle vomisse sur le sol de la maison de Drew.

Avant qu'elle ne puisse se lever, Drew était déjà là. Il la repoussa doucement pour qu'elle s'allonge à nouveau sur le lit. Il s'assit au niveau de sa taille et se pencha vers elle, ses mains de chaque côté de sa poitrine, l'encerclant. Mais au lieu d'être nerveuse, Caryn eut envie de se jeter dans ses bras.

— Je suis *furieux*, lui dit-il.

Caryn grimaça. Elle avait tout gâché avec sa stupidité. Une autre larme rejoignit la première, roulant sur sa tempe cette fois-ci au lieu de son visage puisqu'elle était allongée.

Drew leva la main pour essuyer la larme, mais une autre suivit.

— Mais je suis surtout soulagé que tu ailles bien. Rien n'est plus important.

Elle n'arrivait pas à croire qu'il ne soit pas en train de l'engueuler. De lui dire qu'elle était une idiote.

— Pourquoi tu ne me cries pas dessus ? lâcha-t-elle.

— Est-ce que ça changerait quelque chose ? Est-ce que ça nous ferait nous sentir mieux ? La réponse à ces deux questions est non. La finalité c'est que ces connards ont profité de ton envie de faire partie de l'équipe.

— Personne ne m'a forcée à boire, se sentit-elle obligée de dire.

— Je le sais bien, mais ça ne veut pas dire qu'ils avaient le droit de te piéger de cette façon non plus. Il y a une raison pour laquelle le bizutage est illégal.

— Et maintenant ? murmura-t-elle.

— Tu restes allongée ici jusqu'à ce que tu te sentes mieux. Je vais t'apporter des toasts grillés et on verra si tu arrives à les garder dans ton estomac. J'ai aussi des boissons sportives pour qu'on puisse te réhydrater. Et quand tu te sentiras prête, tu pourras prendre une douche. J'ai mis une brosse à dents sur le comptoir de la salle de bain pour toi et j'ai déjà lavé tes vêtements de la nuit dernière. Quand tu seras prête, on pourra

peut-être aller faire une petite balade. L'air frais te fera probablement plus de bien que le reste.

Caryn cligna des yeux de surprise. Il était tellement...
gentil. Et ça la perturbait.

— J'ai appelé Art. Il sait que tu es ici, mais pas vraiment
pourquoi. Je lui ai juste dit que tu avais un peu trop bu hier soir
et que je t'ai ramenée ici. Quand tu seras prête, il aimera probablement avoir de tes nouvelles.

— Attends... on était censés aller chez Bristol et Rocky
aujourd'hui.

— Ouaip. Mais on n'ira pas.

— Tu avais un rendez-vous.

— Qu'on a reprogrammé, dit Drew sans avoir l'air trop
contrarié qu'elle ait perturbé sa vie. Et c'est à mon tour de *te*
demander : et maintenant ? dit-il au bout d'un moment.

Il ne s'était pas éloigné et était toujours penché au-dessus
d'elle.

— Quels sont tes projets ? continua-t-il.

— Mes projets ? demanda-t-elle.

Sa tête lui faisait un mal de chien et la douleur lancinante
l'empêchait de réfléchir.

— Oui. Pour rester ici à Fallport.

— Oh, *ces* projets-là.

Caryn n'avait même pas commencé à penser à la suite.
Drew était aussi immobile qu'une statue au-dessus d'elle. Son
regard était inébranlable.

Elle prit une grande inspiration par le nez.

— Eh bien, je ne suis plus aussi motivée pour travailler
au DIF.

Ses lèvres tressautèrent.

— Je ne t'en veux pas.

— Et ça me laisse à nouveau sans travail, songea-t-elle.

— Et ce travail dont tu m'as parlé pour Thomas Roberston ?

Où il te proposait de transmettre ton contact à ses amis auteurs ?

Pour la première fois, Caryn envisagea sérieusement cette proposition. Elle avait toujours repoussé Thomas quand il lui expliquait que ses amis le suppliaient de lui parler pour qu'elle accepte de les aider. Elle avait toujours pensé qu'il exagérait ou essayait simplement d'être gentil. Et puis, elle était surtout pompière, pas éditrice ou quel que soit ce qu'elle faisait pour Thomas.

Désormais, elle n'avait plus aucune envie de travailler avec Paul ou aucun de ses amis, mais elle voulait toujours rester à Fallport. Elle se demanda si elle pouvait vraiment gagner sa vie en étant bêta-lectrice.

— Je ne sais pas, dit-elle à Drew avec honnêteté.

— OK. Donc... je vais être assez franc avec toi, puis je vais te laisser le temps de réfléchir, dit-il.

Caryn se prépara.

— Tu m'as fait une peur bleue hier soir. Quand j'ai reçu cet appel, tout ce à quoi je pensais c'était de peut-être te retrouver battue et brisée. J'étais vraiment prêt à tuer Paul et les autres s'ils avaient touché à un seul de tes cheveux. J'étais furieux. Contre eux. Contre toi. Mais maintenant que j'ai eu le temps de réfléchir, je me rends compte que si j'étais en colère contre toi, c'était parce que j'étais *inquiet* pour toi. Je ne supporte pas que tu n'aies pas eu le sentiment de pouvoir te confier à moi. Que tu ne me dises pas ce que tu comptais faire hier soir. Je n'aurais peut-être pas été d'accord, mais je ne me serais jamais mis en travers de ton chemin. Chérie, tu essaies tellement de t'intégrer que tu ne te rends même pas compte que tu l'es déjà. C'est ta ville. Tu as grandi ici, même si tu n'y étais que les étés. La plupart des gens t'apprécient beaucoup. Mais bizarrement, tu ne le vois pas. Si les pompiers sont trop stupides pour reconnaître tes compétences, quel énorme atout tu serais, alors c'est tant pis pour *eux*, pas pour toi. Tout le monde ne va pas t'aimer... mais et alors ? J'ai appris durant mon service dans les forces de l'ordre que tout ce que je pouvais faire, c'était être la meilleure personne possible, et toujours faire ce que je pouvais pour aider les autres, même s'ils ne voulaient pas de mon aide. Je n'ai pas besoin d'être le meilleur ami de tous ceux que je rencontre ou avec qui je travaille. À vrai dire, je n'en ai même pas envie. Je me satisfais de mon cercle privé. Ethan, Zeke, Rocky, Brock, Tal, et Raid. Et mon cercle s'agrandit petit à petit pour inclure Lilly, Elsie, et Bristol. Et maintenant toi. Leur opinion m'importe, mais pas celle des autres... pas celle des autres, seulement la *tienne*. Je veux que tu restes. Voir où cette connexion qu'on a nous mène. Mais si tu ne vois pas ce que tu as sous les yeux – de vrais amis qui se plieraient en quatre pour t'aider, rigoler avec toi quand tu es heureuse, pleurer avec toi quand tu es triste – je ne suis pas sûr que ça fonctionnera entre nous.

Il s'arrêta, prenant une grande inspiration avant de poursuivre.

— On *emmerde* Paul. On emmerde tous ceux qui ne voient pas ta valeur. Ils ne méritent pas ton temps ni ton énergie, Caryn. Je ne doute pas que tu trouveras quelque chose à faire ici et dans lequel tu excelleras. Mais il faut que tu te libères de ce besoin d'être acceptée par chaque personne que tu rencontres. Ça risque de te ronger de l'intérieur jusqu'à ce que tu ne sois plus que la coquille vide de la femme extraordinaire que tu es.

Puis, il se pencha, l'embrassa doucement sur le front et se releva. Il prit son verre au passage, lui fit un doux sourire et ferma la porte derrière lui sans un bruit.

Caryn avait besoin de faire pipi et elle avait terriblement envie de se laver les dents ou au moins de faire un bain de bouche, mais tout ce qu'elle pouvait faire pour le moment, c'était rester allongée et fixer le plafond.

Drew avait raison. Elle le savait. Et elle pleura à nouveau

parce que cet homme incroyable percevait sa valeur, même si elle ne la voyait pas.

Toute sa vie, elle avait été solitaire malgré elle. À l'école, ici à Fallport les étés, à l'université, même à l'académie de pompiers. Elle avait toujours rêvé de créer des liens solides avec les autres. Ritnt et plaisantant avec ses collègues. D'être invitée à passer du temps avec eux à des barbecues ou des *happy hour*.

Mais ça ne lui était jamais arrivé. Et au lieu de vivre sa propre vie, de trouver sa propre tribu, des gens qui l'acceptaient comme elle était, elle avait encore plus essayé de s'intégrer... sans succès.

Hier soir, elle avait espéré que *cette fois-ci* les choses soient différentes. Tout ça pour être finalement la cible de quelques trous du cul. Encore plus rejetée qu'avant. Oui. Drew avait raison sur tout. Il était grand temps qu'elle arrête de se comporter comme une fille de douze ans qui espérait être populaire à l'école. Elle ne serait jamais cette personne et il était temps qu'elle l'accepte. Elle avait plus qu'assez à offrir et de nouvelles personnes dans sa vie qui semblaient l'aimer comme elle était.

La nuit dernière, tout aurait pu se terminer autrement. Elle le savait. Drew le savait. Putain, même Paul et ses potes le savaient. Elle avait complètement été à leur merci, mais même s'ils étaient de mauvaises personnes, au moins ils n'avaient pas abusé d'elle de la pire des manières.

Soudain, au lieu d'avoir le sentiment que sa vie était devenue merdique parce que le poste de pompière n'était plus une option, Caryn se sentit... libre.

Elle avait été une pompière pendant tellement longtemps, elle n'était même pas sûre de savoir être autre chose, mais elle pouvait se servir de ses compétences ailleurs. Avec Drew et ses amis au sein de l'équipe de recherche et de sauvetage. Ses compétences médicales seraient également très utiles.

Elle sourit pour la première fois ce matin quand elle imagina la façon dont Thomas réagirait en apprenant qu'elle était prête à se diversifier et à bêta-lire pour certains de ses amis. Il allait être fou de joie pour elle.

Ça n'allait pas être facile de changer son état d'esprit quant au fait de vouloir être aimée, mais elle le ferait.

Il fut un temps où l'un de ses instructeurs à l'académie des pompiers lui disait qu'elle n'y arriverait jamais. Qu'elle était trop faible, trop émotive, que les femmes ne pouvaient pas faire un aussi bon travail que les hommes dans le feu de l'action. Il avait tort, elle l'avait prouvé. Elle devait maintenant se prouver à elle-même, et à Drew, qu'elle pouvait tourner la page sur la façon dont elle se considérait.

S'asseyant, Caryn attendit que la pièce arrête de tourner avant de se lever. Elle se sentait toujours aussi mal, mais elle était prête à se lever et à arrêter de s'apitoyer sur son sort. Elle avait une super vie. Elle pouvait passer du temps avec son grand-père, elle avait de nouveaux amis, un petit ami qui était plus que clément et elle était le bras droit de l'un des auteurs les plus connus au monde.

Que Paul et ses potes aillent se faire foutre – ainsi que tous ceux qui ne l'aimaient pas.

CHAPITRE QUINZE

Drew se tenait dans sa cuisine, les mains sur le comptoir, tête baissée, priant pour ne pas avoir tout gâché entre lui et Caryn. C'était une femme tellement incroyable et cela le tuait qu'elle ne puisse pas le voir. Il ne supportait pas qu'elle ait besoin d'être acceptée par des gens qui ne méritaient même pas de respirer le même air qu'elle.

Il ne savait pas depuis combien de temps il se tenait là lorsqu'il entendit soudain quelque chose derrière lui. Se retournant, Drew vit Caryn debout dans l'entrée du petit salon. Elle s'était visiblement douchée et elle portait le même jean et la même chemise que la veille. Il les avait rangés dans sa chambre un peu plus tôt après les avoir lavés. Peu de temps après, il avait appelé Art et Rocky pour leur expliquer ce qui était arrivé à Caryn. Il leur avait seulement donné des détails basiques, pas ce qui s'était réellement passé.

Drew était épuisé après être resté éveillé toute la nuit, veillant sur elle, s'assurant qu'elle était en sécurité. Mais il était toujours aussi nerveux. Désormais, il retenait son souffle, priant pour qu'elle ne lui dise pas qu'elle en avait assez. Qu'elle rentrait à New York.

Elle ne dit pas un mot, elle traversa simplement la pièce jusqu'à ce qu'elle soit en face de lui. Tout comme elle l'avait fait la veille au départ du sentier, elle enroula les bras autour de lui et le serra fort.

— Tu as raison. Sur tout... Merci de m'avoir dit ce que j'avais besoin d'entendre. Je reste, Drew. Je vais appeler Thomas la semaine prochaine et lui dire que je suis intéressée pour travailler avec d'autres auteurs. Et peut-être... qu'on pourra organiser une sorte de groupe local de recherche volontaire ? J'aurais du temps devant moi et je trouve ça fou que l'équipe de Recherche et de Sauvetage d'Eagle Point s'occupe des recherches toute seule. Ça ne vous aiderait pas d'avoir plus de monde sur le terrain ?

Drew était tellement soulagé qu'il lui fallut une bonne minute avant d'être assez calme pour parler.

— Si, ça *aiderait*, mais la dernière chose dont on a besoin, c'est de personnes non formées qui se perdent dans les bois.

— C'est vrai. Donc il faut les former.

Lui et les autres avaient envisagé de faire exactement ce qu'elle suggérait, mais finalement, ils n'avaient jamais donné suite. Notamment parce qu'ils travaillaient tous à plein temps. Confier à Caryn la responsabilité d'organiser et de former un groupe de volontaires serait la solution idéale, et avec ses qualités relationnelles, il savait qu'elle pourrait le faire mieux que quiconque dans l'équipe.

Il s'écarta pour regarder ses yeux.

— Tu restes vraiment ?

Elle hocha la tête.

— Dieu merci, putain, gronda-t-il avant de baisser la tête.

Il l'embrassa avec force. C'était passionné et intense et Drew fit de son mieux pour lui montrer, sans parler, à quel point il était soulagé qu'elle aille bien, qu'elle reste et qu'elle ne lui en veuille pas d'avoir dit toutes ces choses.

Absolument tout.

Elle lui rendit son baiser tout aussi passionnément.

Une fois qu'ils eurent tous les deux repris leur souffle, ils se regardèrent.

— Merci d'être venu me chercher, hier soir, lui dit-elle.

— Je viendrai toujours te chercher, dit Drew sans aucune hésitation.

— Hum…, même si ça ne me gênerait pas de continuer tout ça, dit-elle en les désignant timidement, je suis encore patraque. Je me disais que je pourrais essayer de manger ce toast que tu as mentionné et, si ce n'est pas trop tard, on peut toujours essayer d'aller chez Bristol ? Je ne serai pas d'une grande aide pour la grange, mais j'aimerais bien prendre l'air. Tant que je peux mettre des lunettes de soleil, je pense que ça ira.

— Tu es sûre ? demanda Drew.

Caryn acquiesça.

— OK. Mais je leur dirai qu'on ne reste pas longtemps. Tu es encore déshydratée. Et pour être honnête, je suis épuisé.

Elle fronça les sourcils d'un air inquiet.

— Tu as pu dormir cette nuit ?

— Non.

— Non. Genre, pas du tout ? Ou pas beaucoup ?

— Je n'allais pas dormir alors que tu étais aussi ivre, chérie. Je suis resté éveillé pour m'assurer que tu allais bien.

— Oh, merde. Je me sens à nouveau mal, du coup, marmonna-t-elle en baissant les yeux.

Drew glissa un doigt sous son menton et le releva pour qu'elle le regarde à nouveau.

— Même si je me faisais du souci pour toi et que j'étais furieux de ce que t'ont fait ces crétins, hier soir, c'était l'une des nuits les plus mémorables de ma vie. Te serrer contre moi dans le lit pour la première fois ? T'avoir blottie contre moi et t'entendre gémir de contrariété parce que je me levais ? C'était la meilleure sensation au monde.

Caryn rougit.

— Je suis sûre que si j'avais été réveillée et pas saoule ni en gueule de bois ni en train de vomir dans un bol – ce dont je me souviens maintenant et dont je suis mortifiée, et d'ailleurs tant qu'on est en vie, je ne veux plus jamais en parler – ça aurait aussi été la meilleure sensation au monde pour moi.

Drew rit.

— Ça va marcher entre nous, lui jura-t-il.

— J'espère.

— Si, insista-t-il. Assieds-toi et je vais te chercher un toast. Peut-être un Sprite aussi ? Tu penses pouvoir le garder dans ton estomac ?

— Oui. Et, Drew ?

— Oui ?

— Cette fois-ci, je le pense quand je dis que je ne boirai plus jamais comme ça. Pas à l'excès. Je boirai peut-être un verre de vin ou de bière de temps en temps, mais rien de plus. Et si quelqu'un me fait chier parce que je ne bois pas, je m'en fous. J'ai retenu la leçon.

Drew était extrêmement fier d'elle. Il se fichait qu'elle soit occasionnellement ivre ou non, mais il espérait qu'il n'y aurait plus jamais un autre accident comme hier soir, où elle ne se souvenait pas de ce qui s'était passé. Elle avait été bien trop vulnérable. Elle avait eu de la chance. Ils avaient *tous les deux* eu de la chance.

— OK, chérie. Va t'asseoir. J'arrive avec ton déjeuner.

* * *

Plus tard dans l'après-midi, Drew ne pouvait s'empêcher de regarder là où Caryn était assise avec Bristol, Lilly et Elsie sous le porche de la maison. Elle était un peu pâle et n'avait pas enlevé les lunettes de soleil qu'elle avait mises en partant de chez lui un peu plus tôt, mais elle semblait être de bonne humeur, riant et souriant avec les autres filles.

— Ça va ? demanda Zeke, poussant Drew à se tourner vers lui.

Le temps qu'il arrive, les autres gars avaient mesuré et coupé de grosses poutres de bois et fini de sécuriser le loft. Rocky examinait les plans du côté de la grange qu'il transformait en atelier de vitrail pour Bristol, et était en train d'en parler avec Ethan, qui devait installer tous les composants électriques. Les autres gars – Brock, Tal et Raiden –faisaient une pause, plaisantaient avec Tony et lui faisaient découvrir les joies de la balançoire. Ils l'avaient attachée à un grand arbre juste à l'extérieur de la grange un peu plus tôt, et les rires du petit garçon qui résonnaient dans la structure désormais vide faisaient sourire tout le monde.

— Ça va, dit Drew à son ami.

— Content de l'apprendre. Caryn n'a pas l'air en forme cette après-midi.

Drew acquiesça et résuma rapidement ce qui s'était passé la veille à son ami.

Un muscle de la mâchoire de Zeke se contracta de façon répétée.

— Comment ça se fait que tu te tiennes là au lieu d'être en train de casser la gueule de ce connard de Paul ?

— J'en avais envie, avoua Drew. Je veux lui donner une leçon qu'il n'oubliera jamais. Mais je sais que ce n'est pas ce que voudrait Caryn. Elle s'en *veut* de ce qui s'est passé. Et même si, oui, en apparence on peut dire qu'elle les a retrouvés là-bas de son plein gré et qu'elle aurait pu refuser les verres, le fait est qu'ils se sont servis de son besoin d'être acceptée. Paul était en position de pouvoir par rapport à elle, parce qu'il est responsable du comité de recrutement pour le poste de pompier. Elle le savait. Il le savait. Et il en a profité.

— Et du coup ? Qu'est-ce qu'on fait ? demanda Zeke.

Drew sourit. Il adorait voir que ses amis le soutenaient constamment. C'était exactement ce qu'il avait cherché durant toute sa carrière. C'était presque ironique qu'il l'ait trouvé après avoir démissionné. Ce genre de loyauté était également ce qu'il voulait pour Caryn. Qu'elle réalise qu'elle l'avait déjà, qu'ils finissent ensemble ou non.

— Rien, dit-il tardivement.

— Rien ? demanda Zeke, clairement outré. C'est une blague !

— Non. Caryn a décidé de ne pas postuler pour le poste finalement.

— Elle s'en va ? demanda Zeke.

— Non. Elle reste. Et elle veut former un groupe de volontaires pour nous aider lors des recherches quand nous en aurons besoin.

Zeke écarquilla les yeux.

— Sérieux ?

— Ouaip. Le problème, c'est que ce connard de Paul pourrait à nouveau se retourner contre Caryn et je ne veux rien faire qui puisse la mettre mal à l'aise.

— Mais ? demanda Zeke, connaissant assez Drew pour savoir qu'il était hors de question qu'il laisse passer ça sans exercer de représailles.

— J'ai longuement parlé avec Art ce matin quand je l'ai appelé pour lui dire que Caryn allait bien. Je lui ai donné quelques détails mais je ne lui ai pas dit à quel point Caryn était mal. J'ai laissé sous-entendre que s'il voulait raconter ce qui s'était passé aux gens qui venaient à la poste et ce que Paul et ses amis avaient fait… et même exagérer un peu, je ne m'y opposerais pas.

Zeke sourit.

— C'est du génie.

— Qu'est-ce qui est du génie ? demanda Raid en marchant vers eux.

Une fois que Zeke lui eut tout expliqué, Raiden rit.

— Le réseau de commérage fera son travail et il va certainement se prendre un retour de flammes pendant un moment. Les habitants de Fallport ont bonne mémoire.

Une heure plus tard, après avoir travaillé un peu dans la grange, Rocky s'approcha de Drew et lui donna une tape dans le dos.

— T'es crevé. Rentre chez toi, ordonna-t-il.

Drew ne prit pas la peine de protester. Son ami n'avait pas tort. Après le stress de la nuit dernière, le fait d'avoir veillé sur Caryn et l'effort physique cette après-midi, il était plus que prêt à s'arrêter là.

— Merci. Je pense que je vais écouter ton conseil.

— Et une chose…, dit Rocky.

Drew le regarda en haussant les sourcils.

— Ne refais pas cette connerie, dit fermement son ami.

— Quelle connerie ?

— De ne pas nous appeler quand c'est la merde.

Drew soupira. Il avait eu le sentiment que ça allait finir par arriver.

— Tout est arrivé si vite. J'ai reçu un appel après une heure et demie du matin et j'étais littéralement dans ma Jeep en chemin pour le départ de sentier à une heure trente-cinq.

— M'en fiche. Tu aurais pu nous appeler en chemin. Ou en rentrant chez toi. L'un de nous serait venu et t'aurait aidé à garder un œil sur elle pendant que tu te reposais. On aurait pu aller parler à Art ce matin. T'apporter le petit déjeuner. *Quelque chose*. Je sais que tu essaies de construire une relation avec elle, mais ça ne veut pas dire que tu dois mettre tes amis de côté quand tu as le plus besoin d'eux.

Drew hocha la tête.

— J'ai compris.

— Bien.

Et tout à coup, toute animosité qu'aurait pu avoir Rocky, disparut.

— Elle va bien ? Tu as besoin de quelque chose ?

— Elle va bien. Je crois que cette journée lui a fait du bien. J'avais prévu de rester avec elle chez moi, mais après l'avoir vue avec les filles... c'était le bon choix.

— Tu vois ? Avec les amis tout va mieux, dit Rocky avec un rictus.

Drew leva les yeux au ciel.

— Ne fais pas ton sentimental avec moi.

— Je ne peux pas m'en empêcher. Ça fait ça quand on est aimé par une femme bien, dit Rocky sans une once de gêne. Merci pour ton aide aujourd'hui. Je pense qu'on devrait être prêts à temps pour le mariage d'Ethan et Lilly.

— J'en suis sûr. Remercie à nouveau Bristol pour moi d'avoir été si compréhensive concernant le changement du rendez-vous.

— Bien sûr. Mais tu sais, elle ne s'inquiète pas. Elle sait que tu couvres ses arrières.

Effectivement, mais Drew appréciait qu'elle ne lui en veuille pas quand même. Après avoir dit au revoir à ses autres amis, il s'avança vers le porche où les femmes étaient assises. Les trois autres filles avaient toutes un verre de vin à la main, mais Caryn tenait une bouteille d'eau.

Alors qu'il marchait vers elles, elle se leva.

— Tu as fini ? demanda-t-elle.

— Oui, dit Drew avant de se tourner vers les autres. Vous allez toutes bien ?

— Pourquoi tout le monde nous demande toujours ça ? dit Lilly avec un petit rire. Vous nous avez surveillées toute l'après-midi. On n'est pas en train de saigner, on n'a pas lâché un seul cri quand des insectes se sont posés sur nous et on est assises confortablement et tranquillement. Pourquoi est-ce que ça *n'irait pas* ?

— Je demande juste, dit Drew avec un sourire.

— C'est gentil, répondit Bristol.

— Très gentil, ajouta Elsie.

— Merci pour l'eau et la discussion, dit Caryn. Et merci de ne pas m'avoir dit à quel point j'ai été idiote pour hier soir.

Drew ne savait pas si elle leur raconterait pour ce qui s'était passé la veille, mais il était content qu'elle l'ait fait.

— Ce n'est pas toi qui as été idiote, c'est *eux*, dit Lilly d'un ton féroce.

— N'est-ce pas ? Quelle bande de connards. S'ils croient que je vais donner de l'argent pour leur nouveau fonds d'équipements, ils délirent complet, ajouta Bristol avec un regard noir.

— Et s'ils croient que je vais servir l'un d'entre eux s'ils osent mettre un pied au On the Rocks, ils rêvent.

Caryn sourit.

— Merci pour votre soutien, les filles.

— Quand tu veux.

— C'est normal.

— On se voit plus tard ? demanda Lilly.

— Ouaip. Demain au Bec Sucré à dix heures, c'est ça ? demanda Caryn.

— Oui, oui, dit Lilly.

Puis, elle se leva et serra Caryn dans ses bras. Les deux autres femmes firent de même.

Après quelques minutes de conversation, Drew prit la main de Caryn dans la sienne et salua les filles.

— OK, allez, on y va. Merci à toutes. On se voit plus tard.

Tout le monde rit alors qu'il tirait Caryn vers sa Jeep.

— C'était plutôt impoli, dit-elle d'un air renfrogné une fois qu'ils furent assis et en chemin.

— Caryn, vous seriez restées là encore dix minutes à vous dire au revoir. J'ai seulement accéléré le processus.

Elle gloussa.

— OK, t'as probablement raison.

— Pas de doute là-dessus, lui dit Drew avant de prendre sa main, se sentant bien lorsqu'elle enroula immédiatement ses doigts autour des siens. Tu te sens bien ? Comment va ta tête ?

— Ça va. Mieux que ce matin.

— Tant mieux. Tu as faim ?

Elle sourit.

— Je meurs de faim.

Une fois de plus, Drew fut soulagé.

— Je me disais qu'on pouvait retourner chez Art et manger l'un des quatre cents plats qu'il a dans son congélateur. Il se fait probablement du souci pour toi après ce qui s'est passé hier et aimerait sans doute voir par lui-même que tu vas bien.

— Ça me va parfaitement. J'allais te demander de me ramener chez moi de toute façon.

Drew acquiesça.

— Il faut que tu dormes.

Il acquiesça de nouveau.

— Ouaip. Mais ça va.

— Tu pourrais faire une sieste pendant que je parle avec mon grand-père et réchauffe le plat. Ça prendra un moment avant qu'on puisse le manger, expliqua-t-elle.

— Ça me va. Si ça ne te dérange pas.

— Drew, tu t'es donné beaucoup de mal hier soir. Je ne sais pas ce qui se serait passé si tu n'étais pas venu me chercher. Donc, non, ça ne me dérange pas que tu dormes un peu alors que tu n'as pas dormi la nuit dernière comme tu veillais sur moi.

— Je le ferais à nouveau, chaque nuit, si c'était nécessaire.

Caryn lui sourit.

— J'espère que tu sais que je ferais la même chose pour toi.

— Oui. On est une bonne équipe, chérie.

Il commençait à se dire que peut-être, juste peut-être, elle s'en rendait enfin compte.

— C'est vrai, acquiesça-t-elle. Mais jusqu'à présent j'ai plus l'impression que c'est toi qui as assuré mes arrières.

— Ce n'est pas une compétition, dit-il en haussant les épaules. Je suis sûr qu'un jour tu sauveras mes fesses.

Le reste du trajet jusque chez Art se fit dans un silence complice. Ils marchèrent jusqu'à la porte d'entrée, main dans la main.

Dès la seconde où Caryn fut à l'intérieur et qu'Art la vit depuis son fauteuil dans le salon, il grogna :

— Il était temps que tu rentres à la maison, jeune fille. Ramène tes fesses ici. Il faut qu'on parle.

— Merde, marmonna Caryn.

Drew ne put s'empêcher de rigoler. Il savait qu'Art avait passé la matinée devant le bureau de poste avec Silas et Otto et avait probablement répandu des rumeurs sur Paul et ses acolytes. Mais désormais, il était rentré et était clairement inquiet pour sa petite-fille et il avait hâte de voir par lui-même si elle était bien en un seul morceau.

— Attends une seconde, lui dit-elle. Il faut que je fasse réchauffer un plat dans le four. Ensuite, il faut que je me change, parce que je n'en peux plus de voir cette chemise et je veux juste mettre un jogging. Oh et Drew va faire une sieste pendant que je réchauffe le plat et qu'on parle. Ça te va ?

— Bien sûr. En ce qui me concerne, après ce qu'il a fait pour toi, ton ami peut même emménager ici s'il le veut. Mais dépêche-toi de faire ce que tu as à faire pour qu'on puisse parler.

Caryn se tourna vers Drew.

— Je rêve ou Art vient de t'autoriser à vivre chez nous ?

Drew rit.

— J'en ai bien l'impression. Et d'ailleurs, ça me va très bien d'emménager avec toi, mais je pense que c'est encore un peu tôt pour ça. Par contre, je ne suis pas opposé à quelques soirées pyjama, lui dit-il avec un clin d'œil. Et pitié, dis-moi que je peux faire la sieste dans ton lit.

Il adora le rouge qui se répandit sur ses joues.

— C'est plutôt juste, vu que j'ai dormi dans le tien hier soir.

— La meilleure nuit de ma vie, lui rappela-t-il.

Puis, il se pencha vers elle, l'embrassa sur le front et salua Art en levant le menton avant d'emprunter le couloir jusqu'à sa chambre, comme s'il le faisait tous les jours.

CHAPITRE SEIZE

Après avoir regardé Drew disparaître dans le couloir, Caryn prit une grande inspiration. Sa tête lui faisait toujours mal, mais elle était certaine que dès qu'elle aurait mangé, elle se sentirait bien mieux. Elle prit un plat dans le congélateur et préchauffa le four. Puis, elle se rendit dans le salon où son grand-père l'attendait.

Elle avait senti son regard sur elle pendant qu'elle s'activait dans la cuisine. Il n'allait pas être content une fois qu'il aurait entendu toute l'histoire. Mais elle ne lui cacherait rien. Elle avait toujours tout partagé avec Art et même si elle avait honte de ses actes, elle ne comptait pas arrondir les angles.

— Assieds-toi, ma petite, lui dit-il doucement, tapotant le coussin sur le canapé à côté de lui.

Caryn prit une grande inspiration et s'assit.

— Alors... La Cave ? demanda Art.

— J'ai été stupide, dit-elle.

— Non, dit Art d'un ton sévère. Ma petite-fille n'est *pas* stupide. Je ne veux plus jamais t'entendre dire ça.

Caryn ne put s'empêcher de sourire. Art avait toujours été son plus fervent supporter.

— Tu te rappelles cet été quand tu as failli te battre avec ce type ? demanda-t-elle.

Art gloussa.

— Il m'aurait mis une raclée, songea-t-il.

— Alors pourquoi tu lui as tenu la tête comme tu l'as fait ? lui demanda Caryn.

— Parce que c'était la bonne chose à faire. Écoute, son fils était un petit con. Il n'avait aucun droit de te pousser de ce wagon, puis de dire que tu ne pouvais plus y retourner.

— Ce n'était pas très grave, dit Caryn.

— Si. Si tu avais été méchante avec lui ou autoritaire à ton tour, j'aurais laissé tomber. Mais tu n'avais littéralement rien fait à ce garçon. Il avait juste décidé qu'il était mieux que toi et qu'il était le roi du château. Si toi tu avais fait *ça*, je t'aurais ramenée à la maison par la peau des fesses et je t'aurais sermonnée en te disant que tu n'étais pas meilleure que les autres. Quand son père a eu un rictus et levé son pouce vers son fils, j'ai perdu mon sang-froid.

— Tu penses vraiment que cet homme ou ce gamin ont appris quelque chose de ton comportement de grand-père surprotecteur ? demanda Caryn.

— Non. Mais, toi oui.

Caryn se figea en regardant Art.

— Non ? insista-t-il en haussant les sourcils.

Caryn hocha lentement la tête.

— Oui. En rentrant à la maison, on a discuté du fait que le garçon avait tort et que le wagon était un lieu public et que personne n'avait le droit d'empêcher quelqu'un de faire ce qu'il voulait... tant que ça ne faisait de mal à personne.

— Exactement, dit Art avec un air suffisant. Ça aurait valu la peine que je me fasse botter les fesses.

Caryn aimait tellement cet homme. Elle ne savait pas ce qu'elle allait faire sans lui. Bien évidemment, elle espérait qu'il ait encore de nombreuses années à vivre, mais elle n'était pas irréaliste non plus. Et quand il était passé tout proche de la mort, elle avait eu très peur. Art était la seule famille qui lui restait. Sans lui, elle serait seule. Secouant légèrement la tête et refusant de penser à ça, elle prit sa main et la serra.

— Je suis allée à La Cave parce que Paul et ses potes m'ont invitée. Je pensais qu'ils voulaient apprendre à me connaître. Je pensais que ça augmenterait mes chances de décrocher le poste vacant à la caserne, expliqua-t-elle à son grand-père.

— C'est compréhensible, dit-il. C'est ce que font les gens... ils apprennent à se connaître, essaient de voir s'ils s'entendent bien. J'imagine que c'est encore plus important quand on fait un métier où l'on met sa vie en jeu pour aider les autres.

— Oui. Quoi qu'il en soit, au début ça allait. La Cave n'est pas aussi horrible que ce que les gens disent, mis à part quelques machos abrutis. Mais ensuite, ils ont apporté un plateau de shots et tout le monde en a bus. J'ai eu l'impression que je n'avais pas le choix. Tout au long de ma carrière, j'ai toujours été exclue des rassemblements sociaux avec l'équipe. Notamment en tant que femme dans un milieu d'hommes. Si je n'avais pas bu ce verre, je n'aurais pas eu une seule chance d'obtenir ce travail, et on le sait tous. Alors je l'ai fait. Et le suivant. Puis le suivant. Je ne savais absolument pas qu'ils buvaient de l'eau pendant que moi je buvais de la vodka.

— J'imagine que ma question c'est... pourquoi tu as continué ? demanda Art.

Caryn soupira et baissa les yeux vers ses genoux. Art avait toujours la main dans la sienne et même si c'était nul de parler de ce qu'elle avait fait, elle savait également que son grand-père ne la ferait pas se sentir plus mal.

— J'imagine que je voulais finir ce que j'avais commencé, dit-elle sans conviction.

Art émit un raclement de gorge et elle leva les yeux vers lui.

La déception dans son regard faillit la tuer. La dernière personne qu'elle avait envie de décevoir, c'était Art.

— Je sais, je sais. C'était une mauvaise décision.

— C'est peu dire, dit Art dans sa barbe.

Puis, il posa la main sur sa joue.

— Écoute, tu as fait une erreur. Mais j'imagine que tu as aussi gagné beaucoup de temps.

Caryn fronça les sourcils.

— Je ne comprends pas.

— Qu'est-ce qui ce serait passé si tu y étais allée, qu'ils avaient rigolé et plaisanté avec toi, joué au billard, et que tu avais peut-être pris une bière ou deux avant de repartir ?

Caryn se mordit la lèvre alors qu'Art baissait la main.

— J'imagine que j'aurais postulé pour le job.

— Voilà. Et mettons que tu aurais été prise. Ensuite, quoi ?

— Je ne sais pas, dit-elle d'un ton bourru.

Art haussa simplement les sourcils. Elle souffla longuement, gonflant les joues.

— OK. J'aurais accepté, j'aurais commencé à travailler avec eux et me serais finalement rendu compte que c'était une bande d'abrutis. J'ai vu la caserne, Grand-père. C'est le bordel. Ce sont tous des crasseux. Et des flemmards. Il y a des ordures de partout, le camion est sale, l'équipe fait la sieste en plein milieu de la journée... c'était assez pathétique.

— OK. Moi ce que je vois, c'est que c'est une bonne chose que tu te sois rendu compte à quel point ce sont des imbéciles avant de perdre ton temps et ton énergie pour eux.

Il n'avait pas tort.

— C'est vrai, dit-elle.

— Donc... j'imagine que ce n'est plus envisageable de travailler pour le DIF. Et maintenant ? demanda-t-il.

— Oui. Paul m'a bien fait comprendre que je n'aurais pas le poste, même si je *postulais*, dit-elle.

— Mais tu comptes quand même rester, n'est-ce pas ? demanda Art.

Elle entendait la trépidation dans sa voix. Elle serra sa main qu'elle tenait toujours.

— Oui, je reste, dit-elle. Je vais peut-être devoir rester chez toi plus longtemps que prévu.

— Ma chérie, tu peux rester ici aussi longtemps que tu le souhaites, tu le sais. C'est juste que maintenant je devrais aller chez mes petites copines plutôt que de les faire venir ici.

Caryn rit. Art disait vraiment n'importe quoi. Il avait toujours été complètement dévoué à sa femme. Lorsqu'elle était décédée quand Caryn était encore petite, il avait été dévasté. Il n'y avait jamais eu personne d'autre depuis.

— D'accord, dit-elle avec un sourire. Je pensais envoyer un email à Thomas pour lui dire que j'étais prête à discuter avec certains de ses amis auteurs au sujet de la bêta-lecture.

Art eut grand sourire.

— Ça, c'est ma petite fille.

— Et je m'entraîne toujours avec Drew pour l'équipe de RES. Il y a bien plus à faire que de simplement marcher dans la forêt pour retrouver les gens.

— Ah, on parle *enfin* de lui, dit Art avec des étincelles dans les yeux. Il est gentil.

Caryn rit.

— Oui, il l'est.

— Tu l'aimes bien.

Elle ne le nia pas.

— Et il n'était pas content de ce qui s'est passé hier soir.

Caryn fronça les sourcils.

— Non, dit-elle doucement. Il était très en colère.

— Contre toi ?

Elle y réfléchit un instant, puis secoua la tête.

— Non. Enfin, un peu. Il m'a dit qu'il s'était inquiété pour moi.

— Caryn, il a reçu un appel au milieu de la nuit parce que tu étais ivre et que tu venais de quitter La Cave – alors qu'il ne savait même pas que tu étais censée y être au départ – avec quatre hommes. *Évidemment* qu'il s'est inquiété. Qu'est-ce qui s'est passé quand il t'a retrouvée ?

— Je ne m'en souviens pas, reconnut Caryn, se sentant à nouveau mal. Mais quand je me suis réveillée ce matin, je portais son T-shirt et j'étais dans son lit. Il est resté debout toute la nuit, veillant sur moi pour s'assurer que je ne meure pas. Il t'a appelé, a annulé un rendez-vous qu'il avait aujourd'hui, a dit à ses amis qu'il ne pouvait pas les rejoindre pour travailler sur la grange de Rocky, a lavé mes vêtements et ne m'a pas crié dessus en me disant que j'avais été idiote, alors qu'on savait tous les deux que ce que j'avais fait était extrêmement dangereux.

Art avait un immense sourire sur le visage.

— Pourquoi tu souris ? demanda Caryn. Je viens de t'avouer que j'étais tellement saoule que j'ai eu un trou noir.

— Et tu m'as également dit tout ce que j'avais besoin de savoir sur l'homme qui dort actuellement dans ton lit.

Comme il se tut ensuite, Caryn lui demanda doucement.

— Ce qui est ?

— Que tu lui plais, lui dit son grand-père. Qu'il se plierait en quatre pour te garder en sécurité. Que c'est un homme bien. Est-ce que je t'ai dit dernièrement que je t'aime et que je suis très fier de tout ce que tu as accompli ?

Caryn sentit une boule se former dans sa gorge. Elle secoua la tête.

— Eh bien, c'est dit. Tu n'as pas choisi la voie la plus facile. Parfois, j'aurais aimé que tu choisisses un métier moins dangereux... comme peut-être comptable, comme ton homme.

Caryn ne revint pas sur le « ton homme ». Elle aimait bien comment ça sonnait.

— Je suis très nulle en math, lui rappela-t-elle. Je ne serais pas plus comptable que toi tu n'aurais été travesti dans un cirque.

Art éclata de rire. Une fois qu'il se fut ressaisi, il continua :

— Tout ce que je dis, c'est que tu es exactement là où tu es censée être dans ta vie. Toutes ces conneries que tu as supportées, toutes les vies que tu as sauvées, toutes les casernes différentes dans lesquelles tu as travaillé... elles t'ont toutes menée ici.

— J'ai du mal à accepter que j'aie passé toute ma vie d'adulte à perfectionner mes compétences de pompier et de secouriste alors qu'aujourd'hui je tourne si facilement le dos à ce travail, avoua Caryn.

— On ne sait jamais ce qui peut arriver, dit Art. Il y a toujours une raison pour laquelle nous faisons telle ou telle chose dans la vie. Peut-être que tu ne mettras plus jamais un pied dans une caserne. Mais la vie sait nous surprendre.

— J'aimerais bien avoir moins de surprises, marmonna Caryn.

Puis, elle demanda un peu plus fort :

— Je peux savoir quelles rumeurs tu as lancées sur Paul et ses amis aujourd'hui ?

Art sourit.

— Je ne vois pas de quoi tu parles. Je ne lance aucune rumeur, moi.

— Mais bien sûûûûûr, dit Caryn.

— Je communique avec les gens, lui dit Art. Honnêtement, j'en ai assez de parler de moi. Tout le monde me demande tout le temps comment je vais. Si je vais bientôt passer l'arme à gauche. Alors c'était sympa de parler d'autre chose.

— Comme ? insista Caryn.

— Comme le fait que j'ai entendu dire que notre cher capitaine des pompiers est rentré de Floride avec un peu plus que des souvenirs.

Caryn fronça les sourcils.

— Je ne comprends pas.

Art gloussa.

— J'ai peut-être aussi sous-entendu que les morpions n'étaient pas toujours qu'un jeu de société.

Caryn fit de son mieux pour garder son calme, mais elle ne put s'empêcher d'éclater de rire.

— Mais non, t'as pas fait ça ! le gronda-t-elle.

Art haussa les épaules.

— Ça m'a peut-être également échappé que Lou a reçu de nombreux courriers de recouvrement de dettes, que Dennis a dépassé son crédit au supermarché de Grogan et que la femme de George a également déposé une ordonnance restrictive contre lui auprès de Simon avant de quitter la ville.

Caryn le regarda, les yeux écarquillés.

— Putain de merde, Art. Tu ne peux pas faire ça ! Tu vas te faire poursuivre pour diffamation ou un truc du genre.

— Pas si c'est vrai, dit-il avec un autre haussement d'épaules détaché.

— Mais comment tu sais tout ça ?

Art secoua la tête vers elle.

— Ma chérie, ça fait trop longtemps que tu es partie. Je sais tout ce qui se passe dans cette ville. Je l'ai toujours su et je le saurai toujours.

— Tu me fais peur. Qu'est-ce que tu sais d'autre ?

Il sourit.

— Que je doute que tu sois obligée de vivre avec moi pendant encore longtemps. Pas quand ton homme a déjà une maison et un lit tout à fait corrects.

Caryn sentit qu'elle rougissait.

— Je... on ne... il. Zut.

Son grand-père rit et lui tapota le genou.

— J'ai quatre-vingt-onze ans. Tu ne crois pas qu'il est temps que je devienne un arrière-grand-père ?

Elle était en train de déglutir lorsqu'elle réalisa ce qu'il venait de dire et Caryn s'étouffa avec sa salive. Tout ce qu'elle put faire fut de regarder Art.

— Quoi ? demanda-t-il, essayant de paraître innocent – en vain. Tu crois que je vais rester assis et faire comme si tu n'étais pas une très belle femme dans la fleur de l'âge ? J'imagine que tu n'es pas vierge puisque tu étais mariée et qu'il est un peu tard pour que je m'inquiète de ta vie sexuelle. Drew Koopman est un bon parti. Il est beau, plein d'intégrité, très intelligent et il tient visiblement beaucoup à toi. J'espère que tu fais déjà la bête à deux dos avec ce type, mais si ce n'est pas le cas, tu devrais t'y mettre. Aucun de nous ne rajeunit et si tu attends trop longtemps, ce sera plus dur pour toi de tomber enceinte.

— Grand-père ! protesta-t-elle.

— Quoi ? demanda-t-il.

— Je n'arrive pas à croire que tu aies appelé ça la bête à deux dos, dit-elle. Et puis, ça ne fait pas longtemps qu'on se connaît.

— Cela faisait seulement deux semaines que je connaissais ta grand-mère avant de la demander en mariage. Elle m'a fait courir pendant un mois avant d'accepter. Mais à ce moment-là, je lui avais déjà montré mes prouesses au lit et elle ne pouvait plus me résister.

Caryn leva les mains pour les mettre sur ses oreilles.

— Stop ! Je ne peux pas parler de sexe avec toi ! se plaignit-elle.

Art rit.

— Tout ce que je dis, c'est que lorsque tu trouves la bonne personne, tu le sais. Le temps passe et je veux te voir heureuse et en couple avant que je meure. Et ça ne me dérangerait pas non plus d'apprendre à connaître mes arrière-petits-enfants.

— Est-ce qu'on peut ne pas parler de ta mort s'il te plaît ? Tu vas vivre jusqu'à cent-quarante ans. Point final.

Le regard tendre de son grand-père faillit faire craquer Caryn.

— Je t'aime, ma petite, dit Art. Tu n'imagineras jamais à quel point.

— Moi aussi je t'aime.

— C'est un tournant décisif de ta vie. Tu ne seras peut-être plus pompière, mais je vois encore de grandes choses pour ton avenir.

— J'espère.

— Je le sais, rétorqua-t-il. Bon, va mettre ce plat dans le four et va faire des câlins à ton homme pendant un moment. Assure-toi qu'il sache à quel point tu lui es reconnaissante d'avoir fait tout ça pour toi dernièrement. Je sortirai le plat quand il sera prêt.

— Je ne suis pas sûre d'apprécier que mon grand-père me pousse à coucher avec mon petit ami, marmonna Caryn.

— J'ai beau être vieux, je me souviens à quel point le sexe était extraordinaire, dit Art avec un sourire.

— OK. J'y vais. Je ne peux plus supporter de t'entendre parler de sexe, dit Caryn.

Elle se leva, mais Art lui attrapa la main avant qu'elle ne s'en aille.

— Je suis content que tu ailles bien, dit-il doucement. Sans toi, je n'aurais rien.

Caryn dut se retenir de ne pas fondre en larmes. Car elle ressentait exactement la même chose. Et en vérité, Art la quitterait bien avant qu'elle ne soit prête.

— Je t'aime. Merci d'avoir fait circuler ces rumeurs – euh pardon. D'avoir *communiqué* ces choses sur le connard d'hier soir.

— De rien.

Ils échangèrent un dernier regard tendre avant qu'elle ne se retourne enfin et aille dans la cuisine. Quand elle se rendit dans la chambre quelques minutes plus tard, elle ouvrit doucement la porte et vit Drew endormi sur les couvertures. Il avait la bouche légèrement ouverte, les cheveux ébouriffés, le visage doux... et elle jura que cet homme était le plus sexy qu'elle ait vu de toute sa vie.

Le fait de le regarder lorsqu'il était complètement vulnérable la fit se sentir encore plus proche de lui. Car Drew Koopman n'était jamais vulnérable. Il était toujours vigilant, observant tout le monde et tout autour de lui. Toujours en mission, pour ainsi dire.

Elle marcha sur la pointe des pieds jusqu'au matelas et s'assit lentement sur le lit. Évidemment, Drew se réveilla immédiatement.

— Le dîner est prêt ? marmonna-t-il les yeux toujours fermés.

— Pas encore. Ça ne te dérange pas si je te rejoins un moment ? demanda-t-elle.

Au lieu de lui répondre verbalement, Drew l'attrapa par la taille et l'attira contre lui, la serrant contre lui par-derrière.

Ritnt et pas vraiment surprise qu'il puisse l'installer contre lui sans même ouvrir les yeux, elle se blottit contre lui.

— Merci pour tout, chuchota-t-elle au bout d'un moment.

— Je ferais tout pour toi, murmura Drew.

Elle ne savait pas du tout s'il était endormi ou non, mais ses mots la marquèrent profondément. Toute sa vie, tout ce qu'elle avait désiré, c'était d'être acceptée. Et il avait eu raison un peu plus tôt quand il lui avait dit qu'elle n'avait pas besoin de faire autant d'efforts, car elle avait déjà été acceptée par son groupe d'amis qui l'avaient accueillie les bras ouverts.

Pour la première fois de sa vie, elle éprouva une sorte de plénitude. Elle n'avait pas besoin d'être appréciée par toutes les personnes qu'elle rencontrait... tant qu'elle avait de bons amis, elle serait satisfaite.

Caryn n'était pas vraiment fatiguée, elle avait dormi bien plus longtemps que d'habitude cette nuit, grâce à l'alcool dans ses veines. Drew avait gardé un œil sur elle et c'était désormais son tour. Elle resserra son emprise sur son bras et sourit lorsqu'il marmonna quelque chose dans sa barbe et effleura ses cheveux du bout de son nez.

Cet homme était son avenir. Comme l'avait dit son grand-père, quand on sait, on sait. Ça lui faisait toujours terriblement peur, il était très possible que cela ne fonctionne pas, mais elle en avait assez de jouer la sécurité. Elle tombait amoureuse de cet homme et bizarrement, il semblait tomber amoureux d'elle aussi.

Elle allait chercher ce qu'elle voulait, et ce qu'elle voulait, c'était Drew. Sous elle. Sur elle. Derrière elle. Elle avait bien retenu la leçon la nuit dernière, et même avant ça, après l'agression de son grand-père. La vie n'était pas garantie. Il fallait qu'elle vive l'instant présent.

Ce qui pour elle voulait dire : envoyer un mail à Thomas demain concernant son envie de bêta lire pour les autres, passer plus de temps avec ses nouveaux amis, manger plus de roulés à la cannelle, se détendre un peu plus, continuer d'apprendre tout ce qu'elle pouvait concernant la recherche et le sauvetage... et faire l'amour avec Drew.

Souriant sur ce dernier point, elle enroula ses doigts avec les siens sur son ventre. Il resserra brièvement son emprise, puis se détendit à nouveau.

Caryn ne savait absolument pas ce que sa nouvelle vie à Fallport lui réservait, mais elle savait sans l'ombre d'un doute que le temps qu'elle passerait avec Drew lui changerait la vie. Elle ne regretterait pas d'avoir été en couple avec lui si ça finissait par ne pas marcher. Pour une fois dans sa vie, elle faisait ce qu'*elle* voulait, sans se soucier de l'opinion des autres. Et c'était génial.

* * *

Paul était assis dans sa chambre sombre, furieux. Il avait encore reçu des textos, emails et appels concernant cette rumeur comme quoi il était revenu de Floride avec une MST, plus qu'il ne voulait y penser.

Oui, ça lui grattait les couilles et alors ? Ça en valait complètement la peine. La pute avec laquelle il avait couché avait été chaude comme jamais. Il n'avait jamais baisé comme ça de sa vie. C'était tellement bon qu'il l'avait payée pour rester toute la nuit et il ne se souvenait même pas du nombre de fois où il avait joui. Elle avait valu chaque dollar. Les putes de Fallport ne pouvaient être comparables aux chattes qu'il avait à Miami. Même pas un peu.

Il était certain que c'était ce vieux bâtard qui avait fait circuler la rumeur. Il ne savait pas comment Art avait su pour ses démangeaisons, mais c'était probablement à cause de *Caryn* si cette information était désormais de notoriété publique.

Mais il n'était pas seulement en colère par rapport à son séjour en Floride. Hier soir c'était juste une putain de blague. Quelque chose que lui et ses potes se faisaient les uns aux autres – et personne n'avait jamais pris ces blagues de façon personnelle. Mais évidemment, cette salope avait *dû* ouvrir sa bouche et raconter à tout le monde ce qui s'était passé. Ou au moins son foutu grand-père, qui était une putain de commère.

Et désormais, Paul en payait le prix.

Le chef de la police avait déjà été à la caserne pour l'interroger. Et il avait appris que d'autres clients du bar avaient aussi été contactés. La dernière chose dont il avait besoin, c'était d'une enquête. Le fait que *tout le monde* croit Caryn, alors que c'était la parole de Paul et de ses amis contre la sienne, des gens qui avaient sauvé plus de vies dans cette ville qu'elle ne le ferait jamais, lui restait en travers de la gorge.

Paul ne pouvait pas perdre son travail. Il avait travaillé dur pour en arriver là. Il était capitaine du DIF et il n'allait pas se laisser faire.

Cette connasse était le fléau de son existence. Elle l'avait toujours été. Il la détestait.

Hier, il avait été question de remettre Caryn Buckner à sa

place et de lui faire comprendre qu'elle ne ferait jamais partie des leurs. La seule raison pour laquelle il embaucherait une femme, ce serait pour faire taire ces trous du cul du conseil municipal qui s'inquiétaient de la diversité. Pas un seul membre de son unité ne voulait d'une gonzesse dans son équipe. Hors de question.

Il aurait bien pu la baiser s'il l'avait voulu. Dennis avait parlé de la baiser, mais Paul avait refusé. Honnêtement, elle aurait dû le remercier au lieu de vouloir ruiner sa réputation !

Tout ce qu'ils avaient fait, c'était la laisser au départ du sentier. Ils auraient pu faire bien pire. Ce n'était pas de leur faute si elle ne tenait pas l'alcool. Personne n'avait tenu un flingue contre sa tempe en la forçant à boire. Elle avait fait ça de son plein gré. Le fait que des habitants de Fallport – des gens que lui et ses amis avaient aidés de nombreuses fois – se retournent contre eux pour prendre le parti de cette connasse était révoltant !

Il espérait qu'elle postule pour le poste vacant au DIF. Il se ferait une grande joie de la rejeter. Il la ferait venir pour un entretien, histoire de faire taire le conseil, puis il choisirait quelqu'un d'autre.

Le fait d'imaginer frapper Caryn là où ça lui ferait le plus mal et à quel point elle serait contrariée de ne pas avoir eu le poste fit sourire Paul.

Il détestait cette putain de ville. Il ne restait que parce qu'il gagnait bien sa vie en tant que capitaine. Le boulot était tellement facile que c'en était ridicule. Il y avait rarement des incendies, pas beaucoup d'accidents de voiture graves. Il passait la plupart de son temps en service à dormir, gagnant un salaire facile. Pendant son temps libre, il regardait du porno à la maison ou traînait à La Cave. Il était parfaitement satisfait de vivre chez ses parents, sans crédit immobilier et sans avoir à payer pour des trucs comme l'Internet, la télé, l'électricité... Il était libre de dépenser son salaire pour des voyages à Miami et pour ses webcam girls préférées. La vie était belle.

Il ne pouvait *pas* perdre son travail. Si l'enquête continuait, c'était une possibilité certaine. Hors de question qu'il postule ailleurs et prenne un nouveau départ. D'après tout ce qu'il avait entendu sur les grandes villes et les casernes, il y avait une tonne de règles et de consignes que les pompiers devaient suivre.

Il devait trouver un moyen de stopper les rumeurs le concernant lui et ses amis... et remettre Caryn à sa place une bonne fois pour toutes. Elle ne serait jamais une vraie Fallportienne, peu importe à quel point elle en avait envie.

Paul sourit. Il venait d'inventer ce mot et ça lui plaisait. Il avait grandi ici et avait vécu à Fallport toute sa vie. C'était une putain d'intruse. Une non-Fallportienne. Il devait forcément y avoir un moyen de la chasser de la ville... il devait juste trouver comment.

CHAPITRE DIX-SEPT

Il y avait quelque chose de différent chez Caryn, mais Drew n'arrivait pas vraiment à mettre le doigt dessus. Elle paraissait plus... détendue. Ce n'était pas vraiment le bon mot, mais ça ferait l'affaire. Après qu'il se fut réveillé dans son lit chez son grand-père il y a quelques jours, elle n'était plus nerveuse ou trop pleine d'énergie, comme d'habitude. Ce soir-là, il était rentré chez lui et avait dormi huit heures d'affilée. Quand il s'était réveillé, il avait reçu un texto de Caryn lui indiquant qu'elle avait envoyé un email à Thomas et avait déjà prévu deux appels avec des auteurs, pour voir comment ils pouvaient s'organiser pour la bêta-lecture.

Ils s'étaient entraînés tous les matins, elle était allée passer du temps chez Bristol, avait assisté à l'un des matchs de foot de Tony, assise à côté d'Elsie et Zeke et était même partie à une séance photo avec Lilly. Elle avait passé une matinée à la boulangerie avec Finley et s'était finalement rendue à la bibliothèque pour faire connaissance avec Khloe.

C'était comme si ce qui lui était arrivé à La Cave avait fondamentalement changé Caryn. Cela inquiétait un peu

Drew, mais il était aussi ravi pour elle. Elle avait vécu une situation merdique et l'avait utilisée à son avantage, s'efforçant d'établir des liens plus profonds avec les gens avec qui elle aimait passer le plus de temps.

Et elle semblait avoir plus confiance en elle. Ce qui était très excitant. Chez lui, non seulement ils s'occupaient de faire des choses de couple – cuisiner, regarder la TV, parler – mais leur relation physique avait également progressé. Chaque soir, ils finissaient allongés sur le canapé, s'embrassant. Caryn était sexy et sensuelle et tous les soirs il devait lutter pour ne pas la déshabiller totalement et lui faire l'amour jusqu'à ce qu'elle crie son prénom.

Quelque chose avait clairement changé en elle. En *eux*. Pour le mieux.

Drew voulait plus. Il voulait se réveiller avec elle chaque matin et être la dernière personne qu'elle voyait avant de s'endormir. Il avait envie de rigoler autour d'un petit déjeuner et d'un café, il voulait pouvoir rentrer chez lui après le sport et l'attirer dans sa douche. Il avait Caryn dans la peau et il ne voulait jamais qu'elle parte.

Ce qui n'était pas habituel pour lui. Normalement, après être sorti avec une femme pendant un petit moment, Drew finissait par ne plus apprécier sa personnalité et ses habitudes et finissait par mettre fin à la relation. Mais plus il passait du temps avec Caryn, plus il avait envie d'être avec elle.

Ce soir, comme les derniers soirs, ils étaient assis sur le canapé après le dîner. Ils avaient réchauffé un autre plat avec Art un peu plus tôt, puis il les avait mis dehors en leur disant qu'il avait une soirée poker avec Otto et Silas et étonnamment, avec Dorothea et Cora. Avoir autant de commères sous un seul toit était plutôt effrayant et ils étaient heureux de les laisser entre eux.

— De quoi ils parlent à ton avis ? demanda Caryn.

Drew fit semblant de frissonner.

— Je ne veux même pas le savoir, dit-il tout en sachant qu'elle parlait de son grand-père et des autres.

— N'est-ce pas ? Après les rumeurs... pardon... les *informations* qu'il a fait circuler sur Paul et ses amis, je me suis rendu compte qu'il était plutôt effrayant.

— Honnêtement, il me rappelle un type que je connais. Il s'appelle Tex et il vit en Pennsylvanie. C'est un ancien Marine et disons qu'il est les yeux et les oreilles d'une tonne de militaires, d'anciens militaires, des forces de l'ordre... probablement même de la mafia, pour ce que j'en sais. Il sait tout sur tout le monde.

— Il a l'air d'un homme qu'il serait bon d'avoir à ses côtés, dit Caryn avec un sourire.

— Je suis d'accord. Tout comme Art.

Son sourire s'estompa.

— Je ne veux pas que tout ce que je fais se retourne contre lui. J'ai peur que Paul se venge d'une manière ou d'une autre.

— Ton grand-père est un membre très aimé de cette communauté. Ce serait un suicide professionnel pour lui de faire quoi que ce soit qui puisse blesser Art. Ou ses amis. Ou toi. Et puis, d'après ce que j'ai entendu, il marche déjà sur des œufs après ce qu'il t'a fait.

— Je ne m'inquiète pas pour moi, j'ai juste peur que quelqu'un s'en prenne à nouveau à Art.

Drew la regarda un long moment.

— Quoi ?

— Tu te fiches de savoir ce qu'il pourrait dire sur toi ? Il serait capable de lancer des rumeurs lui aussi.

Caryn acquiesça.

— Je sais. Mais j'ai passé beaucoup de temps à réfléchir à ce que tu as dit l'autre soir et à propos de ma carrière. J'ai toujours fait ce qu'il fallait, ou ce que je pensais être bien. Je suis une très bonne pompière et je n'ai jamais donné, aux gars avec qui je travaille ou à mes supérieurs, une raison de se méfier de moi, mais ils l'ont fait quand même. Alors je fais beaucoup d'efforts pour en finir avec ça. M'inquiéter de ce que les autres pensent de moi est extrêmement épuisant. Je ne l'avais même pas réalisé jusqu'à ce que tu me fasses remarquer que j'avais déjà un groupe de personnes qui m'appréciaient sincèrement et pourtant, je m'inquiétais plus de ce que Paul et ses acolytes pensaient de moi. J'ai réalisé qu'ils pouvaient me détester autant qu'ils voulaient. Ça ne change pas qui je suis, ni mes autres relations.

— C'est super, dit Drew qui était très fier d'elle.

— Merci de me l'avoir fait remarquer. Et de ne pas m'avoir simplement larguée ou d'avoir été condescendant ou de m'avoir jeté de la poudre aux yeux.

— Je ne suis pas comme ça.

— Je sais. J'ai même le sentiment que je peux compter sur toi pour me dire la vérité si jamais je te demande si mon pantalon me fait de grosses fesses.

— Tu n'as pas de grosses fesses. Et même si c'était le cas, ça veut dire que j'aurais encore plus de toi à aimer.

Caryn lui sourit, puis changea de position pour s'asseoir sur ses genoux. Elle s'avança jusqu'à ce que sa queue se presse contre elle. Elle se trémoussa un peu et Drew sentit qu'il durcissait.

— Tu es tellement différent des autres hommes, Drew.

— C'est vrai, acquiesça-t-il.

— Tu es plus méfiant. Plus cynique.

Il sentit son estomac se nouer. Il n'était pas sûr de savoir où elle voulait en venir. Elle lui envoyait des signaux contradictoires en se pressant contre lui tout en soulignant ses défauts.

— Je vais être honnête, c'était des traits de caractère qui m'énervaient chez les autres flics que j'ai croisés à New York. Ils me faisaient souvent sentir stupide ou naïve parce que je voyais

ce qu'il y avait de mieux chez les autres. De ne pas être contrariée ou outrée parce que nous étions appelés dans le même
quartier pour une overdose après l'autre. Tout ce qui m'impor-
tait, c'était de sauver une vie.

— Ce n'est pas stupide. C'est ce qu'on appelle être passion-
née. Mais pour être honnête, ton travail est complètement
différent du leur. Dans leur cas, ils ont probablement arrêté
certaines personnes qui dealaient, tout ça pour les voir sortir et
de retour dans la rue le lendemain, faisant exactement la
même chose... et causant certaines de ces overdoses. Ça peut
être épuisant.

— J'en suis consciente. Mais toi, tu n'es pas comme ça. Tu
as toujours un côté cynique, mais tu n'agis pas comme si tout le
monde était un désastre ambulant. Et même si tu es super vigilant, c'est... rassurant, bizarrement. Du moins pour moi.

— Parce que tu sais que j'assure tes arrières, dit Drew en
haussant les épaules.

— Oui, ce n'est pas vraiment quelque chose que j'ai expérimenté avant. Est-ce que c'est bizarre qu'on soit devenus si
proches si rapidement ?

— Non, dit Drew sans aucune hésitation.

— C'est aussi ce que m'a dit mon grand-père. D'ailleurs, il a
employé le terme « bête à deux dos », l'informa-t-elle.

Drew ricana.

— Il m'a aussi dit de m'y mettre, dit-elle avant de glousser.
Et c'est seulement *maintenant* que je comprends le sous-
entendu sexuel.

Drew ne savait pas vraiment où elle voulait en venir avec
cette conversation, mais il ne put s'empêcher de resserrer les
doigts autour de ses hanches.

— J'ai envie de toi, lâcha-t-elle. C'est peut-être trop tôt, les
gens pourraient penser qu'on se précipite, mais je m'en fiche. Je
veux juste que tu saches où j'en suis, comme ça quand tu

penseras être prêt, tu pourras te sentir libre d'agir au lieu d'essayer d'être un gentleman.

Sans un mot, Drew pressa une main dans le bas de son dos, l'attirant plus près et l'autre remonta en se glissant autour de son cou. Il la maintint immobile en se penchant vers elle. Sa tête était un peu au-dessus de la sienne puisqu'elle était sur ses genoux, mais il l'attira simplement vers lui. Dès la seconde où ses lèvres furent sur les siennes, il les pressa avec sa langue.

Elle ouvrit immédiatement la bouche pour lui, gémissant profondément. Elle enfonça les ongles dans son torse et ils s'embrassèrent. Ils s'étaient déjà embrassés sur ce canapé auparavant, mais cette fois-ci c'était différent. Ils avaient tous les deux une autre issue en tête... et ils n'arrêteraient pas tant qu'ils ne seraient pas tous les deux trop excités pour pouvoir réfléchir.

Sans éloigner ses lèvres des siennes, Drew s'avança sur le canapé puis se leva en tenant Caryn dans ses bras. Elle resserra les jambes autour de sa taille et elle enroula les bras autour de ses épaules. Elle était aussi légère qu'une plume alors qu'il traversait le couloir jusqu'à sa chambre.

Depuis la dernière fois qu'elle avait dormi dans son lit, Drew avait pensé à ce moment. L'embrassant toujours, il se pencha et la plaça sur le matelas rampant sur le lit pour se tenir au-dessus d'elle. Il releva finalement la tête, n'ayant absolument pas honte de la façon dont son souffle était devenu lourd. Se léchant les lèvres, il la goûta. La limonade qu'ils avaient bue un peu plus tôt paraissait encore plus sucrée sur ses lèvres.

— J'imagine que tu ne trouves pas que c'est trop tôt ? demanda-t-elle avec un sourire.

— Non, dit-il. Ça va te paraître super cucu, mais je m'en fous. Dès l'instant où je t'ai rencontrée à l'hôpital de Roanoke, j'ai su que tu allais bouleverser ma vie. Et ça m'a fait peur. Je pense que c'est pour ça que j'ai été un connard.

— Tu n'étais pas un connard, insista-t-elle. Et moi je n'étais clairement pas au *mieux* de ma forme.

— Et quand tu es arrivée pour faire la manœuvre de Heimlich au Sunny Side Up... j'ai su que j'étais foutu.

— Drew, murmura-t-elle.

— Fais ce que tu veux, quand tu veux, lui dit-il fermement. Peu importe ce que les autres pensent. On les emmerde. Tu es incroyable, Caryn. Et je te veux. J'ai envie de m'enfoncer profondément en toi au point de ne plus savoir où je finis et où tu commences. Je veux te protéger, être à tes côtés quand tu es triste et derrière toi quand tu défonces tout. Tu n'as pas besoin de moi, pas du tout... mais j'espère que tu *veux* de moi.

— Oui. Mon Dieu, Drew, tellement. Tu me donnes envie d'être une meilleure femme, ne serait-ce que pour mériter d'être à *tes* côtés.

Putain, il voulait cette femme. Maintenant.

— Tu n'as pas besoin de mériter ce droit, tu l'as déjà, parvint-il à dire avant d'ajouter : À quelle vitesse tu peux te déshabiller ?

Elle sourit.

— Plus vite que toi, répondit-elle, son côté compétitif se manifestant à nouveau.

Sans un mot, Drew se mit à genoux et fit passer son haut par-dessus sa tête.

Après ça, ils ne furent plus qu'un enchevêtrement de bras et de jambes alors qu'ils faisaient de leur mieux pour enlever tous leurs vêtements avant l'autre. Drew gagna, mais seulement parce qu'il avait moins de couches à enlever.

Lorsqu'elle fut nue comme au jour de sa naissance et riant à gorge déployée, Drew baissa les yeux vers elle, émerveillé. Il n'arrivait pas à croire qu'elle était bien là. Avec lui. Le flic usé, le comptable intello. Il était conscient qu'il n'était pas vilain, mais il ne s'était jamais soucié de ce genre de choses. Observant la femme sous lui, il sut enfin ce qu'était la *vraie* beauté – à l'intérieur comme à l'extérieur. Sous cette dure carapace qu'elle s'était construite pour se protéger, Caryn était douce, sensible et attentionnée.

Quant à l'extérieur... waouh. Ses seins magnifiques et pleins étaient accompagnés de mamelons qui étaient actuellement durs et qui l'appelaient. Ses jambes étaient longues et musclées, ses cuisses musclées et épaisses. Et ses poils pubiens soigneusement taillés lui mettaient l'eau à la bouche.

Son rire s'arrêta lorsqu'il promena ses mains le long de son corps. De sa poitrine à son ventre puis ses cuisses. Puis il les remonta, se délectant de la sensation de sa peau satinée sous ses paumes calleuses.

Mais elle n'était pas docilement couchée sous lui. Alors qu'il la vénérait avec son regard et ses mains, elle glissa ses propres paumes contre son torse de haut en bas, ses ongles courts le griffant légèrement. Lorsqu'elle effleura l'un de ses tétons, ce fut comme si un éclair le traversait de son pectoral à sa queue.

Il palpitait, le liquide pré-séminal dégoulinant de son sexe gonflé, prêt à s'enfoncer en elle. Même si Drew sentait l'odeur de son excitation, il n'avait pas envie de se précipiter. Il voulait prendre son temps, découvrir chaque centimètre de son corps. La vénérer. Lui prouver qu'elle était la plus belle femme du monde et que tous ceux qui n'étaient pas d'accord pouvaient aller se faire foutre.

Quand il en aurait fini avec elle, elle comprendrait qu'il la voulait exactement comme elle était. Se penchant vers elle, il l'embrassa une fois de plus, mais lentement cette fois-ci. Sensuellement. Érotiquement. Il lui montra avec sa langue ce qu'il allait faire entre ses cuisses tout en prenant l'un de ses seins dans sa main, le malaxant. Elle cambra le dos sous lui, se poussant contre lui. Elle lia le genou avant de tendre la jambe, lui faisant de la place pour qu'il se baisse complètement.

Il la sentit immédiatement frotter son entrejambe contre lui.

Son ventre se contracta et il sentit une autre giclée de liquide quitter son sexe. Il était près d'exploser, mais il voulait être en elle lorsqu'il jouirait enfin. Il se releva soudain, baissant les yeux vers leurs corps. L'intérieur de sa cuisse brillait à cause de son sperme et c'était terriblement sexy.

Il descendit le long de son corps et Caryn écarta les jambes pour lui faire de la place. Drew resta sans voix face à tout ce rose magnifique. Il avait envie de lui dire à quel point ce moment comptait pour lui. Combien il l'admirait. De lui jurer qu'il ne lui ferait jamais de mal. Mais les mots ne lui venaient pas. Tout ce qu'il put faire fut d'enfoncer son visage entre ses jambes sublimes.

Il inhala profondément avant de lécher ses plis trempés.

Il n'avait jamais été avec une femme qui était aussi prête pour lui, si rapidement, et c'était la chose la plus excitante au monde.

— Huuuum, dit-il d'une voix vibrante en effleurant son clitoris du nez.

— Encore, ordonna Caryn, prenant sa tête entre ses mains.

Souriant, Drew n'eut aucun mal à suivre les ordres. Il plaça les mains sur les cuisses et les repoussa encore plus. Elle avait désormais les jambes complètement écartées, les lèvres luisantes de son sexe l'appelant. Il avait hâte d'y enfoncer sa queue dure, mais d'abord, il voulait s'assurer qu'elle ait un orgasme.

Ce n'était pas quelque chose qu'il avait souvent fait. Ses anciennes conquêtes se satisfaisaient seulement de ses mains et de sa queue et il ne comprenait pas l'intérêt de lécher le sexe d'une femme. Mais avec Caryn, il n'en avait jamais assez. Son goût. Son odeur. Ses halètements profonds et la façon dont ses muscles se contractaient chaque fois qu'il léchait son clitoris. Il avait peut-être reculé devant ce genre d'intimité par le passé, mais désormais, il était affamé. Il aurait littéralement pu passer des heures entre les jambes de cette femme.

Il focalisa son attention sur son clitoris, léchant, suçant, stimulant ses nerfs sensibles de façon régulière. Lorsqu'elle se mit à onduler contre lui, sa queue devint presque douloureusement dure et il dut lutter pour tenir bon et garder sa bouche connectée à elle. Lorsque ses cuisses se mirent à trembler, il relâcha l'une de ses jambes et glissa un doigt à l'intérieur de son sexe serré.

— Oh, mon Dieu, oui ! gémit-elle. Encore ! Je te veux en moi. Tout de suite !

Lui aussi en avait besoin. Plus qu'elle ne le saurait jamais. Mais avant de prendre du plaisir à son tour, il était déterminé à la faire jouir.

Il ajouta un deuxième doigt et s'émerveilla de voir à quel point elle était chaude, étroite et mouillée. Elle allait étrangler sa queue lorsqu'il allait s'y aventurer – et il avait terriblement hâte.

Enfonçant ses doigts d'avant en arrière, les recourbant légèrement, il suça son clitoris avec force.

— Oh putain... Oui, juste, là. Je vais jouir ! cria-t-elle.

Elle n'avait pas besoin de le lui dire. Il sentit son sexe se crisper entre ses doigts alors que ses muscles tremblaient sous sa bouche. Elle se cambra une fois de plus, puis se figea net avant de se déverser sur ses doigts.

C'était la chose la plus érotique que Drew ait expérimentée. Caryn était tellement sensuelle et à l'aise avec sa sexualité, ça l'excitait au point de se demander s'il n'allait pas jouir avant même d'être en elle. Relevant la tête, il observa son jus s'écouler alors que ses doigts continuaient de la pénétrer doucement.

Elle frémissait désormais et lorsqu'il effleura son clitoris du pouce, elle se crispa.

— Sensible, gémit-elle.

Drew avait envie de se pencher à nouveau pour la faire jouir une deuxième fois, mais il avait besoin d'être plus en elle. Il connaissait beaucoup d'hommes qui prenaient leur pied en forçant leurs femmes à jouir, mais il n'avait jamais été comme ça et préférait la satisfaction mutuelle.

Désormais, il comprenait. Le pouvoir qu'il éprouvait en regardant Caryn exploser était addictif. Il avait envie de la voir jouir encore et encore sous ses doigts et sa bouche. Il voulait la rendre folle de désir. Il voulait qu'elle soit tellement épuisée qu'elle ne puisse plus aligner deux mots... juste assez pour en redemander.

Mais cela devrait attendre un autre jour. Là, tout de suite, s'il ne pénétrait pas cette femme, il n'était pas sûr de pouvoir survivre.

Drew remonta le long de son corps et prit un préservatif dans sa table de nuit. Il le déroula rapidement sur sa queue palpitante et attrapa la base, essayant de ne pas exploser sur le moment.

Caryn s'allongea sous lui, une légère couche de sueur recouvrant son front. Ses cheveux blonds collaient à ses tempes et le haut de sa poitrine était rouge. Elle lui sourit et étira son long corps incroyable, passant les bras par-dessus sa tête et cambrant le dos. Elle lui rappelait un chat satisfait.

Lorsqu'il s'arrêta, prenant le temps d'admirer la femme sous lui, elle lui dit :

— Qu'est-ce que tu attends ? J'ai besoin de toi, Drew. Tout de suite.

Comment pouvait-il résister à cette invitation ? Il ne le pouvait pas.

Il avança sur ses genoux, écartant ses jambes au passage. Comme si sa queue savait exactement où elle voulait être, le bout en forme de champignon glissa entre ses plis humides.

Ils gémirent tous les deux. Caryn agrippa fermement ses biceps alors qu'il plaçait les mains autour de sa tête.

— Prête ? lui demanda-t-il, voulant s'assurer qu'ils étaient tous les deux sur la même longueur d'onde en ce qui concernait le fait de faire l'amour.

— Oui, dit-elle fermement en le regardant droit dans les yeux. Baise-moi, Drew. S'il te plaît.

Tremblant de désir, Drew sentit ses hanches bouger avant même qu'il n'y réfléchisse. Il se glissa en elle d'un seul coup long, ne s'arrêtant que lorsqu'il fut aussi loin que possible.

* * *

Caryn inspira brusquement lorsque Drew entra en elle. Il était épais. Plus grand que tous ceux avec qui elle avait été auparavant. Pendant un moment, une légère douleur la fit se crisper, mais une fois que Drew fut entièrement en elle, il s'arrêta, lui laissant le temps de s'acclimater à sa taille.

— Putain, marmonna-t-il, laissant retomber sa tête comme si elle était trop lourde pour lui.

Caryn pouvait encore sentir ses muscles internes palpiter après l'orgasme qu'il lui avait donné. Elle avait joui bien plus fort que lorsqu'elle s'en occupait elle-même. D'habitude, elle arrêtait quand elle était proche, pour prolonger le sentiment d'anticipation, mais ce n'était clairement pas le style de Drew. Lorsque ses jambes s'étaient mises à trembler, il avait sucé encore plus fort sur son clitoris, la faisant exploser. Elle était désormais trempée et sentait sa propre excitation sur ses cuisses et sous ses fesses. Mais tout ce à quoi elle pouvait *penser* actuellement, c'était à quel point Drew était parfait en elle. Il leva la tête, mais au lieu de croiser son regard, il baissa les yeux vers l'endroit où leurs corps se rejoignaient. Il se rapprocha et remonta les genoux, écartant un peu plus ses jambes alors qu'il passait une main sous ses fesses pour la soulever.

Étonnamment, il sembla s'enfoncer un peu plus.

— Drew ! murmura-t-elle, sans vraiment savoir ce qu'elle voulait.

Qu'il s'arrête ? Qu'il se mette en mouvement ?

— Mon Dieu, c'est la plus belle chose que j'ai jamais vue, dit-il d'un air respectueux. Ma queue enfouie si profondément en toi, tes jambes écartées, me prenant tout entier.

Caryn leva la tête et observa leurs corps. Ses cheveux noirs contrastaient fortement avec ses cheveux blonds et il n'avait pas tort. C'était *magnifique*. Elle se crispa autour de lui et il gémit.

— Putain, Caryn, je ne peux pas... Je veux...

L'entendre perdre ses mots lui donna un délicieux sentiment de puissance. Il avait beau être au-dessus, elle aimait savoir qu'elle pouvait lui faire perdre le contrôle. Elle le serra à nouveau, et comme si elle avait appuyé sur un bouton, il commença à bouger.

Il se retira et replongea en elle – avec *force* – puis s'arrêta lorsqu'elle gémit.

— Caryn ? demanda-t-il.

— Oui, encore ! S'il te plaît... plus *fort*.

Avec sa permission, Drew se mit à la baiser comme si c'était son travail. Elle était tellement mouillée que sa queue glissait d'avant en arrière avec facilité. Il s'appuya sur ses mains. Elle lut un regard presque douloureux dans ses yeux alors qu'il bougeait les reins, leur procurant à tous les deux un plaisir intense que certains n'expérimentaient jamais.

Caryn fit de son mieux pour l'aider, levant les hanches à chaque coup de reins, le serrant lorsqu'il arrivait au bout. Il grognait désormais, le souffle court, mais Caryn l'entendait à peine, elle gémissait trop fort. Il était incroyable. Elle frissonnait de partout et chaque fois que sa chair heurtait la sienne, son os pubien frottait son clitoris.

Son deuxième orgasme était tout près alors qu'il allait de

plus en plus fort, de plus en plus vite, ses coups de reins s'enchaînant, la rendant dingue de plaisir.

Alors qu'elle pensait ne plus pouvoir supporter une seconde de plaisir de plus, il accéléra encore le rythme, la pénétrant de façon courte et nette.

— Je vais jouir, haleta-t-il.

Dès que les mots franchirent ses lèvres, il s'enfonça en elle et s'immobilisa. Caryn sentit sa queue tressaillir alors qu'il commençait à jouir. Il était tellement beau – et il était tout à elle.

En un éclair, elle glissa sa main entre eux. Il jouissait encore, mais il prit une grande inspiration, lui laissant assez de place pour qu'elle atteigne son clitoris. Elle commença à le frotter, avec force, voulant le rejoindre dans son plaisir.

— Mon Dieu, oui, prend ton pied, mon cœur. Maintenant. Fais-le !

Elle ne savait pas si c'était un ordre ou si elle était prête à le faire – probablement un mélange des deux – mais elle commença immédiatement à jouir.

— Oui, putain ! grogna-t-il alors qu'elle serrait fort sa queue et basculait de l'autre côté.

C'était différent d'avoir un orgasme avec lui en elle. Elle était tellement pleine et même si elle le serrait comme un étau, il ondula des hanches, forçant sa queue à bouger à travers son sexe étroit, prolongeant leur plaisir.

— Putain, souffla-t-elle alors qu'elle commençait à redescendre de son orgasme.

Elle avait été avec des hommes qui se retiraient immédiatement une fois qu'ils avaient joui, des hommes qui se plaignaient de devoir mettre un préservatif, qui se laissaient retomber sur elle après le sexe et lui donnaient l'impression d'étouffer. Un ou deux qui l'avaient tenue maladroitement, pensant que c'était ce qu'ils devaient faire.

Drew ne fit rien de tout ça. Il roula sur le côté, l'entraînant avec lui. Cela surprit Caryn et elle laissa échapper un petit cri. Elle se retrouva plaquée contre son torse en sueur. Il était toujours en elle et il la maintint en place avec une main dans son dos et l'autre autour de sa nuque. Elle adorait quand il la tenait comme ça.

Alors qu'ils étaient allongés là, essayant de retenir leur souffle, sa queue glissa lentement hors d'elle. Caryn fronça le nez face à la sensation.

Drew dut sentir sa réaction contre sa peau nue, car il rit.

— Ça me fait la même chose, dit-il doucement.

Comme il ne se levait pas et ne la relâchait pas, Caryn dit prudemment :

— Tu ne devrais pas t'occuper de ça ?

— Si. Je vais le faire. Dans une seconde. J'apprécie trop ce moment pour bouger.

— Ça va couler, se sentit-elle obligée de dire.

Il rit à nouveau et le son la traversa.

— J'en ai rien à foutre.

— Tu vas probablement devoir dormir sur une tache mouillée, dit-elle en riant à son tour.

— Je n'en ai vraiment rien à faire, dit-il.

Caryn sourit contre lui.

Plusieurs minutes s'écoulèrent en silence, mais ce n'était absolument pas gênant. Puis, la main enroulée autour de son cou descendit pour prendre sa joue dans sa paume large.

Caryn leva la tête pour qu'il puisse la regarder dans les yeux.

— C'était... magnifique, lui dit-il. Et je sais que je suis un gars et qu'on n'est pas censés être cucu, mais sérieux, je n'ai jamais ressenti ça de toute ma vie.

Ses mots pénétrèrent son âme et Caryn eut envie de pleurer.

— Je vais tout faire pour que ça marche entre nous, dit-il doucement. Je n'ai pas une super expérience en matière de petites amies, mais je *veux* que ça fonctionne. Plus que tout au monde. Et si je foire, dis-le-moi. N'aie pas peur de me dire si je travaille trop. Si je t'étouffe, dis-le-moi aussi. Je ne peux pas te promettre que je ne ferai jamais d'erreurs, mais je te jure que je ferai de mon mieux pour réparer ce que j'ai pu faire pour te contrarier.

Les larmes que Caryn avait essayé de retenir jaillirent avec force.

— Je ne m'attends pas à ce que tu sois parfait, lui dit-elle alors qu'une larme coulait sur sa joue et tombait sur son torse. J'ai juste besoin de toi.

— Mais je suis là pour toi, la rassura-t-il. Je n'ai jamais compris les obsessions soudaines de Rocky, Ethan et Zeke pour leurs femmes. Mais maintenant oui.

— OK, il faut que tu arrêtes d'être aussi gentil, se plaignit Caryn en fermant les yeux.

— Jamais, chuchota-t-il.

Elle sentit ses lèvres sur sa joue, chassant ses larmes avec un baiser.

— Maintenant, arrête de pleurer et assieds-toi.

Surprise par son ordre, Caryn prit une grande inspiration et s'exécuta. Elle le chevaucha et s'appuya contre son torse.

— Putain, Caryn. T'es tellement belle, dit-il avec un air respectueux en la regardant de haut en bas.

Pour la première fois depuis des années, peut-être même toujours, Caryn se *sentit* belle.

Drew toucha l'un de ses seins. Elle sentit son téton se durcir à son contact en même temps qu'elle sentit sa queue tressaillir sous elle.

— C'est impossible que tu sois déjà prêt, dit-elle surprise.

Il haussa les épaules.

— Je n'ai plus vingt ans, mais tu es une vraie motivation. Lève-toi, ordonna-t-il en serrant sa hanche.

Elle se mit à genoux. Il prit son sexe et elle le regarda

enlever le préservatif usagé, sa queue luisante de sperme. Il enroula le préservatif et l'enveloppa dans un mouchoir en papier, puis il s'approcha de la table à côté de son lit et en prit un autre, l'enfila sur son érection, puis lui sourit paresseusement.

— C'est à ton tour de *me* prendre, dit-il.

Caryn sourit. Elle n'avait jamais fait l'amour aussi rapidement après la première fois, mais elle était prête à essayer s'il l'était. Et elle ne pouvait pas nier qu'être au-dessus avait ses avantages.

Elle prit son sexe dans sa main, adorant le gémissement qui lui échappa à son contact. Elle recula un peu et le positionna entre ses lèvres. Elle était encore mouillée de son précédent orgasme et n'eut aucun mal à le prendre jusqu'au bout d'un seul coup.

Lorsqu'il fut à nouveau entièrement en elle, elle baissa les yeux, comprenant mieux pourquoi il aimait tant les regarder un peu plus tôt.

— On est *magnifiques*, dit-elle doucement.

— Bouge, Caryn, ordonna-t-il.

— Je croyais que les gars étaient censés pouvoir durer plus longtemps la deuxième fois, le taquina-t-elle.

Il tendit la main et commença à caresser son clitoris avec son pouce et elle laissa échapper un petit cri. Elle était sensible – *très* sensible.

— Baise-moi, ordonna-t-il.

Caryn n'eut aucun mal à s'exécuter. Elle le chevaucha lentement au début, puis de plus en plus vite et de plus en plus fort. C'était amusant d'être avec Drew. C'était facile. Sexy. Exaltant. Intime. Et elle n'était pas du tout mal à l'aise.

Lorsque son troisième orgasme de la nuit la frappa, elle ne put s'empêcher de crier son prénom tout comme il cria le sien lorsqu'il atteignit à nouveau le sommet.

Cette fois-ci, quand ils eurent tous les deux repris leur

souffle, Drew prit ses cheveux dans son poing et l'embrassa avec force. C'était encore plus intime après avoir fait l'amour. Ça avait encore plus de sens. Comme si c'était une promesse.

Il finit par la faire rouler sur le côté, l'embrassant sur le front et descendit du lit. Il partit dans la salle de bain et Caryn lutta pour garder les yeux ouverts. Elle sursauta lorsque le matelas s'enfonça à son retour.

— Doucement, chérie. C'est moi, dit-il doucement.

Drew éteignit les lumières et l'attira immédiatement contre lui. Ils sentaient le sexe. Les draps, leur peau, l'air. Et c'était à la fois excitant et plaisant. Drew caressa son dos d'avant en arrière en la tenant contre son torse. Ils n'avaient encore jamais dormi de cette façon. D'habitude, il la prenait en cuillère. Mais elle aimait ça. Beaucoup.

— Je pensais vraiment ce que je t'ai dit, lâcha-t-il au bout d'un moment. Je vais faire tout ce qui est en mon pouvoir pour ne pas tout faire foirer. Je te veux dans ma vie, Caryn. J'ai même besoin de toi dans ma vie. Je suis parfaitement conscient que tu n'as pas besoin de moi, mais je vais tout faire pour te prouver que tu peux me faire confiance, compter sur moi et que je serai toujours là pour toi.

Elle appréciait qu'il essaie d'apaiser toutes les craintes qu'elle pourrait avoir, sauf qu'étonnamment, elle n'en avait aucune. Drew était un homme bien. Il se fichait du prestige, il se fichait qu'elle en sache probablement plus que lui en matière de secourisme et d'incendie, il n'était pas un macho stupide.

— Toi aussi tu peux me faire confiance, dit-elle. Et je veux que ça fonctionne entre nous, tout autant que toi.

— Alors ça fonctionnera, dit-il simplement. Fais de beaux rêves.

— Il faut que je dise à Art que je ne rentrerai pas à la maison ce soir, murmura-t-elle, sentant le sommeil l'envahir.

— Je l'appellerai tout à l'heure, lui dit-il.

Elle se sentait un peu coupable qu'il soit obligé de se lever pour faire quelque chose qu'elle aurait dû faire elle-même, mais elle était au chaud, trop confortable et trop rassasiée pour résister.

— Merci.

Elle sentit ses lèvres contre sa tempe, puis elle s'endormit.

CHAPITRE DIX-HUIT

La semaine suivante fut l'une des meilleures de sa vie. Son grand-père reprenait des forces chaque jour et était redevenu lui-même. Elle avait pratiquement emménagé chez Drew, dormant chez lui la plupart des nuits et elle devait reconnaître qu'il était incroyablement facile à vivre.

Il lui laissait assez d'espace pour qu'elle fasse ce qu'elle voulait et elle faisait de même en retour, comprenant qu'il avait besoin de quelques heures chaque après-midi pour vérifier les investissements de ses clients. Elle n'avait pas recroisé Paul et ses amis, ce qui lui allait très bien. Si elle pouvait ne plus jamais les revoir ni se rappeler à quel point elle avait été idiote, ça lui allait bien aussi.

Elle passait beaucoup de temps avec Bristol, Elsie et Lilly. Parfois, elles se retrouvaient à la boulangerie de Finley, ou alors elles changeaient et allaient prendre un café au Broyeur. Une après-midi, Caryn avait aidé Bristol et Rocky à préparer l'atelier dans la grange. Voir tout ce qui était nécessaire à la fabrication d'un vitrail avait été une vraie révélation.

L'école avait repris la semaine dernière et Caryn avait proposé d'aller chercher Tony tous les jours cette semaine et de l'amener à la bibliothèque ou de simplement passer du temps avec lui s'il préférait. Un jour, ils avaient joué pendant des heures au Parc Wagon, puis un autre il l'avait suppliée de lui montrer ce qu'elle faisait en tant que pompière, alors elle l'avait emmené au garage de Brock et lui avait fait faire la course d'obstacles... à part porter la victime à la fin. Mais elle avait quand même trouvé un grand sac qu'elle avait rempli de terre pour qu'il puisse le transporter.

Dans l'ensemble, Caryn était plus heureuse qu'elle ne l'eût jamais été. Elle allait quand même devoir rentrer à New York à un moment donné pour déménager son appartement, mais elle n'était pas vraiment pressée de le faire. Avant de partir, elle avait payé son loyer pour les six prochains mois car elle n'avait pas su combien de temps elle allait devoir rester avec Art durant sa convalescence.

Son chef à la caserne de New York n'avait pas paru très contrarié lorsqu'elle l'avait appelé pour lui dire qu'elle démissionnait. Ça lui avait fait mal pendant un moment de réaliser qu'elle serait si facile à remplacer, mais elle faisait de son mieux pour ne pas y penser. Elle allait de l'avant dans sa vie.

Chaque matin, elle et Drew continuaient de faire du sport. Il l'emmenait souvent dans les bois pour lui en apprendre plus sur la recherche et le sauvetage et Caryn s'imprégnait de toutes les connaissances qu'il lui partageait.

Et les nuits étaient la cerise sur le gâteau qu'était sa vie actuellement. Elle adorait dormir dans les bras de Drew après avoir fait l'amour. Il pouvait être à la fois tendre et exigeant et le fait de ne pas savoir quel homme elle aurait chaque soir était excitant. Son plaisir évident pour le sexe et son affection pour elle faisaient disparaître toutes les inhibitions et les complexes qu'elle pouvait avoir. Avec lui, elle pouvait faire ou dire n'importe quoi au lit sans se soucier de ce qu'il penserait d'elle.

Au fond, Caryn attendait le revers de la médaille. Que quelque chose vienne mettre un frein à tout ce bonheur. Rien ne pouvait être aussi parfait si longtemps. Mais elle essayait de ne pas laisser ces pensées négatives prendre trop de place dans son esprit.

Elle était censée retrouver Lilly cette après-midi pour un déjeuner tardif. Son amie retrouvait une nouvelle cliente chez elle pour prendre des photos du chien de la dame. Caryn avait taquiné Lilly pour avoir accepté ce travail, mais elle avait simplement rigolé et avait dit que l'argent c'était de l'argent. Puis elle avait ajouté que parfois, les chiens étaient des sujets plus faciles que les humains.

Caryn se rendit d'abord chez Art pour lui préparer son déjeuner. Il avait commencé à se rendre moins souvent au bureau de poste pour pouvoir rentrer à la maison pour le déjeuner et faire une sieste courte avant de retrouver ses amis à leur endroit habituel les après-midis.

Il venait de terminer son sandwich et était parti dans sa chambre pour se reposer une heure lorsque le téléphone de Caryn sonna.

Elle avait laissé Drew chez lui en train de travailler et fut contente lorsqu'elle vit son nom sur l'écran.

— Coucou. Je te manque déjà ? le taquina-t-elle.

— Il y a un incendie, dit Drew sans préambule.

Caryn se raidit en un clin d'œil.

— Quoi ? Où ça ?

— Chez les Conley.

Elle se figea. C'était le nom de famille de la dame qui avait engagé Lilly pour prendre des photos de son yorkshire le matin même.

— Quoi ?

— J'y vais là. Rocky m'a appelé, lui et Ethan sont également en chemin. On s'inquiète pour Lilly.

Caryn était en mouvement avant même qu'il n'ait fini de parler.

— Je te retrouve là-bas.

— Sois prudente.

Puis, il raccrocha.

Caryn ne perdit pas de temps. Elle ne réveilla pas son grand-père pour lui expliquer ce qui se passait. Il serait furieux contre elle – c'était quand même des ragots de premier ordre – mais il fallait qu'elle aille voir Lilly. Elle devait voir par elle-même qu'elle allait bien. Elle savait où était la maison des Conley car Drew la lui avait montrée un jour où ils revenaient d'une randonnée. Elle se trouvait sur un terrain d'un ou deux hectares en dehors de la ville au bout d'une longue allée de graviers. Elle conduisait bien trop vite et vit la fumée dans les airs au-dessus de la cime des arbres bien avant qu'elle n'arrive à la maison.

L'estomac noué par l'inquiétude, elle tourna dans l'allée un peu trop brusquement et ses pneus crissèrent sur les graviers.

Dès l'instant où elle se gara et vit la fumée et les flammes sortir d'une fenêtre au deuxième étage, sur les côtés Alpha/Delta de la maison, elle se mit immédiatement en mode pompière en évaluant la scène. Elle mit le frein à main après s'être assurée que sa voiture ne pourrait gêner aucun autre véhicule d'urgence qui pourrait arriver et courut vers la pelouse de devant. Fronçant les sourcils face au chaos devant elle, elle mit quelque temps à comprendre ce qui se passait.

Les pompiers de Fallport étaient en plein désarroi. Deux membres de l'équipe hurlaient à Ethan de s'écarter, tandis que Rocky, Tal et Drew faisaient de leur mieux pour l'empêcher de courir à l'intérieur. Une femme se tenait sur le côté avec un Yorkshire dans les bras, pleurant de façon hystérique et il y avait un groupe de personnes qui hurlaient sur les pompiers.

Paul se tenait sur le côté, comme un roi qui observe ses sujets.

De temps en temps, il portait un talkie-walkie à ses lèvres et disait quelque chose. Caryn supposa qu'il était commandant de l'incident. Mais on aurait dit que les pompiers venaient tout juste d'arriver, ce qui était bizarre puisqu'ils avaient dû être prévenus avant Drew.

Trois hommes peinaient à enfiler leur équipement et personne n'avait encore déployé le tuyau. Ce qui risquait de prendre du temps car il fallait d'abord le dérouler pour ne pas qu'il se plie une fois chargé. L'un des pompiers cria, sans s'adresser à quelqu'un en particulier, demandant où était la borne-incendie.

C'était le chaos – et la pompière en Caryn grimaça d'horreur.

Ils faisaient tout de travers. C'était un désastre et une honte. Ces hommes se comportaient comme si c'était leur premier incendie et qu'ils ne savaient pas du tout quoi faire en premier. Personne ne semblait être aux commandes et personne ne dirigeait personne. Pour tous les incendies sur lesquels elle avait travaillé, Caryn avait toujours exactement su quel était son rôle, et elle le faisait sans poser de questions ni hésiter.

Elle détourna son attention de l'incompétence des pompiers lorsque certaines des personnes qui se tenaient autour se mirent à crier plus fort. Elle se tourna pour regarder la maison et réalisa pourquoi ils criaient.

Lilly.

Elle était toujours à l'intérieur.

Tous les muscles de Caryn se crispèrent. Non ! Pas Lilly !

Elle regarda Ethan et ses amis, puis les camions de pompier et de nouveau la maison. Tout ce qu'elle avait appris sur le feu et ses faits scientifiques lui trotta dans la tête pendant qu'elle examinait la structure. D'après ce qu'elle avait compris des passants qui criaient et montraient du doigt, Lilly était au deuxième étage, dans le coin Beta/Charlie, loin de l'endroit où les flammes sortaient de la fenêtre du côté opposé de la maison. Le sauvetage ne serait pas facile, mais il y avait encore le temps si les pompiers agissaient maintenant.

Elle se dirigea vers Oscar qui faisait de son mieux pour tirer tout seul le lourd tuyau du haut du camion et le préparer. Elle était sur le point de lui crier d'enfiler son équipement lorsqu'elle entendit Paul hurler à l'une des personnes devant lui qu'il était trop tard. Qu'ils ne pouvaient pas entrer dans la maison. Que les vieilles maisons brûlaient beaucoup plus vite que les nouvelles.

Elle cligna des yeux, choquée. Puis le choc fut remplacé par la colère en un clin d'œil. Il n'était pas trop tard. Même pas en rêve. Pas s'ils se bougeaient le cul. Ethan laissa échapper un rugissement après avoir clairement entendu la décision de Paul et Raiden et Zeke durent rapidement se rajouter pour l'immobiliser. Tous ses amis le maintenaient désormais au sol et les sons qui lui échappaient hanteraient les cauchemars de Caryn. Sa douleur et son angoisse étaient faciles à entendre et se frayaient un chemin en elle.

Elle changea de cap et se dirigea vers le camion de pompier le plus proche au lieu de s'avancer vers Oscar. Personne ne lui prêta attention lorsqu'elle prit une bouteille d'air comprimé dans le camion. Elle ne pouvait que prier pour qu'elle soit pleine. Elle n'aurait pas été étonnée que ces pompiers incompétents transportent des bouteilles d'air comprimé vides. Elle n'hésita pas à hisser la bouteille sur son dos et à mettre le masque. Elle l'avait fait des milliers de fois. Ça lui paraissait aussi naturel que de respirer.

Sans se soucier d'être discrète et sachant qu'elle devait avoir l'air étrange avec son jean et son T-shirt et sa bouteille, elle partit en direction du côté gauche de la maison. L'angle Beta-Charlie, à l'arrière gauche, là où les passants avaient vu Lilly.

C'était dangereux, mais elle avait une confiance absolue en ses capacités de pompière. Certains ne seraient peut-être pas d'accord, mais elle s'en fichait. Elle allait faire ce qu'elle savait faire et assumerait les conséquences plus tard. Personne ne l'arrêta lorsqu'elle courut autour de la maison. Il devait forcément y avoir une porte arrière. Caryn ressentit un grand calme lorsqu'elle approcha de la structure en feu. Elle crut entendre son prénom, mais toute son attention était concentrée sur la tâche à accomplir.

Elle n'était pas censée entrer dans la structure toute seule. C'était l'une des premières choses qu'on lui avait inculquées à l'académie, mais elle n'allait pas discuter avec un capitaine qui avait déjà renoncé. Elle devait retrouver Lilly.

Caryn poussa la porte de derrière et entra dans la cuisine. Le niveau inférieur commençait à peine à se remplir de fumée noire et elle eut un frisson en pensant à l'état de l'air à l'étage. Repoussant cette pensée, elle se mit en mode pompière. Caryn se dirigea vers ce qu'elle espérait être la partie principale de la maison, où les escaliers devaient se trouver. Elle n'avait pas encore besoin de ramper, mais il ne faudrait pas longtemps avant qu'il ne fasse trop chaud et qu'il y ait trop de fumée pour faire autre chose qu'être à quatre pattes. Elle trouva la cage d'escalier, mais il lui suffit d'un regard pour voir qu'il n'était pas viable. Les flammes léchaient le haut de l'escalier. Puis quelque chose qu'elle avait vu en entrant dans la maison lui revint à l'esprit. Elle se retourna et se dirigea vers le couloir de la cuisine.

Oui ! Il y avait bien un escalier arrière ! Beaucoup de vieilles maisons en étaient équipées, Dieu merci. Elle se déplaça avec détermination, sans courir et comptant les marches en grimpant. La température en haut était bien plus élevée et Caryn sentit les poils de ses bras brûler. Elle se mit immédiatement à quatre pattes. Elle avait toujours un très bon sens de l'orientation et elle se dirigea sans hésiter vers le coin arrière gauche de la maison, là où Lilly était censée se trouver.

Les portes du couloir étaient toutes ouvertes sauf une.

Priant plus qu'elle ne l'avait jamais fait dans une situation d'urgence auparavant, Caryn ouvrit grand la porte en la poussant. Il y avait moins de fumée dans la pièce et elle ferma immédiatement la porte derrière elle une fois à l'intérieur.

Elle se concentra sur une forme assise sous la fenêtre, face au mur. Se relevant, Caryn se précipita vers celle-ci et vit qu'il s'agissait bien de Lilly. Elle était inconsciente et avait un foulard noué autour du visage, sa main toujours accrochée au rebord de la fenêtre. Elle avait fait tout ce qu'il fallait, était restée sur place, près de l'endroit où un sauvetage aurait dû être imminent, avait gardé la fenêtre fermée et avait recouvert son nez et sa bouche.

La colère menaça de l'envahir lorsqu'elle repensa à Paul qui avait calmement dit à tout le monde qu'ils ne pouvaient rien faire pour la sauver. Reconnaissante pour sa force – et pour le fait que ses anciens collègues lui aient toujours donné les mannequins les plus lourds à transporter pendant la formation – Caryn prit une profonde inspiration et prit Lilly.

L'instinct lui souffla que si elle prenait quelques secondes de plus pour vérifier si elle était blessée ou pour essayer de la réveiller, cela risquait d'être mortel pour toutes les deux. Son adrénaline monta en flèche. Elle hissa son amie sur son épaule avec facilité, la portant comme un pompier. Elle se tourna immédiatement vers la porte. Elle aurait pu ouvrir la fenêtre et appeler à l'aide, mais elle n'avait aucune idée du temps qu'il faudrait pour être secourue – ni même si Paul allait essayer. Et Lilly avait besoin d'oxygène. Tout de suite. Elle ouvrit la porte et la chaleur la fit immédiatement retomber à quatre pattes.

Il faisait trop chaud. Elle était arrivée trop tard.

La colère et la frustration envahirent Caryn. Non. Pas question, putain. Elle n'allait pas mourir ici et Lilly non plus.

Avec les cris de douleur d'Ethan en tête, Caryn rampa sur les genoux aussi vite qu'elle le put jusqu'à l'escalier arrière.

Elle se mit sur les fesses et descendit les premières marches. Elle dut en descendre quatre avant que la chaleur ne diminue miraculeusement. Caryn se leva et dévala pratiquement le reste des escaliers. Lilly ne bougea pas sur son épaule, ce qui l'inquiéta. La vue de la cuisine lui fit du bien et elle sentit la température baisser lorsqu'elle sortit dehors à l'air frais. C'était presque surréaliste de constater que personne ne se trouvait à l'arrière de la maison. Elle entendit d'autres cris du côté Alpha, mais elle les ignora. Elle se souvint d'une ambulance qui s'était garée sur les lieux au moment où elle avait mis la bouteille d'air comprimé et partit dans cette direction.

Dès la seconde où elle apparut à l'angle de la maison, Ethan la repéra.

— Lâchez-moi ! Elle a Lilly !

Chaque paire d'yeux dans le jardin se tourna vers elle, mais Caryn ne changea pas sa trajectoire.

Ethan se précipita vers elle et pendant une seconde elle crut qu'il allait lui arracher Lilly des bras. Elle enleva son masque et dit :

— L'ambulance !

Sa voix était forte alors que ses membres commençaient à trembler, telle une réaction à retardement.

Ethan acquiesça, pinçant les lèvres d'un air sinistre et il marcha rapidement à côté d'elle, une main sur le dos de sa fiancée.

— Hé ! On l'a retrouvée ! cria Tal aux secouristes.

— Sortez l'oxygène ! ajouta Brock.

Puis, une autre voix retentit à proximité.

— C'est quoi ce bordel ?! *Stop !* Où est-ce que vous allez ? Vous ne pouvez pas voler nos putains de packs !

Paul. Évidemment, il se plaignait qu'elle fasse ce qu'il avait *refusé* de faire. Comme s'ils l'avaient prévu, six hommes très énervés de l'équipe de RES serrèrent soudain les rangs autour de Caryn, Lilly et Ethan. Ils formèrent un cercle fermé et empêchèrent Paul – et quiconque oserait essayer de les arrêter – de s'approcher. Caryn pouvait encore entendre le capitaine des pompiers râler, mais toute son attention était focalisée sur l'arrière de l'ambulance.

— Posez-la ici, dit quelqu'un, mais Caryn les ignora.

Elle ne poserait pas Lilly ailleurs que dans l'ambulance.

Elle sentit une main sur son coude, puis deux autour de sa taille alors qu'elle montait à l'arrière du camion. Avec l'aide d'Ethan, elle posa Lilly sur le brancard, puis attrapa son bras et la tira au bout du brancard pendant que les ambulanciers commençaient à l'examiner.

— Elle va bien, dit-elle, essayant de rassurer Ethan autant qu'elle-même.

— Putain ! dit Ethan le regard rivé sur Lilly en piteux état sur le brancard.

Elle avait des marques noires autour de la bouche et du nez lorsque l'un des ambulanciers retira l'écharpe autour de son visage.

— C'est normal, dit Caryn à Ethan.

Elle entendit des cris derrière elle et se tourna pour voir Zeke, Rocky, Brock, Tal et Raid former une barrière entre eux et une sorte d'agitation. Elle ne vit pas Drew, mais crut entendre sa voix. Se focalisant à nouveau sur Lilly, elle prit la main d'Ethan.

Ils ne restèrent probablement comme ça que trente secondes environ, retenant leur souffle, lorsque Lilly toussa *enfin*.

Caryn soupira de soulagement. Son amie allait s'en sortir. Elle le savait.

Lilly continua de tousser alors qu'on lui mettait un masque à oxygène sur le visage. Ethan qui n'en pouvait plus finit par s'agenouiller aux pieds de Lilly. Il posa une main sur sa jambe nue et lui dit qu'il était là. Qu'elle allait s'en tirer. Qu'elle devait respirer doucement et lentement. Il ne cessa de la rassurer et quand Lilly ouvrit les yeux et le vit, elle sembla se détendre.

— Si vous voulez bien reculer, dit l'un des ambulanciers à Caryn, désignant les portes ouvertes de l'ambulance.

Elle acquiesça et s'exécuta. Ils ne semblaient pas vouloir demander à Ethan de partir, ce qui était une bonne décision de leur part. Il était hors de question qu'il quitte Lilly. Pas après avoir failli la perdre.

Caryn savait qu'ils n'étaient pas passés loin. Si elle était arrivée plus tard, l'issue n'aurait sans doute pas été aussi positive. Elle était toujours furieuse contre Paul et son refus d'essayer de sauver Lilly, mais soudain, la fatigue sembla la submerger. Elle sentit des mains l'aider à descendre de l'ambulance, puis elle se retrouva dans des bras familiers. Caryn agrippa le T-shirt de Drew comme si elle n'allait jamais le lâcher. Quelqu'un attrapa la bouteille d'oxygène dans son dos et elle dut lâcher Drew assez longtemps pour qu'ils lui enlèvent, mais une fois qu'elle en fut débarrassée, elle le serra à nouveau dans ses bras.

— Arrêtez-la ! hurla Paul derrière Drew.

— Si tu ne la fermes pas et ne te ressaisis pas, c'est *toi* que je vais arrêter !

Elle reconnut la voix du chef de la police.

— Retourne faire ton fichu travail – qui est d'éteindre ce feu – et laisse-moi m'en occuper, grogna Simon.

— Elle a volé cette bouteille d'air comprimé ! Elle n'avait pas le droit ! Elle a mis tout le monde en danger !

C'en était trop. Caryn en avait eu assez. Mais avant qu'elle ne puisse dire un mot, Simon se tint devant Paul.

— De ce que je vois, c'est surtout une héroïne. Elle a sauvé Lilly alors que *toi* tu n'as même pas essayé.

— C'était trop dangereux ! hurla Paul.

C'était incroyable qu'il soit en train de s'énerver sur *ça* alors qu'il y avait littéralement une maison en feu derrière lui.

— Tu as deux secondes pour tourner les talons et essayer de sauver ce qui reste de la maison des Conley avant que je ne te passe les menottes et que je te traîne au poste ! le menaça Simon.

— Ce n'est pas terminé ! dit Paul en pointant le doigt vers Caryn.

Elle leva les yeux au ciel, mais ne trouva pas l'énergie nécessaire pour s'en soucier.

Le capitaine des pompiers se retourna et rejoignit son équipe qui était en train d'utiliser les tuyaux et d'arroser la maison.

Caryn enfonça son visage dans le cou de Drew.

— Est-ce qu'elle est blessée ?

— J'ai de l'eau.

— Tiens, une serviette.

— Sortez-la de là.

Caryn fut presque bouleversée par l'inquiétude qu'elle entendit dans la voix de ses amis.

Drew n'avait encore rien dit, mais il l'éloigna du feu et la guida vers une file de voitures garées le long de l'allée de graviers.

Caryn eut envie de protester, elle voulait rester pour veiller sur Lilly, mais elle se sentait aussi molle qu'un chewing-gum. Elle avait sauvé beaucoup de gens d'incendies et autres catastrophes, mais c'était la première fois qu'elle connaissait personnellement la victime. C'était bouleversant et elle était tellement soulagée de l'avoir trouvée si rapidement.

— Je vais conduire, dit Brock à côté d'eux.

Drew l'aida à monter sur la banquette arrière de sa Jeep, puis grimpa à côté d'elle. Il ne la lâcha pas une seule seconde, et ça convenait très bien à Caryn. Elle s'appuya contre lui pendant que Brock grimpait sur le siège conducteur.

Ce ne fut que lorsqu'ils furent chez Drew et qu'elle avait rassuré Brock, lui affirmant qu'elle allait bien et le remerciant pour le trajet que Drew prit la parole. Il n'avait pas dit un seul mot durant le chemin du retour, levant simplement le menton en direction de son ami pour lui dire au revoir.

— *Bordel*, jura-t-il en attirant Caryn dans ses bras.

Elle ne put s'empêcher de rigoler.

— Ça résume plutôt bien ce désastre, dit-elle doucement.

— Quand je t'ai vue contourner la maison avec une bouteille d'oxygène et la détermination dans tes pas, mon cœur s'est arrêté.

Drew s'écarta et prit sa tête dans ses mains, la tenant fermement en la regardant droit dans les yeux.

— Je n'ai jamais eu aussi peur ni été aussi fier de toute ma vie.

Caryn ferma les yeux devant l'émotion qu'elle lisait dans son regard. C'était trop... intense. Trop fort.

— Je savais que tu pouvais le faire, chuchota-t-il. Je savais que tu trouverais Lilly et que tu la sortirais de là.

Sa confiance en ses capacités lui fit du bien. *Beaucoup* de bien. Caryn ouvrit les yeux et croisa son regard. Quelqu'un avait-il déjà cru en elle comme ça ? Pas vraiment. Même ses collègues pompiers avaient des doutes sur ses capacités à les porter hors d'un bâtiment en cas d'urgence.

— T'es entrée là-dedans en jean et avec un putain de T-shirt, dit-il en secouant la tête d'un air perplexe.

— Je n'ai pas eu le temps d'enfiler l'équipement. Et puis, si ça ne m'allait pas ç'aurait été encore plus dangereux que d'y aller sans, lui expliqua-t-elle.

Drew hocha la tête.

— Je n'ai jamais vu Ethan comme ça. Quand il a entendu Paul dire qu'ils ne pourraient rien faire, j'ai cru qu'il allait mourir d'angoisse sur le coup.

— Je sais. Je l'ai entendu. Je n'y serais pas allée moi-même si je pensais vraiment qu'il était trop tard, se sentit-elle obligée de lui dire. Même si Lilly est mon amie, je n'aurais pas participé à une mission suicide.

Drew acquiesça.

— Je suis tellement fier de toi, putain, lui dit-il en posant son front contre le sien. Mais ça m'a fait tellement peur, je crois que j'ai retenu mon souffle tout le long. Chaque seconde où tu n'étais pas là était la plus longue de ma vie. Je n'ai jamais été aussi soulagé que quand tu as contourné la maison avec Lilly sur ton épaule.

— Je vais bien, l'apaisa Caryn. Lilly va bien.

— Oui, acquiesça-t-il.

Puis, il prit une grande inspiration et promena une main sur le haut de sa tête.

— Douche, déclara-t-il.

— Quoi ? dit Caryn qui avait du mal à suivre son raisonnement.

— Tu sens la fumée. Je peux voir les poils brûlés sur ton bras. Tu as besoin d'une douche. Pour te détendre. Pour te laver.

Effectivement, elle avait besoin d'une douche, mais elle n'avait pas encore envie de lâcher Drew.

Il prit la décision pour elle et comme il ne semblait pas vouloir la lâcher non plus, Caryn fut d'accord pour qu'il prenne les choses en main. Il les guida tous les deux à travers la chambre principale et jusqu'à la salle de bain et ferma la porte derrière eux. Il ouvrit l'eau, les déshabilla tous les deux, puis la prit dans ses bras une fois qu'ils furent sous le jet. Ils restèrent comme ça pendant un long moment, se réjouissant de la beauté de la vie. Puis il se savonna les mains et la nettoya de la tête aux pieds. Il lui lava les cheveux, deux fois, puis la sécha quand ils sortirent.

Ils se retrouvèrent ensuite sur le canapé, Caryn sur ses genoux, tous les deux satisfaits de s'imprégner de la présence de l'autre.

— On ferait mieux de prendre des nouvelles de Lilly, dit Caryn au bout d'un moment.

Drew acquiesça, mais ne bougea pas.

— Et il faut probablement que j'appelle Bristol et Elsie. Et Finley.

— Oui, acquiesça Drew.

— Et je suis sûre que mon grand-père a entendu parler de l'incendie et s'inquiète pour moi.

— Oui, oui.

Étonnamment, plus Drew la tenait contre lui, plus elle sentait qu'elle redevenait elle-même.

— Ou alors on pourrait juste rester assis ici un moment.

— Oui.

Et c'est ce qu'ils firent, pendant un long moment.

Finalement, ils se forcèrent à se lever. Tout comme l'incident à La Cave, elle savait que cette journée les avait à nouveau changés tous les deux. Caryn se sentait plus proche que jamais de Drew et de ces gens qu'elle considérait comme ses amis. Elle était contente de savoir que dans les moments difficiles, son entraînement et ses compétences ne lui faisaient pas défaut. Peu importe si elle avait des ennuis à cause de ce qu'elle avait fait. Elle ne le regretterait jamais. Lilly était en vie. Cela valait toutes les conséquences auxquelles elle pourrait faire face.

* * *

Un peu plus tard cette nuit là – beaucoup plus tard – Paul faisait les cent pas, agité.

Comment cette putain de salope *osait*-elle l'humilier comme ça ?! Il avait décidé qu'il était trop dangereux de rentrer dans la maison et pourtant, elle y était quand même allée. Elle l'avait fait passer pour un idiot. Incompétent. Les habitants sur place l'avaient regardé avec dégoût.

Et dès l'instant où il était rentré à la caserne, il avait reçu un appel du maire expliquant que lui et le conseil municipal voulaient faire une réunion.

Le département incendie était trop petit pour un chef et il était déjà capitaine.

En gros, cela voulait dire que le DIF était *à lui* et Paul savait instinctivement qu'il était sur le point de perdre tout ce pour quoi il avait travaillé si dur.

Il était déjà sur le fil à cause de l'enquête que Simon avait ouverte suite à un bizutage innocent. Mais désormais ?

Il était foutu.

Tout ça parce que cette salope avait voulu jouer les héroïnes.

Elle n'allait pas s'en sortir comme ça ! Hors de question putain.

Il irait à la réunion avec le maire et le conseil municipal. Il expliquerait comment fonctionnaient les incendies et à quel point ils étaient imprévisibles. Il s'assurerait qu'ils comprennent à quel point c'était dangereux d'entrer dans des structures en feu – et que cette pute n'était pas certifiée pour faire ce qu'elle avait fait en Virginie. Elle les avait tous mis en danger et avait enfreint la loi. C'était stupide de sa part.

Et tout à coup, il fut à nouveau furieux, faisant les cent pas dans son salon comme un animal en cage.

Il risquait de perdre son travail. Sa réputation. Il serait obligé de déménager par honte. Tout ça à cause d'une connasse stupide qui n'aurait même pas dû être là au départ !

C'était *sa* ville. Il avait grandi ici. Elle non.

Caryn Buckner allait payer pour l'avoir ridiculisé. Elle n'était *rien* à Fallport. Elle allait regretter d'avoir fourré son putain de nez hautain dans ses affaires. Aucune connasse n'allait s'en tirer en lui volant la vedette.

Le cerveau de Paul bouillonnait, élaborant des plans. Il voulait l'humilier. Il était déterminé à faire en sorte qu'elle regrette ce qu'elle avait fait aujourd'hui. Qu'elle regrette d'avoir remis les pieds à Fallport. Ç'aurait été mieux si elle avait brûlé dans ce foutu feu.

Réfléchissant soudain, il acquiesça... un sourire diabolique lui étira les lèvres.

Putain, oui. Il fallait qu'elle *brûle*. Ce serait une fin appropriée pour une fille qui rêvait d'être pompier.

Il devrait soigneusement couvrir ses traces. Et il savait déjà où l'emmener. Il devait juste trouver quand.

Paul se frotta les mains avec anticipation. Caryn Buckner n'aurait jamais le dessus sur lui. Elle brûlerait en enfer... et il rigolerait pendant qu'elle hurlerait de douleur.

CHAPITRE DIX-NEUF

Drew avait du mal à lâcher Caryn des yeux. Lorsqu'il l'avait vue courir vers une maison qui était à moitié détruite par le feu, son sang s'était glacé. Il s'occupait d'empêcher Ethan de foncer dans la maison pour aller sauver Lilly lui-même et n'avait rien pu faire d'autre que de hurler le prénom de Caryn lorsqu'elle était partie en courant.

Soit elle ne l'avait pas entendu, soit elle était tellement déterminée à aider Lilly qu'elle n'avait pas eu le temps de lui répondre. Dans tous les cas...

Il l'aimait.

Drew le savait jusqu'au bout des ongles.

Les quelques minutes qu'elle avait passées à l'intérieur de la maison, alors qu'il ne savait pas si elle en sortirait un jour, avaient été atroces. Il avait eu une toute nouvelle perspective quant à ce que ressentait Ethan à ce moment-là. Si Caryn était morte, il savait sans l'ombre d'un doute que sa vie n'aurait plus jamais été la même. Qu'il aurait perdu le cadeau le plus précieux qu'il ait jamais reçu.

Désormais, il lui était littéralement impossible de ne pas la suivre partout. Elle était plutôt cool à ce sujet, mais elle ne tarderait pas à se lasser de sa présence constante. Son besoin de la surveiller, de la toucher. Il semblait que ce matin, le lendemain de l'incendie, elle en avait déjà assez.

— Drew, je *sais* que tu as du travail à faire aujourd'hui. Tu n'es pas obligé de venir avec moi.

— Je viens, dit-il, la laissant à peine terminer sa phrase.

Ils étaient assis l'un à côté de l'autre à sa table, mangeant leur petit déjeuner. Il avait une main posée sur sa cuisse en mangeant, le contact le réconfortant.

— Regarde-moi, dit-elle doucement.

Prenant une grande inspiration, Drew se tourna vers elle.

— Je vais bien. Je savais ce que je faisais. Sinon je ne serais jamais entrée dans cette maison.

— Je sais.

Elle inclina la tête sur le côté, puis lui demanda :

— Tu es sûr ?

Il ne répondit pas tout de suite.

— Si nous étions devant une banque et que quelqu'un était à l'intérieur, en train de braquer l'établissement... est-ce que tu resterais là, à rien faire ? Si une femme se faisait agresser sur le parking derrière le On the Rocks, est-ce que tu attendrais que Simon ou l'un de ses adjoints arrive ? Si quelqu'un se faisait voler sur la place centrale, est-ce que tu regarderais simplement tout en appelant les secours ? Si...

— OK, j'ai compris, dit Drew en soupirant.

— Tu ne ferais pas ça, dit-elle sans aucune hésitation dans sa voix. Tu serais là, en train de faire ce que tu peux pour minimiser les dégâts et sauver des vies, parce que tu as été formé pour ça. Tu sais ce que tu fais et tu aurais plus de chance qu'une personne lambda de désamorcer la situation ou de botter les fesses du sale type. Tu ne resterais pas là à regarder ce qui se passe en attendant qu'un officier arrive. Quand je suis arrivée sur les lieux en voiture, j'ai tout de suite su que même si l'incendie était grave, il était encore temps de secourir les personnes qui pouvaient être piégées à l'intérieur. Et quand j'ai entendu Paul dire qu'il était hors de question qu'ils entrent, j'ai su – grâce à ma formation et à mon expérience – qu'il avait tort. Et en plus en sachant que c'était *Lilly* à l'intérieur, il était impossible pour moi de rester sur place en la regardant mourir alors que j'étais sûre à cent pour cent, que je pouvais la sauver. Je suis désolée de t'avoir fait peur, dit-elle doucement, prenant sa main dans la sienne. Je *déteste* ça… mais je n'avais pas le temps de te rassurer toi ou quiconque sur le fait que j'allais bien sortir Lilly vivante de là.

Drew déglutit et hocha la tête.

— Je viens tout juste de te trouver Caryn. Je ne peux pas te perdre.

— Tu ne me perdras pas.

Tournant sur sa chaise, il abandonna l'idée d'essayer de manger. Tout avait un goût de sciure de bois de toute façon. Sans se faire prier, Caryn se leva et s'assit sur ses genoux. Ils n'avaient pas fait l'amour hier soir, mais Drew l'avait tenue désespérément près pendant qu'ils dormaient.

— Je t'aime, dit-il doucement. Et je n'ai jamais ressenti ça auparavant, alors il va falloir que tu sois indulgente.

Elle posa une main sur son visage et le regarda droit dans les yeux.

— Moi aussi je t'aime. Tellement que ça me fait peur.

— Alors on aura peur ensemble, lui dit-il. Et pour info, je suis tellement fier de toi que je pourrais exploser. Tu as sauvé la vie de Lilly. C'est énorme, chérie. Incroyable.

Elle ouvrit la bouche et Drew la coupa avant qu'elle ne puisse répondre.

— Si tu me réponds que tu faisais juste ton travail, je vais t'envoyer Ethan.

Caryn rit.

— Je suis sûre que si les rôles étaient inversés, s'il y avait eu un cambriolage ou autre, tu dirais la même chose.

— Probablement, mais là c'est différent. C'est plus personnel. À la fois parce que c'était ta vie qui était en danger et aussi parce que c'est Lilly que tu as sauvée, dit Drew. J'ai peut-être rencontré Lilly cette année seulement, mais elle est importante pour Ethan et il est l'un de mes meilleurs amis. Ce qui l'affecte affecte le reste d'entre nous. Tu ne sauras jamais à quel point j'étais fière quand tu as contourné l'angle de cette maison avec Lilly sur ton épaule.

En réponse, Caryn se pencha vers lui et blottit son visage dans le creux de son épaule.

— Du coup... tu vas me laisser venir avec toi aujourd'hui ?

Elle avait un rendez-vous avec Jonathan Coleman, le maire de Fallport et le conseil municipal. Drew était certain qu'ils avaient tous reçu de nombreux appels concernant l'incident et ils avaient besoin d'informations venant du terrain pour savoir ce qui s'était passé exactement avec cet incendie. Car Fallport était tellement petite comme ville qu'ils étaient essentiellement les patrons de Paul, en charge des premiers intervenants en ville.

— Oui, dit-elle avec un petit hochement de tête. Merci.

— Tu n'as pas à me remercier de couvrir tes arrières, chérie, dit Drew en l'embrassant sur la tempe. Maintenant, finis ton petit déjeuner pour qu'on puisse y aller. J'imagine que Jonathan ne sera pas content si tu es en retard.

Caryn se releva et retourna sur sa chaise à la table, mais Drew remit immédiatement la main sur sa cuisse lorsqu'elle s'assit.

— Je suis sûre qu'il n'est pas aussi mauvais que tu le dis, lâcha-t-elle après avoir pris une bouchée de pommes de terre sautées qu'il avait préparées.

Drew sourit et secoua la tête.

— Tu verras, lui dit-il.

* * *

Presque deux heures plus tard, Caryn dut reconnaître que Drew avait raison. Le maire était un con. Mais en même temps, il devait gérer tout un tas d'emmerdes politiques qui devaient probablement être très pénibles. Elle l'avait rencontré lui et les cinq personnes du conseil municipal pendant plus d'une heure. Ils avaient voulu en savoir plus sur ses antécédents professionnels, ses références... et pourquoi elle avait estimé qu'il était normal de voler une bouteille d'air comprimé et entrer dans une maison en feu alors qu'elle ne faisait pas partie du DIF.

Caryn les avait calmement informés de ses certifications nationales et d'État, de ses presque vingt ans d'expérience en tant que pompières dans diverses casernes en ville, qu'elle assistait chaque année à des conférences pour rester informée des dernières techniques de sécurité et de formation et enfin de la façon dont elle avait localisé et transporté Lilly en dehors de la maison en toute sécurité. Elle les informa également que Lilly se remettait de l'inhalation de la fumée chez elle... au lieu de reposer dans un sac mortuaire à la morgue.

Ils voulurent également savoir pourquoi elle était entrée dans la maison toute seule. Pourquoi elle n'avait pas travaillé avec le DIF.

Elle avait expliqué que les maisons plus récentes brûlaient bien plus vite que les anciennes car les matériaux utilisés pour les construire étaient plus combustibles. Les maisons anciennes étaient généralement construites avec du bois plus lourd ou des parpaings qui mettaient plus de temps à brûler que les matériaux modernes. Et c'était ainsi qu'elle avait su avoir le temps d'aller chercher Lilly. Mais qu'elle n'avait *pas* eu le temps d'argumenter avec Paul à ce sujet, notamment lorsqu'il avait déjà déclaré qu'il ne pouvait rien faire et qu'il ne laisserait pas ses pompiers entrer dans la maison.

Sa remarque les conduisit à avoir une conversation très franche concernant tout ce que Caryn avait observé sur le terrain – et lorsqu'elle avait visité la caserne. Elle avait été brutalement honnête, expliquant que d'après tout ce qu'elle avait observé, les pompiers étaient au mieux mal formés, au pire, négligents. Elle leur expliqua que la caserne était une honte, très sale et que les camions et le matériel étaient désorganisés, ce qui avait directement entraîné le chaos sur les lieux et le retard pour éteindre l'incendie de la maison des Conley.

Pour finir, elle les avait informés qu'elle était une proche de Lilly et que si Lilly était décédée dans cet incendie, elle aurait porté plainte contre la ville – et elle aurait gagné.

Le moins que l'on puisse dire, c'est que ça les avait surpris et ils avaient commencé à poser des questions plus spécifiques. Sur ce qui aurait dû se passer et où les pompiers s'étaient trompés.

Ils lui demandèrent même de décrire l'incident du bizutage à La Cave et elle eut plus de mal à en parler que son expérience pénible lors de l'incendie, mais elle le fit quand même. Elle réalisa que même si elle culpabilisait par rapport à ce qui s'était passé, Paul et ses potes avaient largement dépassé les bornes.

Le temps qu'on la congédie, Caryn était épuisée. Elle détestait être celle qui dénonçait Paul et ses coéquipiers, mais ils ne valaient guère mieux que certains des services volontaires ruraux qu'elle avait visités et qui n'avaient aucune formation. Si on les laissait continuer comme ça, elle était certaine qu'ils finiraient par avoir une mort sur la conscience.

Lorsqu'elle quitta la réunion, Drew était pile là où elle l'avait laissé. Assis sur la chaise en métal pliante et inconfortable devant la porte. Elle était bien consciente qu'il avait du mal à encaisser ce qu'elle avait fait, mais comme son inquiétude était surtout de l'amour, ça lui allait très bien.

L'amour. C'était presque fou de voir à quelle vitesse les choses avaient évolué entre eux, mais elle ne pouvait pas dire qu'elle était désolée. Drew était... tout simplement incroyable.

Elle avait cru qu'en commençant à passer plus de temps avec lui elle finirait par être agacée par certaines choses, mais ça n'avait pas été le cas. C'était un bon colocataire, un super petit ami et le fait qu'il l'aime autant qu'elle l'aime était pratiquement un miracle.

Toute sa vie, elle avait voulu trouver un partenaire et là, elle l'avait trouvé sans même essayer. En ce qui la concernait, Fallport était magique. Elle avait toujours aimé rendre visite à son grand-père dans la petite ville, mais désormais, elle l'adorait.

— Comment ça s'est passé ? demanda Drew alors qu'ils étaient en route pour aller chez Art.

Son grand-père voulait tout savoir sur la réunion et était même resté à la maison ce matin au lieu d'aller retrouver Otto et Silas devant le bureau de poste.

— C'était dur, dit-elle avec honnêteté. Je me sens terriblement mal d'avoir dénoncé les gars du DIF, mais franchement, c'était gênant de les voir faire à cet incendie. Ils ne travaillaient pas ensemble. Pas du tout. Et personne ne semblait savoir quel était son rôle. Paul n'aidait pas, il se tenait sur le côté comme s'il était un seigneur, un surveillant ou je ne sais quoi, dit-elle en secouant la tête. Mais il fallait que quelqu'un mette tout ça en lumière. Il n'y a peut-être pas beaucoup de pompiers ici à Fallport, mais je ne supporterais pas qu'une personne meure au prochain incident parce que les gens qui sont censés l'aider ne savent absolument pas comment faire... ou ont peur d'entrer dans la maison.

— Tu crois que c'était ça ?

— En partie, oui. J'ai vu le regard de certains de ces gars. Ils n'avaient encore jamais vu d'incendie aussi important. Mais c'était aussi de l'incompétence sur des choses simples, comme la pose du tuyau. Il faut le sortir du camion et s'assurer qu'il ne se plie pas quand l'eau le remplit pour qu'il fonctionne correctement – mais pour le faire rapidement et facilement, il faut déjà le ranger correctement. Et ils auraient dû savoir où se trouvait la borne incendie. Je veux dire, merde, on avait une longue liste à New York et on nous testait tout le temps dessus. On devait être capables de pouvoir réciter où se trouvaient toutes les bornes d'incendie dans un rayon de deux pâtés de maisons d'une adresse aléatoire qu'on nous donnait. L'eau, c'est la vie pour un pompier, et ces gars n'avaient aucune idée de l'endroit où elle se trouvait. C'est complètement inacceptable.

— Tu n'auras pas d'ennuis, n'est-ce pas ? demanda Drew qui poursuivit avant qu'elle ne puisse répondre. Car s'ils envisagent de te réprimander ne serait-ce qu'une seconde, ils vont avoir toute une émeute sur les bras. Tout le monde en ville les appellera ou leur écrira des lettres. Il y aura même une véritable émeute. Tu as sauvé Lilly, c'est indiscutable.

— Tout va bien, lui dit-elle en lui frottant le bras pendant qu'il conduisait. Ils m'ont remerciée d'avoir aidé et m'ont congédiée.

Drew fronça les sourcils.

— C'est tout ?

Caryn haussa les épaules.

— Ce n'est pas comme si je m'attendais à être nommée Héros de l'Année ou quoi. D'après ce que j'ai compris, Tony possède déjà ce titre pour cette année, plaisanta-t-elle.

Drew n'esquissa même pas un sourire.

Caryn soupira mentalement. Elle détestait le voir si agité et anxieux.

— Toute cette histoire est embarrassante pour eux, dit-elle doucement. Je n'essayais pas de les humilier, mais c'est quand même ce qui s'est passé. Il y a eu un manque total de supervision de la part du département incendie. Ils ont une réunion avec Paul aujourd'hui et ils prendront ensuite une décision pour la suite.

Elle se mordit la lèvre et s'arrêta une seconde.

— Ils m'ont *demandé* si j'étais prête à travailler avec eux et le DIF en tant que consultante.

Drew s'arrêta dans l'allée d'Art, éteignit le moteur et se tourna vers eux.

— Sérieux ?

Caryn hocha la tête.

— Oui. Ils m'ont avertie que ce n'était pas encore une offre officielle. Ils doivent d'abord vérifier mes références et appeler certains de mes anciens chefs pompiers, mais j'imagine que je les ai surpris avec tous ces détails que j'ai remarqués et qui pourraient être améliorés et ils se sont sûrement dit que j'étais la bonne personne pour faire avancer les choses.

— C'est super... mais est-ce que c'est vraiment quelque chose que tu veux faire ? demanda Drew.

Caryn prit une grande inspiration.

— Honnêtement ? Je ne suis pas sûre. Au fond je suis excitée d'aller de l'avant et de m'éloigner de ce qui m'a frustrée pendant si longtemps. Mais une autre partie de moi sautait de joie lorsqu'ils m'ont fait cette proposition. Je pourrais encore garder un lien avec la lutte contre les incendies sans les côtés négatifs. Et le fait de pouvoir former les gens pour qu'ils puissent mieux aider les autres, ça me plairait beaucoup.

— C'est génial, chérie, dit Drew.

— Oui, le salaire qu'ils ont évoqué est incroyablement bas, donc il faudra que je négocie un peu plus, mais je reste prudemment enthousiaste. Je peux faire mon truc de bêta-lecture, tout en gardant mes certifications à jour.

— Le meilleur des deux mondes, dit doucement Drew.

— En théorie, dit Caryn en fronçant les sourcils. Mais Paul ne va pas être content. Ni ses potes.

— Qu'ils aillent se faire voir, dit immédiatement Drew.

Caryn sourit.

— Je t'aime, lui dit-elle.

Son visage s'adoucit.

— Moi aussi. Je suis sûr que tu prendras la décision qui est la mieux pour toi, lui dit Drew.

— Pour nous, répondit-elle un peu timidement. Ce que je fais t'affecte aussi et je veux faire ce qu'il y a de mieux pour nous.

— Putain, marmonna Drew.

Caryn devait reconnaître qu'elle adorait troubler cet homme. D'habitude, il était si *inébranlable* que c'était assez excitant de le voir essayer de contrôler ses émotions. De savoir qu'elle pouvait autant l'affecter.

— Mais tu l'as dit toi-même. Paul va être énervé contre le maire – mais surtout contre toi.

Caryn acquiesça.

— Je me suis dit que c'était mieux de l'éviter à tout prix pendant un moment.

Drew pinça les lèvres.

— Je parlerai aussi à Simon.

— OK.

— Tu te fais du souci par rapport à lui ? demanda Drew.

Caryn ne pouvait pas mentir.

— Un peu.

— Moi aussi, acquiesça-t-il. OK. On fera un peu plus attention pendant un moment, d'accord ?

Caryn lui jeta un regard noir.

— Ça veut dire quoi pour toi « un peu plus attention » ? Tu ne vas quand même pas insister pour que je n'aille nulle part seule, que je reste à la maison et que je ne vois pas mes amis, hein ?

Il rit.

— Tu serais d'accord si c'était ce que je *faisais* ?

— Non, lui dit-elle fermement.

— Voilà, c'est pour ça que je n'allais pas le dire, répondit-il avec un sourire. Mais je pense que t'assurer que quelqu'un sache toujours où tu es et avec qui pendant un moment n'est pas une mauvaise chose.

Caryn hocha la tête. Ça, elle pouvait le faire.

— Ce n'est pas un problème. J'essaie déjà de le faire de toute façon.

Drew passa la main derrière sa nuque et l'attira plus près. La position était un peu étrange avec la console entre eux, mais Caryn s'en fichait. Il plaqua son front contre le sien.

— Je t'aime, chérie. Tellement.

— Moi aussi je t'aime.

Il s'écarta et croisa son regard.

— Je te propose qu'on entre, qu'on raconte tous les ragots à Art pour qu'il puisse annoncer quelque chose à ses copains qu'ils ne connaissent pas déjà, puis on rentre à la maison et je te montre à quel point je suis fier de toi. À quel point je suis soulagé que tu ailles bien et sois en sécurité.

Et tout à coup, Caryn fut excitée. Elle se tortilla un peu sur son siège.

— On pourrait y aller dès maintenant et j'appellerai Art *plus tard*.

Comme s'il avait senti qu'ils avaient envisagé ne serait-ce que pour une seconde de partir, Art apparut à la porte d'entrée.

— Bon les jeunots, vous comptez rester là toute la journée ou vous allez entrer et me raconter ce qui s'est passé à cette foutue réunion ?

Drew et Caryn éclatèrent de rire.

— Bon, ben je suppose qu'on entre, dit Caryn. Mais OK pour le reste une fois qu'on a terminé.

— Je n'aurais jamais cru pouvoir être comme ça, dit Drew.

— Comme quoi ?

— Rire si vite après une situation de crise. J'ai été agité après tout ce qui s'est passé. D'habitude, je me repasse la scène encore et encore dans ma tête pendant des jours, analysant ce qui s'est produit, me demandant ce que j'aurais pu faire pour aider, etc. Mais pourtant là, je me sens déjà moins parano.

— Est-ce que c'est une bonne chose ? Parce que moi, ton esprit analytique ne me dérange pas et un peu de paranoïa ça ne fait jamais de mal à personne. Je t'aime exactement comme tu es, Drew. Tes expériences ont fait de toi l'homme que tu es aujourd'hui et cet homme est plutôt génial à mes yeux.

— Tant mieux, dit-il. Et merci.

— Tu m'as acceptée comme je suis. Comment pourrais-je faire moins ?

— Je vous attends toujours ! cria Art depuis le perron de sa maison.

Drew sourit, l'embrassa avec force, puis se tourna vers sa porte.

Caryn fit de même et dès qu'elle eut contourné la Jeep, il lui prit la main.

— Attends une minute, Grand-père ! dit Caryn. Mon Dieu.

— Tu pourras t'envoyer en l'air plus tard, je veux savoir ce qu'a dit le conseil municipal et si je dois aller casser des gueules ou pas !

Caryn éclata à nouveau de rire. Elle lâcha la main de Drew et passa un bras autour des épaules d'Art alors qu'il se tournait pour rentrer dans la maison.

— Pas besoin de casser la gueule de qui que ce soit, dit-elle. Allez, viens, tu as mangé ? Drew peut nous préparer à déjeuner et je te raconterai tout, dit-elle en faisant un clin d'œil à Drew au passage, soulagée qu'il ne paraisse pas contrarié d'être relégué à la cuisine.

* * *

Paul était tellement furieux qu'il n'arrivait pas à y voir clair. Il ne savait pas du tout comment il avait fait pour rentrer chez ses parents sans avoir d'accident de voiture. Ces deux dernières heures avaient été les plus humiliantes de toute sa vie. Tout ce qu'il avait fait en tant que pompier avait été questionné par ces connards du conseil municipal et le maire.

Ils avaient voulu connaître les raisons de chacun de ses

actes lors de l'incendie de la veille – et avaient même un enregistrement des transmissions radio qu'il avait eues avec le dispatching. Ils avaient pinaillé sur le moindre détail. Comment *osaient*-ils remettre en question sa décision quant au fait de ne pas entrer dans la maison en feu ?! Il aurait défendu cette décision devant n'importe qui. Rien de ce qu'ils diraient ne le ferait changer d'avis.

Et de savoir que cette *salope* avait eu le culot de dire du mal de lui et de ses coéquipiers ? De dire qu'ils avaient tout fait mal lors de l'incendie et avaient mis tout le monde en danger et que la caserne, l'équipement et les camions n'étaient qu'une foutue épave ?

Inacceptable, putain.

Et la cerise sur ce gâteau de merde qu'ils lui avaient enfoncé dans la gorge avait été lorsqu'ils l'avaient informé qu'il était destitué de son rôle de capitaine pendant qu'ils poursuivaient leur enquête et interrogeaient d'autres personnes présentes sur les lieux...

Et ils comptaient employer *Mademoiselle Buckner* comme consultante de formation pour le département incendie.

Jamais il n'obéirait aux ordres d'une putain de femme, il faudrait d'abord lui passer sur le corps ! Une fille qui ne se prenait pas pour de la merde et qui se croyait meilleure qu'eux tous car elle avait travaillé dans cette putain de ville de New York.

La *seule* raison pour laquelle elle était entrée dans cette maison hier, c'était pour se la péter. Pour prouver qu'elle était mieux que Paul et ses hommes. En réalité, elle avait désespérément besoin de reconnaissance. Que quelqu'un lui tapote sur la tête en lui disant qu'elle était une gentille fifille.

Eh bien, merde. Paul ne se *prosternerait* jamais devant elle. Sa caserne avait toujours très bien fonctionné sans que quelqu'un intervienne. Mais il était évident que le conseil municipal était déterminé à avoir une bonne image auprès des habitants. Ils allaient embaucher cette connasse et rien de ce qu'il dirait ne les ferait changer d'avis.

À moins qu'elle ne soit plus là pour être embauchée.

Paul devait se débarrasser d'elle. *Maintenant.* Avant qu'elle ne puisse leur remplir la tête avec d'autres mensonges sur lui et le DIF. Dans tous les cas, il était hors de question qu'il confie *sa* caserne à une gonzesse condescendante qui pensait savoir ce que c'était que d'être pompier.

Il devait agir rapidement avant qu'elle ne puisse faire circuler d'autres rumeurs horribles sur son incompétence. Il devait juste réussir à l'isoler.

Elle se prenait pour une super pompière ? Très bien. Il allait lui donner un vrai aperçu de la puissance du feu.

Après ça, elle ne serait plus en état de lui dire, ni à lui ni à personne d'autre, comment faire leur travail.

La rage continua de couler dans ses veines. Elle allait regretter le jour où elle avait décidé de rester à Fallport. Elle n'avait rien à faire ici et il ferait tout ce qu'il faudrait pour la renvoyer d'où elle venait.

Si elle ne survivait pas à son malheureux accident... eh bien qu'il en soit ainsi.

CHAPITRE VINGT

Une semaine s'était écoulée depuis l'incendie et chaque jour qui passait, Caryn tombait un peu plus amoureuse de Drew. Il avait eu besoin de trois jours avant de pouvoir la laisser loin de lui, mais au lieu de l'agacer, son côté collant avait été... agréable.

Elle l'avait déjà échappé belle plusieurs fois par le passé, mais elle n'avait jamais eu personne qui en avait eu quelque chose à faire. Les autres pompiers avaient simplement haussé les épaules en disant que c'était les risques du métier. Elle avait très mal dormi les semaines suivantes après chaque incident, ce qui l'avait amenée à être plus prudente au travail. Mais ici à Fallport, dans les bras de Drew, elle avait dormi comme un bébé.

Elle avait craqué deux fois. La première fois, Drew avait été là pour la soutenir. Elle avait reconnu à quel point elle avait eu peur. Pas du feu, mais de ne pas pouvoir retrouver Lilly, qu'elle soit déjà morte. Qu'elles se retrouvent coincées à l'étage. Tout ce qu'un humain aurait ressenti dans une situation similaire. Drew l'avait écoutée sans interruption, l'avait laissée ressentir ces émotions et lui avait ensuite répété à quel point il était fier d'elle. À quel point elle était une pompière incroyable. À quel point ils avaient tous de la chance de l'avoir comme amie.

Puis, elle était partie rendre visite à Lilly et elles avaient *toutes les deux* pleuré. Lilly ne se souvenait pas de son sauvetage puisqu'elle avait été inconsciente, mais évidemment, l'une des personnes présentes sur les lieux avait filmé Caryn sortir de la maison avec Lilly sur son épaule. Presque tout le monde en ville l'avait vue – y compris Lilly.

Madame Conley était descendue en bas pour laisser son Yorkshire faire ses besoins dehors et le feu s'était déclaré pendant son absence. Occupée à vérifier les photos sur son appareil, Lilly n'avait pas réalisé ce qui se passait jusqu'à ce qu'il soit trop tard pour essayer de descendre les escaliers, ouvrant la porte de la chambre à coucher qui avait laissé entrer une vague de fumée. Elle avait calé une couverture en bas de la porte et était restée près de la fenêtre, attendant les secours. Des secours qui ne seraient jamais venus si Caryn n'avait pas été là.

Apparemment, le câblage électrique de la maison était vieux et avait besoin d'être remplacé.

Un simple court-circuit dans un fil et une étincelle rapide avaient déclenché le feu dans une chambre. C'était presque ironique, étant donné qu'Ethan était électricien. Il était désormais submergé de demandes de la part des habitants qui voulaient faire inspecter et/ou remplacer leur système électrique.

Caryn, Bristol, Elsie, Finley et même Khloe étaient descendues chez Lilly un soir pour une soirée pyjama bien méritée et avaient veillé tard dans la nuit, parlant, riant, pleurant et réaffirmant leur amitié. Tout le monde avait eu très peur pour Lilly et Caryn, alors le lendemain matin, elles se sentirent toutes un peu plus légères.

Aujourd'hui, Caryn avait une réunion avec le conseil municipal dans l'après-midi pour discuter de leur offre de consultante en formation. Elle avait pas mal d'idées pour le lancement d'un programme de pompiers juniors, recrutant des garçons et des filles du lycée pour apprendre les ficelles du métier, et peut-être même une académie de pompiers pour les citoyens, afin d'enseigner aux habitants de la ville ce que faisait leurs pompiers et certaines techniques qui pourraient les sauver dans des situations de vie ou de mort.

Elle envisageait également d'utiliser certaines des voitures derrière le garage de Brock pour s'entraîner à utiliser des cisailles et extraire des personnes de véhicules accidentés.

Ce matin, elle s'était réveillée dans les bras de Drew et lui avait montré à quel point elle l'aimait en glissant le long de son corps pour lui faire une pipe matinale. Il avait été tellement reconnaissant qu'ils avaient mis trente minutes de plus à sortir du lit.

Caryn s'était arrêtée au Bec Sucré pour prendre des roulés à la cannelle avant d'aller chez Bristol. Le docteur Snow avait accepté que cette dernière porte désormais une attelle et elle avait hâte de se rendre dans la grange pour commencer à travailler sur ce vitrail spécial qu'elle fabriquait pour le restaurant.

Le deuxième épisode de l'émission de paranormal en deux parties avaient été projeté l'autre jour, même si cette fois-ci, il n'y avait pas eu de cinéma en plein air. Lilly avait fini par céder et à le regarder ne serait-ce que pour se rassurer sur la façon dont la mort de son collègue avait été abordée. Elle avait reconnu que même si elle détestait le producteur et tout ce qu'il représentait, il avait fait du bon boulot sur les épisodes... « bon boulot » voulait dire tout capitaliser sur la mort d'un membre de l'équipe et du drame qui l'entourait. Elle n'avait pas l'intention de regarder à nouveau ces épisodes.

Caryn traversa la rue et passa devant le On the Rocks. Lorsqu'elle rejoignit le parking derrière, Paul Downs apparut soudain.

Elle s'arrêta immédiatement et envisagea de faire demi-tour pour retourner à la boulangerie, mais elle garda la tête haute et ne battit pas en retraite. Si elle comptait rester à Fallport – et elle allait *rester* – ils allaient devoir à apprendre à s'entendre. Ou au moins, être civilisés, malgré ce qu'il lui avait fait. Elle pouvait être plus mature que ça, surtout qu'elle aurait pu refuser ce premier shot d'alcool à La Cave... et ne l'avait pas fait.

— On peut parler ? demanda Paul sans préambule.

Sa première réaction fut de dire non, mais là, actuellement, l'homme en face d'elle n'avait pas un air renfrogné. Il ne lui jetait pas un regard noir.

— Il faut que je m'excuse. Je ne t'ai pas laissé une seule chance depuis que tu es revenue en ville.

Caryn acquiesça.

— OK.

Paul regarda autour de lui et haussa les épaules.

— Pas ici. Tu veux bien monter dans ma voiture ?

Caryn ressentit immédiatement le danger. Elle secoua la tête.

— Tu plaisantes ? Après ce qui s'est passé la dernière fois que je suis montée dans une voiture avec toi ? Non, je n'irai nulle part avec toi, Paul. On peut parler ici.

Et tout à coup, ce fut comme si elle avait appuyé sur un interrupteur. La haine que Caryn s'était attendue à voir transforma son visage. Il retroussa les lèvres en grognant. Mais elle s'en fichait. Elle en avait assez d'essayer de faire en sorte que cet homme l'apprécie.

Jetant rapidement un coup d'œil autour d'elle, Caryn vit que la zone était déserte. Tous les habitants qui se promenaient ce matin devaient se trouver sur la place animée, entrant ou sortant de la boulangerie, du restaurant ou de la bibliothèque. Paul et elle étaient les seuls sur le parking derrière le On the Rocks.

Voulant s'éloigner de lui le plus possible, Caryn s'écarta de Paul et se dépêcha de rejoindre sa Sonata.

Sans aucun avertissement, elle fut violemment plaquée contre sa voiture. Sa tête rebondit contre l'acier et sa vision s'obscurcit un moment.

Ce fut tout le temps dont Paul eut besoin pour prendre le dessus. Il l'attrapa par le bras, l'attirant plus près. Caryn était une femme forte, mais elle ne faisait pas le poids contre lui actuellement avec sa tête douloureuse et sa vision qui s'éclair-cissait à peine. Il se tint si près qu'on aurait pu croire qu'ils partageaient une étreinte intime pour tous ceux qui auraient pu les observer.

Caryn sentit immédiatement quelque chose de tranchant lui percer la peau. Elle ne put s'empêcher de pousser un petit cri. Puis elle se figea lorsqu'elle vit le couteau dans la main de Paul, ne voulant pas que la lame s'enfonce plus profondément dans sa chair.

— Je voulais faire ça tranquillement, lui dit-il d'une voix grave comme si tout ce qui se passait était de sa faute. Mais non évidemment, il a fallu que tu foutes ça en l'air aussi. Comme tu as *tout* fait foirer dans ma vie. Allez, connasse. On va faire un petit tour en voiture.

Caryn essaya de prendre son téléphone sans que Paul le voie.

— N'y pense même pas, grogna-t-il en enfonçant un peu plus le couteau dans son flanc.

La douleur était si intense que Caryn lutta pour rester debout. Si elle l'énervait tant que ça, elle était certaine qu'il la poignarderait sans y réfléchir à deux fois. À ce moment-là, sa meilleure option – sa *seule* option – était de faire ce qu'il disait... et prier pour avoir une chance de s'échapper.

Il l'éloigna de sa voiture et la poussa vers une autre garée quelques mètres plus loin. Il la jeta sur le siège passager.

— Avance, ordonna-t-il en agitant ce fichu couteau sous son nez.

Caryn réalisa qu'elle tenait toujours les roulés à la cannelle. Elle aurait dû laisser retomber le sachet sur le parking. Peut-être qu'en le voyant par terre, quelqu'un se demanderait ce qu'il faisait là... assez pour en parler à Finley. On aurait alors sonné l'alarme.

C'était un gros risque – et c'était trop tard maintenant. Elle était déjà dans la voiture de Paul qui avait claqué la porte et sortait du parking derrière la place.

— Paul, est-ce qu'on peut...

— *Ferme-la*, connasse ! cria-t-il. Je ne veux pas t'entendre putain. Je ne vais pas te laisser gâcher ma vie plus que tu ne l'as déjà fait !

Réalisant qu'il valait mieux qu'elle écoute cet homme – Paul était déjà extrêmement agité – Caryn se mordit la lèvre et pressa une main sur son flanc. Baissant les yeux, elle vit qu'elle saignait. Elle n'avait aucune idée de l'ampleur de l'hémorragie, mais comme il n'y avait littéralement rien à faire pour l'instant, elle se mit en tête de s'échapper. Elle pouvait se jeter hors de la voiture, mais il y avait de fortes chances que Paul essaie de l'écraser si elle le faisait. Et si elle se blessait au point de ne plus pouvoir s'enfuir ou se défendre s'il revenait la chercher, la situation ne ferait qu'empirer.

Elle s'assit tranquillement, son corps tendu, attendant de voir où il l'emmenait.

Et espérant qu'elle saurait quoi faire une fois qu'ils seraient arrivés.

À sa grande surprise, Paul se gara devant le sentier de Fall-port Creek. Il n'était qu'à un kilomètre et demi de la ville et était toujours assez fréquenté. Surtout depuis que les chasseurs de Bigfoot amateurs arrivaient déjà en ville. C'était un choix étrange d'amener quelqu'un que l'on venait de kidnapper ici, mais là encore, Paul n'avait pas vraiment les idées claires. Il était trop furieux.

— Sors ! ordonna-t-il, agitant le couteau dans sa direction. Ici, vers moi. Et ne tente rien sinon je te jure que je t'étripe comme un putain de poisson.

Caryn s'avança prudemment sur le siège avant et dès qu'elle fut assez proche, Paul l'attrapa par le bras et la tira. Il appuya à nouveau la pointe du couteau contre son flanc, l'entaillant une fois de plus, et elle fit de son mieux pour ne pas sursauter et reculer. Elle fit le vide dans son esprit, essayant d'oublier la douleur que le couteau lui causait.

Alors que Paul la traînait dans la forêt, elle pensa à son grand-père. Art avait été poignardé et cela paraissait extrêmement ironique qu'elle soit sur le point de vivre la même expérience. Caryn ne doutait pas qu'à un moment donné, Paul enfoncerait la lame dans sa chair. Il était évident qu'il se fichait de la blesser, qu'il voulait la faire souffrir.

Il commença à emprunter le sentier, mais n'alla pas bien loin avant de tourner et de s'enfoncer dans les bois, loin de tous ceux qui pourraient être sur le sentier ce matin. Caryn avait espéré pouvoir signaler à quelqu'un qu'elle avait des ennuis, mais Paul ne lui laissait pas cette option.

Le trajet fut lent pour passer entre les ronces et les arbres abattus, mais Paul parvint non seulement à continuer de la tenir, mais aussi à appuyer ce foutu couteau contre elle. De temps en temps, il lui piquait à nouveau la chair, car ils ne marchaient pas vraiment sur un trottoir immaculé, et de petites taches de sang parsemaient sa chemise à la taille. À chaque pas qu'ils faisaient dans les bois, ses chances de s'échapper diminuaient. Elle n'essaya pas de reparler à Paul. Il était évident que tout ce qu'elle dirait ne ferait que l'énerver encore plus. Plus ils marchaient, plus Caryn réalisait qu'elle allait devoir agir. Elle ne pouvait pas attendre qu'il arrive là où il voulait l'emmener.

Peu importe ce qu'il avait prévu, ce ne serait pas une bonne chose.

S'en voulant de ne pas avoir fait quelque chose quand ils étaient encore en ville ou sur le sentier, Caryn prit une grande inspiration et se prépara à lutter pour sa vie, même si c'était imprudent. Elle n'était pas prête à mourir. Elle et Drew étaient plus proches que jamais, son grand-père était enfin redevenu lui-même et elle venait tout juste d'avoir des nouvelles d'une auteure, une amie de Thomas. Elles négociaient ses tarifs – et elle avait été choquée d'apprendre que la femme était prête à payer le *double* de ce que lui payait Thomas pour lire son premier jet et proposer des suggestions.

Caryn avait beaucoup de raisons de vivre – et elle ne se laisserait pas faire sans se battre. Elle venait tout juste de prendre une grande inspiration, se préparant à pivoter et courir, lorsqu'une petite cabine en bois délabrée apparut. Il était évident que Paul avait repéré les lieux à l'avance, car il n'avait pas pu tomber sur cet endroit au hasard.

En voyant la structure, son sang se glaça. S'il pensait qu'il allait la forcer à entrer là-dedans, il se trompait lourdement. Elle ne laisserait personne l'agresser sexuellement. Hors de question putain.

Mais ce n'était pas ce que Paul avait en tête.

Sans un mot, il se retourna et la frappa au visage.

Son geste surprit tellement Caryn et la douleur fut si intense, qu'elle tomba sur le sol de la forêt avec un grognement.

Puis, il balança le pied vers elle et la frappa. Avec *force*.

Il ne s'arrêta pas. Elle essaya de se mettre à genoux, tentant de se défendre, mais à chaque coup que Caryn neutralisait, Paul lui en assenait un autre. Un coup sur le côté, un coup de poing dans l'épaule. Un coude dans son visage.

Il était en train de la battre à mort, sans dire un seul mot.

C'était étrange. Terrifiant. Sauf pour les grondements occasionnels, Paul la frappait méthodiquement, encore et encore.

Caryn finit par se rouler en boule, faisant de son mieux pour protéger sa tête et ses flancs, priant pour qu'il se lasse de la frapper le plus tôt possible.

Sa seule petite consolation fut qu'il se servait de ses mains et de ses pieds et non de son couteau.

Caryn ouvrit brièvement les yeux, essayant de localiser la lame, pensant qu'elle pouvait peut-être la saisir et se protéger, mais c'était inutile. Elle avait besoin de toute sa concentration pour essayer de se protéger de ses coups.

Elle sentait ses forces diminuer. Cela devenait de plus en plus dur de simplement maintenir ses bras au-dessus de son visage. Alors que la douleur la traversait de toute part, Caryn ferma les yeux et sa dernière pensée fut qu'elle avait abandonné sans être plus forte, plus intelligente, ni capable de trouver une issue.

Clyde Thomas était un solitaire. Il le savait. S'en fichait. Il n'avait jamais rencontré une femme avec qui il avait envie de passer ses journées ou qui comprenait son amour pour la liqueur. Il avait passé sa vie à vivre en périphérie de Fallport. Dans l'ensemble, ce n'était pas une mauvaise ville. Il y avait de bonnes personnes, comme de mauvaises personnes. Tant qu'ils le laissaient tranquille, Clyde était content. Cependant, il n'était pas content que son sanctuaire ait été perturbé. D'abord il y avait eu ce gars de la TV qui avait campé bien trop près de sa maison. Lorsque la police était venue et avait trouvé la tente de ce connard et les autres restes de son campement dans la poubelle de Clyde, ils avaient eu l'audace de croire pendant un moment qu'*il* avait tué le type.

Il renifla rien qu'en y pensant. S'il avait tué le gars, il n'aurait pas été assez stupide pour jeter ses merdes dans sa propre poubelle. Non, si Clyde voulait se débarrasser de quelqu'un, il le ferait sans laisser aucune trace. Il savait qu'il y avait des gens en ville qui croyaient encore qu'il avait quelque chose à voir avec tout ce qui s'était passé, même si le vrai tueur avait été retrouvé. Mais peu importe, il s'en fichait. Tant qu'on le laissait tranquille, c'était le plus important.

Mais avec cette foutue émission, il y avait plus de monde dans *sa* forêt. Ils s'approchaient souvent trop près des cabanes qu'il avait installées pour fabriquer sa gnôle. Il avait dû repousser certaines de ses opérations plus loin dans la forêt, ce qui l'emmerdait profondément.

Il supposait que les gens seraient surpris d'apprendre combien il gagnait grâce à sa liqueur. Tellement qu'il ne pourrait jamais dépenser tout l'argent qu'il avait à la banque – ou l'argent en liquide qu'il avait caché dans divers endroits de la forêt. Juste au cas où.

Il avait utilisé une partie de cet argent pour disposer des caméras autour de ses alambics. Les meilleures que l'argent peut acheter. Il devait s'assurer que personne ne touche à ses affaires.

Eh oui, monsieur, il avait une empreinte électronique assez impressionnante dans la forêt désormais. Si un écureuil pétait trop près de ses cabanes, il le savait.

Alors quand il reçut une alerte sur sa nouvelle montre moderne lui indiquant que l'une de ses caméras avait repéré du mouvement près de sa cabane la plus proche, Clyde fronça les sourcils. Il espérait que ce qui avait déclenché la caméra était un animal. Il était un peu tôt pour que les randonneurs se soient déjà aventurés loin du sentier. Surtout jusqu'à l'endroit où se trouvait la cabane.

Récupérant sa tablette, Clyde cliqua sur l'application qui lui montrait toutes les images en direct sur sa caméra. Cela lui prit un moment de retrouver la caméra qui lui avait envoyé une alerte.

Lorsque la vidéo redémarra, au début, Clyde eut du mal à comprendre ce qu'il regardait.

Il connaissait Caryn Buckner. Il l'avait rencontrée quand elle était petite, et bizarrement, elle n'avait jamais eu peur de lui comme beaucoup d'enfants du coin. Il l'avait retrouvée perdue dans les bois et l'avait ramenée sur le sentier. Après ça, elle lui avait toujours souri quand ils s'étaient croisés et n'avait jamais eu aucun problème à venir directement vers lui pour lui demander comment il allait... avant de lui poser un millier d'autres questions. Une fois adulte, chaque fois qu'elle revenait en ville, elle mettait un point d'honneur à lui rendre visite et elle le saluait quand ils se croisaient.

Il y a quelques semaines, il avait été en ville en train de livrer de son caisson de liqueurs tarte aux pommes, l'une de ses meilleures ventes, et elle lui avait fait un grand câlin en lui annonçant qu'elle allait probablement emménager ici de façon permanente.

Puis elle lui avait acheté quatre bouteilles de liqueur et lui avait dit qu'elle reviendrait bientôt lui en reprendre.

Clyde l'aimait bien.

Mais la voir dans la forêt avec ce putain de Paul Downs qui la tirait par le bras était étrange. Il avait entendu les rumeurs sur cet homme et sur ce qu'il avait fait à Caryn. Et il en était très mécontent. Il n'était pas certain que Caryn serait allée volontairement dans la forêt avec lui. Ils étaient passés devant l'une de ses caméras, marchant en direction de la cabane, ce qui avait entraîné l'envoi d'une notification sur sa montre.

Clyde changea pour une autre caméra qui filmait en direct, une cachée sur la cabane et fronça les sourcils en se penchant sur la tablette.

Ce qu'il vit lui glaça le sang.

Il était un sacré dur à cuir et rien ne l'effrayait, mais voir Paul tirer sa jambe en arrière pour donner un coup de pied à

Caryn alors qu'elle déjà à terre, se servant de ses bras pour se protéger, était simplement *inacceptable*.

Après ce coup de pied, Paul se tint immobile, baissant les yeux vers Caryn qui était visiblement inconsciente à cause de ce coup violent. Même sur la vidéo, Clyde percevait des taches sombres sur la peau de Caryn.

Du sang. Ce connard l'avait battue jusqu'au sang.

Paul se pencha alors et attrapa les chevilles des Caryn, la tirant vers la cabine. Son haut se souleva alors qu'il la tirait à travers les broussailles jusqu'à ce qu'il soit autour de son cou, exposant son soutien-gorge.

Un voile rouge obscurcit la vision de Clyde. Il était hors de question que ce salaud viole quelqu'un sur sa propriété ! Et encore moins Caryn. Elle avait toujours été gentille avec lui. Avec tout le monde. Et il avait entendu d'après les rumeurs qu'elle avait récemment bravé un incendie pour sauver Lilly, la fille qui s'était retrouvée au milieu de tout ce bordel avec la disparition de la star de TV.

Cela fit soudain tilt dans la tête de Clyde. Paul était probablement en colère qu'on lui ait enlevé son moment de gloire. Il était le genre d'homme qui vivait pour être sous les projecteurs, il vivait pour être adoré. Mais ce genre d'admiration se méritait et Paul n'avait clairement rien fait ces dernières années pour gagner le respect de quiconque.

Clyde saisit son téléphone. Le réseau était nul chez lui, alors il avait acheté l'un de ces téléphones satellites super modernes il y a quelques années. Il ne l'avait pas beaucoup utilisé, mais aujourd'hui il était bien reconnaissant de l'avoir.

Il n'appela pas la police de Fallport. Non. Il n'y avait qu'une seule personne qui devait immédiatement savoir ce qui se passait.

Lorsque la personne au bout du fil décrocha, Clyde ne mâcha pas ses mots.

— Paul Downs a ta femme. Il l'a blessée. Gravement.

— Où ?

Un mot à la fois empreint de peur et de fureur.

Clyde expliqua à l'homme où il pouvait trouver Caryn, puis ajouta.

— J'y vais tout de suite. Je vais faire ce que je peux.

Puis il raccrocha sans dire un mot de plus.

Il devait se rendre à sa cabane. Faire ce qu'il pouvait jusqu'à ce que la cavalerie arrive.

CHAPITRE VINGT ET UN

Drew n'avait pas été inquiet lorsqu'il avait vu le numéro masqué apparaître sur l'écran de son téléphone. Mais lorsqu'il avait entendu la voix de Clyde lui dire : « Paul Downs a ta femme », son sang s'était immédiatement glacé.

Il avait été en mouvement dès l'instant où Clyde avait parlé. Caryn avait quitté son lit il y avait à peine deux heures, satisfaite et heureuse. Il lui était presque impossible de réaliser à quelle rapidité la situation avait changé.

Ça n'aurait pas dû être le cas. Il savait, mieux que quiconque, à quel point un simple contrôle routier pouvait devenir mortel. À quelle vitesse un incident domestique pouvait changer d'un seul coup. Drew était déjà dans sa Jeep lorsque Clyde lui expliqua où Paul avait emmené Caryn exactement. La cabane que Clyde lui avait décrite lui était en fait familière. Lui et ses coéquipiers l'avaient déjà utilisée comme point de repère plus d'une fois en recherchant des personnes qui s'étaient écartées du sentier de Fallport Creek et s'étaient perdues.

— J'y vais tout de suite. Je vais faire ce que je peux, lui dit Clyde avant de raccrocher.

Drew cliqua immédiatement sur le premier nom de sa liste de contact.

— Yoh, c'est un peu tôt pour m'appeler, surtout quand tu dois être blotti contre Caryn, plaisanta Brock en lui répondant.

— J'ai besoin de toi, lui dit Drew d'une voix tendue. Paul a kidnappé Caryn. Il l'a emmenée dans la cabane de Clyde près du sentier de Fallport Creek. Celle qui a la plus grande installation pour sa liqueur.

— *Putain*, jura Brock. J'arrive. Ne m'attends pas.

Drew n'eut pas besoin de dire à son ami que ce ne serait pas le cas. Brock le savait déjà.

— Je vais appeler les autres.

— Fais vite, lui dit Drew.

Il respirait avec difficulté, comme s'il avait couru un marathon. L'adrénaline coulait dans ses veines et il tremblait. Il ne s'était jamais senti comme ça auparavant. Jamais. Même lorsqu'il avait affronté une foule d'hommes et de femmes ivres et fous, excités par la joie de voir leur équipe gagner un championnat national. Même quand il avait été surpris par quelqu'un qui avait pointé une arme sur lui.

Mais là, il s'agissait de *Caryn*. Il se souvint d'elle ce matin. Il s'était réveillé avec sa bouche autour de sa queue et elle avait souri d'un air paresseux entre ses jambes, si satisfaite d'elle-même. Il n'avait jamais été avec quelqu'un d'aussi généreux et ouvert et l'idée que cette lumière s'éteigne lui était insupportable.

Alors que Drew débarquait sur le parking du départ de sentier, il réalisa que Brock avait fini par raccrocher. Il ne se souvenait même pas du trajet jusqu'au sentier, ni de ce que Brock avait pu lui dire. Tout ce à quoi il pouvait penser, c'était le visage magnifique de Caryn.

La détermination monta en lui. Elle n'était pas morte. Il était impossible que quelqu'un avec une âme aussi belle que la sienne soit mort. Mais Paul Downs le serait certainement si Drew mettait la main sur lui.

Alors qu'il courait dans les bois, Drew réalisa à quel point il avait merdé. Il n'avait pas vu les signes lui indiquant que Paul allait passer à l'acte. Il aurait dû s'en douter. Avec tout son entraînement, avec ce sens de l'observation qu'il pensait avoir... même face à la colère de Paul durant l'incendie chez les Conley, Drew n'avait pas réalisé que cet homme était complètement taré.

Lui et Caryn avaient parlé de lui du fait que Paul allait être très contrarié lorsqu'il serait réprimandé par le maire et le conseil municipal, qu'il serait probablement furieux d'avoir été rétrogradé, et qu'il ne supporterait pas que Caryn soit très probablement engagée pour remettre le DIF en état.

Ils en avaient même parlé à Simon qui leur avait conseillé de l'éviter et de le prévenir si Paul faisait quoi que ce soit de menaçant. Mais aucun d'eux n'avait pensé qu'il puisse faire une chose pareille.

Comme kidnapper Caryn et l'emmener dans les bois pour faire Dieu sait quoi. Une branche qui lui gifla le visage le ramena à l'instant présent. Il fallait qu'il sorte de ses pensées et se concentre. Il était prêt à faire tout ce qu'il fallait pour protéger Caryn de Paul. Il priait juste pour ne pas arriver trop tard.

Il mit bien trop longtemps à atteindre la cabane et lorsqu'il s'en approcha enfin, une nouvelle menace horrible à laquelle Drew n'avait pas pensée se manifesta.

Il sentit l'odeur de la fumée.

Il accéléra le pas et arriva au niveau de la cabane – et regarda avec horreur les flammes lécher le côté droit de la structure, pendant que Clyde faisait de son mieux pour atteindre la porte, recouverte de... planches ?

— Donne un coup de pied ! hurla Drew en s'approchant.

— J'ai essayé, grogna Clyde en s'agrippant à... oui, l'une des nombreuses planches qui avaient été clouées en travers de la porte.

— On dirait que ça peut s'écrouler à tout moment ! dit Drew d'un ton désespéré. Ça va s'effondrer si on cogne tous les deux en même temps.

— Ça a l'air délabré, mais c'est ce que je veux que les gens se disent. J'ai renforcé la structure avec assez de planches pour qu'elle ne s'écroule pas facilement, dit Clyde.

— Putain ! jura Drew. Tu es sûr qu'elle est à l'intérieur ?

— Oui, dit rapidement Clyde.

— Où est Paul ?

— Je l'ai vu courir dans les bois juste avant que je ne remarque la fumée. Ce connard a utilisé les planches et les clous que je gardais à l'intérieur pour les réparations.

Drew étudia la cabane devant lui, essayant de rester calme et rationnel au lieu de paniquer. Caryn était à l'intérieur, probablement inconsciente, sinon, elle aurait fait de son mieux pour sortir.

— Autre mauvaise nouvelle, dit Clyde alors qu'il arrivait enfin à arracher l'une des planches de bois sur la porte à mains nues.

Le sang maculait ses doigts, mais il ne semblait pas s'en soucier.

— Il y a un lot tout frais de liqueur à l'intérieur. Je l'ai terminé l'autre jour. Si le feu va jusqu'à l'alcool...

Sa voix se brisa et Drew comprit ce qu'il voulait dire.

Ils devaient absolument sortir Caryn de là, *tout de suite*.

Ils travaillèrent ensemble pour enlever le reste des planches de la porte.

— J'ai oublié la clé, bon sang, dit le vieil homme bourru alors que la dernière planche était arrachée. Je suis un putain d'imbécile ! J'étais trop pressé d'arriver ici.

Drew ne pouvait pas lui en vouloir. Il ne se souvenait même pas de l'endroit où il avait laissé les clés de sa Jeep actuellement. Elles étaient peut-être dans sa poche, par terre près de son véhicule, ou peut-être toujours sur le contact.

Les deux hommes se mirent au travail pour tenter de briser la porte à l'apparence trompeuse. Ils parvinrent à briser deux des planches verticales, mais la serrure refusa de céder.

— Je vais essayer d'ouvrir ce foutu truc, toi tu rentres et amènes Caryn jusqu'ici puis on la sortira de là, ordonna Clyde.

Drew acquiesça et passa la tête et les épaules par le trou qu'ils avaient fait dans la porte. En se faufilant, il vit enfin Caryn pour la première fois.

Elle était allongée par terre, immobile.

Elle avait les bras menottés dans le dos, des bleus se formant déjà sur son visage et ses bras.

Une pure haine pour Paul menaça de le figer sur place, mais il repoussa l'émotion. Il devait sortir Caryn de là. Il sentait déjà la chaleur du feu qui gagnait en force et en intensité sur le mur voisin. Il força le reste de son corps à passer par la porte et contourna les principaux composants de l'alambic. Le brûleur à gaz restait inactif sous une grande marmite en cuivre probablement remplie de moût... du malt en poudre et de l'eau, qui était chauffée pour produire une vapeur alcoolisée. Ce ne fut pas le premier ou le deuxième baril qui attira son attention – mais le grand baril d'alcool de contrebande relié au condensateur. S'il était renversé, et que le feu l'atteignait, cet endroit exploserait en une milliseconde.

Caryn gémit soudain et étira les jambes, manquant de peu le grand baril de liqueur fraîchement brassé.

— Ne bouge pas ! ordonna-t-il en se précipitant à ses côtés.

Elle ouvrit les yeux et le regarda d'un air confus.

Drew l'attrapa par les aisselles et la traîna loin du feu et vers la porte. Lorsqu'elle hurla de douleur, il s'arrêta.

— Quoi ? Qu'est-ce qui ne va pas ? demanda-t-il.

Étonnamment, elle leva les yeux vers lui et sembla parfaitement consciente de ce qui se passait autour d'elle.

— Clé menottes, croassa-t-elle.

Merde. Il avait complètement oublié la conversation qu'ils avaient eue l'autre jour. Ils avaient plaisanté sur leurs professions respectives, et elle avait exigé qu'il sorte son portefeuille et lui montre la clé des menottes qu'elle *savait* qu'il gardait à l'intérieur. Il avait essayé de la convaincre qu'il n'en avait pas – évidemment qu'il en avait une – mais elle avait réussi à sortir son portefeuille de son pantalon et avait triomphalement sorti la petite clé métallique d'entre les quelques billets qu'il y avait.

"Je le savais !" s'était-elle exclamée. Drew avait été un peu gêné pendant un moment, jusqu'à ce qu'elle admette qu'elle aussi trimballait une clé partout où elle allait. Qu'elle avait appris à être paranoïaque grâce aux policiers qu'elle avait croisés à New York. Elle lui avait montré les petites poches qu'elle avait cousues dans la ceinture arrière de tous ses pantalons.

Ils avaient fini par faire brutalement l'amour sur le sol du salon de Drew, la clé à menottes dans son portefeuille oublié par terre alors qu'elle était à quatre pattes et qu'il la prenait par derrière.

Son propre portefeuille était toujours quelque part chez lui. Il ne l'avait pas pris en partant, trop pressé de retrouver Caryn. Et à ce moment-là, il dut reconnaître que même si en cousant de petites poches dans ses pantalons Caryn était encore plus paranoïaque que lui, elle était surtout plus intelligente.

Elle se redressa, toussant alors que la fumée s'épaississait et Drew tâtonna dans le bas de son dos pour trouver la clé. Cela lui parut durer une éternité, mais il l'eut finalement dans ses mains. Il dut s'y prendre à deux fois avant de pouvoir faire entrer la clé dans la fente des menottes, quelque chose qu'il avait déjà fait des milliers de fois dans sa vie, mais jamais dans ce genre de conditions. Jamais avec la vie de la femme qu'il aimait entre les mains.

Dès que l'une des menottes tomba sur le sol, Caryn se mit à

quatre pattes et s'avança vers la lumière de l'autre côté de la porte. Drew était juste derrière elle, faisant de son mieux pour la protéger de la chaleur et du feu qui crépitait derrière eux. Il ne savait pas à quel point elle était blessée. Leur priorité était de sortir de ce piège mortel.

Il fut impressionné que Clyde ait réussi à rendre un bâtiment aussi renforcé et sécurisé d'apparence si merdique, mais il aurait préféré que la cabane soit plutôt un château de cartes.

— Clyde ! hurla-t-il alors qu'ils approchaient de la porte.

Une grande main ensanglantée se tendit à l'intérieur et Caryn la prit sans aucune hésitation. Dès l'instant où ses jambes disparurent, Drew passa la tête et les épaules à travers l'ouverture. Clyde aidait Caryn à s'éloigner de la cabane alors qu'il sortait.

Drew fonça vers elle – et faillit vomir devant ce qu'il vit. Ses cheveux étaient pleins de terre, elle avait des bleus sur le visage – surtout autour de l'un de ses yeux – et sur chaque centimètre visible de peau. Son haut était déchiré, il y avait de nombreuses taches de sang sur le tissu et il lui manquait même une chaussure. Sa femme avait failli être battue à mort et pourtant elle était là. En vie. Le soulagement coula dans ses veines, ainsi que la fureur brûlante qu'il éprouvait pour Paul. Il était encore plus déterminé qu'avant à voir ce connard se faire arrêter pour ce qu'il avait fait.

— La cabane, murmura-t-elle, horrifiée.

Se retournant, Drew vit que le feu avait pris de l'ampleur.

— Il faut qu'on éteigne ce feu ! s'exclama-t-elle.

Drew commença à lui dire que ce n'était pas le moment de s'inquiéter pour ça. Il devait l'emmener voir le docteur Snow. Mais elle fut en mouvement en un clin d'œil. Elle boitilla aussi rapidement que possible vers le feu, là où la plupart des gens auraient couru dans le sens opposé.

— Tu as de l'eau courante, n'est-ce pas Clyde ? demanda-t-elle.

— Il y a un tuyau noir raccordé au toit qui est relié au ruisseau. Il y a une valve d'arrêt à environ quarante mètres d'ici.

— Si je tire dessus, ça va sortir ?

— C'est connecté au condensateur, mais ça devrait sortir oui, dit rapidement Clyde.

— Je vais l'attraper et vous allez ouvrir la valve. Il faut qu'on mette de l'eau sur ce truc avant que l'alcool ne s'enflamme. La dernière chose dont on a besoin c'est que la forêt entière prenne feu !

Drew resta abasourdi un instant. Caryn était blessée, manifestement en souffrance et pourtant, elle était toujours déterminée à faire ce pourquoi elle s'était entraînée pendant des années... combattre le feu.

Il avait envie de protester. De hurler. De lui dire d'oublier de sauver cette foutue forêt. Elle devait surtout se sauver *elle-même.*

Mais au lieu de ça, il fit confiance à sa femme et la suivit.

Lorsqu'elle grimaça en tirant le tuyau qui dépassait du toit de la cabane, il la poussa doucement sur le côté.

— Je m'en occupe. Dis-moi juste ce que je dois faire.

Reconnaissante, elle s'écarta sans se plaindre. Drew tira sur le tuyau.

Il le sentit se dégager de ce qui le retenait au condensateur à l'intérieur du bâtiment, conscient que le temps lui était compté. Si Clyde était inquiet de ce qui se passerait lorsque les flammes toucheraient l'alcool de contrebande à l'intérieur, il l'était deux fois plus.

Un jet d'eau étonnamment puissant jaillit de l'extrémité du tuyau alors que Drew et Caryn couraient jusqu'au côté de la cabane, vers les flammes. Une fois qu'il fut assez près, Drew visa instinctivement l'eau sur le haut de la structure.

— Non, vise la base du feu, lui indiqua Caryn. Voilà. Balaie-le d'un côté à l'autre. Super.

Avec Caryn derrière lui, Drew fit de son mieux pour éteindre les flammes. La chaleur était désagréable et ses mains s'engourdirent rapidement à cause de l'eau glacée du jet qui passait dans le tuyau qu'il tenait et ses poumons le brûlaient à force d'inhaler la fumée de la cabane en feu. Il tremblait à cause de l'adrénaline et du stress, mais Caryn resta derrière lui malgré tout, lui donnant des conseils et des indications alors qu'il luttait pour éteindre le feu.

Il était tellement concentré sur ce qu'il faisait, qu'il ne vit pas ni n'entendit Paul jusqu'à ce que l'homme soit pratiquement sur eux. Il courut vers eux, une branche d'arbre épaisse dans les mains et il la balança aussi fort qu'il le put.

Alors que Drew trébuchait sur la droite après que Caryn l'avait violemment poussé sur le côté, il pensa, de façon absurde, à quel point c'était *fou* de la part de Paul de rester dans les parages, assez près pour regarder Caryn mourir dans l'incendie. Puis, dans la foulée, il se demanda pourquoi il n'avait pas essayé de l'empêcher, lui ou Clyde, de la sauver. Peut-être qu'il ne voulait pas s'attaquer à deux hommes. Peut-être qu'il était assez prétentieux pour croire qu'ils ne la sauveraient pas et qu'il n'avait décidé d'agir que lorsqu'il avait réalisé qu'ils avaient réussi.

Toutes ces pensées lui traversèrent l'esprit en l'espace d'une demi-seconde avant qu'il ne tombe par terre, l'eau giclant de partout, son coude heurtant le sol. Caryn l'avait poussé pour éviter que Paul ne le frappe – et désormais, elle se débattait, luttant contre la branche.

Drew se releva en un éclair. Paul ayant les mains occupées, ce ne fut pas difficile de le frapper au visage. Il grogna et relâcha la branche.

Drew le frappa à nouveau. Puis à nouveau. Encore et encore.

L'homme tomba au sol, mais il ne s'arrêta pas pour autant, il le chevaucha et continua de le frapper, les articulations à vif, avec pour seule pensée de maîtriser cet enfoiré pour qu'il ne puisse plus jamais faire de mal à Caryn.

— C'est bon, il est à terre ! hurla Caryn.

Drew l'entendit à peine. Il devait s'assurer que Paul paie pour ce qu'il avait fait. « Je m'en occupe », entendit vaguement Drew.

Puis Clyde tira Drew en arrière, l'attrapant par le bras avec force. Et, tout à coup, il revint à l'instant présent. Caryn le regardait, inquiète.

Il s'écarta de Paul, qui était étalé sur le sol, gémissant de douleur. Crachant par terre à côté du type, Drew gronda :

— Alors, ça fait quoi, connard ?

— Drew, le feu, le pressa Caryn. Il s'étend sur l'herbe !

Clyde tira Paul loin de la cabane et après ça, tout devint flou.

Brock arriva. Il aurait apprécié que son ami arrive à temps pour empêcher Paul de les attaquer, mais Drew était quand même reconnaissant pour son aide. Et moins d'une minute après qu'il fut arrivé sur les lieux, le reste de l'équipe de Recherche et de Sauvetage d'Eagle Point arriva également. Sous la direction de Caryn, ils travaillèrent ensemble pour arrêter le feu. Elle et Raiden jetèrent de la terre sur l'herbe autour de la cabane. Zeke garda un œil sur Paul qui gémissait toujours. Rocky, Tal, Ethan et Clyde terminèrent de défoncer la porte – et prirent de très gros risques pour entrer à l'intérieur et sortir le baril de liqueur mais également une bouteille de propane posée contre le mur en face du feu que Drew n'avait pas remarquée. Ils sortirent également la marmite en cuivre contenant les restes du moût utilisé pour la dernière cuvée de Clyde, puis le doubleur et le condenseur.

Ce fut un travail dangereux, et Clyde semblait littéralement sur le point de pleurer de gratitude pour leur aide lorsque la dernière pièce de son alambic fut traînée en lieu sûr. Les équipements étaient loin d'être des matériaux bon marché, et visiblement, cela signifiait beaucoup pour lui que l'équipe ait fait ce qu'elle pouvait pour tout sauver.

Raiden prit le tuyau des mains de Drew, le laissant libre de rejoindre Caryn.

Elle se tenait sur le côté, le regard rivé sur le feu qui avait été pratiquement éteint. Elle se balançait sur ses pieds et Drew n'hésita pas à l'attirer dans ses bras. Elle se laissa faire, Drew la souleva.

— Qu'est-ce que tu fais ? demanda-t-elle.

Il ignora sa question, la portant jusqu'à un rondin de bois, loin de la cabane et l'installa sur ses genoux. Il enfouit le nez dans son cou et la tint aussi fermement qu'il le put, son propre corps tremblant à cause de l'adrénaline. Il sentit qu'elle passait un bras autour de son dos et serrait son biceps de l'autre.

— Je vais bien, le rassura-t-elle.

— Non, rétorqua-t-il en relevant la tête. Tu as des bleus qui se forment sur ton beau visage. Et tu saignes. Et il t'a *menottée*, putain.

— Pour être honnête, je ne me souviens pas de cette partie, avoua-t-elle.

— C'est censé me faire me sentir mieux ? demanda Drew. Je ne sais pas à quoi il pensait, putain. Je veux dire, s'il voulait faire passer ça pour un accident, te menotter était la chose la plus idiote qu'il pouvait faire, dit-il en secouant la tête. Mais en même temps, il n'a pas quitté la zone. Peut-être qu'il voulait juste s'assurer que tu ne puisses pas t'échapper et une fois que le feu aurait été éteint, il serait parti te les enlever.

Cette idée, plus que cruelle, le rendait physiquement malade.

— Mais il croyait vraiment que personne n'allait signaler un putain d'incendie ou que celui-ci ne se propagerait pas ? continua-t-il.

Il savait qu'il posait des questions auxquelles il n'aurait

probablement jamais de réponses, mais il ne pouvait s'empêcher de les verbaliser.

— Je ne sais pas non plus à quoi il pensait, dit doucement
Caryn.

Drew prit une grande inspiration et fit de son mieux pour
penser à autre chose que ce connard.

— Tu as couvert mes arrières.

Elle fronça les sourcils.

— Quoi ?

— Je ne l'ai même pas vu arriver. Tu n'as pas hésité à
couvrir mes arrières en me poussant hors de sa trajectoire.

— Évidemment. Tu croyais que j'allais le laisser te frapper ?
demanda-t-elle.

— Tu te souviens de cette conversation qu'on a eue sur le
fait de vouloir un vrai partenaire ?

Elle hocha la tête.

— Tu es à moi, Caryn. Tu es ma véritable partenaire. Dans
tous les sens du terme. Quand Clyde m'a appelé pour me dire
que Paul t'avait emmenée, je n'arrivais plus à réfléchir. Même
avec tout mon entraînement, j'avais l'impression d'avancer
dans la mélasse pour arriver jusqu'à toi. Tout ce que je savais,
c'était que j'allais tout faire pour qu'il ne t'arrive rien, pas si je
pouvais l'empêcher.

Elle prit une grande inspiration.

— Je n'ai jamais su ce que c'était que d'avoir un vrai partenaire jusqu'à ce que je te rencontre, dit-elle.

— Si vous voulez vous cracher dans la main pour sceller
votre pacte, c'est top, mais je pense qu'on devrait emmener
Caryn loin d'ici et chez le docteur Snow. Je n'aime pas trop ces
taches de sang sur son haut.

Drew fut surpris par la voix de Brock et baissa immédiatement les yeux vers la taille de Caryn, fronçant à nouveau les
sourcils en voyant le sang. Il l'avait déjà remarqué un peu plus

tôt, mais avec tout ce qui s'était passé, il n'avait pas vraiment réalisé.

— C'est quoi ce bordel ? demanda-t-il en tendant les mains vers le bord de sa chemise.

— Ça va, le rassura-t-elle.

Mais cela ne l'empêcha pas de regarder ses blessures.

En voyant les entailles évidentes d'un couteau sur sa peau, il se figea pendant quelques secondes, incapable de penser... puis il se leva lentement. Il remit Caryn debout, s'assurant qu'elle était stable, puis se tourna vers là où Paul était allongé sur le sol. Il ne fit pas deux pas que Caryn posa la main sur son bras, l'arrêtant.

— Tu ne peux pas être mon partenaire si tu es derrière des barreaux, dit-elle doucement.

Drew s'arrêta, sans pour autant lâcher Paul du regard.

Caryn se mit devant lui et posa une main sur sa joue.

— Je vais bien. Il n'a pas gagné.

Drew dut lutter comme pas possible pour réfréner son désir de tuer Paul Downs. Cet homme avait fait du mal à la personne la plus importante de sa vie. Sans Caryn, Drew serait toujours l'ermite paranoïaque qu'il était avant. Elle avait apporté de la joie et de l'amour à sa vie et il ne laisserait jamais personne lui enlever ça – y compris lui-même. Et s'il se faisait arrêter pour meurtre, cela ferait clairement du mal à Caryn.

Il se concentra sur elle plutôt que sur l'homme au sol.

— Évidemment qu'il n'a pas gagné, dit Drew.

Elle soupira de soulagement lorsqu'elle réalisa qu'il n'allait pas s'en prendre à Paul.

— Comment tu savais où j'étais ? demanda-t-elle.

— Comme je l'ai dit, Clyde m'a appelé. Je ne sais pas du tout comment *il* a su, ajouta Drew.

— Grâce aux caméras de chasse, dit Clyde qui se tenait au-dessus de Paul, s'assurant que le type ne cherche pas à se relever. Elles valent cher.

— Dis-moi que tu as des enregistrements, le supplia Rocky.

— Oh que oui, dit Clyde.

— Tu penses que tu peux donner les cartes SD à Simon ? demanda Tal.

— Et si je lui envoyais juste les vidéos ? demanda Clyde.

— T'as un email ? demanda Zeke, clairement surpris.

Clyde le regarda comme s'il était complètement stupide.

— Bien sûr que j'ai un email. Et j'ai aussi un téléphone satellite. Comment tu crois que j'ai appelé Drew ? Et j'ai un site web pour ma liqueur… et un diplôme en informatique que j'ai obtenu en ligne.

— Putain de merde, rit Ethan dans sa barbe.

— Je sais que tout le monde me prend pour un plouc, mais je m'en fous. J'ai dû apprendre à gagner ma vie et je m'en suis très bien sorti tout seul.

— C'est clair, acquiesça Tal.

— Tu n'en as probablement pas besoin et ça ne me surprendrait pas à ce stade, mais si jamais tu cherches un comptable ou un manager en investissement, je t'offre mes services, gratuitement. Pour toujours, dit Drew au vieil homme avec respecte et gratitude.

Clyde hocha la tête.

— OK, bon… Drew, il faut que tu amènes Caryn chez le docteur Snow. On l'appellera pour le prévenir que tu es en chemin, dit Ethan.

— J'y vais avec lui, dit Brock qui se porta volontaire. Je peux conduire pendant que tu restes assis avec Caryn.

— Et le feu ? demanda Caryn en regardant la cabane encore fumante. Vous ne pouvez pas partir, il risque de se rallumer.

— On va rester pour garder un œil dessus, la rassura Zeke.

— Il faut qu'on reste jusqu'à ce que Simon ou l'un de ses adjoints arrive de toute façon. Il va falloir que quelqu'un nous aide à transporter les ordures hors du bois, dit Tal en regardant Paul d'un air appuyé.

— Et une fois que le feu sera éteint, il faudra qu'on aide Clyde à remettre son alambic en état, ajouta Raid.

Drew n'avait jamais été aussi reconnaissante d'avoir des hommes aussi bons dans sa vie. Il pouvait simplement se concentrer sur Caryn, sans s'inquiéter du reste.

Caryn marcha vers Clyde. Drew était sur le point de la faire reculer, ne voulant pas qu'elle s'approche de Paul, au cas où il trouve la force de se lever, mais il n'eut pas besoin de s'inquiéter, Zeke et Ethan se placèrent entre elle et Paul alors que Clyde avançait.

— Merci, dit Caryn en serrant l'homme costaud dans ses bras.

Il portait sa salopette en jean et son T-shirt blanc. Son gros ventre l'empêcha presque de l'entourer de ses bras, mais elle y parvint. Sa barbe noire et revêche, parsemée de gris, contrastait fortement avec ses cheveux blonds.

Mais il était évident que les deux partageaient désormais un lien qui ne pourrait jamais être rompu. Caryn avait déjà une haute opinion de l'ermite et elle avait le sentiment qu'entre elle et son grand-père, la ville le verrait enfin sous un autre jour. Clyde n'était peut-être pas ravi de devenir un héros aux yeux de beaucoup de gens, mais il devrait faire avec. Drew s'approcha de Caryn et posa une main derrière son dos. Il ne supportait pas de voir les taches de sang sur son haut. Elles le rendaient encore plus impatient de la sortir de là.

— Moi aussi je te remercie, dit Drew en lui tendant la main. J'apprécie que tu m'aies appelé.

Clyde la serra et hocha la tête vers lui avant de reculer.

— Étant son homme, je savais que tu arriverais plus vite que les flics.

Il semblait que Clyde, bien que reclus, était toujours au courant de ce qui se passait à Fallport. Cela n'aurait pas dû surprendre Drew, étant donné les autres révélations qu'il leur avait faites, mais il le fut quand même.

— Si tu as besoin de quelqu'un pour mettre à jour ton système informatique – tu sais, pour t'assurer qu'il est bien sécurisé avec toutes les transactions monétaires que tu effectues pour les gens – tu me dis, annonça Clyde.

Drew rit.

— Je risque de te prendre au mot, dit-il au vieil homme avant de regarder Caryn. Tu es prête à partir d'ici ?

— Plus que prête, dit-elle.

— Je peux te porter si tu souffres trop, dit Drew, en fronçant les sourcils lorsqu'elle grimaça en se retournant.

— N'y pense même pas, dit-elle avec un regard noir.

Drew entendit des gloussements autour de lui, mais il les ignora.

— Tout ce qui m'importe, c'est que tu ne te blesses pas plus que tu ne l'es déjà.

— Je suis costaude, l'informa Caryn.

— Ça, c'est clair, dit immédiatement Drew.

Tal s'approcha avec la chaussure manquante de Caryn.

— Si elle veut partir d'ici, elle va en avoir besoin.

Drew s'agenouilla immédiatement aux pieds de Caryn pour l'aider à l'enfiler, lui faisant ses lacets pour qu'elle n'ait pas à se pencher en aggravant ses petites blessures sur les côtés.

Ils commencèrent à marcher dans les bois, vers le sentier pendant que Drew et Brock lui posaient des questions sur son enlèvement. Ce qu'elle leur raconta raviva la colère de Drew envers Paul.

Puis, après un court silence, Caryn soupira.

— Je ne sais pas ce qui est arrivé à mes roulés à la cannelle, dit-elle d'un ton qui laissait entendre qu'elle était triste d'avoir perdu ses pâtisseries.

Pendant un moment, Drew crut qu'il avait mal entendu. Elle leur avait raconté tout ce qui s'était passé, comment Paul l'avait emmenée dans les bois, sans s'effondrer. Étonnamment, elle semblait très bien gérer la situation. Tellement bien que Drew pensa qu'elle était en état de choc.

Mais le fait de l'entendre se plaindre d'avoir perdu ses roulés à la cannelle lui fit réaliser qu'elle allait vraiment bien.

— On t'en prendra d'autres, la rassura-t-il.

— J'étais censée en apporter un à Bristol aussi, ajouta-t-elle.

— Je vais aller voir Finley et lui expliquer ce qui s'est passé et je vous en ramènerai des nouveaux, proposa Brock.

Drew regarda Caryn alors qu'ils parlaient... et il vit un petit sourire lui étirer les lèvres. Il résista à l'envie de lever les yeux au ciel. Il savait que Caryn était persuadée que Brock aimait bien Finley et que la pâtissière était trop timide pour agir. Il ne serait pas surpris qu'elle et les filles aient mis en place un plan pour les mettre ensemble. Elle était visiblement ravie de l'offre de Brock.

— Génial, merci, lui dit-elle. S'il te plaît, assure-toi que Finley ne panique pas quand elle apprendra ce qui s'est passé. Elle est assez sensible et je ne veux pas qu'elle s'inquiète.

— Je ferai attention à elle, lui promit Brock.

Drew secoua mentalement la tête. Brock était foutu. Seulement, il ne le savait pas encore.

ÉPILOGUE

Deux semaines s'étaient écoulées depuis l'incident dans la forêt, et Caryn se sentait bien. Les premiers jours qui avaient suivi avaient été difficiles. Chaque muscle de son corps avait été douloureux et elle avait eu des bleus de partout... sur son visage, ses bras, ses jambes, son dos, sa poitrine... chaque fois que Drew les voyait, il serrait les dents et les muscles de sa mâchoire se contractaient.

Il était toujours en colère. Absolument furieux. Mais il n'avait personne sur qui passer sa colère à part lui-même, ce qui était inacceptable pour Caryn. Ils s'étaient d'ailleurs disputés pour la première fois à cause de ça.

Caryn l'avait confronté le soir où elle avait pris un bain pour essayer de détendre ses muscles et avait eu besoin d'aide pour sortir de la baignoire. Il avait pris un air renfrogné et elle lui avait demandé ce qui n'allait pas. Il s'était effondré. S'excusant de lui avoir fait défaut. D'avoir laissé Paul mettre la main sur elle. De ne pas avoir vu les signes avant.

Mais Caryn n'allait pas le laisser continuer de croire que tout cela était de sa faute. Ils avaient tous les deux crié – beaucoup. Mais finalement, il avait reconnu qu'elle était une grande fille et qu'aucun d'eux n'aurait pu savoir que Paul était complètement déséquilibré.

Caryn n'était pas sûre à cent pour cent que Drew ait arrêté de s'en vouloir, mais il était plus détendu – ou résigné peut-être ? – par rapport à ce qui s'était passé. De plus, les bleus sur son visage avaient quasiment disparu, ils étaient désormais jaune pâle et Caryn allait de l'avant.

Paul avait été viré du Département Incendie de Fallport, ainsi que Dennis, George et Lou. Apparemment, Paul les avait un peu prévenus de ce qu'il allait faire : la kidnapper, la frapper et la laisser dans la forêt. Ils avaient assuré ne pas être au courant pour l'incendie, mais comme aucun d'eux n'avait tenté d'arrêter Paul ou d'appeler la police pour les prévenir de ce que leur ami comptait faire, ils avaient été jugés tout aussi coupables.

Paul était actuellement incarcéré dans la prison du comté, ayant été arrêté pour enlèvement, incendie criminel, tentative de meurtre et autres délits. Il était détenu sans caution, ce pour quoi Caryn était très reconnaissante. Elle ne voulait pas avoir à s'inquiéter qu'il s'en prenne encore à elle pour finir ce qu'il avait commencé.

Étonnamment, Oscar avait été promu capitaine de la caserne. Drew et son équipe de recherche et de sauvetage avaient été furieux, mais Caryn trouvait que c'était une bonne chose. Certes, il avait été présent à La Cave. Mais finalement, il avait fait le bon choix en appelant Drew ce soir-là. Il semblait aussi sincèrement se soucier de la caserne.

Caryn avait été officiellement embauchée par la ville pour superviser la formation des pompiers et avait déjà rencontré Oscar pour discuter des prochaines étapes. Ils avaient mis en place quelques plans et Caryn était satisfaite de son empressement ainsi que de la coopération évidente du reste des pompiers. Il y avait désormais cinq postes à pourvoir et Caryn encourageait le conseil municipal à faire de la publicité de manière beaucoup plus vigoureuse pour trouver des candidats appropriés et diversifiés.

Dans l'ensemble, tout allait très bien pour Caryn. Elle avait même reçu le premier manuscrit de l'une des amies de Thomas, sa deuxième cliente de bêta-lecture. Elle avait parfois du mal à réaliser qu'elle était responsable de la première lecture d'œuvres d'auteurs aussi célèbres. Elle avait prévenu la femme que lorsqu'elle émettait des remarques, elle n'y allait pas avec des pincettes, mais l'auteure l'avait rassurée en lui disant que ça ne posait aucun souci.

Caryn espérait qu'elle le pensait vraiment.

Ethan et Lilly étaient aux dernières étapes de l'organisation de leur mariage dans la grange de Rocky et Bristol à Halloween. Ce serait un événement décontracté et Lilly avait même dit que si quelqu'un débarquait en costume cravate ou en robe de soirée, elle le virerait. Ce serait plutôt une ambiance jean-tee-shirt – ou un déguisement si quelqu'un voulait en porter un – et Caryn avait hâte d'y être.

Le soleil commençait à peine à dépasser l'horizon et Caryn se sentait extrêmement paresseuse. Ces deux dernières semaines, elle avait fait la grasse matinée tous les jours, sous les encouragements de Drew. Elle avait insisté pour faire du sport, ignorant ses protestations, mais ils avaient attendu plus tard dans la matinée pour s'aventurer dehors et s'en étaient tenus à des randonnées faciles. Quand il était tôt le matin, ils en profitaient pour se détendre, réfléchir à tout ce qui s'était passé et être reconnaissants de la façon dont s'étaient déroulées les choses.

— Bonjour, dit doucement Drew en roulant sur le côté pour la plaquer contre le matelas, un bras autour de son ventre et une jambe posée sur l'une de ses cuisses.

— Bonjour, répondit-elle.

— Tu as bien dormi ? demanda-t-il.

— Comme un loir.

Il était intéressant de noter que même si c'était elle qui s'était fait battre et avait été laissée dans cette cabane pour brûler vive, c'était *Drew* qui avait fait des cauchemars et pas elle. Caryn supposa que c'était parce qu'elle avait été inconsciente au moment des faits et n'avait eu aucune idée de ce que Paul avait prévu. Certes, ça n'avait pas été marrant de se faire battre, mais elle avait espéré qu'une fois qu'il aurait eu sa dose, il la laisserait là pour qu'elle retrouve son chemin toute seule, comme il l'avait fait auparavant. Le meurtre ne lui avait pas traversé l'esprit... même si ça aurait dû.

— Et toi ? demanda-t-elle à Drew. Tu as fait des cauchemars ?

— Non.

— Tant mieux. Qu'est-ce qu'on a de prévu aujourd'hui ?

Elle savait exactement ce qu'ils avaient prévu, mais elle voulait qu'il arrête de penser à ce qui lui était arrivé.

Drew s'appuya sur son coude et promena ses doigts contre un bleu particulièrement horrible sur son flanc. Celui qui mettait le plus de temps à guérir.

— Qu'est-ce que tu penses du mariage ?

Caryn arrêta soudain de respirer et son cœur commença à lui marteler la poitrine. Elle le regarda un long moment avant de lui demander :

— De manière générale ?

Drew haussa les épaules.

— Oui.

— Hum... eh bien, je suis pour.

— Et plus spécifiquement ? Est-ce que tu es opposée à l'idée de te marier à nouveau ?

Caryn ne savait pas du tout où allait cette conversation. Était-ce sa façon de lui demander de l'épouser ? Ou bien essayait-il de lui faire comprendre en douceur qu'il ne lui passerait jamais la bague au doigt ? Prenant une grande inspiration, elle décida d'être honnête.

— Non. Je veux dire, j'étais assez amère après la fin de mon premier mariage. Je pensais qu'un second mariage n'était pas possible pour moi. Que j'étais finalement trop abimée pour avoir une relation de couple fonctionnelle avec quiconque, même si j'en avais désespérément envie. Ma mère était horrible et elle n'était pas un modèle en matière de relations, mais je pense que ça m'a encore plus donné envie d'avoir les parents aimants qu'avaient les autres enfants. Et puis, il y avait la relation entre mon grand-père et ma grand-mère. Art aimait tellement sa femme qu'il a été dévasté lorsqu'elle est décédée. J'étais trop jeune pour me souvenir d'elle, mais j'ai entendu beaucoup d'histoires.

Drew acquiesça.

— Je n'ai jamais vraiment ressenti le désir d'être marié, lui dit-il. J'ai vu trop de mariages échouer, mais échouer de façon spectaculaire, au fil des ans. Je me suis dit qu'il n'y avait aucun moyen pour moi de faire fonctionner une relation. J'étais trop concentré sur mon travail. Trop égoïste. Je voulais faire ce que je voulais, quand je le voulais, même si la plupart du temps cela consistait à rester assis à la maison ou à aider mes collègues officiers à payer leurs impôts.

Caryn déglutit avec difficulté. Était-il en train de lui dire qu'il était hors de question qu'ils se marient ? Que ça ne le dérangeait pas de sortir avec elle, mais qu'ils ne feraient rien de plus ?

— Mais avec toi... je me rends compte que j'ai complètement changé d'avis. J'ai envie de pouvoir te considérer comme mienne, Caryn, légalement et officiellement. Je veux que tu portes ma bague pour que tout le monde sache que tu n'es pas disponible. Et je veux montrer au monde entier combien je suis fier d'être aussi à toi. Même si personne ne vient frapper à ma porte en me demandant de sortir avec eux, mais j'ai envie de prouver que je ne suis plus du tout sur le marché et que je suis pris.

Les muscles de Caryn qui s'étaient tendus après sa première explication se détendirent.

— Tu n'es clairement plus sur le marché, le rassura-t-elle. Et je veux être à toi officiellement autant que je veux que tu sois à moi.

— Mais je *suis* à toi, dit-il sans aucune hésitation. Mais…

Sa voix se brisa.

— Mais quoi ? insista Caryn.

— Ça me fout aussi la trouille de me marier. J'ai déjà vu des couples parfaitement heureux se retourner l'un contre l'autre dès qu'ils se sont passé la bague au doigt. Je ne veux personne d'autre. Jamais. La seule personne auprès de qui je veux me coucher et me réveiller, c'est toi.

— Mais tu n'es pas encore prêt à te marier, dit Caryn, terminant sa phrase.

— Est-ce que ça change ce que tu ressens pour moi ? demanda Drew.

— Pas du tout ! dit fermement Caryn. Pour être honnête, je ne suis pas non plus prête à me marier. Tout s'est passé très rapidement entre nous – même si ça ne me dérange pas, mais je pense que je veux déjà que notre relation s'installe avant qu'on ne s'engage dans la voie du mariage.

Drew soupira de soulagement.

— Quand on sera tous les deux prêts, je t'épouserai, dit-il.

— Génial, répondit-elle avec un sourire.

Elle était soulagée de ne plus avoir à se demander si et quand il allait lui poser la question. Changeant de sujet, elle lui dit :

— Ça fait deux semaines.

Drew comprenait parfaitement de quoi elle parlait, car il ne lui demanda pas à quoi elle faisait référence.

— C'est trop tôt. Tu as encore des bleus et ne crois pas que je n'ai pas remarqué à quel point tu faisais attention à tes mouvements durant notre promenade.

Leurs séances d'entraînement n'étaient pas du tout éreintantes, mais chaque jour, ils sortaient de la maison et allaient se promener ou faire de la randonnée.

— Je vais *bien*, insista-t-elle. Je ne vais pas me casser en deux si tu me fais l'amour, dit-elle.

— Si jamais je te fais mal...

Drew ferma les yeux en prenant une grande inspiration.

— Tu ne me feras jamais mal, dit Caryn en posant une main sur sa joue.

Puis, elle poussa sur son torse jusqu'à ce que Drew soit sur le dos. Elle le chevaucha et saisit l'ourlet du débardeur qu'elle portait au lit. Elle le fit passer par-dessus sa tête et s'appuya sur ses pectoraux en lui souriant.

— Putain, souffla-t-il en relevant les mains pour la prendre doucement par la taille. Ses pouces caressèrent la peau juste sous ses seins et ses pupilles se dilatèrent lorsqu'il leva les yeux vers elle.

— J'ai besoin de toi, dit Caryn en reculant jusqu'à ce que son érection soit entre ses jambes.

— C'est toi qui donnes le rythme, dit fermement Drew. Et tu seras au-dessus tout le long. Je ne vais pas risquer de faire quoi que ce soit qui pourrait faire pression sur ces bleus.

Ça lui allait parfaitement. Elle se sentait bien – plus que bien – et ça ne la dérangeait pas du tout d'avoir Drew sous elle. Absolument pas.

En guise de réponse, elle s'écarta et enleva rapidement son short de pyjama. Pendant ce temps, Drew enleva son caleçon. S'agenouillant entre ses jambes, elle saisit sa queue et le caressa du haut jusqu'aux bourses, puis remonta, se délectant du gémissement qui lui échappa.

— Putain, je ne vais pas durer longtemps, marmonna-t-il, plutôt pour lui-même que pour elle.

Caryn sourit simplement.

Ils firent l'amour rapidement et férocement et même si

Drew essayait de se retenir, d'être doux, Caryn n'était pas d'accord. Elle lui fit une fellation très enthousiaste et lorsqu'elle fut certaine qu'il était sur le point de jouir, il la tira vers lui jusqu'à ce qu'elle soit à cheval sur son visage. Il la dévora jusqu'à ce qu'elle *ait* un orgasme explosif, puis il la repoussa vers le bas et elle saisit sa queue dure comme de la pierre pour s'empaler doucement dessus.

Après ça, tout devint flou, mais au bout d'un moment, Drew la tint immobile au-dessus de lui et la baisa avec force par en dessous. Puis, il la tira vers le bas pour s'enfoncer en elle jusqu'au bout et jouit. Il frotta son pouce contre son clitoris tout en même temps pour que son orgasme ne soit pas loin derrière.

Les douleurs de Caryn dues à l'incident s'aggravèrent un peu suite à leurs ébats, mais elle préférait mourir que de l'admettre à Drew. Ce qu'il ne savait pas ne lui ferait pas de mal. Et elle n'était pas en sucre. Elle n'était pas du genre à se plaindre de ses blessures. Elle ne l'avait jamais fait et ne le ferait jamais.

— Putain, ma belle, dit Drew une fois qu'il s'en fut remis, sa queue toujours en elle. Ça a dégénéré.

Elle gloussa.

— C'est de ta faute. Tu n'aurais pas dû attendre si longtemps.

Il la regarda dans les yeux et lui dit.

— Faux. Je préférerais me couper le bras que de te faire du mal. Je ferais toujours ce qu'il y a de mieux pour toi, même si aucun de nous n'aime ça.

— Je t'aime, dit Caryn.

— Et moi aussi. Bon, qu'est-ce qu'il y a au programme aujourd'hui ? demanda-t-il.

Caryn ne put s'empêcher de rigoler lorsqu'il imita sa question un peu plus tôt et à son grand regret, le mouvement fit glisser son sexe détendu hors de son corps.

— Oh, zut, se plaignit-elle.

Drew rit.

— J'imagine que c'est trop tard pour avoir une discussion sur la protection ?

Ce n'est qu'à ce moment-là qu'elle réalisa qu'ils n'avaient pas utilisé de préservatif.

— On a parlé du mariage... mais qu'est-ce que tu penses des bébés ? demanda-t-elle.

Drew parut un peu inquiet.

— Merde. Qu'est-ce que *toi*, t'en penses ?

Elle aurait dû être agacée qu'il inverse les rôles et veuille d'abord son avis sur la question.

— J'ai quarante et un ans, lui dit-elle. Si je tombais enceinte aujourd'hui, ça voudrait dire que j'aurais quarante-deux ans avant qu'un bébé ne naisse. Si on fait le calcul, ça veut dire que j'aurais soixante ans avant que le gamin ne termine le lycée. Je ne suis pas sûre de vouloir être la vieille maman.

— Et moi j'aurais soixante-trois ans, dit Drew. Et toi tu serais la vieille maman la plus sexy qui existe.

— Donc... les bébés ? demanda-t-elle.

— Je ne suis pas trop opposé à l'idée de t'avoir pour moi tout seul les soixante prochaines années.

Oui, elle aussi aimait bien cette idée.

— Mais... *si* ça arrive, ça ne me dérangerait pas d'avoir un fils qui te ressemble, dit Caryn à Drew avec un doux sourire. Elle n'était pas sûre que les enfants fassent partie de leur projet, mais avoir cet homme à ses côtés, en tant que partenaire, était déjà un rêve devenu réalité. Elle pourrait toujours gâter les enfants de ses nouveaux amis.

— Je suis d'accord. Est-ce qu'on doit s'inquiéter de ce qui vient de se passer ? demanda Drew en lui caressant le dos de sa main calleuse.

Caryn secoua la tête.

— Je prends la pilule. Ça fait des années.

Drew acquiesça puis la poussa à s'allonger totalement sur lui. Au bout d'un moment, il dit :

— Si tu voulais des enfants, je me plierais en quatre pour te les donner. Mais ça me va de ne pas en faire non plus. Puis je suis sûr que nos amis en auront plus d'un et qu'on pourra être l'oncle et la tante agaçants qui les gavent de sucre avant de les renvoyer chez eux.

Caryn ne fut pas surprise qu'ils soient sur la même longueur d'onde. Elle aimait bien l'idée qu'ils fassent des soirées pyjama et des fêtes avec les enfants de leurs amis.

— Ça me va parfaitement. Tu penses qu'Elsie accepterait de nous prêter Tony de temps en temps pour qu'on le partage avec Art ? Il y a quelques semaines, il me demandait de lui donner des arrière-petits-enfants justement.

— Absolument. À vrai dire, je pense que si on ne fait pas attention, on va finir par faire du babysitting bien plus souvent qu'on ne le voudrait.

— Ça me va.

— Moi aussi. Du coup... ça veut dire qu'on peut laisser tomber les préservatifs ?

Caryn rit.

— Oui. Je suis clean, t'es clean, je me protège... donc on est bons.

— Dieu merci. Parce que l'idée de recommencer à en utiliser après avoir été en toi sans – il fit semblant de frissonner – n'est pas agréable.

Caryn leva les yeux au ciel.

— Tellement dramatique.

— Ouaip.

— Bon... du coup quel est le programme d'aujourd'hui ? demanda-t-elle, quelque peu amusée par le fait qu'ils n'arrêtent pas de changer de sujet.

— Ça me semble très bien de rester au lit, dit Drew d'un air paresseux.

Caryn se redressa en secouant la tête.

— Il faut qu'on aille voir Clyde. Il veut que j'essaie sa nouvelle cuvée de liqueur aux pommes caramélisées qu'il fabrique pour le mariage d'Ethan et Lilly. Comme ça aura lieu à Halloween, etc. Puis j'ai un rendez-vous visio avec les procureurs pour le procès de Paul. Oscar et moi on retrouve Brock pour discuter de la façon dont nous pouvons utiliser certaines des voitures accidentées de son terrain pour aider à former les pompiers, et puis Finley invite toutes les filles à une dégustation de gâteaux. Elle était ravie qu'on lui demande de faire le gâteau de mariage de Lilly, mais maintenant elle stresse et on doit la rassurer en lui disant que quoi qu'elle fasse, ce sera génial. Et *toi*, tu dois travailler un peu, puis on dînera avec mon grand-père ce soir. D'ailleurs, je ne lui dirai pas que je vais vivre dans le péché avec toi pendant un moment... ce sera à toi de lui dire.

Drew rit et le son se répercuta dans tout son corps.

— Je m'occuperais d'Art... et pourquoi on se demande quel est le programme aujourd'hui s'il a déjà été planifié ?

Caryn sourit et haussa les épaules.

— Je ne sais pas. Tu as fini de coudre ces clés de menottes dans ton pantalon ?

Le lendemain de leur retour dans la forêt, Drew avait commandé deux douzaines de clés en ligne et était déterminé à les coudre dans chacun de ses pantalons – juste au cas où.

— Tu ne vas *jamais* me lâcher avec ça, hein ? demanda-t-il avec un petit sourire.

— Non. C'est toi le méchant flic et c'était moi qui avais cette clé dans *mon* pantalon.

— Pour info, ça ne me dérange pas que tu te moques de moi, parce que tu avais raison.

Ils se sourirent mutuellement.

— Je t'aime, Drew. Je ne pensais vraiment pas qu'en

rentrant à Fallport pour m'occuper d'Art je trouverais mon âme sœur.

Il ferma les yeux un moment, puis les rouvrit et acquiesça.

— Je ne dirais *jamais* que je suis reconnaissant que ton grand-père ait été agressé, parce que ça ferait de moi un connard, mais je suis reconnaissant que les choses se soient passées ainsi.

— Pareil, acquiesça-t-elle. J'imagine qu'on doit prendre une douche avant d'aller marcher.

— Ouaip, dit-il en hochant la tête. Et après. Puis peut-être avant qu'on aille se coucher aussi.

Caryn leva les yeux au ciel.

— T'es tellement bizarre.

— Non. J'aime juste trop t'avoir dans ma douche avec moi.

Elle aussi, elle adorait ça, alors elle ne pouvait pas vraiment s'en plaindre. Se penchant vers lui, Caryn l'embrassa doucement. Évidemment, cette douceur ne dura que quelques secondes avant que leur baiser ne s'intensifie.

Leur promenade fut écourtée car ils ne prirent leur douche que bien plus tard que prévu. Mais Caryn s'en fichait. Elle était en vie, en bonne santé et plus heureuse qu'elle ne l'eût jamais été dans sa vie.

* * *

Brock prit une grande inspiration en s'arrêtant devant le Bec Sucré. Il avait vraiment cru faire des progrès avec Finley, brisant cette timidité qu'elle arborait toujours en sa présence, mais dernièrement, elle reprenait ses vieilles habitudes.

Lorsqu'il était passé à la pâtisserie pour lui expliquer ce qui était arrivé à Caryn et pour la rassurer sur le fait que son amie allait bien, il avait vu un côté de Finley dont il ne soupçonnait même pas l'existence. Elle avait immédiatement oublié d'être timide. Elle avait exigé qu'il lui raconte tout ce qu'il savait sur ce qui s'était passé, puis l'avait presque tiré par le bras pour le faire sortir de la pâtisserie, fermant la porte derrière elle et insistant pour qu'ils aillent immédiatement voir Caryn.

Désormais, elle ne le regardait de nouveau plus dans les yeux, trouvant la moindre excuse pour le mettre à la porte et ne lui parlait pas plus que nécessaire.

Mais Brock avait vu la vraie femme qui se cachait derrière ce bouclier qu'elle avait érigé pour maintenir tout le monde à l'écart. Cette femme loyale, fougueuse et exigeante qui était en elle. Et il aimait cette femme – beaucoup. Plus qu'il ne l'aimait déjà.

Et elle n'était vraiment pas désagréable à regarder.

Toute sa vie, Brock avait toujours été attiré par les femmes rondes. Il voulait quelqu'un qui soit l'opposé de lui-même. Il avait un côté brut et avait toujours été ainsi. Il n'avait pas peur de se salir les mains. En tant qu'agent des douanes et de la patrouille frontalière, il avait passé beaucoup de temps sur le terrain, à traquer les gens qui essayaient d'entrer illégalement aux États-Unis. Aussi bien dans les déserts du sud-ouest que dans les forêts de la frontière nord.

Ce qui voulait dire qu'il avait travaillé dur pour rester en forme et c'était toujours le cas. Il avait un corps affuté et musclé. Malgré cela, il n'avait jamais été attiré par les femmes plus athlétiques qui venaient le voir à la salle de sport.

Non... il aimait les formes. Surtout quand il y en avait beaucoup. Et c'était le cas de Finley Norris. Lorsqu'elle l'avait attrapé et tiré hors de la boutique il y a deux semaines, sa peau avait presque grésillé au contact de sa douceur. Et lorsqu'elle s'était tournée pour fermer la porte, ses fesses l'avaient frôlé et Brock n'avait pas eu besoin de plus pour que sa queue se redresse et le remarque.

Elle sentait la farine, la vanille et la cannelle et elle était douce... de partout.

Il la désirait plus que tout.

Mais s'il n'arrivait même pas à l'amadouer assez pour qu'elle le regarde, il n'allait jamais pouvoir la convaincre de sortir avec lui. Brock ne savait absolument pas où il pourrait l'emmener à Fallport, mais il trouverait bien quelque chose... s'il arrivait à la faire se détendre assez longtemps en sa présence.

C'était donc son but. Passer autant de temps que possible avec Finley pour qu'elle réalise qu'il était un mec bien. Qu'il l'aimait exactement comme elle était. Évidemment, il avait le sentiment que ce serait plus facile à dire qu'à faire. Elle était en ville depuis un moment et ce n'était pas comme s'ils étaient des inconnus, surtout depuis qu'il passait du temps avec Lilly, Elsie, Bristol et Caryn de façon régulière. Les cinq femmes étaient tout le temps ensemble ce qui voulait dire qu'elle les voyait, lui et les gars de l'équipe de Recherche et de Sauvetage d'Eagle Point plus souvent également.

Le mariage de Lilly et Ethan approchait et Brock voulait que Finley l'accompagne. Elle y serait dans tous les cas, comme lui, mais il voulait avoir le droit d'être assis à ses côtés. De parler avec elle pendant qu'ils mangeaient. De danser avec elle. Mais pour que ce soit le cas, il devait intensifier sa campagne de séduction.

Attrapant la poignée de la porte du Bec Sucré, Brock décida qu'il allait aborder ce problème comme l'une de ses missions. Il était un homme têtu qui n'abandonnait jamais avant d'avoir atteint ses objectifs. Par le passé, ça se traduisait par le fait de traquer et de retrouver des personnes traversant la frontière illégalement, ou de chercher une pièce pour une voiture de collection.

Aujourd'hui, il s'agissait de faire en sorte que Finley lui fasse confiance et finisse par accepter de sortir avec lui.

Souriant, il entra dans la pâtisserie – et croisa immédiatement le regard de Finley. Elle rougit et détourna les yeux, rompant leur regard.

Oui, cette femme ne lui était pas indifférente et cela lui donna tout le réconfort dont il avait besoin. Il ne savait pas du tout ce que l'avenir leur réservait en tant que couple, mais il avait le sentiment qu'il y aurait beaucoup de hauts et de bas. Sa Finley avait plus de passion en elle qu'elle ne le croyait... et il voulait être celui qui la ferait jaillir.

* *

J'ai le sentiment que Finley ignore ce qui l'attend... et combien Brock peut se montrer obstiné quand il veut quelque chose... et ce qu'il veut, c'est elle. Découvrez le prochain tome de la série :

Un sauveteur pour Finley.

NOTES

Chapitre Trois

1. Comédie fantastique et romantique américaine de 1987

Chapitre Neuf

1. *New York Fire Department*, Département Incendie de New York en anglais
2. Film américain de 1990, qui est une adaptation du roman du même nom de Stephen King

Chapitre Dix

1. Jeu de mot avec son nom de famille, Buckner, et *Fuck*, qui est une insulte en anglais

DU MÊME AUTEUR

Delta Force Deux

Un refuge pour Gillian

Un refuge pour Kinley

Un refuge pour Aspen

Un refuge pour Jayme

Un refuge pour Riley

Un refuge pour Devyn

Un refuge pour Ember

Un refuge pour Sierra (1 Mai)

Hawaï : Soldats d'élite

Un paradis pour Élodie

Un paradis pour Lexie

Un paradis pour Kenna

Un paradis pour Monica

Un paradis pour Carly

Un paradis pour Ashlyn

Un paradis pour Jodelle (11 Juillet)

Mercenaires Rebelles

Un Défenseur pour Allye

Un Défenseur pour Chloé

Un Défenseur pour Morgan

Un Défenseur pour Harlow

Un Défenseur pour Everly

Un Défenseur pour Zara

Un Défenseur pour Raven

Ace Sécurité

Au Secours de Grace

Au Secours d'Alexis

Au Secours de Bailey

Au Secours de Felicity

Au Secours de Sarah

Forces Très Spéciales Series

Un Protecteur Pour Caroline

Un Protecteur Pour Alabama

Un Protecteur Pour Fiona

Un Mari Pour Caroline

Un Protecteur Pour Summer

Un Protecteur Pour Cheyenne

Un Protecteur Pour Jessyka

Un Protecteur Pour Julie

Un Protecteur Pour Melody

Un Protecteur pour l'avenir

Un Protecteur Pour Les Enfants de Alabama

Un Protecteur Pour Kiera

Un Protecteur Pour Dakota

Forces Très Spéciales : L'Héritage

Un Sanctuaire pour Caite

Un Sanctuaire pour Brenae

Un Sanctuaire pour Sidney

Un Sanctuaire pour Piper

Un Sanctuaire pour Zoey

Un Sanctuaire pour Avery

Un Sanctuaire pour Kalee

Un Sanctuaire pour Jane

Delta Force Heroes Series

Un héros pour Rayne

Un héros pour Emily

Un héros pour Harley

Un mari pour Emily

Un héros pour Kassie

Un héros pour Bryn

Un héros pour Casey

Un héros pour Wendy

Un héros pour Mary

Un héros pour Macie

Un héros pour Sadie

Un héros pour Annie

Autre

Un moment suspendu : Recueil de nouvelles

AUDIO

Un paradis pour Élodie

À PROPOS DE L'AUTEUR

Susan Stoker est une auteure de best-sellers aux classements du New York Times, de USA Today et du Wall Street Journal. Elle a notamment écrit les séries Badge of Honor: Texas Heroes, SEAL of Protection et Delta Force Heroes. Mariée à un sous-officier de l'armée américaine à la retraite, Susan a vécu dans tous les États-Unis, du Missouri jusqu'en Californie en passant par le Colorado, et elle habite actuellement sous le vaste ciel du Tennessee. Fervente adepte des fins heureuses, Susan aime écrire des romans où les sentiments laissent place au grand amour.

http://www.StokerAces.com

facebook.com/authorsusanstoker

twitter.com/Susan_Stoker

instagram.com/authorsusanstoker

goodreads.com/SusanStoker